今井源衛著作集 14

平安朝文学文献考

工藤重矩【編集】

笠間書院

【函・扉図版】
野々村仁清作
「色絵吉野山図茶壺」
「福岡市美術館所蔵（松永コレクション）」

【編集委員】
今西祐一郎　武谷恵美子
辛島　正雄　田坂　憲二
金原　　理　中島あや子
工藤　重矩　西丸　妙子
古賀　典子　松本　常彦
後藤　昭雄　森下　純昭
後藤　康文　森田　兼吉
坂本　信道

平安朝文学文献考

今井源衛著作集 14

凡例

一　『源氏物語』『枕草子』等の著名な作品の引用は、おおむね［新編日本古典文学全集］に拠ることとした。『枕草子』の章段番号も同書に従った。

二　『古今和歌集』等の歌集の引用は、おおむね［新編国歌大観］に拠ることとした。歌番号も同書に従った。

三　『三代実録』等国史関係の文献の引用は、おおむね［新訂増補国史大系］に拠ることとした。

四　その他、［私家集大成］［新日本古典文学大系］等に拠った場合は、必要に応じてその旨を明記した。

五　論文内容との関係から、引用本文について、初出時のままとした場合もある。

目次——平安朝文学文献考

平安朝文学文献考……1

目次

平安朝文学文献考

九州大学附属図書館蔵支子文庫本『大和物語』について

1

この本については、先人にほとんど唯一のしかも最もすぐれた論文がある。阿部俊子氏「大和物語の伝本に就いて」(「国語」昭13・1)がそれである。氏はその中で六条家本系統諸本に触れ「最も重大な資料としてあげなければならないのは正治年間の古写本である」とし、後述の如きその書誌の大体を記され、この本の特質として、

(イ) 修飾語は簡で、文脈がはっきりしている。

(ロ) 本文が、大体に於いて、『袖中抄』『袋草子』等に見られるものと一致するものが多い。(例文省略)

(ハ) 一六九・一七一段の終は他本と同様缺文であり、『袖中抄』の記述に合致する。

(ニ) 一四八段芦刈の段末は、流布本と著しく異なっている。(要約筆者)

(ホ) 一七三段は無い。

(ヘ) 一六八段、遍昭と小町の贈答歌は、流布本の二首が一首に重なって、「岩の上に苔の衣はただひとへかさねばうとしいざ二人ねん」となっており、しかも、これはこの本の誤写ではないことは、注記に「多本如此」云々とあることで分る。

(ト) 一四二段と一四三段との間に、細字で「宇多院に侍りける人に(中略)、〽うたののはみゝなし山かよぶことり呼ぶ声をだにこたへざるらん」云々(答歌略)とある。

(チ) 流布本に比し、落丁分以外に歌数が六首も少ない点からも、『袋草子』にいう「和歌二百七十首」本に近いらしい。

(リ) 本文旁注にイ本校合などあり、六条家本系統のものも、少異を有する多本があった。

（例文省略）

大体以上のようなことを明らかにし、この本の重要性を指摘されたのであった。

ところが、その後、種々の事情で本書の詳細はそれ以上は発表されることなく今日に至ったが、その間阿部氏の『校本大和物語とその研究』（昭29）、あるいは古典大系本解題（昭31）に、右の要旨のみ所在を秘したまま簡単に触れられ、ひき続いて『勝命本大和物語とその研究』（久曽神昇氏「未刊国文資料」昭32）や同じく久曽神氏による古典研究叢書、影印本『大和物語勝命本』（昭47、汲古書院）の解説にも、同本の存在を暗示されたにすぎなかった。

昭和五〇年八月に田村氏は死去され、その遺志

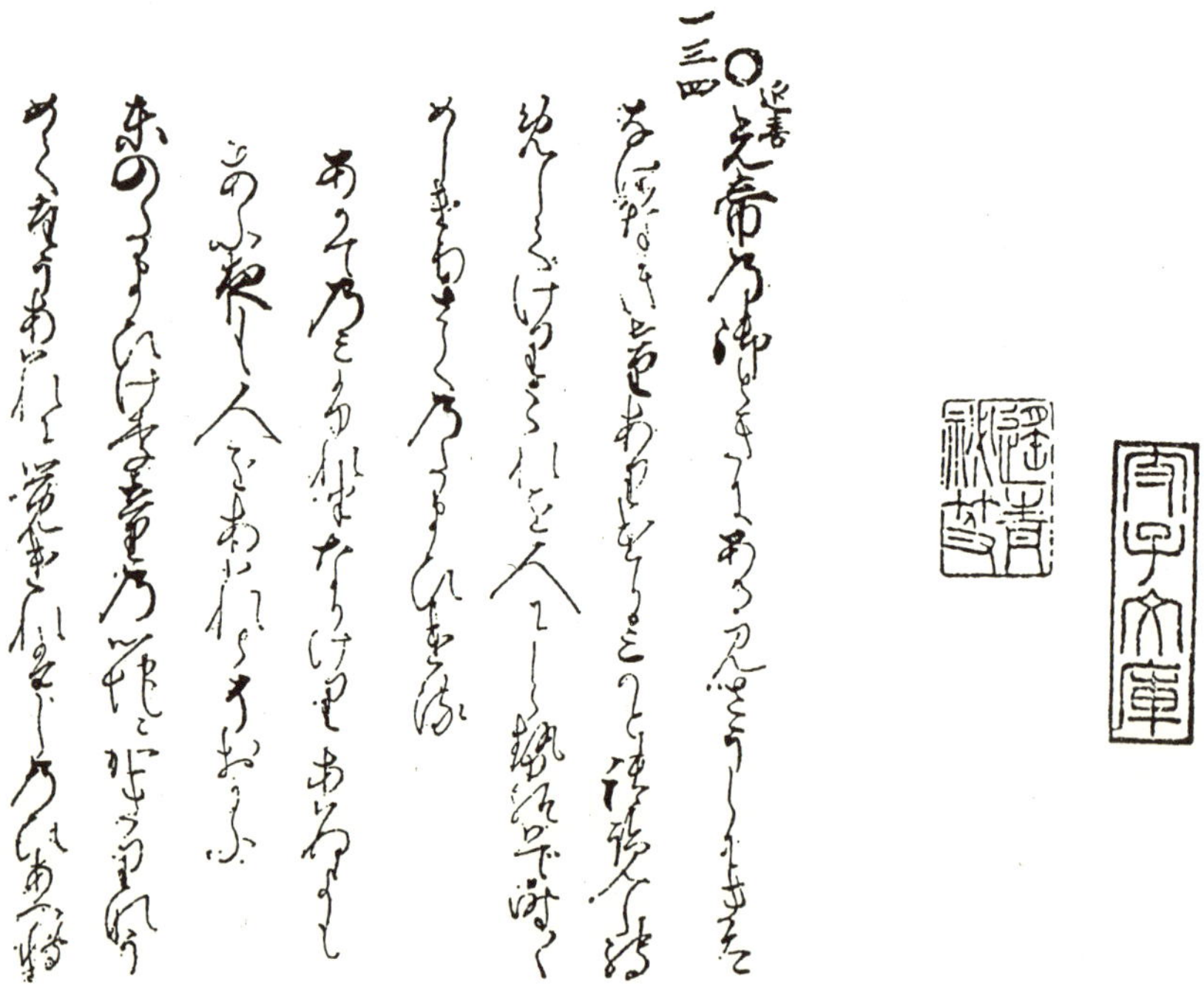

に基づいて本書は同年九州大学附属図書館に寄贈され、昭和五三年三月には国の重要文化財に指定されたのであった。

2

田村氏の蔵書は、氏自ら「支子文庫《くちなし》」と命名され、その一万冊に及ぶ蔵書の大半には、「支子文庫《くちなし》」「支子」あるいは「遙山麓舎」「遙青祕符」等の印記があり、すべて、同氏の印記である。

この本が支子文庫に収められた時期は詳しくはわからない。筆者が田村氏御生前に直接伺ったところでは、「福岡の古本屋の店先で」とのことであった。氏は、大正一二年に東大国文学科を卒業、同年末に旧制福岡高等学校に赴任されたので、この本の入手がそれ以降であることはもちろんである。また昭和九年一一月に福岡日々新聞社で開催された「全国図書祭記念大展覧会」なるものの「展観目録」が現存するが、それには、

大和物語　正治二年写下巻一帖、田村専一郎氏蔵

とあるので、その入手は、大正末か昭和初年の頃と察せられるのである。

この本の書誌を略記すると、桝型本、縦一五・五×横一四・二センチメートル。一冊。表紙は金茶地に菊牡丹唐草文様を織り出す金襴緞子。表紙見返しは、上部に遠山海波雲霞描、中部に雲形に金銀砂子を散らし、下部に金泥墨筆による海辺芦屋文様がある。裏表紙見返しは海辺に雲月を描き、右下隅に「竹村氏」の文字がある。おそらくは旧蔵者の署名であろう。本文料紙は鳥の子、雲母引き。墨付七八丁。白紙は巻頭に一丁。字配りは、本文一面八行、一行一六〜二〇字前後で、やや大ぶりの強靱な字体である。装釘は綴帖、六くくり。第一くくり四枚、以下六枚、八枚、八枚、七枚、七枚である。第二くくりはもと七枚だったものが、補修の際最上の一枚が脱落して六枚となっている。内容は、下巻、通行一三四段「先帝の御ときにあるみさうしに」以下巻末一七二段までであること、

また、右の脱丁分に、一四段「わたつみと」の歌の下句以下一四五段末まで四面分が含まれること、阿部俊子氏の指摘された通りである。各段頭には、朱の圏点を付するほか、本文中には、朱による句読点、声点があり、本文と同筆の細字による校異、集付、勘注がある。また通行区切りによる段頭に、各段序を記した付箋を貼るが、これは田村氏の筆蹟である。

　また本書の書写年代については、従来正治二年写とされてきたのであった。その淵源は右に述べた昭和九年の「展観目録」にあるかと推測するのであるが、これについては訂正を必要としよう。本書の奥書には、下段右の写真に掲げたように、

本云
美濃権守入道勝命之以進上之本
察々所令書写也是不似普通本
歟殊可秘々々但注之中人々昇進之
次第者依料帋不足少々略之了
　正治二年八月十九日
　　　光阿弥陀仏

とある。文中「察」は「密」と読めば読めなくもないが、字体としては「察」により近い。この本の孫本に当たる（後

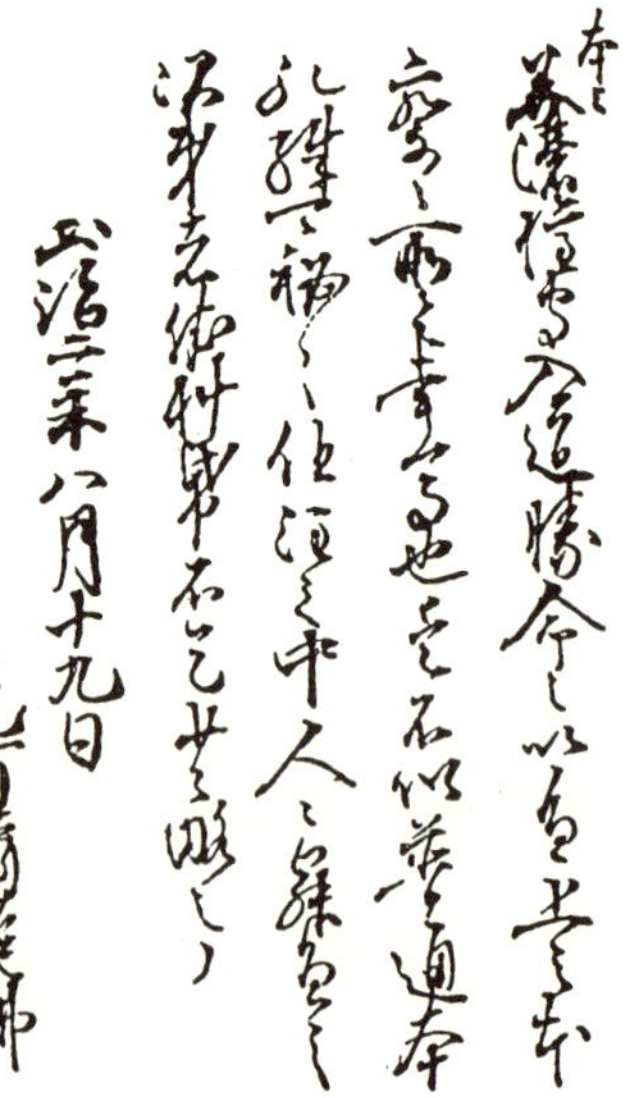

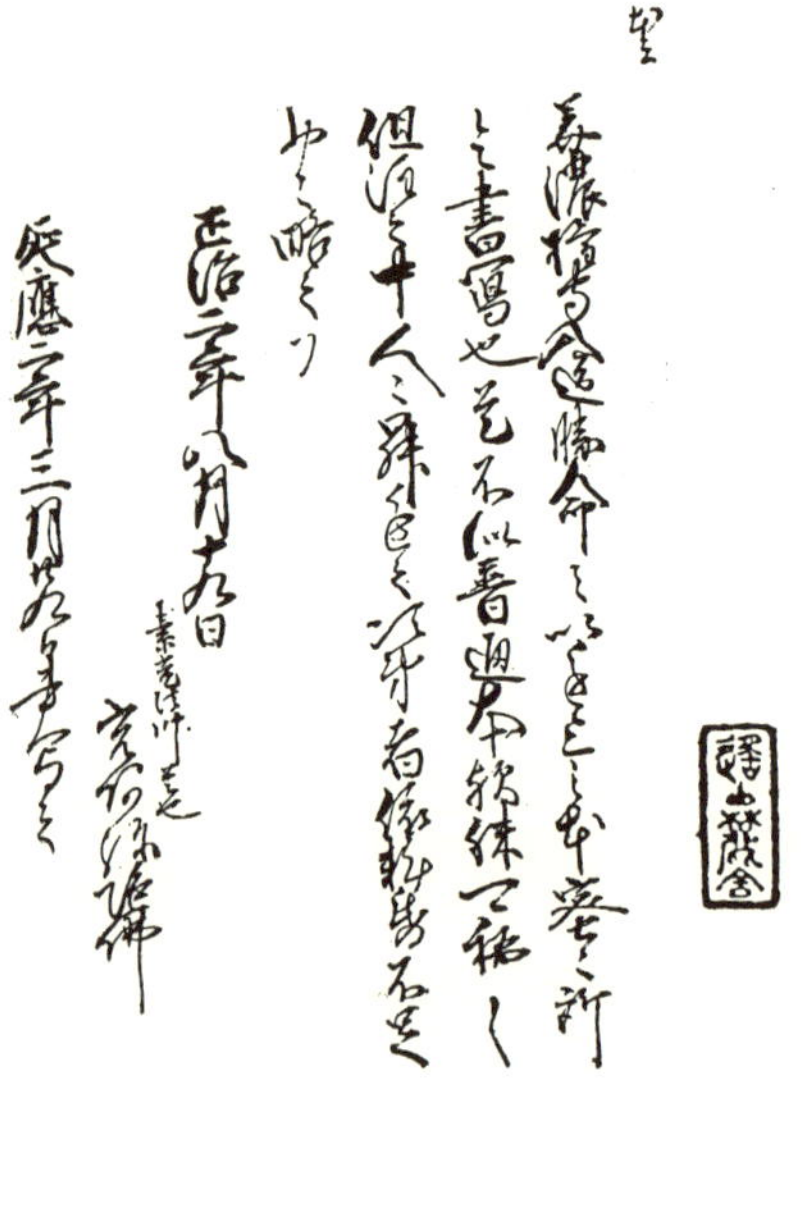

述）久曾神氏蔵本（下段左の写真）には明らかに「蜜」とあり、「密」とは読めなかったらしい。おそらくは田村本の誤写であろう。冒頭に細字で「本云」とあることからみても、本書が正治二年（一二〇〇）写そのものではなく、その転写本であることは疑えない。文化庁の認定では、その転写の年代は鎌倉末期である。他の『大和物語』諸本中、最古の写本は為家本で弘長二年（一二六二）写であるが、本書は、それと相前後する書写と見ることができる。

3

ところで、周知の如く、本書の奥書全文や、またその勝命本なるものの性格については、先に挙げた久曾神昇氏所蔵本の再度にわたる学界への紹介によって、広く知られている。久曾神本は室町末期写であるが、その奥書には、右の「本云 美濃権守」云々の正治二年光阿弥陀仏の奥書をほぼそのまま記した上、つぎに延応二年（一二四〇）と天文七年（一五三八）の両奥書があり、さらに最末の書写者の識語とおぼしい書写年記は、何人かの手によって抹消された跡があるという。それによって、久曾神本は支子本と同系統本であることは、もとより明らかである。しかし、両者がいかなる関係にあるかは、さらにあらためて検討の要があろう。支子本が正治二年本の転写である以上、ことは慎重を要しよう。

支子本の奥書の正治と久曾神本の奥書の天文とでは約三〇〇年隔り、その間に奥書で見るかぎりでも、支子本は一度、久曾神本は三度の転写を経ているわけだが、行数は共に一面八行で、しかも、その字体を比較すると、処々に酷似した個所がある。たとえば、一五六段、久曾神本は、

あひそひすあるに（二一七頁一行）

とするが、これは正しくは「あひそひてあるに」であり、支子本では四四ウ一〇行目の末尾三字が「あひそ」で終わり、次行は「ひて◦あるにこの」とある。この補入記号の圏点（墨）が「て」の下部と接着したため、「て」の

如き形となり、久曾神本はそれを「す」と誤ったのである。「す」以外の七字は、その字体も正確に一致している。これは支子本が久曾神本の直系の祖父本であることを暗示するものかと思う。しかし、もとよりそれだけで両者の祖父―孫の関係をいうわけにはいくまい。以下、その比較を本文、校異、勘注を通じて行うことにする。

まず本文の異同から始める。ただし、勘物・書入は除き、それらについては後述する。また漢字・仮名の相違や、「お」「を」、「え」「ゑ」「へ」など仮名遣いの違いも無視した。

	段	丁	支子本	頁行	久曾神本（洋数字は影印本の頁と行）
	一三六	2オ	心のさかしく	151・6	心さかしく
	一三七	2ウ	いもはらといふ所	152・4	いもくら《はら歟》といふ所
	〃	3オ	こかしこ	152・7	こゝかしこ
*	〃	4オ	なかして	153・2	なとして
	一三九	4オ	ありときゝ給て	155・4	ありきゝ給て
	〃	4ウ	とひ給さりけり	155・7	とひ給たりけり
	一四一	9オ	日ゝとひ	163・1	日にとひ
	一四二	10オ	うせたうひにければ	164・6	うとたうひにければ
*	〃	10ウ	花をゝりて	165・3	花を折りて又
	〃	10ウ	にほひせは	165・4	にほひを《せ》は
	一四二	11ウ	うせたうひにける	166・8	うと《せ歟》たうひにける
	一四三	13オ	かなしきは	168・8	かなしきに
*	一四四	13ウ	をふさの《上下》むまや	169・6	をふせのむまや
*	一四六	15ウ	かみはみな	175・5	かみしもみな

	一四七	17オ	いつれにも	177・5	いつれも
	〃	18オ	いますかるもあり	179・1	□ますかるもあり
	〃	18オ	おもひ給ふるやうは	179・4	思ひ給やうは
	〃	19ウ	くにのつちおはをかさん	181・3	くにのつちをはかさむ
	〃	20オ	あみ《ヒ》け《ミ》れど	182・3	あひみれと
	〃	20ウ	わたつうみの	183・1	わたつみの
	〃	21ウ	あはれ《ム》と	184・1	あはむと
	〃	21ウ	わが身のうち《ソコ》を	185・3	我身の《な歟》そこを
	〃	22オ	えほうし	186・1	すをうし《ゑほうし歟》
*	一四八	25オ	けすにし	189・1	けすにも
	〃	26ウ	かゝりけれと	191・6	かゝり《れと》ければ《とか》
*	〃	29ウ	わかおとにゝたり	195・4	わかおとこにゝたり
	一四九	35オ	いみしき事《モノ》なり	203・4	いみしきものなり
	〃	35オ	いとあ／あやしき（／ハ改行）	203・7	いとあやしき
*	〃	35ウ	おほくもお	203・8	おほくしを
	一五二	38ウ	心きもお	208・7	心きう《も》を
*	一五五	43オ	ものなとは	214・6	ものなとを
	一五六	45オ	こゝろせかりて	217・6	こゝろをかりて
	一五七	47ウ	たゝことはにて	221・3	たることはにて
	〃	47ウ	ゐにける	222・1	ゐにけり
	〃	48オ	思たらす	222・4	思たえす
	一五九	49オ	おとゝ申ける	224・1	おとゝと申ける
	〃	49オ	ともかくも	224・4	とまくも

一五九	49ウ	さた《トシ》のへぬれは	224・8	としのへぬれは
一六一	51ウ	いひけり	229・2	いひける
一六六	55ウ	こひしき《く》は	233・7	こひしくは
＊一六八	59ウ	おもひかへして	241・1	思かへし〈〇て
〃	62オ	〇《おこにて》　と	244・8	おこにて
〃	63オ	きさいの宮	246・5	きさい宮
〃	65ウ	かさねはうとし	248・3	かさねはうしと
〃	66オ	もとむれと	248・8	もとむれは
〃	66オ	太郎君	249・3	太郎君
〃	66オ	いますかりける時にこともありけりに	249・4	いますかりけるに
一七一	75ウ	中納言の侍行に	260・1	中納言の侍ゆくに
一七二	77オ	きこし／しめし	261・3	きこしめし

以上の異文の大部分は、各両本の字体を比較することによって、

1　機械的、単純な誤写、脱字によるもの。

2　支子本に加えられた校異を久曾神本の本文に採用したもの。

3　支子本の衍字を省いたもの。

4　属格「の」あるいは引用の「と」を補ったもの。

として説明できるが、＊を付した九項は、それによっては、やや説明困難の個所であって、久曾神本の親本もしくは、久曾神本の書写者が他本も参考にして、本文を改めた可能性があろう。しかし、全体としてみれば、異同は極めて少なく、前述の字体の相似ということもあり、祖父－孫といって不都合はない程度には接近した本文であるこ

とは疑えない。

つぎに、本文上両本相違の最も大きな点は、久曾神本に見える細字の補入本文である。結論を先にいえば、これらはすべて支子本には存在しない個所であって、久曾神本（以下「**久**」と記す）が、支子文庫本（以下「**支**」と記す）以外の本から補ったものである。

もっとも、**久**の本文右傍の補入は、前に述べた如く、一〜二字のものも多いが、今は、数字以上にわたるもののみ左に掲げ、現存諸本中代表的なものと比較して、それがいかなる系統の本に近いかを調べてみた。

文中、略称は左の通り。

巫―御巫本　**鈴**―鈴鹿本　**家**―為家本　**氏**―為氏本　**永**―大永本　**久**―久曾神本

支―支子文庫本

段序	**久**本 頁	行	**久**本書入
一三九	156	8	とてなんゆめこの雪おとすなとつかひにいひてなんなりける。 「なりける」は「奉りける」の誤写であろう。**巫鈴**「……つかひに返々いひてつゝしませて」。 二条家系統諸本は、右の**久**本書入にほぼ一致する。
一四一	160	2	となん 二条家本系統には、「となむ」の形と合わせて同文。**巫鈴**にはない。
	160	3	もとのめ 二条家本同文。**巫鈴**共にナシ。
〃	163	2	いまはおとこもとの□はかへりなんとて車にのりぬ。 二条家本同文（□は「め」）。**巫鈴**「今はおとこともとのめとはかへりなむとて車にのりぬ」。

段	頁・行	本文・校異
		支の独自脱文であろうか。
一四一	163 6	あはれかり 二条家諸本「あはれかり」、巫鈴「あはれかりて」。
〃	163 7	車は舟のゆくをみてえいかす 二条家本の家氏永等に一致。巫鈴「ゐるまゝ舟の行をみるとてえいかす」。
一四二	166 7	さいひける 二条家本では家永「さいひける」、氏が同文補入、天ナシ。巫鈴ナシ。
〃	166 8	おとこもせて 二条家本同文、巫鈴ナシ。
一四四	169 3	在中将 諸本アリ。支の独自脱文か。
一四七	182 2	おとこの心にて 家天同文、氏「おとこの心にかはりて」、永ナシ。巫鈴ナシ。
〃	187 7	此ことの 二条家本同文、鈴「此こと」。
一四七	188 1	人もなし 二条家本同文。
〃	190 1	なくなく 諸本アリ。支の独自脱文か。
一四八	195 6	さりければ 二条家本同文。巫鈴ナシ。
〃	197 6	ゐて（「たつねてこと《ゐて》」） 諸本同文。支の独自脱字か。

一六八	244 6	かしこき 二条家本「かしこきみかけにならひて」、巫鈴ナシ。

以上、久本の補入は、ほとんどすべて二条家本に拠ることが知られるであろう。

また、久本が本文右傍に小書した校異についても、ほぼ同様である。

段序	頁 行	
一四七	186 1	かきりて－諸本に見えない。
一五〇	208 6	はかせさせ－二条家本「はかせさせ」、鈴巫「かうしかけさせ」
一五三	211 3	にかなふ－家天「にかよふ」、永「にかなふ」、氏・永イ「のまゝに」、巫「のまゝに」。おおむね二条家本に拠ったものらしい。
一六八	244 1	みさとと《イニナシ》－これは異本に「さと」とある旨の注記であるが、二条家本の氏家永「おほむ（御）さとと」鈴巫「御さとと」。天「さとと」。諸本中では天のみ「御（み）」がない。
〃	246 6	いらなく－「いらなく」があるのは永氏家天の二条家各本である。
〃	250 6	はうして－本文「ちうして」の校異注記である。巫鈴「ちうして」二条家本「はうして」。
一六八	251 6	かみ－本文「兵衛尉」の「尉」の校異である。諸本「兵衛のせう」。永「兵衛の督《せうイ》」。永の如き一本に拠るらしい。

以上、久曽神本はおおむね二条家本に拠って校異を記しているが、少数ながらそうでない校異も見えるのは注目される。

4

さて、肝腎の支子本にもかなり多くの校異や補入が見える。それはすべて本文と同筆で、鎌倉初期の他の校合資料の存在を物語るものとして、重要な意味をもっている。

今、支子本の書写者が不注意による脱字をあとから自ら気付いて補ったと見られるものを省き、他の校合資料の存在を推測させる部分を左に掲げることにする。

番号	段序	丁表裏	支子本	頁行	久曾神本
1	一三七	3オ	(補入分かち書き)となんかきつけていにける	153 5	(改行本文)となんかきつけていにける 二条家本同文、巫鈴ナシ。
2	一四一	6ウ	よしいゑ《或本書ヨシユエ》	159 3	よしいへ 諸本「よしいゑ(へ)」
3	一四二	10ウ	ほとは《タ》か《ニ》り《モ》	165 1	ほとはかり 諸本「ほとはかり」
4	一四二	10ウ	う《カ》つ《ハ》ら《ラ》す《ヌ》	165 4	う《カ》つ《ハ》らす 二条家本は、氏「かはして」以外は「かはらす」。巫鈴「うつらす」
5	一四二	10ウ	なけ《カ》き《メ》	165 5	なけき 二条家本「なかめ」、巫鈴「おもひ」
6	一四三	13オ	かなしきは《ニ》	166 8	かなしきに 諸本「かなしきは」
7	一四七	18ウ	な《ニ》の《コ》み《ソ》な《ア》り《リ》け《ケ》り《レ》	180 1	なのみなりけり 二条家本「なのみなりけれ」、巫鈴「名

					に（鈴ナシ）こそ有けれ」
8	一四七	20オ	あみ《ヒ》け《ミ》れと	182 3	あひみれと 諸本「あひみれと」
9	一四七	21オ	なくては《ヤ》あ《ハ》ら《テ》ん	183 8	なくてはあらむ 二条家本「なくてやはてむ」、巫鈴「なくてややまむ」
10	一四七	21オ	かは《ナ》り《リ》て	184 1	かはりて 諸本「なり（給ひ）て」、類従本「かはり給て」
11	一四七	21ウ	身をわ《ナ》けてあはれ《ム》と	184 5	身をわけてあはむと 諸本「身をなけてあはむと」
12	一四七	21ウ	わか身のう《ソ》ち《コ》を	185 3	我身《な歟》のそこを 諸本「わかみなそこを」
13	一四八	24ウ	としころあ《ヘ》り《ニ》ける	188 5	としころへにける 二条家本「としころありけり（る）」、巫鈴「としころになりにけれは（り）」
14	一四八	26オ	イカテアラムナトカナシトヲモヒヤリテサテヨメルトモ（本文ナシ、行間細書）	190 5	いかてあらんなとかなしと思やりてさてよめる 二条家本「いかてあらむなとかなしくてよみける」、巫鈴「いかにしてあらむといと（鈴ナシ）おもひやりける」
15	一四八	32オ	（欄外頭注）「或本其女ノカヘルコト、ソイヒツタヘタルハトアリ」、なお別に「拾	198	ナシ 「あしからしとてこそ人の別れけめ」ノ

			遺ニ返歌あり無此物語如何」と記す。			歌、二条家本デハ段末ニ、前後何ノ説明モナク置カレル。**巫鈴**ハソノ歌ノ後ニ「といふなんこれ返しにあなる」と記す。
16	一四九	35オ	ほかへもさらにいかてつとゐにけりかくて (同筆補入)	203	1	(同上文) **家永**、同上文。**氏**「…いたりけり…」**巫鈴**「ほかへもいかてつとゐにけり」
17	一四九	35オ	いみしき事《モノ》	203	3	いみしきもの 諸本「いみしきもの」
18	一五三	40オ	たをりたるて《ケ》ふ	211	1	たをりたるてふ《けふイ》よし 二条家本「たをりたるけふ」、**巫**「手折つる哉《てふイ》」、**鈴**「手折つるかな」
19	一五七	47ウ	この《しか》かいふるひ	221	7	このかいふるひ 二条家本「ものかきふるひ」、**巫鈴**「ものかい《ろをもイ》(**鈴**いひ)ふるひ」
20	一五九	49ウ	いな《イロ》うも	224	7	いなうも 諸本「いろをも」、**巫**イ「いなうも」**図**イ・**抄**イ「いなせも」
21	一五九	49ウ	さ《ト》た《シ》のへぬれは	224	8	としのへぬれは 二条家本「としのへぬれは」、**巫鈴**「ほとのへぬれは」
22	一六〇	50ウ	よるせとも《カナシク》なくしかそわふなる	226	7	よるせともなくしかそわふ《なくイ》なる 第四句諸本「よるせともなく」、第五句、二条家本「しかそなくなる」、**巫**「しか

						そわふなる」、鈴「しかそわひぬる」
23	一六〇	50ウ	ぬさとし《ト》り《ル》け《ラ》む	227	2	ぬさとしりけむ 二条家本「ぬさとしるらん」、巫鈴「ぬさとしりぬる」、巫イ「ぬさと知らん」
24	一六五	54オ	さるにとはぬひなんありける（同筆補入）	232	1	さるにとはぬ日なんありける 二条家本同上文。巫鈴「とひ給はぬ日なんありける」
25	一六五	54ウ	きのふ今日とはおもはさりしを（右傍小書）	233	2	きのふけふとはおもはさりしを 諸本、右同文
26	一六七	56ウ	「伊勢物語業平歌也ケフアスノコト、シラスソアリケル」（私云アルイハ注釈カ）うきな《カイ》もそつく	235	7	うきな《カイ》もそつく 巫永「うきかもそする」以外、諸本「うきかもそつく」
27	一六八	65ウ	たゝひとへ《ツ》	249	2	たゝひとへ 諸本「たゝひとへ」
28	一七一	73オ	こゝろのそら《ウチ》に	256	4	こゝろの空に 諸本「心のうちに」

以上をまとめれば、支子本の有する補入、および校異の小書細注を分類すれば、

A　二条家本系と思われるもの　1　5　9　16　18　21　24

B　六条家本と同じもの（支底本が巫鈴と異なる）　7　15

C　諸本に共通するもの（支の底本文が独自である）　8　10　11　12　17　20　26　28

D　久本以外の諸本に見られない独自のもの

　2　3　4　6*　13*　14*　19　22　23　25　27（*は前にも述べた久本の本文に採用されたもの）

という結果を得る。このうち、ＢＣＤは支本文の特異な性格を雄弁に物語るものといえよう。

また本書には、しばしば校異その他の参考に用いた他の本について触れるところがある。先に引いた一四八段頭注の「或本云」（32オ）もその一つであるが、他にも、

（イ）　如異本者各相違歟如何（一四二段、2ウ）

（ロ）　或書云（一六一段、52オ）

（ハ）　正本（一六六段、55ウ）

（ニ）　多本如此但或本に（一六八段、65ウ）

（ホ）　或書云（一六八段、68オ）

（ヘ）　或書云（一六八段、69ウ）

（ト）　諸本如此無末詞并哥不審（一六九段、71オ）

（チ）　諸本如此無終詞（一七一段、76オ）

などとある。このうち、（ロ）（ハ）（ホ）（ヘ）は、『大和物語』以外の書物であるらしいが、（イ）（ニ）（ト）（チ）はすべて『大和物語』本文に関する注であって、その部数は「多本」「諸本」といえる程度の量に達していたのである。ことに（ニ）の一六八段の注記は、本文中の和歌、

　いはのうへにこけのころもはたたひとへかさぬはうとしいさふたりねん

に関するもので、「但或本」以下には、本によっては、現存諸本の通り、小町と遍照の贈答歌、

岩の上に旅寝をすればいと寒し苔の衣をわれに貸さなむ
世をそむく苔の衣はただひとへかさねばつらしいざふたり寝む

となっている旨を記している。

右の「多本如此」の文字は、このような贈答歌を一首に合わせた特殊な本文を有する本が鎌倉初期には他にも多くあったことを意味するとは、早く阿部氏の指摘されたことであった。

勝命本の本文が六条家本系統であることは、すでに阿部氏や久曾神氏が、顕昭の『古今集注』や『袖中抄』の引用本文と比較することによって立証されている。しかし、それも一致度の高いのは一四七段・一五四段・一五六段・一六九段（『袖中抄』引用、中間に三〇字あまりの脱字がある）など少数の段にすぎず、その符合度にも各々程度の差がある。また前田家蔵清輔本『古今集』一九が引く『大和物語』が、「よをいとひこのもとことにたちよれはうつふしそめのあさのけさなり」という、支子本『大和物語』には欠く一七三段の歌に関係のありそうな歌をのせていることも、六条家本と支子本との関係を考える上で一考を要することである。

勝命本が六条家本系統に属することは間違いないであろうが、平安末に存在した六条家本諸本中の位置づけ如何となれば、もとより容易ではないであろう。高橋正治氏によれば勝命本は六条家本の中でも、巫・鈴とは異なる別種のものとされており、支子本に関する右の調査によっても、それは部分的に裏書きされる。支子本の有する校異注記は、その点今後の研究にも示唆するところが大であろう。

5

支子本の勘注について述べる。まず、その項目と行数を列挙しておく。＊を付したものは、記事の粗密は問わず久曾神本にも取り上げられたものである。

段序	注記冒頭の文字
一三五段	定方第三女（「右のおとゝむすめ」ノ注、一行）
一三七段	＊故兵部卿宮（二行）
一三九段	＊兵部卿宮（一行）
〃	＊承香殿女御（一行）
一四〇段	＊元良親王（「故兵部卿之親王」ノ注、一行）
〃	＊正三位大納言源昇（「のほるの大納言」ノ注、一行）
一四一段	＊参議よしするゐ 又よし家（二行）
一四二段	故御息所（一行）
〃	御姉第五者宇多院第五女（「御あね」ノ注、一行）
〃	御母者小八条御息所（三行）
〃	御継母（八行）
〃	＊宇多院にはへりける人云々（九行）
一四七段	均子内親王云々（「女一のみこ」ノ注、五行）
〃	兵衛命婦（二行）
〃	伊勢物語云（三行）
〃	万葉集三菟原処女墓歌（二一行）
一四八段	＊拾遺ニ返歌あり（頭注・傍注合ワセテ五行）
一五一段	＊奈良帝（六行）
一五二段	＊これも聖武天皇也（一行）
一五三段	国史にいはく（二二行）
一五五段	古今仮名序云（九行）

一五九段	＊染殿内侍（二行）
〃	＊右大臣源能有（二行）
一六一段	古今第十七雑一（大原野行幸ノコト、一一行）
一六三段	＊業平集には（五行）
一六五段	水尾天皇（三行）
〃	弁御息所（二行）
一六六段	伊勢語ニハ（九行）
一六八段	仁明天皇（一行）
〃	深草天皇（七行）
〃	良少将（一九行）
〃	小野小町（五行）
〃	清水寺（一八行）
〃	本願系図（四行）
〃	遍照僧正二郎（一〇行）
〃	素性非僧都也（一一行）
一六九段	＊諸本如此無末詞并歌不審（一行）
一七〇段	参議（中略）藤原伊衡（三行）
〃	兵衛命婦（一〇行）
〃	式部卿宮（四行）
一七一段	＊諸本如此無終詞（一行）
〃	右大臣（五行）
〃	式部卿宮（三行）
〃	女房大和（一行）

一七一段	広幡中納言（一二行）
一七二段	＊黒主（三行）
〃	＊亭子院（五行）

以上は、主として、人物、史実考証に類する勘注四七項目、計二六一行であるが、それ以外に物語中の和歌に関する集付などの形による出典考証がある。今、歌の初句とその集付を示せば、

一三九段	人をとく―後撰恋四
一四二段	ありはてぬ―古今定文歌也、古今十六雑部
一四七段	すみわひぬ―伊勢物語
一四九段	風ふけは―古今十八雑部題読人不知
一五一段	たつたかはもみちはなかる―古今秋下 たつたかはもみちみたれて―古今秋下
一五四段	たかみそき―古今十八読人不知無詞 たつたやま―古今ニ此返歌ナシ
一五五段	あさかやま―此歌在万葉集葛城王作也
一五六傍	我心なくさめかねつ―古今第十七題読人不知
一六〇段	あきはきを―ないし中将のもとへよみてやれりける。此歌業平集ニハ、ウヱシウヱハ秋ナキトキヤカレ サラムトイフ歌ノカヘシナリ（三行） 秋野を―後撰五秋上。詞者七月許ニ女ノモトヨリヲコセテ侍ケル。返業平、秋ハキヲイロトルカセハフ キヌラムコ、ロハカレシクサハナラネハ（三行）
一六一段	おもひあらは―伊勢物語 おほはらや―古今第十七伊勢物語ニハ　在中将近衛府之時云々

一六二段	わすれ草―伊勢物語詞云々、ムカシヲトコ弘徽殿ノマヘヲワタリケルハアルヤムコトナキ御方ヨリシノフ草ヲコレヲワスレクサトモイフカトテイタサセタマヘリケレハ（三行）
一六三段	＊うゑしうゑは―古今ニハヒトノ前栽ニキクニユヒツケテ業平ウヱケリトアリ　返歌ハ皇后ノナリ（二行）
一六四段	あやめかり―伊勢物語
一六五段	つひにゆく―古今第十六哀、伊勢物語業平歌也。（二行）
一六六段	みすもあらす―（要約）伊勢物語・業平集・業平自筆朱雀院塗籠本伊勢物語・古今集・「正本」ナド引用（九行）
〃	みな人は―古今十六僧正遍照
〃	かきりなく―古今八、別離読人不知
一六八段	＊いはのうへに―多本如此但或本にみそひつかし給へとて／いはのうへにたひねをすれはいとさむしこけのころもをわれにかさなんとて心みにいひやりたりけれは、返事にこけのころはたゝ一とあり後撰十七此歌小町也いはのうへにたひねをすれはいとさむし……返歌遍照／よをそむくこけのころもはたゝひとつ……（八行）

以上、和歌の集付や考証は二一項目、四六行であるが、久曾神本ではほとんどすべて省略されている。

以上、この和歌の考証と先の史実等の考証とを合計すれば、本書の勘注総計は六八項目、三〇七行に達するが、そのうち、久曾神本が多少とも受け継いでいるものは、わずかに＊を付けた一九項目にすぎない。しかも、そのうち多くは支子本に比し節略の極めて多いもので、行数は全部で三〇行に満たない。逆にいえば、支子本の勘注は久曾神本の一〇倍の量に達する。

先に記したように、本書の奥書には、紙が不足したため「人々之昇進之次第」は少々省略したとある。とすれば、勝命本原本は本書よりもさらに大部のものであり、ことに官歴などは記録を駆使して詳細なものだったらしい。原本の勘物が、量的にもまた質的にも、必ずや貴重なものであったことが察せられよう。

6

以下に文子本の勘注の全文を翻字し、その解説を加える。
翻字の要領は左の通りである。

一、表記は原文に忠実を期したが、標出語頭の圏点は省いた。また、本文中の朱の句読点は読点としたが、中には不適切なものもあり、それは無視した。また原文では、文のまとまりごとに空格を設けている場合とそうでない場合が混在しているが、便宜上おおむね文のまとまりごとに空格を設けた。
二、久曽神本にも所出の部分は〔　〕で示した。
三、割注の部分は便宜上、一行としたが、場合により、活字のポイントを落とした。
四、異体文字はおおむね通行文字に直したが、片仮名の異体字については小論の末尾に、その一覧表を掲げることとした。
五、丁数およびその表裏を、たとえば、……」(28オ)・」(30ウ) 等の如く記した。」は丁末、それのないのは丁の途中である。

一三五段　「右のおとゝむすめ」ノ傍注
定方第三女　乳母子十三人也 (1ウ)

一三七段　段末勘注

〔故兵部卿宮　致平村上第三子母更衣正妃四品兵部卿　年月日為親王　天元四年五月十一日出家住三井寺、長久二年二月廿、（久「十」）四日薨年九十三〕（3オ）

一三九段　段末勘注

〔兵部卿宮《元良》見上之　承香殿女御見上〕（5オ）（注、久傍注「元良」ナシ）

一四〇段　段頭「故兵部卿親王」

元良親王（5オ）

一四〇段　段末勘注

〔故兵部卿親王　元良親王見上之／正三位大納言源昇　左大臣従一位融二男〕（6ウ）

一四一段　段末勘注

参議よしするゑ　又よし家（9ウ）

一四二段　段末勘注

故御息所者　宇多天皇女歟　追可考

如異本者各相違歟如何

御姉第五者　宇多院第五女依子内親王是也」（11ウ）

御母者小八条御息所　宇多天皇更衣、従五位上源貞子、民部卿昇大娘　承平六年七月七日薨、年四十二、号髪宮
御継母者　贈太上大臣菅原朝臣女子、宇多天皇女御　源氏順子母
太政大臣藤原基経二女、温子　母四品人康親王女、仁和四年十月六日初入内、即九日為女御、寛平九年七月廿六日為皇太夫人年廿六　延喜五年五月出家、七年六月八日崩年卅六　号七条后、均子内親王　柏子内親王母
贈皇后藤原胤子内大臣高藤女　左大臣時平女　雅明親王行明親王母　京極御息所
已上四人之間有疑

後撰恋第六云
宇多院にはへりける人にせうそくつかはしける」(12オ)　返事もせさりけれは　よみ人しらす
うたのゝはみゝなしやまかよふことり　よふこゑをたにこたへさるらん
かへし　宇多院女五宮
みゝなしのやまならねともよふことり　なにかはきかむときならぬねを(12ウ)

一四七段「女一のみこ」ノ脚注
均子内親王、宇多皇女、母七条后温子　配敦房(ママ)親王、無品　延木十年二月廿五日薨
又伊尹女贈皇后懐子者花山法皇并女一宮　女二宮母也、女二宮者円融院女御　号出(注「火」ノ誤)宮是也、然而件一宮時代不相叶　為散両方之疑殆注之(20ウ)

一四七段「兵衛命婦」ノ脚注
本院兵衛歟　重明親王女　在後撰恋三　□□贈太政大臣伊尹、右大臣顕忠家女房」(20ウ)

一四七段　段末勘注

伊勢語云　ムカシオトコツノクニムハラノコホリニスミケル女ニカヨヒケルニ女コノタヒカヘリナハヨニコシトヲモヘリケルニ　ヲトコ

アシヘヨリミチクルシホノイヤマシニ君ニ心ヲオモヒマスカナ

万葉集云　菟原処女墓歌二首并短歌

葦屋之菟原《ヒ》名負処女之　八年児之片生乃時従小枝（「放」ノ誤カ）尓髪多久麻弖尓　並居家尓毛不所見　虚木綿乃牢」（23ウ）　而座在者　見而師香跡悒憤時之　垣廬成人之誂時　智奴壮士《ヲトコ》宇奈比壮士乃　廬八燎須酒師競　相結婚為家類時者　焼太刀乃手頴押祢利　白檀弓靫取負而　入水○《火》尓毛将入跡　立向競（「時」脱カ）尓　吾妹子之母尓語久　倭文《シツ》手《タ》纒《マキ》賤吾之故　大夫之荒争見者　雖生応合有乎　完（「宍」ノ誤カ）串呂黄泉尓将待跡　隠沼乃下延置而　打歎妹之去者　血奴《チヌノ》壮士《ヲトコ》其夜夢見　取次寸《トリツヽキ》追去祁礼姿　後有菟原壮士伊　仰天叫於良妣　跟地牙喫建怒而　如己男尓負而者不有跡　懸佩之小劔取佩　冬薮蕷都良尋去祁礼婆　親族共射帰集　永代尓標将為跡　遐代而語将継常　処女墓中尓造置　壮士墓此方彼方二　造置有双（「故」ノ誤カ）縁聞而　雖不知新喪之如毛　哭泣鶴鴨

返歌」（24オ）

葦屋之《アシノヤノ》宇奈比《ウナヒ》処女《ヲトメ》之《ノ》奥槨《オキツヘヲ》乎　往来《ユキク》跡見者《トミレハ》哭耳之《ナキノミソ》所泣《ナク》

墓上之《ツカノウヘノ》木枝靡有如聞《コノエタナヒキクカコト》　棟《チ》（「陳」ノ誤カ）奴壮士《ヌノヲトコ》尓《ニ》依家良信《ヨレリニケラシ》母《モ》

右二首高橋連虫麿之歌集中出云々（24ウ）

一四八段　本文中「きみなくてあしかりけりと」ノ歌ト「あしからしとてこそ人の」ノ歌ヲ並ベテ記セル行間傍注

拾遺に返歌あり　無此物語如何（32オ）

同段右条、「あしからしとてこそ」ノ歌ノ欄外頭注

或本云女ノカヘリコト、ソイヒツタヘタルハトアリ（32オ）

一五一段　段末勘注

〔奈良帝　聖武天皇也〕諱天璽国押開豊桜彦《アメミルクニヲシアケトヨリクラヒト》天皇　又号雨帝　又号平城太上天皇　文徳天皇（ママ）太子　母右大臣不比等女　元年甲子二月四日即位廿四　在位廿五年御難波宮之後遷平城宮　天平勝宝八年五月二日崩五十　陵佐保山南人丸　以年々叙位除目尋其昇進　更無所見云々、但度々行幸従駕在位人歟　委見古今目録之（38オ）

一五二段　段末勘注

〔これも聖武天皇也〕（40オ）

一五三段　段末勘注

国史にいはく　大同の御時おほしまにおはしまして御みあそひたまふときによつのくらゐよりかみつかたふちはかまをかさすそのときにうたよみていはく（ママ）

みな人のそのかにゝほふふちはかま……

上和云曰

天和御答歌

おり人の心のまゝにふちはかま（ママ）……

然者此奈良帝者大同帝也

日本紀云　大同二年九月乙亥幸泉苑　琴歌間奏四位上共挿蘭花　于時皇太弟歌曰者

又かへらせ給けるに

はきのはなをるらんおのゝつゆしもに　ぬれつゝゆかんよは」（40ウ）ふけぬとも

平城初有童謡曰

おほみやにたゝにむかへるやへのさか　いたくなふみそつちにはありとも

有識者以為天皇登祚之徴也

大同三年九月戊戌幸神泉苑　有勅云々

従五位下平朝臣賀是麿作和歌曰

いかにふく風にあれはかおほしまのをはなかすゑをふきむすひたる

皇帝歓悦即授従五位上

是以思之此奈良帝一定大同也（41オ）

一五四段「たつたやま」ノ歌ノ頭注

古今ニ此返歌ナシ（42オ）

一五五段「あさかやま」ノ歌ノ頭注

此歌在万葉集　葛城王作也（43ウ）

一五五段　段末勘注

古今仮名序云　あさかやまのことはうねへのたはふれよりよみてとあり」（44オ）

又云　かつらきのおほきみをみちのおくへつかはしたりけるにくにのつかさ事おろそかなりとてまうけなとしたりけれとすさましかりけれはうねめなりける女のかはらけとりてよめるなりこれにそおほ君心とけにけるとあり

葛城王者橘左大臣諸兄之本名也（44ウ）

一五九段　段末勘注

染殿内侍　典侍藤原因香朝臣　寛平九年十一月廿九日従四位下掌侍　母尼敬信也

右大臣源能有　文徳天皇第一子　母伴氏　寛平九年六月八日薨五十三　贈正一位号近院大臣（49ウ）

一六〇段　段頭「おなしないし」ノ傍注

是も因香也（49ウ）

同段「あきはきを」ノ歌ノ傍注

此歌業平集ニハ　ウヱシウヱハ秋ナキトキヤカレサラムトイフ歌ノカヘシナリ（49ウ）

同段「秋野を」ノ歌ノ傍注

後撰五秋上　詞云七月許ニ女ノモトヨリヲコセテ侍ケル

返業平

秋ハキヲイロトルカセハフキヌラムコ、ロハカレシクサハナラネハ（50オ）

一六一段「おほはらや」ノ歌ノ傍注
古今巻第十七　伊勢物語ニハ　在中将兵衛府之時云々（51ウ）

一六一段　段末勘注
古今第十七雑一云二条后また東宮の御息所と申けるときと云々、而清和天皇の東宮者一歳にて立太子、九歳にて
即位也、幼稚之条如何
皇代記云仁明天皇夫人順子貞観三年二月廿五日参向大原野、奉幣　同廿五日出家　于時五十三者　同六年正月大（ママ）
皇后　同十三年九月廿八日崩　号五条后
又或書云貞観三年辛巳二月廿五日有大原」（52オ）野行啓、是二条后高子也、于時歳廿　業平卅七従五位下　未
為兵衛佐　同五年癸未補兵衛佐也　尤有疑（52ウ）

一六二段「わすれ草」ノ歌ノ傍注
伊勢物語詞云ムカシヲトコ弘徽殿ノマヘヲワタリケレハ　アルヤムコトナキ御方ヨリ、シノフ草ヲコレヲワスレ
ク」（52ウ）サトモイフカトテイタサセタマヘリケレハ（53オ）

一六三段　段末勘注
〔業平集にはかへしあり」（53オ）

秋はきに色とる風ははやくとも　こゝろはかれしくさはならねは　皇后御返歌也」
古今ニハヒトノ前栽ニキクニユヒツケテ業平ウヱケリトアリ　返歌ハ皇后ノナリ（53ウ）

一六五段　段末「つひにゆく」ノ歌ノ傍注

伊勢物語業平歌也　ケフアスノコト、シラスソアリケル（54ウ）

同段　段末勘注

水尾天皇　諱惟仁　文徳天皇第四子　母大皇太后宮藤明子　太政大臣良房女
天慶三年五月八日出家　法名素真　同四年二月四日崩円覚寺卅二」（54ウ）
弁御息所　在原行幸《（ママ）》女　更衣弁御息所　貞数親王（「母」脱カ）也　左大弁任ハ不見之（55オ）

一六六段　段末勘注

伊勢語ニハ、右近馬場ノテツカヒノ日ムカヒニタテリケル車ノシタスタレノアキタリケルヨリ女ノカホノスキタリケレハマタノ日中将業平ナリケル人ノトアリ
業平集云、右近馬場ノテツカヒ侍ムカヒニタテリケル車ノ」（55オ）シタスタレノハサマヨリハツカニ女ノミエケレハトアリ
業平自筆ノ伊勢語《（ママ）》ノ朱雀院ノヌリコメニアリケルニモテツカヒノ日トソアリケル
古今ニハ右近馬場ノヒヲリノ日トアル本アリ　但正本ニハテツカヒノ日ムカヒニタテリケル車トアリ（55ウ）

一六六段「みもみすも」ノ歌ノアト。文字ハ本文ト同大デ、本文化シテイル。
〔古今には返歌云
しるしらすなにかあやなくわきていはん」（55ウ）おもひのみこそしるへなりけれ
となん侍りける」（56オ）

一六八段　段頭「ふかくさの御かと」ノ傍注
仁明天皇

一六八段ノ途中「ありしところにもまたなくなりにけり」ノアト。勘注
深草天皇
仁明天皇諱正良　嵯峨天皇第二子、母太皇大后橘嘉智子、内舎人贈太政大臣正一位清友女、天長十年二月廿八日
乙酉受禅、三月六日癸巳即位、在位十七年、春秋廿四即位　嘉祥三年三月十九日落飾入道、廿一日巳亥崩清涼
殿年四十一
良少将出家法名遍照」（63ウ）
嘉祥三年三月廿一日帝崩庚子、定御喪諸司為装束司　丙午出家五十五　為僧　天皇寵臣也　崩後哀慕無他　自帰
仏理以求報恩　時人愍
国史云貞観十一年二月十《ママ》六日甲寅請六十僧於大極殿　限三日転読大般若経　詔授遍照法服《ママ》和尚位
仁和元年十月廿二日任僧止、十二月十八日於仁寿殿七十賀、太政大臣左右大臣預此座、
三代実録出雑《ママ》類略説云僧正遍照仁和二年三月十四日賜食邑百戸聴駕輦出入宮門　同年」（64オ）六月十四日壬戌

（「抗」脱カ）表辞封邑、有勅不許　仁和三年七月廿七日戊戌元慶寺座主僧正法印大和尚位、遍照奏云、延暦寺僧伝灯大法師位最円年六十三　於遍照辺受学両部大法既訖（「請」脱カ）授真言伝法阿闍梨位、勅聴之　寛平六年正月十九日卒七十六　于時為元慶寺座主之故号花山僧正

慈覚大師之弟子　安然和尚之師匠也（64ウ）

一六八段「いはのうへに」ノ歌ノ左注

〔多本如此　但或本にみそひ（ママ）つかし給へとて

いはのうへにたひねをすれはいとさむしこけのころもをわれにかさなん　とて心みにいひやりたりけれは返事に

こけのころもはたゝ一とあり

後撰十七此歌小町也　いはのうへにたひねをすれはいとさむし……（ママ）返歌遍照〕よをそむくこけのころもはたゝひとつ（ママ）……」（65ウ）

一六八段「これをもほうしになしてけりかくてなんおこなひける」ノアト、「おりつれは」ノ歌ノ前

小野小町　出羽国郡司女　仁明清和両代之間人云々　或云衣通姫之女云々　是僻言歟

後撰ニハ　いそのかみてらにてとあり　大納言（ママ）語にははつせてらとあり

清水寺

往時有一聖人、名曰延鎮、蓋報恩大師入室之弟子也、六時三昧之行年流、興法利生之願日積」（66ウ）

宝亀九年四月八日斗藪之次、尋到勝覚　是則山城国愛宕八坂郷東山之麓也、谿邊有草庵之居、庵中有華鎮之人、

延鎮聖人問云、居士住此経幾年乎、名性為誰、年齢不審也、居士之名即行叡、性有隠遁心、念大悲観音、口誦

千手真言、居此地年久、齢及二百、言談未畢居士忽失度《ヒ》、爰大納言坂上卿遊獦之次、欲飲冷水、尋得飛泉、納言延鎮殊以帰依、卜件地之建伽藍之由、言約已了、延暦十七年七月二日延鎮聖人与坂大将軍同心合力始奉造金色十一面四十手観世音菩薩像所安置也、号清水寺、本名北観音寺、願主正二位行大納言兼兵部卿右近衛大将陸奥出羽按察使坂上宿祢田（ママ）麿、同廿四年奏清水寺地永以施入、大同」（67オ）同（ママ）二年亜将家室三善命婦懐（ママ）渡寝庭（ママ）建立仏堂矣。

本願系図

坂上宿祢田村麿　正四位上犬養孫従三位苅田麿男　弘仁元年九月十日任大納言五十三右近大将　二年十二月廿三日薨五十四

遍照僧正二郎

俗官左近将監　清和殿上人　行向父入道許之間法師子俗称無由令押出家云々　法名素性

昌泰元年宮滝遊覧記云号良因朝臣　取住所之名也石上寺名良因院也　数日前駆之間献和歌　免暇帰寺之日給御衣細馬　数盃之後忽感恩賜着御衣騎御馬向山直者

延木六年二月廿六日御記云於龍（ママ）芳舎書御屏風　同九年十月二日御記云　於御前書御屏風　左中将定方給楢（ママ）献歌間給禄　赤絹綿御」（67ウ）馬等之

或書云、素性阿闍梨云々（68オ）

一六八段　段末勘注

素性非僧都也、遍照嫡男僧都由性也　寛平八年行幸雲林院之日　大納言源朝臣奉勅」（69オ）宣命　由性大法師為権律師、弘延由性両法師給座（ママ）者一人共起稽首挙声歓喜者

系図云由性雲林院別当遍照僧正俗時子也　少僧都云々
或書云寛平法皇幸嵯峨院大学寺（ママ）　菅根序云于時左丞相藤公談前言往行　兵部尚書奏絲竹管絃　権律師由性献風流
艶藻　左尚書発昭奏瓊章玉韵　是皆当時之最　各盡其能也云々（69ウ）

一六九段　段末勘注
〔諸本如此　無末詞并歌　不審〕（71オ）

一七〇段　段末勘注
参議正四位下左大辨左兵衛督藤原伊衡　左中将従四位上敏行三男　母従五位下多治弟梶女　天慶元年十二月十六
日薨六十三
兵衛命婦　重明親王女云々　本院兵衛右大臣従二位　自延木至于康保現存　左兵衛督顕忠卿家女房
兼茂朝臣女兵衛　或兵衛督　自寛平至于延木現存　兼茂事也　与陽成院皇子元良親王贈答」（72オ）
峯茂女兵衛　已上三人後撰作者
古今作者藤原高経女兵衛　藤忠房家女房
高経者縣大臣長男　自貞観至于寛平現存
已上四人各無命婦之字　四人之中高経女歟　年紀相叶之故也
式部卿宮　重明親王　本名持保　母大納言源昇女也　三品式部卿　延喜八年四月五日為親王年三」（72ウ）　天暦
八年九月十四日薨四十九（73オ）

一七一段　段頭「左のおとゝ」の傍注

或左大将（73オ）

一七一段　段末勘注

〔諸本如此無終詞〕

左大臣　藤原實頼　貞信公一男、母宇多天皇女源氏号菅原公　頎子　康保四年十二月十三日太政大臣六十八、天禄元年五月十八日薨七十一、贈正一位　謚号清慎公　小野宮殿

式部卿宮　為平親王　村上第四皇子、母皇后藤安子、一品式部卿親王　寛弘七年　月　日出家五十九

女房大和　不分明之

廣幡中納言　源庶明、寛平天皇第二皇子三品斎世親王二男　母山城守橘公廣女、天暦九年五月廿日薨五十三　号廣幡中納言　廣幡者」（76オ）所之名也　所謂今之祇陁林寺跡云々　庶明女者村上御息所更衣釘子（ママ）也　理子内親王盛子内親王母　号廣幡御息所云々

弘仁天皇子弘モ号廣幡大納言、然而各別也　皇代記云仁寿四年十月廿六日甲子御禊鴨川　出陽明門、指東至京極折指北上御坐　御斎所者廣幡社司下宮小社中者　廣幡社何所乎　若祇陁林寺邊之社歟（76ウ）

一七二段　段末勘注

〔黒主　清和・陽成・光孝・宇多之間人歟　又延喜大嘗会歌作者也　又後撰云於唐崎勤祓預禄　陰陽師歟

亭子院　昌泰二年十月十四日出家　承平元年七月九日崩　石山御幸度々云々、其間近江守可考之　此近江守平中興歟　延木十五年正月十二日任之故也　廿二年遷美乃権守也　亭子院并黒主等時代相叶也〕」（78オ）

7

まず、支子本勘注に用いられた書目の明記されたものすべてを掲出順に列挙してみよう。漢数字は段序、洋数字は丁数。

後撰集―一四二（12オ）・一六八（65ウ・66ウ）・一七二（78オ）
伊勢物語―一四七（18ウ・23ウ）・一六一（51ウ）・一六二（52ウ）一六六（55オ）
万葉集―一四七（23ウ）・一五五（43ウ）
拾遺集―一四八（32オ）
古今《ママ》目録―一五二（38オ）
国史―一五三（40ウ）・一六八（64オ）
日本紀―一五三（40ウ）
古今仮名序―一五五（44オ）
皇代記―一六一（52オ）・一七一（76ウ）
或書―一六一（52オ）・一六九（69ウ）
業平集―一六三（53オ）・一六六（55オ）
古今集―一六一（52オ）・一六三（53ウ）・一六六（55ウ）
正本―一六六（55ウ）
三代実録―一六八（64オ）
雑類略説―一六八（64ウ）
大納言語《ママ》―一六八（66ウ）

本願系図―一六八（67ウ）
系　図―一六八（69ウ）
宮滝遊覧記―一六八（67ウ）
御　記―一六八（67ウ）
菅　根　序―一六八（69ウ）

以下右の書目を順次に検討してゆく。

後撰集―12オの「うたのゝは」「みゝなしの」の贈答歌は、天福本巻一四、一〇三五・一〇三六番である。ただし、詞書、歌詞、作者名に多少の異同がある。本書勘注では、詞書「せさりけれは」とあるが、天福本・貞応本・中院本・堀河本等すべて「侍らさりけれは」であり、歌詞の「よふこゑを」は天・中・貞・堀、いずれも「よふこゑに」である。所引『後撰集』はやや特異な本文を有していたといえるだろう。

一七二段（78オ）の『後撰集』による黒主の注は、実は『古今集目録』に「(前略) 黒主者読延喜大嘗会歌、寛平頃之人歟、如後撰第十五巻者、陰陽師歟、於唐崎預秡之纒頭之故也」とあるのに従ったものである。

伊勢物語―一四七段の二項のうち、18ウは右の勘注一覧としては掲げなかったもので、「すみわびぬ」の歌の肩に「伊勢物語」と典拠を示したものだが、この歌は現存『伊勢物語』諸本には見当たらない。もし、この歌のある『伊勢物語』一本が当時存在したとするなら、かなり大きな問題である。他の一項23ウの「ムカシオトコ」云々の『伊勢物語』本文は、天福本三三段であるが、流布本とはかなり大きく相違する。ことに「スミケル女ニ」の六文字は塗籠本の独自異文である。しかしそれと完全に一致するわけではなく、本書の「おもへりけるにをとこあしへより」の部分は、定家本系統では「おもへるけしきなれはおとこあしへより」とあり、塗籠本系統本では「おもへるけしきをみて女のうらみけれはあしまより」と各々異なる。

一六一段（51ウ）の「伊勢物語ニハ在中将兵衛府之時云々」の傍注も問題である。現存『伊勢物語』諸本はすべて「近衛府」で、「兵衛府」の本文を採る本はない。本書のこの「兵」の字体は、「兵」か「近」かやや決しにくい感もあるが、後文に注者の意見として、業平が貞観三年にはまだ「兵衛佐」ではなかったが、同五年に「兵衛佐」となったと、「兵衛」の文字を重視しているので、ここもそのように読むべきであろう。念のため業平の官歴に徴すると、『古今集目録』では、貞観四年四月に左兵衛権佐（三十六人歌仙伝「兵衛佐」）、同六年三月右近権少将（歌仙伝「右近衛少将」）に任ぜられていて、官職の上からは右の記事を誤ともいえない。少なくとも、当時にあってこうした本文の『伊勢物語』一本があり得たとはいえるのである。

次に、一六二段（52ウ）。この『伊勢物語』一〇〇段の本文も現存諸本とは大異がある。勘注は「弘徽殿ノマヘヲ」であるが、『伊勢物語』諸本では、塗籠本のみがこれに同じで、他はすべて「後涼殿のはさま」である。さりとてまた一方、勘注の「ワタリケレハ」は流布本に一致し、塗籠本は「わたりたりけれは」であり、勘注が「ヤムコトナキ御方ヨリ」とするのに対して、諸本すべて「やむことなき人の御つほねより」である。勘注は塗籠本にやや近いようではあるが、それでもかなりの距離はあるようだ。

一六六段（55オ）、ここに引く「右近馬場」云々は天福本九九段であるが、勘注本文は現存諸本とは大きく異なる。まず「テツカヒノ日」とあるが、これは諸本例外なく「ひをりの日」である。しかし、後文には「業平自筆ノ伊勢語ノ朱雀院ノヌリコメニアリケルニモテツカヒノ日トソアリケル」とあって、当時はその本文をもつ塗籠本があったらしい。以下現存諸本は一致して、

たてたりける車に女のかほのしたすたれよりほのかにみえけれは中将なりけるおとこの

とある。前掲本書の勘注本文と比較すれば、その出入りの大であることが察せられよう。必ずしも現存本文の簡略化とのみいえないところに、本書所引『伊勢物語』の本文系統的な意味を考えざるを得ない。

また、本条冒頭に「右近馬場」とあるが、これにつき顕昭の『古今集注』巻一一の記述が参考になる。

伊勢物語ノ中ニハ事外ニ歌次第モカハリ広略ハベル中ニ　普通本トオボシキニハ左近ノムマバノヒヲリノ日トカキテ中将ナリケルオトコトカケリ　普通トタガヒタル本ニハ右近ノ馬場ノテツガヒノヒトカキテ中将ナリケル人トカケリ

顕昭のいう「普通本トオボシキ」本の「左近の馬場のひをりの日」は現存広本系諸本の本文であり、その他、右によれば、六条家の顕昭にとっては「左近」が通常で「右近」とあるのは「普通トタガヒタル本」であった。しかるにまた他の個所で、顕昭は、

業平ガテヅカラカミヤガミニカケル伊勢物語ノ朱雀院ノヌリゴメニアリケルニハタヾ右近ノ馬場ノ日ムカヒニタテリケル女ノ（中略）トゾカケル

ともいっており、これは範兼の『和歌童蒙抄』の説をそのまま受けたものであるが、これでみれば、右の「普通トタガヒタル」本とは塗籠本をさすことになる。前記勘注による当時の塗籠本の記述と合わせれば、本書の引く「右近馬場ノテツカヒノ日」の本文を持つ『伊勢物語』は、当時の六条家本系統とは全く異なり、朱雀院塗籠本の系統によるものと見てよいが、しかし、それは「右近の馬場のひをりの日」とある現存の塗籠本ともいちじるしく異なるものであることもまた明らかである。この「ひをり」の本文については、つとに福井貞助氏『伊勢物語生成考』一八三頁以下にも詳論があるところで、この勘注もその問題に一石を投ずるものといえよう。

万葉集―一四七段（23ウ）は、『万葉集』巻九の有名な長歌と反歌である。長歌の文字は、古典大系本底本の西本願寺本と比較して、誤脱・異字が一字ずつ四箇所にすぎず、ほとんど変わりがない。しかし、本書の反歌（「返歌」と記す）一首の訓は、左の如くである。平仮名の校異は西本願寺本の訓。・はナシ。

アシノヤノウナヒヲトメノオキツヘ《くつき》ヲユキクトミレ《て》ハナキノミソナク《ねのみしなかゆ》

ツ《は》カノウヘノコノヱタ・ナヒキ《けり》キク《き》カ《し》コトチヌノヲトコニ《し》・ヨレ《る》リ《へ・》ニケラシモ

後の歌の結句第二字目には本文に「倍」が欠けており、また第二句の「有」を訓に無視するなど不審もあるが、現存本の中では『古葉略類聚抄』の訓に近いといえる。一五五段（43ウ）については問題はないので省く。

拾遺集―一四八段（32オ）。これも巻八に「君なくて」の返歌として「あしからし」の歌があることを述べたもので、『拾遺集』現存諸本一致して然りであり、問題はない。

古今集目録―一五一段段末（38オ）に、「奈良帝」の附載として人丸に触れた記述である。類従本『古今集目録』によれば、「柿本人麿」の項に、

以年々叙位除目、尋其昇進　無所見、但古万葉集第二云（中略）今案、件行幸日従駕者、定叙爵歟。（下略）

とあり、それを簡略にしたものであり、末尾に「委見古今目録之」と記したのである。

しかし、実は、本書では書名を挙げずに『古今集目録』を引用した条は、他にも多い。一六八段（64オ）の遍照の略伝「嘉祥三年」以下「号花山僧正」まで一七行にわたる文はすべて『古今集目録』に拠り、冒頭から「時人愍」までは「良峯宗貞」の項、以下は「僧正遍昭」の項で、両者を合わせ載せたものである。従ってその間に見える「国史」「三代実録」「雑類略説」などすべて孫引きにすぎない。もっとも、細かく見れば、類従本と相補うところもあり、たとえば、類従本「良峯宗貞」の項の「来報恩」は本書の「求報恩」に従うべきである。

また同じく一六八段々末「遍照僧正二郎」の勘物の中「昌泰元年」以下「御馬等之」まで七行、さらに最末（69オ）の「寛平八年」以下「尽其能也云々」まで一〇行も全文『古今集目録』そのままの引用で、巻尾（78オ）の黒主の勘注も然りである。この間にも類従本を訂正しうる所があり、たとえば類従本ではこれを「素性」のこととするが、本書ではすべて「由性」と記しており、おそらくは本書勘注者一家の見識として、その冒頭に「素性非僧都也、遍照嫡男僧都由性也」と記し加えたものか。「系図云、由性雲林院別当、遍照僧正俗時子也、少僧都云々」は、

右述の如く、『古今集目録』の素性の条に見えるものであるが、京極僧都を由性と見る説に有力な資料であり、近時、これを由性とする説が有力となりつつある。本書の記述はその点尊重すべきである。また、本書（69ウ）の「発昭」の文字は、類従本『古今集目録』では「発眼」とするが、もとより誤りである。「発昭」は紀長谷雄の号であり、文脈からして当然それが正しい。

国史・日本紀―一五三段（40ウ）に見える「国史」の記事は『類聚国史』三一、『日本紀略』大同二年九月二一日の条に見えるもので、後文の「日本紀云大同二年九月乙亥」云々の文章が、『類聚国史』に一致する。しかし、本書の注釈者が紀年体でなく類纂物である『類聚国史』をさして「日本紀」と呼ぶとは考えにくく、おそらくは「日本紀」とは大同二年の部分が現在佚している『日本後紀』の佚文なのではあるまいか。というのは、後文の「平城初有童謡曰」以下「登祚之徴也」までは、現存する『日本後紀』大同元年四月庚子条に同文であり、それに続く「大同三年九月戊戌」以下「授従五位上」まで歌を含めて五行分も『日本後紀』当該年月日条にほぼ同文なのである。

しかし、「国史」の方は問題である。この条ではいくつかの問題点がある。一は「おほしまにおはしまして」に当たる語が『類聚国史』には見当たらないことであり、二は歌詞が『類国聚史』では「みやひとのそのかにめづる」・「おりひとのこころのまにま」とあり、この「国史」の「みな人のそのかにゝほふ」・「おり人の心のまゝに」とはかなり異なっていることである。第一の点は、後文の大同三年九月「戊戌幸神泉苑」の折の和歌の第三・四句に「おほしまのをはなかすゑを」とあって、「おほしま」は神泉苑に関わる名称であることがわかるが、第二点は、「国史」が『類聚国史』ではないこと、また従って、その材料となったであろう『日本後紀』でもないことが察せられはしないか。「国史」の歌詞が『類聚国史』の歌詞に比していかにも平安朝的ななだらかさを持つものであること、またこれと同じ歌詞が『古今六帖』の歌に見えることは、この「国史」の成立の遅さを示唆するように思われる。

一六八段（64オ）の「国史」は、この前後の全文が前述の通り『古今集目録』からの孫引きである以上、問題とするには足るまい。また、この「国史」が前条の「国史」と同一か否かは不明である。

古今仮名序―一五五段段末（44オ）。この本文は、「あさか山のことばは」とあるべきところ、「あさかやまのことは」と、本書には一字畳字が落ちていることを除けば、すべて伊達本その他御子左家系統本に一致する。

古今集―一六一段（52オ）。大原野行幸の主に関して、『古今集』本文に「二条后まだ東宮の御息所と申けるとき」とあることについて、これを「東宮の生母」でなく、「東宮夫人」と解した上で、当時東宮（清和）は九歳未満では幼少すぎておかしいと疑ったものらしい。本文の問題ではないが、本書勘注者の解釈力について、不審を抱かせる事例である。

一六三段（53ウ）。これは勘注も簡に過ぎ、諸本と比較してその本文系統を云々するには足りない。

また一六六段（55ウ）は、前に『伊勢物語』の項でも述べた「右近馬場ノヒヲリノ日」と「テツカヒ」の問題である。「右近馬場ノヒヲリノ日」の本文を有する『古今集』は、後鳥羽院本・永暦本・建久本・寂恵本・伊達本であり、大体は御子左家系統本である。本書の勘注は「……トアル本アリ」だから、通常の本は「左近」とあるというのが前提となっているのであろう。現存本では「左近」を採るものは六条家本・清輔本系諸本（永治本・前田家本等）・雅経本などである。『袖中抄』には、顕輔が「左近馬場のひをりの日は天下第一の難義」としていた、と記されていて、「左近」を普通とする本書の考え方と一致するわけである。

それに続く「但正本ニハテツカヒノ日ムカヒニタテリケル車トアリ」の「正本」は、文脈上『古今集』の正本と解すべきである。先に『伊勢物語』の場合にも、「右近馬場ノテツカヒノ日」とあるのが、業平自筆の塗籠本の本文だとあったが、勘注者は、『古今集』でもまた正本は同様の本文を有するというのである。またそれは流布本ではないが、それよりも一層価値あり信用できるというのが、彼の主張である。しかし、こうした本文の『古今集』は一本も現存しない。はたして、勘注者のいう通り、鎌倉初期にはこの種の本文の本が存在したのであろうか。興味をそそられる記述であることは間違いない。

業平集―一六三段（53オ）。『業平集』には「うゑしうゑは」の歌の返歌として「秋はきに色とる」が続くというのだが、『業平集』の中でもそれは特に雅平本（69・70）・西本願寺本（5・6）・類従本（6・7）などにみられるもので、在中将集・歌仙家集本ではそうではない。また、右三本のうち、本書の如く「皇后宮御返歌」である旨を記したものはない。また書陵部三十六人集本は二首続いているが、詞書もなく、贈答歌の形ではない。

つぎに、一六六段（55オ）。先述の「右近馬場のひをり」の件につき、業平集に「右近馬場ノテツカヒミ侍ムカヒニタテリケル車ノシタスタレノハサマヨリハツカニ女ノミエケレハ」とあるという。在中将集には、

右近のむまはの手つかひにむかひにたてりけるくるまのしたすたれよりはつかに女の見えけれは（下略）

とあり、西本願寺本には、

右近のむまはのてつかひみはへるむかひにたてるくるまのしたすたれよりはつかに女の見え侍けれは（下略）

とあって、本書は西本願寺本に近いが、「下すたれのはさまより」は一致しない。しかし、前条と合わせて考えれば、本書のいう『業平集』は、現存本中では西本願寺本系統に比較的近いとみてよいか。

皇代記―一六一段（52オ）。現存本『皇代記』（一三世紀最末に初稿成立とされる）にはこの記事は見えない。この書名は、『古今集目録』の大友黒主条にも見えていて、平安朝成立の書であり、現存本とは別である。本条の内容は、『三代実録』にほぼ同じであるが、順子の出家の日を「廿五日」とするのは、『三代実録』には「廿九日」とあって、小異がある。

つぎに、一七一段々末（76ウ）の『皇代記』の仁寿四年の記事は、『六国史』『扶桑略記』ともに闕文の部分であ

る。賀茂斎院御禊の記録として興味ふかいもので、他に所見のない新資料ではなかろうか。すでに『国書逸文』には『皇代記』逸文八条が集録されているが、本書の二条はそれに付加すべきものであろう。

或書―一六一段（52オ）。ここにいう「或書」の記事内容は、「貞観三年辛巳」以下「歳廿」までであり、「業平卅七」以下「有疑」までは勘注者の私注である。『伊勢物語』にいう大原野行幸は、貞観三年二月二五日で、その主人は順子ではなく二条后高子とするのが「或書」で、それに対して勘注者は、貞観三年当時高子は二〇歳、業平三七歳で、兵衛佐になる以前だから、『伊勢物語』本文にいう「兵衛府」に矛盾し、信用できぬ、前項の「東宮の御息所」の件と合わせて、ここは高子ではなく、順子でなければならぬ、というのである。その前提には物語本文として、「近衛」を採らず、「兵衛」を採る立場があるわけだ。支子本『大和物語』の物語本文には「二条后」とせず、ただ「きさいの宮」とするだけなので、こうした五条后順子説も生まれるのであろう。もっとも高子は、注者自身もいうように、貞観三年にはたしかに二〇歳で、年齢や経歴、周囲の事情からみてもこうした業平の詠歌が生まれるはずがあるまい。現在では、だから高子の生んだ貞明親王（陽成）が立太子した貞観一一年から、即位した同一八年の間のこととするのである。貞観三年高子説は、当時としても奇説に過ぎなかったであろう。しかし、そんな説があったことがわかるだけでもおもしろい。

他の一項、一六八段（69ウ）は、「或書云」以下全文、『古今集目録』の引用である。ただし、「或書云」の文字は『古今集目録』では「或人裏書云」と変わっている。だからこの「或書」と「或人裏書」とが同一書だと、直ちにいうわけにもいくまい。この項の「或書」と前条の「或書」とが同一物か否かも、またわからないのである。

大納言語（ママ）―一六八段（69ウ）、「小野小町」の条。この書名はたぶん「大納言物語」の脱字に基づくのではあるまいか。この称の付く「宇治大納言物語」などが直ちに連想される。それは、周知の如く、『今昔物語集』の原型かといわれるものだが、現存『今昔物語集』に本書でいう小町と遍照が出会った記事はない。長谷寺は、『大和物語』

本文の前段に、遍照の妻子が夫の身を案じて長谷寺に参籠しているところへ、来合わせた遍照が物蔭からその姿を見て血の涙を流す話があり、それとの混同が生じているものかもしれない。『十訓抄』六ではこのことに触れているので、『十訓抄』の種本の一となった「宇治大納言物語」にでも、その種の話があったものか。

本願系図―一六八段（67ウ）。ここに載せる坂上田村麿の略伝は、国史の伝を簡約したものかと察せられるが、一、二誤りがある。すなわち、『日本後紀』は弘仁二年五月二三日条に田村麿の薨を伝え、本書の同年一二月二三日薨とするのとは月が異なる。また『日本後紀』は「大宿祢」「苅田麿之子也」とするのに対し、本書は「宿祢」「苅田麿男」である。また、本書が彼の大納言就任を弘仁元年九月一〇日とすることは、『日本後紀』同日条には見えないが、『公卿補任』の記述には合致する。なお、「本願系図」なる書名は他に所見のないもので、現存の『本願寺系図』（類従所収）とは別物である。前条「大納言物語」と共に、『本朝書籍目録考証』および『国書逸文』共にこの書名はなく、佚書の佚文として注目すべきであろう。

残りの**三代実録・雑類略説・系図・宮滝遊覧記・御記・菅根序**は、すべて本書が拠った『古今集目録』引用文中の書目であり、特にここに解説の要はあるまい。

以上、本書中引用書目を明記した書籍について調査したが、その結果としては大体左のようなことがいえよう。

一、従来未知の書籍名がその佚文と共に見出されること。

二、書目としては既知のものながら、現存本の佚文かと思しきものが見出されること。

三、現存書と書名を同じくしながら、内容は全く別個のものの佚文が見出されること。

四、現存書と大体は同じらしいが、部分的にあるいはそれを越えて、研究史的に重要な問題を持つ点があること。

8

つぎに、本書の勘注のうち、典拠未詳の勘注について、以下注目すべき点を拾って述べる。

一四二段は「故御息所」の姉が生涯独身を通した話であるが、その冒頭本文に諸本間に小異がある。すなわち、二条家本系統では、

故御息所の御姉、おほいこ

とあり、六条家本（巫、鈴、勝、支）では、

故御息所の御あね伊勢のかみのむすめおほいこ

とあって、傍線部が多い。この「おほいこ」なる人物について、古く天福本（厳島神社本）勘注には、

此人不知誰、若元方卿女更衣祐姫之姉歟

とし、『大和物語鈔』はこれを受けたらしく、

今案説、元方民部卿の女更衣祐姫の姉歟と云々、たしかならず

という。

元方民部卿は、例の悪霊で名の高い人物で、藤原菅根の二男、大納言、民部卿、天暦七年（七五三）三月薨、六六歳。祐姫はその娘で母は不明。村上天皇の更衣となり、広平親王（七五〇生）・緝子内親王を生んだ。『栄花物語』などには「御息所」とも呼ばれている。その姉のことは不明である。祐姫が広平親王を生んだ年齢はわからないが、仮に二〇歳とすれば、彼女の出生は九三〇年となり、「おほいこ」はたぶんその姉とすれば、それ以前の出生となる。一方、元方は八八八年の誕生だから、彼が長女を作ったのはたぶん九〇八年よりは後とみてよかろうし、仮に九〇八年に「おほいこ」が生まれたとすれば、彼女は「二十九にてなむうせたまひける」とあるから、九三六年（承平九）に死んだ勘定となる。『大和物語』の成立は大体は天暦五年（七五一）頃といわれるから、仮に史実と

してみても、素材として矛盾はないわけだ。しかしこの説話自体は、『古今集』にみえる平中の歌「ありはてぬ命まつまの」の歌を材料として虚構した作だという高橋正治氏の説（「大和物語の位相」国語と国文学、昭31・9）も有力なように、史実そのものとしてみるべき積極的根拠もまた甚だ乏しい。『大和物語鈔』も「たしかならず」とするゆえんである。

ところで、田村本の勘注では、前掲の如く、

① 故御息所者、宇多天皇女歟。追可考。
② 如異本者、各相違歟、如何。(細注)
③ 御姉第五者、宇多院第五女依子内親王是也。御母者小八条御息所、宇多天皇更衣、従五位上源貞子、民部卿昇大娘、承平六年七月七日薨、年四十二、号鬘宮。御継母者、贈太上大臣菅原朝臣女子、宇多天皇女御、源氏順子母。
④ 太政大臣藤原基経二女、温子。母四品人康親王女、仁和四年十月六日初入内、即九日為女御、寛平九年七月廿六日為皇太夫人年廿六、延喜五年五月出家、七年六月八日崩年卅六、号七条后。均子内親王・柏子内親王母。
⑤ 贈皇后藤原胤子、内大臣高藤女。
⑥ 左大臣時平女。雅明親王・行明親王母、京極御息所。
⑦ 已上四人之間有疑。
⑧ 後撰恋第六云

宇多院にはへりける人にせうそくつかはしける、返事もせさりけれは、よみ人しらす
うたのゝはみゝなしやまかよふことりよふこゑをたにこたへさるらん
かへし、宇多院女五宮

みゝなしのやまならねともよふことりなにかはきかむときならぬねを

頭欄の注番号は、私に附したものである。

注全文の要旨は「故御息所」とは誰かであり、その典拠に、宇多天皇々女依子内親王・基経女温子・高藤女胤子・時平女京極御息所の四人を挙げ、しかもそれらすべて疑わしいという趣旨である。

まず③の依子内親王説について検討すると、

イ　依子を宇多天皇第五女とすること。

ロ　源貞子が昇の「大娘」長女で、「小八条御息所」の称があったとすること。

ハ　依子の死を承平六年七月七日、享年四二歳、鬘宮の称があった、とすること。

ニ　継母として、道真女(『一代要記』によれば衍子)を挙げること。

がその内容である。

このうち、イについては後述する。ロは、『尊卑分脈』に、昇の次女の位置に「小八条御息所」と注しており、長女の点は合わないが、称号は符合する。『一代要記』は「民部卿昇一女」とする。

ハは、『一代要記』に、薨年齢、称号ともに合致するが、薨年月のみは、承平六年七月一日とあって、合わない。

ニは事柄の性格上、詳しいことはわかるまい。

次に④の温子について。このうち、『一代要記』『紀略』などと合わない点は、年齢を皇太夫人となったとき三六(『一代要記』)、崩年齢四六(『一代要記』)と本書とは各一〇歳違っていることである。もっとも、『紀略』諸本の崩年齢は本書と同じく「三十六」としているが、活字本では『一代要記』に合わせて「四十六」と改めている。また出家年時を本書では延喜五年五月とするが、『一代要記』では延喜三年正月とする。崩御の日も、『紀略』では六月七日である。

こうして記録と照合すれば、右のような多少の不一致点もあり、ことに年齢のくい違いはいちじるしいが、全体としてみれば、本書の勘注は元来は信頼するに足る記録等に拠ったものとの印象が強い。⑤の胤子説、⑥の京極御息所説も特に問題はなく、⑧もまた正しく『後撰集』恋六所出の贈答歌である。とすれば、①〜⑧の勘注の依拠した原資料そのものについては、概して信用度の高いものといってさしつかえあるまい。

しかし、問題はさらに別にある。第一には、本書のこれらの注の執筆・配列がはたして同一人の手によって成ったか否か、という点であり、第二には、物語本文との関係において、はたして矛盾がないかどうか、である。

まず成立の問題から考えよう。①では、「御息所」なる人物について、宇多皇女かと推定し、かつ同時に、それに疑念ないし不安を持っていて、後日の追考を要するといっている。にもかかわらず③および⑧では、この宇多皇女説をいわば発展させた形で、依子内親王説を積極的に打ち出している。⑧の「宇多院女五宮」は、『後撰集』為相本の勘物にも「依子、鬘宮、母更衣貞子、大納言昇女」とあるので、五宮依子説はおそらくは二条家の説だったのであろう。

さらに、②は、細字でもあり、明らかに後人の追注である。その意味は、「異本の如く」とは物語本文に関することで、「異本を採れば、御息所も、その姉のこともくい違ってくるのではないか、どうもおかしい」と、①の説に疑を挿んだのである。その「異本」とは、おそらくは、現存二条家本には「伊勢のかみのむすめ」の一句がなく、本書を含んで六条家本にのみそれがあることをさしているのであろう。つまり二条家本に従えば、御息所もその姉も、出自は書いてないから、皇女ととることもできようが、六条家本（異本）に従えばそれは「伊勢守」の娘だから、絶対に皇女とはとれない、というのであろう。

しかもこの際の追注者の立場は、二条家本を正常の本文と見、六条家本を異本と見る立場である。本書に即していえば、底本は六条家本であり、異本が二条家本であるから、この①②の注は、はじめから六条家本に附されていたものではなく、もともと二条家本の注およびそれに対する追注だったものが、あとで六条家本に転写されたものと考えるほかないであろう。

さらに、③以下に移ろう。③は前述の如く①の宇多皇女説に刺戟された人が、後にそれを発展させたものかと思われるが、「伊勢のかみのむすめ」との矛盾は右のように考えて処理するとしても、それ自体として他にやや検討を要するものがある。

それは、この③が「おほいこ」の意を「御五」と解していることである。現在の通説は「おほいこ」を長女の意としているが、実は、長女の意の「おほいこ」は他に用例がないようで、『土佐日記』承平五年二月六日条に見える「おほいこ」なる語も単に年長の女性への敬称のようなものにすぎない。「大君（おほいきみ）」の類推から「おほいこ」を長女と解するのも、間違いとはいえないまでも、不安は残るわけだ。

しかし、そうかといって、本書の③のように、それを「御五」と解する理由もあまりなさそうである。史実としても、依子が第五女だったという明徴は乏しい。『皇胤紹運録』は、宇多皇女として順に、均子、柔子、君子、孚子の各内親王を挙げ、つぎに「若子」をおき、ついで依子内親王を挙げる。依子は、「若子」を入れれば第六女、省けば第五女となる。『一代要記』は、同じく均子、孚子、依子、誨子、季子、成子、傾子の順に挙げ、依子は第三女となる。また、『紀略』承平六年七月一日薨条には「宇多第七女」とする。「五女」は、おそらくは単なる一説にすぎなかったか、あるいはむしろこうした本文に強いて合わせようとしただけの、いわば思い付きの類だったのかもしれない。

④～⑦は、右の宇多院五女説に対する異説で、基経二女説・温子説・胤子説・時平女説などを挙げる。が、すべて「伊勢守のむすめ」の本文に関心を払った形跡はない。おそらくは、これらの勘注もその本文をもたない二条家

本系統の物語本文に即したものなのではあるまいか。前述の②の追注だけが「異本」として、それにこだわったことになる。

あるいは、臆測を敢てすれば、この本文中の一句「伊勢守のむすめ」は『大和物語』の本来のものではなくて、やや後に『伊勢集』との関連から附加された一句ということになりはしないか。この段の虚構が平中の歌によっていることは、前述の通り高橋氏のつとに指摘されたことであり、さらに南波浩氏（古典全書本『大和物語』解題）もそれを『伊勢集』の影響とされた。しかし、オリジナルな『大和物語』の形に右の一句がはじめからあったと考えるよりは、右のような支子本の奇妙な勘注のありかたから推して、この一句はむしろ後補のもののように思われるのである。ということは、六条家本の発生そのものを考える上にも関わる所の大きい問題ともいえようか。

ところで、末尾の⑦の「已上四人之間有疑」の文字は、これらの説すべてに不信を表明しているわけで、これまた右の各勘注者とは次元を異にしている。あるいは、これこそ六条家の学者の言というべきなのであろうか。長々と先人の説を引用記述しながら、それを一向信用していないことをわざわざ書き加える姿に興味をそそられるのである。

9

つぎに、一四七段「女一のみこ」の脚注に移る。これも二説並記である。その一は均子内親王説である。これは古来のものらしく、天福本勘注にも、

均子　母中宮温子。依后腹号女一宮。後代祐子内親王又如此。雖高倉第四、号高倉一宮。

と、その「一宮」の称号の由来についても説いている。さて支子本勘注の中、「配敦房親王」とあるのは「敦慶」の誤りで、母を温子とするのは『一代要記』と同じであり、『皇胤紹運録』の「胤子」説とは異なる。もちろん

「温子」が正しい。その他薨年月日など誤りはない。

他の一説は奇説というべきである。これは一条伊尹女の冷泉院女御懐子を引き合いに出して、彼女が女一宮(宗子)、女二宮(尊子、火の宮)の母であることを述べ、最後に「然而件一宮時代不相叶、為散両方之疑殆注之」というのである。この宗子、尊子の薨去は各々寛和二年(九八二)、寛和元年である。本段(処女塚)の温子宮廷の風流は延喜年間の出来事だから、数十年も時代は下るわけで、注みずから「時代相叶ハズ」という通りだ。しかし、それにつづく「為散」以下は、「それをわざわざ記すのは、両説が世に行われているが、女一宮宗子内親王説の方は不当である旨を記して、後人が迷わないようにしておくためだ」の意であろう。単に二説を機械的に並記する、というのではなくて、誤りを誤りとして、はっきり指摘しておきたい、というのであり、啓蒙的、批判的とでもいうべき態度が見えるのである。

諸説並記に関連して、さらに一七〇段の勘注を挙げる。これは「伊衡」「兵衛の命婦」「式部卿宮」の考証である。まず「伊衡」(八七五―九三七)については、古く為氏本・天福本などの二条家本勘注では、延喜一六(一七)年の蔵人・少将任官、延長二(三)年の叙四位、同年一〇月の中将任官、八年叙正四位などのことを記すのに対して、支子本勘注では、それらをすべて省き、両書に見えない母親のことや薨時と享年などを記している。またこの記述を『公卿補任』などに照合すれば、薨日が一日ずれるほかはすべて一致する。

また「式部卿宮」については、通説は敦慶親王(八八七―九三〇)とするが、支子本は重明親王(九〇六―九五四)を挙げる。その記述内容も名を「将保」を「持保」と小異を示す以外は『一代要記』とほぼ同じといえる。しかし、本段素材としての適格性となると、九〇六年生まれの重明親王の別当を九三七年に没した伊衡が勤めるというのは、あり得ないことではないが、かなり無理である。やはり通説通り八八七年生まれの敦慶親王と八七五年生まれの伊衡との主従関係とみる方がより自然であろう。

ついで支子本は「兵衛命婦」について、四説を挙げ、考証を加えている。

その第一は「重明親王女」である。その趣旨は、彼女は本院藤原時平の息顕忠に仕えた女房であるという点にあり、「右大臣従二位自延木至于康保現存」は顕忠に関する注である。この注は、富小路右大臣顕忠に関する『公卿補任』の記述に照らして矛盾がない。顕忠が兵衛督に任じたことも、天慶二―四年の間に歴々として指摘できる。しかし、肝腎の重明親王女が、顕忠家の女房で「兵衛命婦」と称されたかどうかについては、現在裏付け資料は皆無である。重明親王の生歿は九〇六―九五四年で、『紹運録』にはその子女として徽子女王（九二九―九八五）と旅子女王の名を挙げる。別に『尊卑分脈』摂家相続孫には、朝光の子朝経（九八五―一〇四一）の項に母式部卿重明親王女と注する。しかし、この人がもと顕忠に仕えた女房だったかどうか、年代は必ずしも合わないわけではないが、それだけではどうともいえない。主人の顕忠のわずか二年間の官職をわが女房名として用うるというのも、一般にはありそうにもないことである。重明親王女を「兵衛命婦」に当てる説はどうも信用がおけそうもない。

つぎは「兼茂朝臣女兵衛」である。注の趣旨は、父の兼茂は一説に兵衛督とし、寛平―延喜の人で、さらに兼茂女には元良親王との贈答歌があるとする。『尊卑分脈』によれば、藤原兼茂は九二三年に歿したが、このとき弟の兼輔は四七歳であった。生歿については、右の勘注は概ね正しく、また官職も『分脈』に「左兵衛督」云々とあって勘注に符合する。また、兼茂女と元良親王との贈答歌とは、『後撰集』一四に、

　元良のみこのみそかにすみ侍りける、今こむとたのめてこずなりにければ、兵衛

　人しれずまつにねられぬありあけの月にさへこそあざむかれけれ

とあるのを指しており、定家本の勘物には、「兵衛」に「兼茂朝臣女」と注記を加えている。元良親王と兼茂女との間に関係があったとするのは、鎌倉期以来の常識であったとみえる。

つぎに「峯茂女兵衛」説であるが、この「峯茂」は、『尊卑分脈』にも所見がなく、「後撰作者」とあるが、現存

『後撰集』作者名にもこの文字は見当たらず、『作者部類』にもない。その他の記録はまだ精査するには至っていないが、何かの間違いか、あるいは、今日には伝わらない歌人がいたのか、何とも決しかねる。

最後の「藤原高経女兵衛」説であるが、勘注の趣旨は、彼女は藤原忠房に仕えた女房であり、『古今集』の作者であること、また父の高経は「縣大臣」の長男で、貞観から寛平頃の人だ、というのである。『尊卑分脈』によれば、藤原高経は長良の男で、「内蔵頭・左中弁右兵衛督・正四下・寛平五（八九三）・五・十九卒」とある。もっとも、長良の男は国経・遠経・基経・高経・弘経・清経の順に名が出ている。各々の出生年時の判明する者を記せば、国経は八二八年生、基経は八三六年生、清経八四五年生で、右の順に生まれている。高経はおそらくは八四〇年頃の出生で、長良の長男ではなかろう。本書勘注は信じ難い。

また長良にはたして「縣大臣（あがたのおとど）」の通称があったか否か、これまた他の資料にまったく所見がなく、不審である。

また高経女が「兵衛」と呼ばれて、『古今集』作者であることは、つとに周知のことである。『古今集』物名・恋五に各一首あり、『作者部類』にも「藤原忠房家人。右兵衛督高経女」として出ている。しかし、『尊卑分脈』では彼女について「右京大夫忠房妻（室イ）」とする。また『分脈』では他にも、忠房の子の親衛について「母、左兵衛督高経女」と記し、忠房妻説が補強される。一方、支子本勘注は、「忠房家女房」とするのであり、これに似るのが『作者部類』の「忠房家人」説である。当代「女房」の文字は、必ずしも宮仕え女房、使用人としての侍女の意だけではなく、妻室の意に用いることもある。『御堂関白記』が用いる「女方」は、倫子を指す場合が多いのがその一例である。もしその意ならば、勘注も『分脈』も共に忠房の室として一致するわけであるが、その場合には「忠房家女房」の「家」の一字がしっくりしないことになりそうだ。忠房が従四位上、大和守、右京大夫といった受領階級であったことを思うと、そのような卑官に仕えた女房が『古今集』作者として名をつらね得るか、という疑いも生まれよう。本書勘注・『作者部類』ともにやや不審を抱かざるを得ない。

さて、勘注はこれら四人を挙げたあとに付け加えて、以上四人とも「命婦」の称はないとか、また四人の中では、本段の年代に適合するから、高経女がもっともふさわしい、というが、それについてはどうか。

本段の冒頭には「伊衡の宰相の中将にものしたまひける」とある。伊衡は承平四年（九三四）一二月参議となったが、それより早く延長二年（九二四）一〇月一四日、四九歳で右近権中将となり、同六年左中将に転じ、以後五九歳で参議となるまでその職にあった。では右の四人の中で、この九二四－九三四年の間に、伊衡の相手として歌を交わせそうな人は誰か。

高経は八四〇年頃に生まれており、高経女はたぶん八六〇－八七〇年頃の出生であろう。八七五年生まれの伊衡よりも若干年上だが、お互いに初老の男女、不自然というほどのこともないようだ。勘注の「年紀相叶之故也」の文字はそのまま受け入れることもできよう。

では重明親王女説はどうか。親王は九〇六年生まれで、その女の斎宮女御徽子女王は九二九年生まれである。問題の「兵衛命婦」がその妹であったとして、八七五年生まれの伊衡の相手はつとまりそうもない。前述の「式部卿宮」に重明親王を当てる誤りにつながるものではあるが、かなり杜撰な説といえる。

「峯茂女」説もまた、何一つ年代推定の手がかりはないのだから、論外である。

残りの「兼茂女」についてはどうか。その父兼茂は前述の如く九二三年に歿し、時にその弟兼輔は四七歳。兼茂もまた四〇歳台ではなかったか。とすれば、その女ならば、おそらくは二〇歳台前半ぐらいにはなっていよう。右の伊衡の中将時代九二四－九三四年が、それより若干年齢を加えて、贈答歌の相手として適切である。本書勘注が、兼茂女説を無視するに足る積極的理由があるとは思えない。今日の通説が多く、兼茂女説を採っているのも無理ではない。

10

前節でもいささか触れたが、本書の勘注について見落とすことのできない一点は、二条家本系統本の勘注との相違である。勘注の多くは史実・人物考証に関するものであり、それらは本来より確実な何らかの典拠があり、それらを引くことで成り立つことが多いはずであるから、一般にこの種の同一事項に関する記述はそれほど大きくくい違うことはあまりないようにも考えられよう。しかし、本書の実態は必ずしもそうではない。先に引いた一六八段僧正遍照良峯宗貞に関する記事もそれであるが、その他にも、例を引けば、一七〇段の藤原伊衡の勘物に本書では前掲の如く、

参議正四位下左大弁左兵衛督藤原伊衡　左中将従四位上敏行三男、母従五位下多治弟梶女。天慶元年十二月十六日薨六十三。

とあるが、為氏本勘物、

参議、右兵衛督敏行男。延喜十六年左少将、十七年蔵人、延長三年四位、同十月中将、八年正四位下。

とし、天福本では、

伊衡　延木十七年蔵人少将、延長二年四位、十月右中将春宮亮、八年十一月正四位下兼内蔵頭、承平四年参議、止中将、七年左兵衛督。

とする。後の二者をくらべると、天福本がやや詳しく為氏本が簡という差はあるものの、大体は同じ内容であるが、支子本の勘注は内容においてこれらとほとんど重なる所がない。一七一段の「左大臣」（実頼）の注も同趣である。支子本では、

左大臣　藤原実頼、貞信公一男。母宇多天皇女源氏、号菅原公。頎子。康保四年十二月十三日太政大臣六十八、天禄元年五月十八日薨七十一、贈正一位。謚号清慎公、小野宮殿。

とするが、天福本では、

清慎公　延木十九年正月右少将、廿一年従五位上蔵人、延長四年正五位下、六年四位左中将廿九、八年蔵人頭、承平元年参議中将卅二、承平三年右衛門督別当。

としている。これまた両者相重なる記事は皆無である。さらに同段「廣幡中納言」の勘物、支子本では、

源庶明、寛平天皇第二皇子三品斎世親王二男、母山城守橘公広女。天暦九年五月廿日薨五十三。号廣幡中納言。広幡者所之名也、所謂今之祇陁林寺跡云々。(下略)

とし、天福本は、

天慶四年参議、三品斎世親王三男、寛平御孫親王、母広相卿女、延木五年出家、延長五年薨。

としている。庶明を一は斎世親王の二男とし、他は三男とすること、母を一は橘公広女とし、他は広相卿女とすること、薨年を一は天暦九年とし、他は延長五年とすることなど、同一事項を扱いながら、大きな相違を示している。念のため、『公卿補任』および『尊卑分脈』によって庶明のことを検すれば、『分脈』では斎世親王の二男のように掲出され、母は山城守橘公廉女、薨年は天暦元年五月二十日とする。天福本の出家・薨年は「母広相卿女」に関するものか、あるいは「母広相卿女」以下は他資料の混入であろうか。いずれにせよ、史実としての真偽はさて措くとして、天福本と本書の各勘物の典拠はまったく別であることを察せしめる。

もっとも、支子本の勘物は本文と同筆であって、鎌倉中期以前の成立にかかること明らかであるが、天福本は応永二一年、文安三年の奥書があるにせよ、厳島神社本の書写は室町末であって、その勘物の成立は鎌倉よりかなり下る可能性もないわけではない。現在の天福本の勘注をそのまま鎌倉期の二条家の注として見ることには若干の不安も伴うことだけれど、しかし逆に、その伝本の少ないことが、後世の勘注の附加の可能性の少ないことを思わせるものともいえる。

とすれば、勘注におけるこうした支子本と為氏本・天福本とのつながりの薄さは、おおざっぱにいえば、各々両者を支えた六条家と二条家という学統の対立というものに帰するものなのであろう。

すでに第4節において、支子本の本文が御巫本・鈴鹿本とは異なる別種の六条家本であることを述べ、また第7節においては、勘注に引用された、たとえば『伊勢物語』の本文にも当時の六条家本とは異なるものがあり、『古今集』もまた現存諸本に合致しない特殊な本文が引かれていることを述べたが、加えて本書の勘注も二条家本の注とは異なるものの多いことを見れば、本書成立の背後にある当時の複雑な資料の広がりを想像させるのである。

以上、第8節以降は典拠未詳の勘注を取り扱ってきたが、それらの注の原資料そのものは、俗説、伝承の如きものは用いず、ほとんど記録類のみといってよいにかかわらず、特に物語本文の注釈としての可否についていえば、真偽相半ばするものといえる。諸説並記という方法自体がそのことを必然ならしめるものではあるが、注釈としてみれば、信ずべからざるものがかなり多いことは疑いないだろう。

しかし、ここでの問題は、今日から見て正確な注か否かにあるのではなくて、むしろ注者の態度如何であろう。前述の如き諸説並記がその一つであり、またそのほかに、いわば判断保留、後考に俟つといった式の慎重さが見えることをここに付け加えておきたい。

そのことはすでに部分的にはしばしば述べてきたことでもあるが、以下にそれ以外の該当個所をとりまとめておく。

本院兵衛歟（一四七段・20ウ）

拾遺に返歌あり。無此物語如何。（一四八段・32オ）

人丸　以年々叙位除目尋其昇進、更無所見云々。但度々行幸従駕、在位人歟。（一五一段・38オ）

幼稚之条如何。（二六一段・52オ）

尤有疑。（一六一段・52ウ）
或云、衣通姫之女云々。是僻言歟。（一六八段・66ウ）
無末詞并歌、不審。（一六九段・71オ）
女房大和　不分明之。（一七一段・76オ）
廣幡社何所乎。若祇陁林寺邊之社歟。（一七一段・76ウ）
黒主　清和・陽成・光孝・宇多之間人歟。（中略）此近江守平中興歟。……亭子院并黒主等時代相叶也（一七二段・78オ）

注者は決して結論を急がない。いずれとも決し難いことは諸説をそのまま併記し、存疑のものは、疑有り、あるいは不明とする。また時に僻言として片付け、また後考に期待する。また単に無責任に諸説並記して済まそうというわけではなく、諸説間の優劣、採否を決しようとする態度も見える。そしてその採否の決定は、ほぼ素材の年代に合うか合わぬかという、歴史的、年代的考察を軸とするようである。それが六条家の歌学等に見える言説と軌を一にするものかどうか、それは今後の課題とすべきであろう。

最後に、本書に見える片仮名の略体字と声点の付された語を挙げておく。

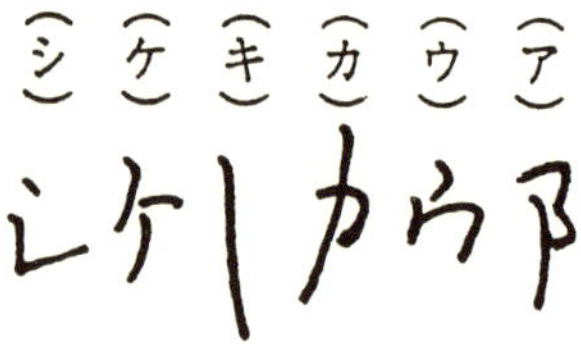

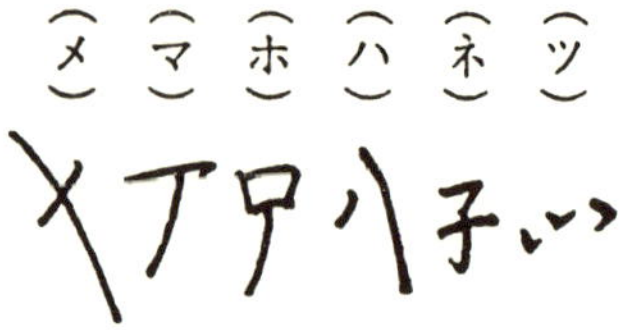

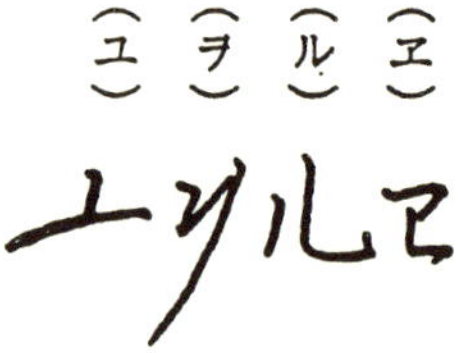

濁点（朱）の付された語。

みざうし〔御曹司〕（1オ）（4オ）
のぼる〔昇〕大納言（5オ）
のぞけ〔覗け〕て（18ウ）
いとゞころ〔糸所〕の別当（21オ）
をび〔帯〕とりいれて（22オ）
さうぞく〔装束〕なと（26ウ）
いかでか〔如何でか〕あらむ（27ウ）
ゆうでゝ〔湯捨てて〕（34ウ）

よむだま〔読み給〕へりける（37オ）
おやのごと〔如〕（44ウ）
ところせ〔所狭〕がりて（45オ）
してたべ〔給へ〕（50オ）
てうど〔調度〕（59ウ）
さうぞく〔装束〕（59ウ）
ずきやう〔誦経〕（59ウ）
山にぢう〔住〕して（68ウ）

古注『大和物語鈔』考

1

先に、筆者は、平戸市の山鹿光世氏所蔵『大和物語抄』の零本につき、それが季吟の『大和物語抄』以前の成立にかかる中世の古注であることを明らかにした(1)。その後、同書についてなお調査を進めたところ、同書の残部大半が現存すること、また、これと同系統の完本三部が他に存在することを知った。以下右の素行文庫本を含めた四本について、あらためて詳しく説明を加えることにしたい。

2

右に述べた新しい三本は、高橋正治氏蔵本(島原松平文庫旧蔵本)・内閣文庫本・国立国会図書館本である。

高橋氏蔵本は、大本(二六・九×二〇・〇センチ)二冊、藍表紙、雷文繋花文様押型・題簽は各冊左肩にやや大き目、「大和物語鈔上」「大和物語鈔下」と記す。内題はない。巻頭に「宝玲文庫」「紅梅文庫」、巻末に「尚舎源忠房」(青)「文庫」(朱)の各印記がある。上巻(通行一三三段——本書八九段並二——まで)墨付一三三枚・白紙一枚、下巻(通行一三四段——本書九〇段——以下)墨付九五枚・白紙一枚、袋綴、寛文~元禄の書写、一面一〇行、朱の丸点・長点があり、細字の傍注・頭注があるが、本文と同筆と思われる。奥書はない。また全体にかなりの虫損があり、全巻にわたって、裏打補修が施されている。私は、前稿において、素行文庫本と密接な関係のある本として、南陽堂古書目録第一〇〇号（昭14・1）記載の「大和物語鈔」二冊をあげ、その印記や書誌よりみて、それが松平文庫旧蔵本であろうと認め、その口絵写真によって一部分を素行文庫本と対校掲示しておいたのであるが、本書は正にその現物であった。本書は、前記の印記によってわかるように、その後南陽堂からフランク・ホーレー氏及び紅梅文庫（前田善子氏）を経て、弘文荘反町茂雄氏に帰し、昭和三二年度弘文荘待賈古書目にかなり詳しく紹介された後、高橋氏の入手されたものである。以下本書は、その素姓によって、松平文庫本とよぶことにする。

第二の内閣文庫本は、大本（二九・〇×二〇・五センチ）三冊（上・中・下）、函架番号特62・15、表紙は白地に青の牡丹唐草文様を画き、題簽はなく、左肩に各巻「大和物語上」等と打付書きする。内題はない。墨付、上冊（巻頭より通行一〇〇段――本書七一段まで）九一枚、中冊（通行一〇一―一四七段＝本書七一段並―八九段並二）七三枚、下冊（通行一四八＝本書一〇二段より巻末まで）六五枚、袋綴、近世初期写。一面一〇行書き。朱による丸点（物語本文各段頭）、長点（注文頭）がある。奥書はない。「林氏蔵書」「大学蔵書」「浅草文庫」「内閣文庫」の印記が各巻頭に、「昌平坂学問所」の印記が各冊表紙に各々ある。いうまでもなく、林家――昌平黌旧蔵書である。

国立国会図書館本（ほ、特別・7）は、大本（二六・三×一九・五センチ）一冊、近世初期写。墨付二二八枚。袋綴、表紙は改装され、原表紙は失われているが、補修した新しい扉に、原題簽とおぼしきものを貼り、近世初期の字体で「大和物語抄」と記しており、第一葉巻頭にも「大和物語抄」と内題がある。一面一〇行、朱点、段付、朱注がある。榊原芳野旧蔵印及び戸家氏蔵書印がある。六五段（通行八九・九〇段）の段末に、空白が半面余もあるが、欠文はない。また、一〇一段（通行一四七枚、乙女塚）までは松本・内本と同じく、物語本文を全文掲出し、かつ、本文及び注の内容からみて、特にこの中の松本と系統を同じくすること明らかであるが、一〇二段（通行一四八段、芦刈）以下は、物語本文の全文掲出はなく、語彙とその注のみを掲げ、その注も右の両本とかなり異なって、次にいう素行文庫本と同系統である。一冊本ではあるが、八二段（通行一二〇段）の冒頭欄外頭注に「下巻」

と注しているので、親本は、一一九段までを上巻、一二〇段以降を下巻とする二巻本であったことが知られる。

この国会本については、すでに早く阿部俊子氏が、

（前略）全文を掲げて居る部分に就いてみるとその本文は「抄」版本とは相異し寧ろ為家本に接近してゐる。尚この書に於ては一七段（「校註大和物語」ノ、筆者注）の一部、七三・一〇二段の全部がなく、六首の歌が減じて居り、抄の版本が二九四首（附載説話中のものは之を除く）の歌を有しつつその序に「歌数すべて二八〇余首」と称してゐる矛盾に何等かの解答を与へるものかとも見られるがともかく此の上野（国会本ノ意、筆者注）の「抄」なるものを認めれば、現今流布の「抄」本文の形態の純粋性はそれ自身に於ても既に不確実となるとも考へられる。(2)


と、その本文系統の問題性を指摘されており、高橋正治氏も、これを第一類系統中のH群書類従本系統中に所属させていられる。(3)しかし両氏共に物語の本文的性格をのみ問題とされ、注釈そのものには論及されていない。

また、素行文庫本は、前稿においては断簡一三枚に過ぎないと記したが、最近同文庫中より残りの大部分、巻頭から一五七段まで一〇三枚が発見された。これは加藤仁平氏の昭和九年刊の『山鹿素行の教育思想』(4)において、大正八年ごろ「墨付一〇二枚」と文庫の書き出しに記されていたとあり、また、その後、昭和二一年刊の阿部隆一氏「山鹿素行の青年時代における和学の修養」(5)に「大和物語抄、墨付一〇二枚」と記されているものであろう。また、先の断簡一三枚は、昭和一九年刊行の『素行文庫目録』に「大和物語抄、一束断簡」と記されているものと思われ、察するに昭和九年以前から、本書は巻頭から一五七段まで一〇三枚と、それ以後一七一段まで一三枚とに分かれて、別々に置かれていたものが、調査のたびに、表紙が見失われていたことなども加わりなどして、別個に記述されてきたものであろう。両者合わせて一一六枚となるが、なお一〇九段（通行一五五）の「浅か山の歌」以下一一〇段の「わか心なくさめかねつ」の歌の注の途中まで一丁両面分、及び巻末数枚は発見されていない。この本は初段の

みは物語本文を全文掲げるが、二段以後は物語本文はほとんどすべて冒頭の数句のみ掲げて後は省き、直ちに注文に移っている。注文は内閣本と同系統である。この本の書写年代に関しては、四四枚表、通行八五段段末余白に、

　　正保三年戌　霜月十七日

とあり、この年素行二五歳。右の目録類には素行手沢本としているが、素行の自筆であることは疑えないようである。[6]

　これら四本が、同系統の注釈書であることは、後に述べる注本文の類似によって、直ちに察しがつくが、まず一見して明らかな根拠は、特徴的な段序の切り方の一致である。前稿において、私は素行文庫本の段序の切り方が、現在通行の『大和物語』の段序、あるいは、それらと大差なき近世諸注の段序とも著しく異なることを指摘したのであったが、この点内閣本・松平本・国会本共に、素行本と正確に一致するのである。それをあらためて左に対照表示する。ただし通行段序とは、『校本大和物語とその研究』・日本古典文学大系本・日本古典全書本等共通の段序を指している。また「並」は「前段の並」「ならひ」「並」等と記したものを統一した記号である。

通	鈔	通	鈔	通	鈔
1	1	27	22	52	41
2	竪並	28	並	53	42
3	2	29	23	54	43
4	3	30	24	55	44
5	4	31	並	56	45
6	5	32	25	57	46
7	6	33	26	58	並
8	7	34	27	59	47
9	8	35	28	60	48
10	9	36	29	61	49
11	10	37	30	62	50
12	横並	38	31	63	51
13	11	39	32	64	52
14	12	40	33	65	53
15	〃	41	34	66	54
16	13	42	35	67	〃
17	14	〃	35	68	55
18	15	43	〃	69	56
19	横並	44	並	70	〃
20	16	45	36	71	57
21	17	46	37	72	並
22	並	47	38	73	58
23	18	48	39	74	ナシ
24	19	49	並	75	並
25	20	50	40	76	59
26	21	51	41	77	〃

通	鈔	通	鈔	通	鈔	通	鈔
78	60	104	73	130	並	156	110
79	〃	105	74	131	89	157	111
80	61	106	〃	132	並	158	112
81	62	107	〃	133	並	159	113
82	〃	108	75	134	90	160	並
83	並	109	並	135	91	161	114
84	並	110	〃	136	〃	162	並
85	並	111	76	137	92	163	並
86	63	112	並	138	93	164	並
87	64	113	並	139	94	165	115
88	〃	114	77	140	95	166	116
89	65	115	78	141	96	167	117
90	〃	116	79	142	97	168	118
91	66	117	80	143	98	〃	並
92	67	118	81	144	並	〃	並
93	並	119	並	145	99	169	119
94	68	120	82	146	100	170	120
95	並	121	83	147	101	171	121
96	並	122	84	148	102	172	122
97	69	123	〃	149	103	173	123
98	並	124	85	150	104		
99	70	125	86	151	105		
100	71	126	87	152	106		
101	並	127	並	153	107		
102	ナシ	128	〃	154	108		
103	72	129	88	155	109		

右の段序の切り方は、四本に共通するが、それが通行本その他に比して、特に目立つ相違は、左の諸点であろう。

一、通行総数一七三段に比して、全一二三段であり、著しく少ないこと。

二、独立した一段でない「並び」の段を認め、その数は三六段に達すること。

三、通行七四段及び一〇二段は欠けていること。

四、各段の切り方は、概して通行の切り方よりも大きいが、逆に通行のそれよりも細かいもの（通行一六八段）もあること。

五、通行九六段第一行「侍従の君にあはせたてまつり給ひてけり」までは、その前の段（通行九五段、鈔六八段の並一）の末尾に属せしめていること。

3

本書の書名には問題がある。松平本は前述の如く、原装表紙外題に「大和物語鈔」と記し、国会本は巻頭内題に「大和物語抄」と記し、素行本（以下素本と記す）は表紙もなく、外題・内題ともにないが、素行が生前門弟に編ましめ、後に自ら加筆したその蔵書目録『積徳堂書籍目録』には「大和物語抄、壱冊」と記されており、また内閣文庫本には「大和物語」とのみある。

後述の如く、本書の成立はおそらくは実隆以降かと思われるから、すでに「抄」と名付けられた古典注釈書は多く出ており、内閣本の如く、単に「大和物語」とのみあったとは、本書の注の内容の質・量からみても考えにくい。また、「抄」「鈔」のいずれをより原形とすべきかといえば、おそらくは素行生前から用いた「抄」であろう。しかるに、承応二年（一六五三）に北村季吟の『拾穂抄』が「大和物語抄」の書名の下に刊行され、それが流布するにつれて、「抄」はその専売の如くなっていき、松平本の書写される元禄ころには「抄」を避けて「鈔」を用いるに至ったものかと思われる。延宝二年（一六七四）に成った『積徳堂書籍目録』には、なお「抄」とあるのは、季吟の「抄」流布の圧力がまだそれほど強大でなかったために、従来の通称に従ったものかと思われ、また近世初期写の国会本「抄」は、現在の蔵書目録には誤って「季吟著」と注されていることも、右の事情の一斑を察せしめる。

しかしいずれにせよ、「抄」「鈔」共に、本来はいわば普通名詞的な『大和物語』注釈書の意に近かったのであろう。本書には、もともと注釈書としての固有の書名は名づけられていず、またその上、『大和物語』には後述の如く他に注釈書がはなはだ乏しかったという事情もあって、それで固有名詞としても間に合ったのであろう。今どちらを書名として選ぶかとなると、私は松平本の「大和物語鈔」を採用しておきたい。理由は、歴史的なものというよりは、むしろ右に述べた松平本外題の命名と同じく、季吟の「抄」と混同されないためであり、またその文庫の性格からして、松平本の素姓を信頼する点もあるからである。

4

以下四本の関係について考える。まずこれらはA・B二類に分かち得よう。Aは素行文庫本と国会図書館本がこれに属し、Bは松平文庫本と内閣文庫本とがこれに属する。その各々の特徴を列挙すれば、

一、A類は物語本文を大部分ないし一部分省略する。すなわち素行文庫本は初段と通行八五〜九一段の計八段は物語本文全文を掲げるが、他はこれをおおむね初句一節を抄記掲出するのみで他は省略している。また国会本は巻頭より通行一四七段までは物語本文を全文掲出するが、一四八段以後はこれをおおむね省略すること素行本に同じである。これに反して、B類の二本はともに物語本文を全巻にわたって全文掲出している。

二、注本文において、A・B両類は全体にわたって明らかに系統的に別である。その異同の主なものは約五〇箇所、誤写脱字等による小異は約百数十箇所に及ぶが、その前者五〇箇所の異同を試みに類別すれば、

(イ) AにのみあってBにない注事項　一二
(ロ) BにのみあってAにない注事項　一
(ハ) AがBよりも詳細な注事項　一七
(ニ) BがAよりも詳細な注事項　一二
(ホ) Aの脱字(三字以上のもの)　五
(ヘ) Bの脱字(三字以上のもの)　一
(ト) 語句の位置の顛倒(二字以上のもの)　三

となる。各その代表的な例、若干をあげることにしょう。

(イ)の例としては、通行一四八段(本書―以下同じ―一〇二段)「いといらなく」の注「悪ク成タル心」・通行一五六段(一一〇段)「この女の心　孫の妻也」・通行一五八段(一一二段)「めをえてけり　よの女をえたる也」・通行

一六八段（一一八段）「かなしとても　帝崩御をかなしひ行ふとても也」・同「いひつけて　使に皆言伝して也」・同（「おりつれは」ノ歌ノ注）「たつさふにけかる也」・同（「白雲の」ノ歌ノ注）「遍昭の道心にかはりたる迷乱也」・通行一六九段（一一九段）「井手　山城也（下略）」・同「水くむ女共（中略）言さしたる筆法也」・通行一七二段（一二二段）「御まうけ　御饗也」・同「いかにきこしめし　人あしさまに申上しとやと也」等があり、すべてAにのみあって、Bにはない。

(ロ)は、通行一六八段（一一八段）「いつらにか　あるとおもひなき也」のみであり、Bにあって Aにはない。

(ハ)は代表的なもののみ一、二示せば、通行一五九段（一一三段）に、Aでは、

一　物をよくし給　典侍因香事也

一　御そともをなん　御匣殿にはあらす（下略）

と二項に分けて記すが、Bでは、

物をよくし給　因香　御匣殿にはあらす（下略）

と一項にしており、ために意味が通じない。また通行一六七段（一一七段）にも、Aでは、

一　男たれともなし

一　くはへて　加也きぬに雉鴈鴨をそへて返したる也

一　人の国にいたつらに　ゐ中にはせんもなく多有物共也と云心也

と三項に分けているが、Bでは、

男女たれともなし　きぬに雉鴈鴨をそへて返したる也　ゐ中にはせんもなく多く有物とも也と云心也

と一項にまとめている。また、単に簡略にするだけの例では、通行一五五段（一〇九段）に、Aでは、

大納言　たれともなし　殿にちかうつかうまつりけるうとねり　大納言の大将なる歟　たゝの大納言うとねり

の随身を具せす（中略）随身を給ふ也　殿には大納言殿に也

とあるが、Bには傍線部がない。

また通行一七二段（一二二段）「さゝら浪」の歌の注に、Aは、

切に申心也古今の序六人の中に大伴くろぬしは其さまいやしいはゝ薪おへる山人の花の……（ママ）と也志賀明神也
さ波さゝ波さゝら浪の事無明抄にアリ師説こまやかなる浪とそ

とあるが、Bは傍線部がなく、Aが原型であること明らかな一条である。

（ニ）の例は、通行一五〇段（一〇四段）「うねへ」の注に、Bでは、

釆女は諸国の司其国にさるへき人の女の皃よきを朝に奉る女官也

とあるが、Aは傍線部がなく、通行一五二段（一〇六段）「たい〳〵し」の注に、Bでは、

退々し也惜みおほしめすと也此御鷹のもとむるに侍らぬ事御門物もの給はぬをのかるゝ所なく奏し上らるゝ也

とあるが、Aには「此御鷹」以下がない。他の通行一六〇段（一一三段並）「なかるともの哥」・通行一六八段（一一八段）「血涙」・同「皆人はの歌」・同並段「岩の上にの哥」・通行一七三段（一二二段）「霜雪のうた」の各注など、おおむねこの類である。

（ホ）の例は、通行五一段（四一段）の注文中、B類には、

家つくり給ふ兵部卿宮は第三のみこ也

とあるが、A類には「給ふ」以下がない。また通行八一段（六二段）にB類には、

かりそめなるをあはしとおもひしをと中絶を恨云へり

とあるが、A類には「あはし」以下がない。また通行一〇三段（七二段）、B類は、

あまになり給へはいつはりをいひいとおしむとやおほすと也

とあるが、A類には傍線部がない。通行一三五段（九一段）にも、B類には、

女はあはんの心やなかりけん心ゆかす也

とあるが、A類は傍線部がない。

(ヘ)の例は、通行一一一段（七九段）A類には「なかけくもの歌」とあるが、B類には単に「歌は」とある。

(ト)の例としては、通行一二五段（八六段）に、B類では、

壬生忠岑右衛門府生（略）大目也右兵衛府生木工允忠衡子也

とあるが、A類では「右兵衛」以下が「右衛門府生……大目也」の前、「忠岑」に続いて記されている。また通行一三九段（九四段）に、B類には、

故兵部卿宮陽成第一三品兵部卿元良親王母従五位上藤原遠長女也

とあるが、A類には、傍線部は「三品」の上「第一」の次に位置している。

なお、ここに注目すべきことは、右の(イ)〜(ニ)は、すべて通行一四八段以下の部分においてみられる現象であり、注本文に関するかぎり、この部分ではA類がB類にまさるものであり、原型に近いと推定できる。しかるに、(ホ)〜(ト)は、すべて一四七段以前にみられるものであり、ここでは概してA類はB類に比して誤脱が多いといえる。

また一体に一四七段以前の注文の異同は、一四八段以降のそれに比してその度合がはるかに小さい。この部分では(イ)(ロ)の如き注事項の有無の相違がまったくみられないことによっても、そのことは察しがつくであろう。これは、たとえば内閣文庫本の如き三冊本が、中・下巻の境を右の一四七、八段に置いていることとなんらかの関係があるのではなかろうか。

5

次にA類B類の書き入れについて述べる。A・B共に全巻にわたって細字の書き入れがある。両者とも字体は注本文と同筆ながら、細字かつ行間傍注または欄外頭注の形をとっているから、もともとは注本文成立後の後人の付加に成るものと思われる。それを分類すれば、

A・B共通のもの、AのみあってBにないもの、BのみあってAにないもの

の三種、計数十条に及ぶ。この中、A・B共通のものは圧倒的に多く、中に諸本間に多少の異文もあるが、ともかくこれらのものはA・B両系の祖本が有していた書き入れであり、A・B各独自のものは両者に分岐以後の新しい書き入れであろう。したがって、これらの後の書き入れ注は時代がかなり下り、まま注本文と説を異にしていることがある。しかし、これについては後に再び述べることとする。

また、注本文中にもあるいは元来後人の付注ではなかったかと察せられるものがある。すなわち、通行一五四段(一〇八段)「とよみてしにけり」の注は、諸本とも、

誠に死にたるにはあらし双子の筆法也誠に死たりとみるへしと也

と、同大の文字で記しているが、上下矛盾する論旨であって、下半はもと後人の付注であったものが、紛れて注本文化したものではなかろうか。また通行一五八段(一一二段)「にしこそといひけれは」の注に「私給ひにしの心てにはの詞成へし」とあるが、元来の注釈者が頭からわざわざ「私」と注するはずはなく、おそらくは後人の付注が紛れて本文化したものであろう。

6

次にA・B各系統内の異同を述べる。はじめに、A類に属する国会本と素行本とを比較すると、物語本文におい

て、素行本は数段を除いて他は有しないのに反して、国会本は巻頭より一四七段まではこれを有しており、かつ概して誤脱は素行本に多く、国会本は少ない。また両者の異同の大部分は素行本の誤脱によるものと見てよい。

しかし、さりとて国会本が素行本の直接的な親本に当たるものでもない。たとえば通行一八段（一五段）の「爰に故式部卿と」云々の注文中「人かはる故に先段故式部卿とある次に又故式部卿とある也次には同しみことあり」の一文と、同じく「夕ぐれにの歌」の注文中「我袖は時雨におとらすとなり返しは神無月と」の一文は、素行本・松平本・内閣本はすべて細字の傍注あるいは補入となっているが、国会本は本文と化しており、また通行五六段（四五段）の「兵衛君」の注文に、松平本は「兵衛なるにや」とあるが、素行本には「兵衛なり」、国会本は「兵衛にや」と変わっており、通行一三八段（九三段）の注に、松平本・内閣本には「ふかくおもふともしられぬこひと」とあるところ、素行本は「ふかくしらぬこひと」、国会本は「ふかく○《おもふ》ともしられぬこひと」とあって、これも各々異なっており、通行一四八段（一〇二段）の注、「私とくつきてなと云事あれは其心にも可見にや」は、素行本は松平・内閣両本と同じく傍注細字であるが、国会本は注本文化しているのであって、これらは国会本が素行本の直接的な祖本に当たるものではあるまいと推察するに足る材料であろう。しかし、その距離が比較的近いことは、こうした箇所が少ないことによって察せられよう。

またたとえば、通行一〇五段（七四段）の「みこたち」の注の中、松平・内閣両本は「弾正尹帥常陸上総上野の太守」とあるが、国会本は「帥」の上下に補入記号の○点を記した上、帥の右傍に細字をもって「太宰也ヨソニハナシ」と記し、さらに「帥」の右肩上に記した○点とこの「太」の字との間に左図の如く線を結んでいる。

この記号の意味は必ずしも明らかではないが、結果において、もともと「帥」の傍注にすぎない「太宰也」云々が本文中に補入せらるべきものであるかの如き印象を与えることは明らかである。そのためであろう、素行本はこ

れを本文中に組み入れ「弾正尹帥太宰也よそにはなし常陸上総上野」云々と記している。素行本は、親本系統の国会本の如き形のものに誤られたこと明らかと思われるのである。国会本は素行本と書写年代もほとんど変わらないようであるが、系統的にいえば、A類の中では誤脱が少ないことや、物語本文をより多く備えていることなどからみて、素行本よりも上位に位置するものといえよう。

次に、B類の松平本と内閣本とを比べてみよう。異同は概して小異文のみであるが、今その主なものを左に列記する。底本は松平本である。

通行段序	本書段序	松平本丁数	底本松平本・校異内閣本
一	一	1ウ	真言衆・（宗）他
〃	〃	〃	崩御六十五歳（「御」ト「六」ノ間ニ「御年」アリ）
一三	一一	16ウ	ふかくなけく・（き）を
二五	二〇	26ウ	同覚・（学）
三二	二五	33ウ	心にこめて・（たる）てにをは也
三五	二八	35ウ	衣笠内大臣の哥に（二行ニ分書）
五一	四一	46ウ	親子・（王）贈答
九四	六八	84オ	古今誰・（雑）上
〃	〃	85オ	敦慶にけさう也・（なる）を
九九	七一	90ウ	巌・（岸）の山吹
一〇一	七一並	90ウ	しゐ・（ぬ）る也（なり）けり
一一六	七九	115オ	委・（秀）哥也
一二六	八七	127オ	後撰・（集の）ことかき・（に）
〃	〃	127ウ	水は・・（みつわ）くむ

一三四	九〇	(下巻) 1オ	御息所・(女)
〃	〃	〃	宇多のみかと○(ゝある)成へし
一三七	九二	3ウ	秋そ歎・(かな)しき
一四四	九八並	17ウ	涙をふさに・(の)
一四七	一〇一	23ウ	暮れは(くれぬれは)もろともに
〃	〃	31ウ	蠢也「むこく也」 「むくめく也」
一四八	一〇二	32オ	とてもかくても○(へなん女のかくわかきほとにかくて)あるなる
〃	〃	35ウ	きたりける○(きぬゝきてつゝみて文なとかきくしてやりける)さてなん
一四九	一〇三	43オ	・(大きなるくしを)鬟つらのさしくしに
一五一	一〇四	46オ	しるへしと也・(も)
一五三	一〇七	49ウ	御しふかみ・(き)に
一六〇	一一三並	60ウ	心た・(多)きゆへ
一六一	一一四	61ウ	神代のことを・(も)
〃	〃	〃	おもひ出らん・(め)
一六五	一一五	66オ	つれ〳〵との・(ナシ)哥
一六六	一一六	66ウ	みもせぬ人のこひしき・(く)は
一六八	一一八	73オ	禁足・(是)
〃	〃	73ウ	何・(事)ももたぬ
一六九	一一九	81オ	いと・(ナシ)おかしけ成
一七二	一二二	88ウ	御車をゝさへ・(させ)給て
一七三	一二三	93オ	爰元・(許)
〃	〃	〃	我衣手に○(……)雪の名前は
〃	〃	94オ	賢人臣也・(歟)

以上によれば、両者が誤脱を相補う関係にあり、一方が他方の父祖に当たるものでないこと明らかで、両者共通の祖本の存在が想定されるのである。

また、右のほか、一字の誤脱と認められるものは松平本・内閣本双方に認められ、合わせて三十数箇所に達する。また、よみ仮名、濁点の有無については、概して松平本・国会本に多く、内閣本には少ない。また、注本文、傍注・頭注の書き方には若干注意すべきものがある。すなわち、

通行	本書	松平本丁	松平本	内閣本
八	七	11ウ	（「長神」ノ注、欄外頭注、細字）	ナシ
四一	三四	40ウ	沢山ノ心（掲出本文「よゝと」の左に傍記）	（同上、注文末「心ゆくほとなきたる也」ノ下ニツヅケテカク）
六五	五三	61オ	ナシ	（「われはさはノ歌」ノ注末傍記）此様にして也
七〇	五六	66オ	小舎人と云也（誤ッテ「大七」ノ項ニ付記）	（同上、正シク、直前ノ注末ニ接続ス）
一四九	一〇三	43ウ	ナシ	（「左道」ノ傍注）スム也サモシキコト也
一五一	一〇五	46ウ	ナシ	（「いと」ノ傍注）一廉也
一五三	一〇七	49ウ	注文（傍注）平城也	ナシ
一五五	一〇九	51オ	本文（傍注）申ヘキ子細アリテトタハカリタル也	ナシ

〃	〃	〃	本文（傍注）取テニクヘキ支度シテ也	ナシ
一五六	一一〇	54オ	本文（傍注）記者ノ詞也	ナシ
一五六	〃	54ウ	注文（傍注）ナセニノ詞也	ナシ
〃	〃	55オ	（欄外・頭注・細字）「山の名を」云々	同上（注本文末ニツヅケテ書、細字）
一六一	一一四	63オ	（注本文末ニツヅケテ、同大ノ文字ニ書ク）「をしほの山と云る」云々	同上（注本文末ニ細字、割注トス）
一六八	一一八並二	80ウ	（傍注細字）「私伊衡ハ」云々	同上（注本文末ニ同大ノ文字ニ書ク）

右の松平本・内閣本の異同箇所にA類の国会本を照らし合わせると、国会本は上・中・下三巻を通じておおむね松平本に一致するのであり、例外は本書五六段「小舎人と云也」の注記の位置が、松平本では誤って次の「大七」の項に付されているのに対して、国会本は内閣本と同じく正しく直前の注末に付されていることと、本書一〇七段「平城也」から一一〇段「ナセニノ詞也」に至る四項で内閣本と同じく見当たらないことのみである。

注本文においては、A類はB類と対立しながら、頭注・傍注においては、国会本はB類中の松平本に近く内閣本に遠いのは、いかに解すべきか。これらの頭注・傍注の書き入れの中、A・B両類共通のものは、両系統分岐以前からあったもので、かなり古くからのものと見なしてよいかと思われる（逆にいえばA・B分岐は、注本文が成り、これに後人の付注が加わった後に起こったことで、かなり新しい現象だったわけである）。とはいえ、細かく見れば、松平本・国会本に共通する注の中のかなりのものが内閣本あるいは素行本に見当たらないことは、何と解すべきか。

それについてはなお今後考えてみたい。

先に述べた一四八段以下の注本文の形によって察すれば、古注の原型に比較的近いかと思われるA類本と松平本との傍注・頭注の記述形式の一致は、松平本の内閣本に対する優位性を物語るものであろう。しかし、それとても、さほど問題視するほどのものでもないことは断っておかねばならない。

なお、本書の冊数についても些か考えると、『大和物語』古写本群には上・下巻の区別をしたものは見出されないし、二冊に分かれた為氏本の如きも、一〇三段（平中）の途中から下冊に入って、元来は一冊だったらしいのである。これが上・下巻に分かれたのは、寛永古活字本が一三三段までを上巻、一三四段「先帝の御時に、ある御曹子にきたなげなき童ありけり」以下を下巻としたことによるというが、まったく同様の冊分けが六条家本に属する正治書写本（勝命本の祖本）において早くから行なわれていることは注目される。[7] 松平本が正治本と同じ冊分けをしていることは、必ずしも古活字本に倣ったとはいいきれず、古く『八雲御抄』にも物語の部に「大和上下」とあって、鎌倉初期以降のより古い形式によるところがあったのかもしれないのである。しかし、一冊本である国会本が一一九段以前を上巻、一二〇段以下を下巻としていることも注目され、中世には上・下巻の区切り方にもさまざまあったというべきであろうか。

また内閣本の上・中・下三冊の分け方は、他に見当たらないが、ただ、中巻が乙女塚（通行一四七段、本書一〇一段）で終わり、下巻は芦刈（通行一四八段、本書一〇二段）以下となっていることは、前述国会本の半面余の空白部を境とする前半部・後半部の分け方に一致するのである。しかし、それが何を意味するかは不明である。

7

次に本書の用いている物語本文の系統的性格について述べる。

前述の如く、阿部俊子氏は、国会本の本文に関して、「全文を掲げて居る部分に就いてみるとその本文は『抄』版本とは相異し寧ろ為家本に接近してゐる」といわれている。また高橋正治氏は、前述の如く、これを第一類中のH群書類従本系統の名の下に、類従本・古活字本・慶安刊本その他とともに一括して所属せしめ、それらの独自共通異文として、左の三条をあげていられる。

1　たゝふさのぬしのみむすめ東のかたを（一一段）

2　弾正のみこ見給ひて（七八段）

3　ひやうゑのかみはなれて（一一三段）

これについては、やや検討を要するように思われる。鈔の三本は、1はこの通りであるが、2はいずれも「み給て」であり、3もいずれも「兵衛の尉」であって、相違する。また一体、高橋氏がH類として一括される諸本間にもかなり大きな異同があるのであって、たとえば古活字本と類従本との間には必ずしも誤脱のみに基づくとも思えない異文が相当量あって、問題を孕んでいるように思う。しかし一方、高橋氏があげられる第一類のA～Gにわたるいずれの系統の独自異文も鈔は有していないから、それらに属しないことも明らかなようであって、右の如き不安はあるものの、ここでは一応高橋氏に従って、『鈔』の物語本文はH古活字・類従本系統に含めて考えることにしておこう。さし当たってその一群中での『鈔』の位置を明らかにしたいのである。

まず、『鈔』が古活字本・類従本のいずれとも異なる箇所を調べて、その中、たとえば「り」「る」の如き誤写の生じやすいもの、あるいは仮名遣いの相違、仮名と漢字の相違などを省いた、その他の異同箇所を整理し、それが一致する他系統本の名を記すことにする。（　）内は類従・古活字本。※は重要と思われる箇所。

1　『拾穂抄』本文に傍記された異本本文、「抄イ」にのみ一致する箇所　一六

その名を○（なん）寛蓮　二段

※二位（条）のみやす所　一八段
露の命を（は）　一〇九段
かへりて○（よみて）やりける　一一三段
これもつくしな○（りけ）る女　一三〇段
※いかさまにも（か）し侍らんなとかおほせ事○（も）し給はぬ　一五二段
※せめられわひてさす（し）てんと　一五六段
おうなともいき（さ）たまへ　〃
※となんの給へりけるに（ナシ）　一五九段
御つかひになん参○（りき）つる　一六八段
※しばしもありぬ（ふ）へき心ちも　〃
※さるわさはしな（け）ん　一七一段
内にまいりにける（り）　〃
※ものゝ覚えけ（ゆ）れは　〃
いし山につねにまうて給ける（り）　一七二段
こと国々のみさうし（ナシ）なとに　〃

2　『拾穂抄』にのみ一致する箇所　三

○（御）かへし　一九段
よみ○（たり）ければ　二五段
えなりいてぬ事を（と）　三〇段

3　御巫本・鈴鹿本、またはそのいずれかに一致する箇所　八

※　ねをや（は）鳴らん〔鈴ノミ〕　　五三段

※　物にそ有（さり）ける　　五九段

※　物にそ有（さり）ける　　六〇段

右おとゝの○（御）返し〔鈴ノミ〕　　七一段

※　うくひすのなき（か）ぬ　　一三一段

※　こやくしこ（く）そといひける人　　一三八段

※　水に影をならへん（つ）〔鈴ノミ〕　　一四七段

なひよせ○（させ）よ　　一四八段

4　勝命本にのみ一致する箇所　四

※　となんいひけれは此女なを（る）よはふ　　一四一段

※　さて（鈴・巫以外諸本ナシ）おほせ給ける（鈴巫以外諸本「ふ」）

やう玉ふちはいとらうありて哥なといと（ナシ）よう（く）よみき

此とりかゐといふ題をいと（ナシ）よく　　一四六段

はかなくてのみいますかあ（め）るを　　一四八段　注、勝「あ」は右傍に細書

※　かしこにありときゝてたつねゆけは（ぬれは）うせぬ　　一六八段

5　独自異文　三九

※　ゆかしうおほえけれは（と）　　四段

ゆゝしとて返（かく）しけり　　五段

九月つこもり○（に）　九段
そうし○（し）て　四一段
ある人の○（御）験者　四二段
よからぬ事○（の）有かうへに　四四段
あはれにおほしめしたりける・（り）　四五段
さとにまかり○（出給ひ）て　四八段
おほ空の○（雲の）かよひ路　五八段
※中納言していひ（まち）給けるに　七三段
※（前述）七四段本文ナシ
すみける時○（方のふたがりければ）かたゝかへにまかるとてなん　八九段
※これならぬことに（かたを）も　〃
めくりて出つ・（く）れと　九七段
御ふくはて○（給）にける比　九八段
※（前述）一〇二段本文ナシ
※それにより（ナシ）故きさいの宮の　一〇三段
ありあり○（て）かくあひ奉り　〃
※ふきてきつらめ・（し）　一三二段
のせなとしける男○（も）来りけり　一四一段
梅（類従「桜」、類イ「梅」、古「梅」）○（の花）をおりて　一四二段

※　あしへ（ナシ）をとらへ　一四七段
いつこにかたまは（を）もとめん　〃
我あり所もえしらんさて（古「しらさて」、類「しらさらん」）　一四八段
なとかおほせ事○（も）し給はぬ　一五二段
たをりた（類「つ」、古「た」）るて（け）ふ　一五三段
※　かたちを（にはかに）みれはいとおそろしけ　一五五段
けふよりも（は）うき世の中を　一五七段
※　宮すむ所の御方よりも（ナシ）　一六二段
ゆめに○（て）もうつゝにても　一六八段
はしり○（や）いてなましと　〃
とてなんおほせられす（つ）る　〃
※　さらにも（ナシ）わすれ侍るときも侍らす　〃
となん申け（つ）るとけいしたまへ　〃
※　と経したらによみ（む）　〃
かいけす（つ）やうにうせにけり　〃
もたりたり（ナシ）けるふみに　一六九段
※　水くむ女ともあな（ナシ）る○（か）いふやう　〃
屏風たゝみなともていてき（きて）そこになん　一七一段

6　為氏本にのみ一致する箇所　三

色ゆるされ侍事なと聞え給て（ナシ）　九八段
すくせもしらぬ（す）　一二四段
そのみちに（ナシ）なし給へ　一六八段

その他、為氏・鈴鹿・御巫の三本二系統に一致する箇所は三、雅俊本のみに一致する箇所は二、諸本（三本以上）に一致するもの一五となっている。

以上の中、特に注目されるのは、5の独自異文数がかなり多きに上ることと、抄イ及び六条家本との独自共通異文が少なくないことであろう。

独自異文中には単なる誤脱衍字に基づくと思われるものも少なくはないが、それ以外に※を付した箇所の如きは、なんらか他の原因を考えざるを得ないのであって、単純に『鈔』を古活字・類従本系統として一括するのを憚られるところがある。また3・4の六条家本に一致する箇所が計一二に上ることも、本書が二条家本と六条家本との混態本文を有することを物語るものであり、ことに勝命本のみと一致する一四一・一四六・一六八各段の如き、偶然とは見られないものである。勝命本下巻が正治本の転写本であることを考えると、前述の上・下巻の区切りにおいて、『鈔』（松平本）が古活字・類従本とともに正治本とも一致していることも、あらためて注目すべきことのように考えられるのである。また一四八段「あしからしとてこそ」の歌の注に「なき本あり、師本には一行あけてあり」といっており、この「なき本」で現存するものは正治本が唯一であるという。これによれば、注釈者（本書の作者）は正治本系統の本を参照した可能性が強く、ひいては本文にまでその影響が及んだことも考えられる。とにかく、なんらかの六条家本との関係は疑えないであろう。

また抄イにのみ一致する箇所もかなり多く、ことに※を付した箇所の如き、単純な誤写とは思えないもので、注目されるのである。しかし、『拾穂抄』が校合に用いた本は必ずしも一本とも限らず、また、それらが必ずしも

『拾穂抄』が底本として用いた定家自筆本系に対立する異本系だったと決定するわけにもいかないのであって、この『鈔』との関係はなおしばらく判断を保留しておく(抄イと『鈔』とを全般的に比べると、相違点の方がむしろ多い)。『鈔』の物語本文は末流混態本文ではあるが、なお無視できない問題性を孕んでいるのではなかろうか。

8

本書の注釈の内容は如何であろうか。

第一に注目されることは、『拾穂抄』以下近世諸注の名がまったく現われないことである。しかしこれは、正保三年書写の素行手沢本の存在によって、当然であり、本書が承応二年刊の『拾穂抄』以前に成立したことは明らかである。このことは必ずしも平凡なことではない。従来、『大和物語』注釈書は『拾穂抄』をもって始まるとされていたことは周知の通りであり、江戸時代においても『虚静抄』(安永五年冬成る)の序文に、

伊勢源氏は先哲の註釈数多ありて、世上に流布するもの棟に充ち、牛に汗する類ひなるべし。しかあれば此物語にも先哲の抄物なくやはあるべきなれども、ふかく函底にひめをくにや、いまだ見出侍らず、纔に北村氏の一抄ありて、世に伝へり。彼抄のおくに、かゝるあらまし事だに、此物語に侍らねばと有、彼作者もいまだ見及ばざるよしなれば、彼抄の外には、世に流布する物なきにやあらむ(下略)

といっていることによって知られよう。私は前稿において、これは必ずしも正しくなく、近世初期に『葉雪聞書』二冊本の如きが他にも存在したことを述べたのであった。素行文庫本のほかにも完本三部の『大和物語鈔』が存在していることは、このことをいよいよ確実にするものといえよう。

さて、本書の特徴として第一に注目されることは、前に述べた段章の切り方である。前述の如く、それは全一二三段で、現在通行一七三段よりはるかに少ないが、その理由は一に、三六段に達する「並び」の段の存在と、二に

は一段の切り方がおおむね現行よりも大きいものが若干あることに基づくのである。このことの意味についてはいささか前稿にも述べておいたが、今それに補説することにする。第一の並びの段についていうと、この「並び」を段章に付して称することは他に所見がなく、珍しいものであることはすでに前稿に述べたのであるが、全巻の配置は前掲の段章対照表に示した如くであり、これをまとめると、

（A）単に「並び」「前段の並び」とのみあるもの（表では「並」と記す）

（B）「竪の並び」とあるもの

（C）「横の並び」とあるもの

この区別については通行一二段（本書一〇段横並）に、

段のならひたてよこの心は本段の次の事あるは竪也　本段の事よりさきありし事を次にあるは横也

といい、また、その欄外頭注に、

たて横交タルハ何も竪に成ト云々

と記しており、さらに通行一五一段（本書一〇五段）「立田川紅葉みたれて」の歌の注に、

心明也　余の段は同し帝同し人なとある所を前段のならひと云なり　此段は同し帝とあれ共別段と見る事此物語の口伝也

と述べている。これによれば、並びとは、

1　二つ以上の連続する段章において主人公が同一人物である場合に、後続段章を並びの段とする。

2　竪横の並びは、共に時間的先後関係によって区別し、前段よりも後に継起した事件は竪であり、前段より先に遡って起こった事件は横である。

3　竪横がまじったものはすべて竪とする。

しかし、この原則は、当の一五一段の注によっても明らかなように、必ずしも全巻に貫徹されるわけではなく、このような例外も設けているのであり、前稿でも触れたように、同じ業平を主人公とした通行一六〇（本書一一三段並）――一六六段（本書一一六段）の間において、一六二〜一六四段はすべて一六一段（本書一一四段）の並び三段として扱いながら、一六五・一六六（本書一一五・一一六）の二段は別に独立の二段として扱っている如きことがあり、察するにそれは業平の相手がこの場合御息所であり、一五一段の場合には主人公が天皇という、共に尊貴な身分のためであろうかと思われる。他の例は省くことにするが、とにかく、並びが同一人物に関する段章のユニットを把えるところから生まれる中世の構成論的見解であったことは疑えないのである。このことは、これとやや似て現在通行の数段を合わせて一段としている箇所にも窺えることである。すなわち、

通行一四・一五段→一二段（陽成院）
通行四二・四三段→三五段（えしう）
通行五一・五二段→四一段（宇多天皇）
通行六六・六七段→五四段（としこ）
通行六九・七〇段→五六段（忠文）
通行七六・七七段→五九段（桂の御子と嘉種）
通行七八・七九段→六〇段（監命婦に弾正のみこ）
通行八一・八二段→六二段（右近）
通行八七・八八段→六四段（兵庫の允）
通行八九・九〇段→六五段（修理の君）
通行一〇五〜一〇七段→七四段（中興女）

通行一二二・一二三段↓八四段（増喜）

通行一三五・一三六段↓九一段（堤中納言）

これらの同一段と、先の「並び」を区別する基準は何かといえば、共に人物は共通しながら、同一段では、内容や状況も相似たものあるいは主人公の相手も同一人であるに対して、「並び」では、相手が異なっていたり状況がかなり異質であったりするのであるが、それも程度の問題であり、厳密にいえば、不明晰というほかはない。ともかくも、登場人物を中心として段章のまとまりを把えていたことだけは明らかであり、そこに中世における物語観の一面が窺われるように思う。

また、次に気付かれることは、当然のことながら本書の注釈の中世的性格である。本書にはしばしば「秘事」「口伝」の文字が現われる。たとえば、先掲の一五一段に、

此の段は同し帝とあれ共別段と見る事此物語の口伝也

といい、一五〇段、「ならの帝」にも「此巻ノ口伝」と頭注する。一六九段にも「此段に哥なし有口伝」、一七一段にも「ふしの煙たえすもゆると云義当流なり」という。しかして、この富士の煙の不絶説が中世二条家の説であり、不立説が冷泉家の説であることは中世の常識で、宗祇の『古今和歌集両度聞書』等にも見え、本書の作者が二条家流の人であることが察せられよう。

しかし、さすがにそれが中世古く鎌倉時代まで遡るものでもないことは、四三段に「きりかけ」に注して「むかしは秘事とする也」ということによって察せられる。『河海抄』に「きりかけ」について「紫明抄に公良三位が説などとて、秘事げにいひたれども、強不㆑然歟、大嘗会のしとみやといふもの也」とあるのも考え合わせられる。そのことは、引用書の中に「新六」（新撰六帖）（三五段）・「親房卿の歴名抄」（一〇六段）・「拾芥抄」（一四六段）などの名があることによって明らかであろう。

また従って、本書には中世らしい仏教批評・儒教道義的批評が頻出する。前者としては、たとえば、五八段の「おほ空の」の歌を「命水上泡如二随レ風消一、魂籠中鳥同二待レ開去一といふ心也」と評し、六二段の「おもふてふ」の歌を「むかしの天部菩薩なとにはなにことをいふそと也」と評し、七一段「はる〳〵」の歌を「諸法従本来常自易滅（「寂」内本）相の心也」と評し、一四七段「いつこにか」の歌を、「男の心となりて魂に真女の智宝をもたせて此死生彼苦海の心をよめり」と評する。後者としては、たとえば五四段の「足のむかん方へ」に注して、「放埒の心をいへる文章也、朋友をしのふ心又やさしき也、人倫性善の端をかく段也」と述べ、五八段「しほかまの浦には」の歌の注に「民無二恒産一別無二恒心一といふ心也」という。一一六段檜垣嫗「むは玉のわか黒髪は」に注して「寿長恥多しの心也」と述べ、一三三段「おもふらん」の歌に「君いつくしみふかく臣君の御心をうつしていつくしむ也」などと述べるなど、枚挙に遑がない。このような傾向は、多少とも近世初期の諸注には見られるものであり、切臨の『源語弁引抄』などもかなり極端なものであるが、しかし、少なくとも季吟以降では著しくその影が薄くなっていることもたしかであって、本書の中世的性格を物語るものであろう。

またこれと関連して、注本文に、近世諸注にはきわめて少ない漢字注のあることにも気付かれる。たとえば一五〇段「ねくたれかみ」に「覆鬟《ネタレカミ》也、くもし添文字也、ねくたれすみてよむ」と注し、一〇三段「かり（許ニノ意）いかん」に「雅離《ガリ》也」と記し、同段「いみしき」に「人のさかへたのしふをも才智有をもいふは厳《ゴン》《イミシン》の字也、すなはち荘厳《シヤウゴン》なる事《ケツカウナルコト》をもいふ也、又いたはるもかなしふもいふは忌《キ》《イミシン》の字なり、きらふをもいふ也、いつれをも切にいふ詞也、みなにこる」という。また三段「やなきのしなひ」に「柳級也」を当て、一四七段「いとむくつけし」に「蠢、むこく也、むくめく也（松ナシ）」と述べ、一四八段「手をあかちて」の注に『日本書紀』を引いて「手散也」を当てている。また一五四段「かいまみ」には『愚見抄』以来の説である「垣間見」とともに、「開真見」をも示している。これらの漢字注が中世初期の注釈書に比較的多いことは定説であるが、本書の注本文もその意味で注釈書としてはかなり古体を留めていることが察せられよう。

また、興味のあるのは、固有名詞、ことに人名に関する注にはなはだ特異なものが多いことである。今、『拾穂抄』及びそれ以降の近世諸注と異なる本書の説を左に掲げ、参考として『拾穂抄』の説をも併せ掲げることとしよう。もとより結論のみであって、推論過程は煩簡ともに一切省いた。

本書段序	通行段序		拾穂抄	本書
一並	二	びせんのぜうよしとし	備前・肥前両説　良利	備前掾　吉俊ハ清友孫吉清子
二	三	としこ	俊子	敏子
一二	一五	釣殿の宮	綏子	淳子
一三	一六	陽成院のすけ	未詳	典侍平子
〃	〃	まゝ父の少将	未詳	小野紘《ハル》風
〃	〃	出羽の御	未詳	橘吉俊女
一五	一八	二位（条）の御息所	定方女	昭宣公女穂子
二一	二七	かいせう	戒仙	戒勝ハ藤原敏行か子、伊衡弟
二二並	二八	兵衛佐	未詳	藤原敏行
〃	〃	友則	（記事ナシ）	一説に有常の子と
二五	三二	僧都の君	未勘	敦実親王
二九	三六	前斎宮	柔子	寛平法皇女芳子
三〇	三七	出雲守	未詳	相如、内蔵頭頼信か子
三九	四八	刑部の君	未詳	菅家の御女
三九並	四九	斎院	宇多皇女君子	醍醐皇女詔子
四〇	五〇	戒仙	未詳	藤原兼茂の子

四二	五三	坂上のとほみち	（欠文）	広野の子
四六並	五八	つねたゞ	恒忠　未勘	常忠、仁明の孫王といふ伝不慥
五六	六九	監命婦	（記事ナシ。七段ニハ未詳トス）	藤原千兼女
六〇	七八	弾正のみこ	章明親王	陽成第二弾正尹元平親王
六二	八一	季縄少将	藤原子葉男	武智公十代孫大学頭藤実範男
六八	九四	故中務宮	代明親王	敦慶親王
八一	一一八	閑院の大君	後撰集作者	南院を号閑院、おほい君はいま君の姉也
九二	一三七	いはえ	（注ナシ）	岩江、三井寺西也
一一三	一五九	染殿内侍	良相女、滋春母	典侍藤原因香
一一五	一六五	左大弁	（注ナシ）	藤原良近、中納言吉野四男
一一八並	一六八	「岩の上に」ノ歌ノ作者	小町	後撰ニ真性法師作トスレド、「師説」ニ真性ハ遍昭ノ始ノ名ナリト
一一八並	一六八	母	（注ナシ）	按察使富士丸女
〃	〃	せうとの兵衛督	（注ナシ）	参議伊衡、承平七年任左兵衛督
一二〇	一七〇	兵衛の命婦	みやの官女にや、又さきの生田川の段に有しと同人なるへし	筑前守藤原高経女古今作者也
一二二	一七二	国の司	未詳	平中興（傍注ハ源公忠）

これらの説は、『虚静抄』以下にもまた現われなかったものである。この説の中、どれが正しく、どれが誤りであるかは、今後のくわしい検討にまつほかないのであるが、たとえば、七八段の「弾正のみこ」が従来章明親王と推定されながら、それについて疑いが抱かれていたが、最近に至って、迫徹朗氏が精密な考証によって元平親王と推定された(8)のであるが、本書は夙にその説を採っているのである。また一一八段の閑院の大君について、「南院を号閑

院」云々というのも、筆者の考証によれば肯かれるのである。[9] その他の説に、たとえば、橘吉俊は「清友孫吉清子」とし、あるいは「敏子」「淳子」、また「まま父の少将」は『古今集』の歌によって小野春風とする如き、いずれも記録類に傍証するものがなく、実否を確かめ難いのではあり、当然多くの中世的付会もあることは想像されるにせよ、同時に、前述の如き確かな説がないともいえないであろう。現存資料のみをもってする考証には、本書の所説の正否を確かめる上には、むしろ一定の限度があることをも考えるべきであろう。また、右の考証や人物略伝の記述の材料について見ると、その典拠を示したものはほとんどないが、『扶桑略記』『三十六人歌仙伝』『古今和歌集目録』等を参照した跡が窺えるもの（公忠・朝忠・敏行）がある。しかしそれとても小異文が散見し、他の資料も用いているらしい。宇多天皇略伝の如きも、『大和物語』諸本巻末の例の長文の勘物とは異なるもので、それより詳細である。一体に伝記記述において本書は『抄』よりも詳しいといえる。

しかし、本書の説の中、もっとも価値あるところは、いわばその文芸論的な角度のゆたかさにあるといわねばならない。その論は、内容・技巧・表現等にわたって、かなり種類の多い用語を駆使し、自由な批評を試みているのである。以下、その例を若干あげるが、底本はB系の松平本を用い、A系（国会図書館本）を用いる場合は特にその旨を断ることにする。段序は通行の段序である。

まず「感情」「余情」等を用いるものは、

即時の感情也（三五段「白雲の」ノ歌）

草子の余情也（四五・一〇六・一三五・一六九各段）

感情あさからすと也（八〇段「来てみれと」ノ歌）

此哥やさしき風情なれはかくもよみたりと褒美の儀也（一三〇段「秋風の心や」ノ歌）

また「幽玄」の評語もしばしば用いられる。

三輪組（ノ説ノ意）幽玄ならす（一二六段）

幽玄に繭々しき哥也（一三九段「こぬ人を」ノ歌）

哀ふかく詞つゝき幽玄なれは本にすへしと也（一四九段「風ふけば」ノ歌）

をしほの山と云る幽玄也とそ風の歌也（一六一段「大原や」ノ歌）

「誹諧」「狂言」の評語は、

ゑしうの段此物語の狂言なりとそ（四四段）

此段誹諧なり（六五段）

誹諧躰也（中略）夢にやみ給たるといふ心はいかいなり（七〇段「賀茂川の」ノ歌）

君は君にとこよひゆくといふを珍句とせる也誹諧なり（七七段「たかとりの」ノ歌）

贈答書誹諧也（八八段）

誹諧躰也、狂言す也（一二九段「人を待つ」ノ歌）

『大和物語』の批評をこのような角度から試みることは、従来比較的乏しく、今日においても十分に学界に反省を与えるに足るものであろう。

また、その他、

ことはつゝき面白くやさしき歌と也（八段）

あはれふかし（九段）

やすらかなるいはひ哥のさま也（三六段）

流人の心ほそきさまさそと哀ふかし（三八段）

此段女のうたとり〳〵に優也（一〇六段）

などがある。この種の鑑賞的態度のもっともゆたかに現われた一例をあげると、一一五段、「かさゝぎの渡せる橋を」の歌の注に、

深夜寒霜みすくしかたくてとひ来り給ふといふ心也。かさゝきのわたせる橋たゝ寒天のふけゆく空すみわたり、銀河のなゝめにみゆる景気也。ことさらにこそ、わさと来り給ふと也。霜の上を夜半にふみ分なと身にしむ感情也。今夜の空に、かさゝきのわたせる橋にをく霜の哥おもふおりから成へし。

とある。著者の感情のゆたかさが偲ばれるものといってよかろう。

次に表現・技巧面については、

上句に遠くといひ下句にちかくとあるこのましからぬと也（四四段）

一首の縁の字の多きはよからすとそ（七六段「こよひこそ」ノ歌）

あるいは、特に散文の表現面に着目したものとして、

文章也（一三七段「あはれかりめてなとして」）

誠に死たるにはあらし双子の筆法也（一五四段「とよみてしにけり」）

草地也（一六一段「むかしをおほし出て」）

い物（伊勢物語）にうへしうへはの歌の段とあやめかり君は泥にその歌並あれは其まゝに書きすさめる筆法也（一六四段）

文章のかさり也（一六八段「かしはの葉」）

末を世の説にゆつる文章也云さしたる筆法なり（一六九段段末、国会本）

あるいは、構成について、

前にとくある所へ行てとある首尾也（一四八段「すさ（従者）」）

本書はまた物語作者のいわゆる地の文を問題にして、しきりに「記者」「記者の詞」の語を用いる。

記者のこと葉也（一九段「心にいらて」云々）

まらうとはといへるより記者の注也（二八段）

記者此哥哀傷の心ふかきを褒美の筆法也（二九段「こと人々の多かれと」）

此事を草子なとにみて御返し有りときけと本にはなしと有りと也いまここにかきし罪おはし也記者ノ心也（傍注）（九五段「御返事あれと本になしと有」）

記者詞也哥は多くあれと其心をえきかすと也（一二四段「哥はいと多かりけれと」）

此事をいろ〳〵にいへともかく也と記者の詞也　是本説ト云ノ心也（一五二段「もとをはとかくつけゝる」）

これらは物語にて世にある事共也と云り記者の詞也（一六六段）

更に少将なりけると○（松「思ひてと」）有は記者後撰に真性法師とあるは（松「遍昭の事也」）風躰をもてしれとの事なり（一六八段、国会本）

さらに進んで、物語作者の作為性や虚構性をはっきりと指摘する場合もある。たとえば一五六段（おば捨山）において、「わが心なぐさめかねつ」の歌につき、

古今第十七よみ人しらすの哥也。をは捨し物語に此歌をいひそへて、後の人語る也。昔をは捨し所なれはをは捨山といひ、其物語に月もいと限なくあかくてと云つたへたれは、そこに至りて月をみてよめる歌也。哥の心は所のけしき月の明白なるさひしさ哀さ性もしつまらす、心をき所なけれは、我心なくさめかねつ也。記者此歌を世に語りそゆるを其まゝに書、なくさめかたしとはこれかよしになん有けると成。

といって、本来伝説とは別個のものであった『古今集』の和歌が、作者の手によって姥捨伝説に結びつけられたものとするのである。また一七三段の梅の花びらに和歌をかく条について、

花ある所にたんさくにかくなり。爰元記者の作り物かたりなり。

と述べて、事実の伝承を超えた文飾に注目し、一二六段（檜垣嫗）にも、『後撰集』と所伝が異なっていることについて、

後撰のは大弐もかはれり。家集（注、檜垣嫗集ノコト）後撰に同じ。それをことかきをかへ哥の上句をかへて、つくり物かたりにかける也。心ことは哀ふかしと也。

と述べ、それが異伝というよりは、『大和物語』作者の作為に基づくものであることを主張しているのである。『大和物語』の性格を実録とみるのは古来の習わしであるといえようが、その中にあって、このように明白にその虚構性・文学性を指摘しようとしたものは、他に見出し得ないのではなかろうか。

9

ここで本書の学統及びその成立あるいは著者について不十分ながら述べねばならないだろう。

まず、本書が引用あるいは典拠書目として明記するものの名を列挙すれば、左の如くである（所出順）。

古今集・日本記《ママ》・拾遺集・万葉（傍注）・後撰集・新六（新撰六帖）・源氏物語・新古今集・伝記（浄蔵の）・延喜式・後漢書鄭玄注・尺・親房卿の歴名抄・続古今集・庵主・檜垣嫗集・無明抄（「無名抄」ノコト）・清少納言記・拾芥（抄）・寛平遺戒・伊勢物語・新撰髄脳・密勘・定家卿の勘・巴（傍注）・仁徳記・三代実録・縁起（清水寺）・文選・職員令・六物図

また、書名を示さないもので、筆者がそれと典拠を推定し得たものの中、右以外のものでは、

拾遺愚草（一二六段「年ふれは我黒かみも白糸の」ノ歌）

白氏文集（八〇段「酔悲泪灑春盃裏」）

などがある。その他、典拠不明のものももとより少なくない。右に掲げた書名の中、今日その名が伝えられないものに「歴名抄」がある。一〇六段「みこたち」の注に、親王の叙品・叙位につき長文を費し、「親房卿の歴名抄にみえたり」と記して、この書が有職の著述であることを察せしめるが、また同時に、これによって本書注本文の成立が一四世紀後半まで遡りえないのは明らかかと思われる。

本書は先人の説に対してどのような態度をとっているであろうか。しばしば「……と也」「の解尺也」の語があること、また先述の如く、「口伝」「伝受」の語の散見によっても、先人の説をそのまま多く受けついでいることは容易に想像される。付注であってやや趣は異なるにしても、一五五段「浅か山」の歌の注末に「古歌の心を用いかゆる事多し、又折にかなひたる古歌を詠するは、新奇をよまむにまさると先達のおしへ也」（国会本）と、先人に敬意を表しているのも参考となろう。

しかし一方、これに反して、先人の説に対して異議を立てる場合もかなり多いのである。五六段「夕されば」の歌の注に、

老たる馬そ道しるへなるの心（筆者注、『奥義抄』の説、『拾穂抄』以下これに拠る）にはあらす、たゝ中絶して又きたるをかつはちたる道もみえねと夕の道に仁道を添たり。

また、一二一段「こちくの音」の歌の注に、

（前略）ちくさのこゑこちくのこゑといへるを竹と云字のこゑちくのこゑなれはかくよめると云説不用、こちくは来の字にもあらす、下に来なくと有。

一四〇段「うぢへかりしになむ」の注に、

うしといふよそへ也と云説不用、たゝうちへかりに行給ふ時也。

また、一四一段では「よしいゑ」の考証に際し、勘物の橘良殖説を紹介しながら、しかも、「良いゑとあればお

ほつかなし、しれす」と、結局未詳としており、一四二段では御息所につき、「此段いつれの御門のみやす所の御あね共しれす、今案説元方民部卿の女更衣祐姫の姉歟と云々、たしかならす」とも述べている。一応は先人の説を引用しても、決して盲従しないのである。

また「師」の文字を用いるものには、六九段「それがむすめなりける人」の注に、

諸本にむすめとあり。師説に女のことくなる人といふ儀と也。此物語にむすめことかけること葉あれは書写のあやまりか。又源氏物語に女にてみ奉らまほしとかくたくひにや。

一四八段「あしからじとてこそ」の歌の注に、

なき本あり。師本には一行あけてあり。拾遺の返しと上句少かはり心はかはらすかくあるを集になをし入らるゝ歟。記者は後はいかゝなりにけんしらすと書とめらるゝを、後の人一行あけて書入たる成へし。

一六二段「忘れ草」の注に、

同し草を忍ふ草忘草といへは忘草は萱草忍ふ草は軒なとに生ひて檜葉のうすきやうなる草を今は云也。こゝには同し草を云と也。萱草を云にや。葱を（松・内ナシ）師説に忘るゝも忍ふも同し古郷の軒はの草の名こそつらけれといへは、昔は檜葉のうすきやうなる草を忘れ草共忍ふ草ともいふと也。

とある。また、一四三段はかなり長文であるが、先人や師説に対する慎重な取捨の態度が窺えるので、左に引用する。

師説在次君のめなる人とてしのひてすむは山蔭卿のむすめ也。在次君のいもうとむこ伊勢守か母也。かみのめしうとゝはいもうとのしうとゝいふ儀也。かみのめにて句をきり、しうとにてありけるをとよむ也。旧説なり。いとむつかし、落字有かといへり。或説在次君の北方は山蔭卿のむすめ也と種姓をいへるはかりにて、忍ひてすむは又よの女伊勢守か召人といふ義歟と也、それならはめしうとにてありける女をとあるへし。一説もとに

ゆきては五条の子（御）也。則五条の子（御）伊勢守が召人なりといへり。（中略）今案、女しうとの儀、もしめしうととは伊勢のかみか崇敬する人なるを在次君はしのひてすむになん有けるといふ儀歟。猶々師説にしたかふへし。

これによっても、あるいは諸本を見較べ、あるいは諸説を検討して、慎重にその取捨を決する如き、中世としてはかなり珍しい本格的な注釈態度といわねばならない。

それでは、この右の「師」とは果たして何人であろうか。まずこの「師」は貞徳ではない。季吟はその師貞徳の説を受けていることは、『拾穂抄』の跋文に、

いつぞや物のつゐでに長頭丸に見せ申せしかば、又つまごゑにのたまひし事の人のためなることどもなれば、このたび折々かきまぜつる、（下略）

とあり、また別勘巻末にも、

此一冊は老師貞徳ことに執せん人のためにせよとて、わざとなべての抄にはもらさしめ給へりければ、ともかくも師命にしたがふとて、とりわきてかきつらねをき侍ところなり。

と記していることで明らかである。事実、『拾穂抄』の中には「長頭丸云」という引用が、一九・二四・三八・四四・六二・七〇・一四一・一四四・一七三の各段、九条にわたって見えている。しかし、そのうち内容が本書に一致するものは一つもない。

一九段「心にいらで」の注では、『拾穂抄』所引長頭丸の説（以下「長頭丸」とのみいう）では「みこのみづからかの返しの心にもいらざりし事をのたまひつる事のあるにやと」とあるが、本書は「記者の詞也」とあるのみ。二四段「ひぐらしに」の歌の注では、長頭丸は「郭公に身をそへてこゑもおしまぬといふと、ただ秀句にいひつゞけたるまでといふと、両説のよし」といっているが、本書は貫之の「時鳥人待山に」の歌を本歌とし、「わが身をほ

とゝきすになしてとはぬ時にそ声もおしまぬとよめり」と、貞徳のいう両説の中、前一者のみをいうに留まる。三八段「たまさかに」の歌の注では、長頭丸は「わくらはにとふ人あらはすまのうらに」の歌を引き合いに出しているが、本書は「わたのはら八十嶋かけての歌を取となく共流人の心ほそきさまさそと哀ふかし」といっている。四四段「ぬれころも」について長頭丸は長文を費すが、本書はまったく触れず、六二段「いとになう」では、長頭丸は「方便品に無二亦無三とある字なり（下略）」というが、本書は「二となき也」とあるのみ。七〇段「かうぶりして」では、長頭丸は叙爵とみるが、本書は「非蔵人なるべし」と違った角度から注している。一四一段「夜半にいでて」の歌の注では、長頭丸は本妻が筑紫の女をいたわってよんだ歌とするが、本書は作者が誰かはいっていない。一四四段「なみだをふさに」では、長頭丸は「なみだを久になり（下略）」というが、本書は「涙つもりなきつゝくると也、つもるをふさぬと云也」と、説が異なっている。一七三段「ちやうわん」では、長頭丸は「長椀」説であるが、本書は「茶椀」説である。また総じて、長頭丸の説に比して本書が素朴な形をとっていることも注目されよう。

また次に、一条兼良の説と比べてみよう。兼良の説は、『拾穂抄』『首書』の両書ともに一六九段「水くむ女共あるがいふやう」の条に見える。

拾穂抄　一でう禅閤御説に、諸本かくのごとし、これは水くむをんな、はじめよりのことをかたるをかきつけたるべし、と云々。またある本に云、それに水くむ女どもあなるがいふやう、そのゆくゑもとをらぬと、たゞひとくちいひてするゑをいひさしつと有。

首書　一禅云諸本如此也。書のこしたる詞也。女共初よりの事をかたる也、或本云、此注にその末もとをらぬと只一くちいひて末をいひさしつ云々。

両書内容は共通するが、兼良の説は各々の前半部と察せられる。これに対して本書では、井手にやとりて前に井あるに、水くむ女ともありて有し事を云なり。此事昔よりいひふり、伊勢物語にもちきれる事あやまれる人になそらへ、山城の井手の玉水手に結ひたのみしかひもなき世也けりなとあれは、末を世の説にゆつる文章也。云さしたる筆法なり。(国会本)

とあり、兼良の説を知らぬもののようである。また、宗祇の説も、『拾穂抄』に一四四段「かりそめのゆきかひぢ」の歌の注において、

祇注云、ゆきかひぢとは、往かよふ道也。それに甲斐をたちいるゝ也。道の中ぞらにてむなしくならん心、猶ひとしほ悲し。母にみせよといひける心をも詠吟にこめて、可思此歌也。

と見えるが、本書には、

甲斐をよみ入たる辞世也。古今哀傷の部の終りにあり。父のなりひらの辞世つゐにゆくの次に入たり。皆行道也。此哥のことかきに、かひのくにゝあひしりて侍ける人とふらはんとてまかりけるを、道なかにてにはかにやまひをして、いま〳〵となりにけれは、よみて、京にもてまかりて母にみせよ、といひて人につけて侍けるうたとあり。かりそめとおもひかくなり侍ると、母にいひやる也。此物かたりにはかひの国にいたりてすみけると有。

北へゆくかりそ鳴なるつれてこしかすはたらてそかへるへらなる

といふ歌しけはるかかひの国へ下るとて、つれたる女のひとりかへる道にてよめるといふ説あり。

本書文末の一説を除けば、繁簡の差はあるが、両者は趣旨においてはおおむね一致している。また宗祇の説は『首書』にも散見する。すなわち、一〇段「ふる里を」の歌の注に、『首書』では、

祇云、昨日は栄て作り今日は衰て売も天然の道理也、此哥を娘の中務に伊勢か訓て云、哥のさまも心もちも身を治る事も此歌の理を鏡とせよと也。

とあるが、本書では、

家をうりてよめる　伊勢

あすか河ふちにもあらぬ我宿も瀬にかはりゆくものにそ有ける

とよめる歌をおもひ出てけにもいひけると也。

とあって、ここでは、共通するところがまったくない。また一四五段「命だに心にかなふ」の歌の注では、同じく『首書』に、

祇云、立かへるまでの命しらぬ心也。女の哥にて哀ふかし。

とあるが、本書では、「心明也」というのみである。少数の例をもって断ずる危険はあるが、宗祇の説ともやや遠いものと見るべきであろうか。またこのことは、兼良の『愚見抄』宗祇の『山口抄』など、『伊勢物語』注釈書の説のうち、『大和物語』と共通する条について検してみても、『鈔』の説との関係が見出しにくいことは次に述べる通りである。

本書の説とやや似たもののあるのは幽斎の『闕疑抄』であろう。たとえば、前にも引いた一六二段（本書一一四段の並）「忘れ草生ふる野べとは」の歌の注に、『鈔』では、

忘れ草の歌伊勢物語のことし。

同し草を忍ふ草忘草といへは忘草は萱草忍ふ草は軒なとに生ひて檜葉のうすきやうなる草を今は云也。こゝには同し草を云と也。萱草を云にや。師説に忘るゝも忍ふも同し古郷の軒はの草の名こそつらけれといへは、昔は檜葉のうすきやうなる草を忘れ草共忍ふ草ともいふと也。

とある。これと多少とも関連ありそうな諸説を『伊勢物語』古注から拾ってみると、

愚見抄　此忘草は忍の一名ときこえたり。

兼載聞書（松井家本）　忘れ草をしのふとやいふとて　惣して昔よりしのふ草忘草問答ある也。檜の木に似たるをしのふといひひとつ葉に似たるを忘草と常に云也。本は檜葉ににたるをわすれ草と名付也。此詞の心は業平わすれんすれとも猶我をしのふとやいはんと心みにいたしたまひしなり。

忘れ草おふる野辺とは（歌詞略）、我心をわするゝと思ひ給ふらめと我は猶忍ふと云心なり。猶々後もたのまんとふかく忘れぬよしなり。

闕疑抄　（前略）忍草の事兼栽《ママ》聞書に惣して昔より忍草忘草問答なり。檜の木の葉に似たるを忍草といひ一ッ葉に似たるを忘草と常に云也。され共さのみ草の形なとを尋てせんなし。只一草二名也。此分にて置へきと有。忘るゝも忍ふもおなし古郷の軒端の草の名こそつらけれ、此哥一草二名と聞えたり。御説にかくはあれ共忍草と云ても不レ苦。

幽斎が「檜の木の葉」云々の説を兼載の説と認めているのであるから、『鈔』所引の「檜の葉のうすきやうなる」云々の一説は、兼載独自の説と認めてよいのではなかろうか。しかし、それにつづいて、『鈔』ではこの兼載の異草説を斥けて「こゝには同し草を云也」とするが、これは『愚見抄』（兼良）を引くまでもない、兼良・実隆・公条・実枝らいわゆる当流の説である。また、ここにいう「師説」とは誰であろうか。それは『続古今集』一五、従二位顕氏の「忘るゝも忍ふも同し」の歌を証歌にあげる点で、幽斎の引く「御説」と符合するわけである。ところで、幽斎の『闕疑抄』にいう「御説」とは三条西実枝のことであるから、[10]『鈔』の「師」とはおよそこれらの公条・実枝あたりかと見当がつけられよう（幽斎自身でないことは、『闕疑抄』と『鈔』の本文を比較すれば明らかであろう）。また、この「忘るゝも」の歌を引く説は、『闕疑抄』の流布によってか、近世には流布していたらしく、九大本『伊勢物語抄』（元禄四年元繁書写）にも見え、眞淵も『伊勢物語古意』頭注に、

後の集に忘るゝも（歌詞略ス）とよめる歌は大和物語によりて此文を思ひあやまりてよみたるもの也。

と述べていることも参考になろう。また一六一段「おもひあらばむぐらの宿にねもしなん」の歌の類歌について、『鈔』は、

思ふ人あらは也。玉しける家も何せん八重むくらはへらん宿にいもとしすまは

とある。これに対して、『愚見抄』『山口抄』『肖聞抄』は類歌をあげず、『伊勢物語直解』（実隆）は『万葉集』の、

玉しける家もなにせんやへむぐらしげれる宿に妹としすまば

何せんに玉のうてなも八重むぐらはへらん宿にふたりこそねめ

の二首をあげ、九大本『伊勢物語抄』（前掲本とは別）所引「勢」[11]はこの「何せむに」の歌と、

玉しける家も何せん八重葎はひたるこやもいもとしすまは

の二首をあげる。『鈔』の一首は、三条西家の注釈の流れに立ったものであることが明らかといえよう。

さらに、『大和物語』一六一段「大原やをしほの山も」の歌の注をみると、『鈔』では、

大原の神大児根屋命神代に天照大神の臣としてつかうまつり給を、今日后の行啓に業平供奉つかうまつれはおほし出らんと也。天照大神は女神天児屋根命は男神成を以て也。をしほの山と云る幽玄也とそ。風の哥也。底の心は后たゝ人におはす時まいり通ひしをおほしいつやと也。（国会本）

とあるが、旧注の中、もっとも符合度の高いのは、前述の公条の著作かといわれる『伊勢抄』（九大本『伊勢物語抄』所引）と『直解』（実隆）とである。

伊勢抄　春日大明神の第三の御殿は藤原の祖神にてましく〳〵けり。神代のことゝは天照大神と天児屋根尊は陰陽二神君臣合体にておはしませは小塩山もけふの御まいりをうれしく思給て春宮の母儀なれは神代の御契約まで思召いつへきと祝したる也。下心は二条后にあひたてまつりしことを神代のこととはいへり。昔のことといはむとて神代とは云也。風の歌也。（下略）

直解　たけのある優なる歌也。東宮のみやす所行啓有ほどに天照大神と春日明神とのちぎり給し相殿のむかしを思ひ出すらんと也。底には二条后のただ人の御時参通し申を思召いだすやといふ心也。神代とはもとの心也。久しきといはんため也。風の歌とはこれらぞ本なるべき。上ははたとして底に心を付て見れば心のふかき処ある也。

これでみれば、『鈔』は、実隆の『直解』により近いといえるのではなかろうか。私は、一応、『鈔』は実隆の門弟の手に成ったものと考えておきたい。

10

ついでに、本書の傍注・頭注等の内容についていささかふれておく。先に述べた如く、これら付注は、A・B両系統共通のものと、そうでなく、各系統あるいは各本によって独特のものとがある。ここでは両系に共通のもののみ取り上げ、系統によって有無相違するものは、副次的のものとして一応無視することとしておきたい。

これらの付注がしばしば注本文に対する解説の性格をもっていることは当然である。たとえば、前掲一四八段「かたゐ」云々の注本文に対して「かたゐ翁の心」と傍注し、さらに国会本では「乞丐也」と付注を加える。一四九段の注本文「左道」に対して「サモシキ事也」「スム也」と傍注するなど、その例は多い。また時には、傍注は注本文の説に対して反論を立てることもある。たとえば、一七二段に「国の司」に注本文が平中興説をとるのに対して、傍注がA・B両系とも、「但此物語中興ヲ近江介トアリ、近江守公忠トアリ、公忠ナルヘシ」とあり、一五〇段の「ねくたれかみ」の注に、注本文が「覆鬟也、くもし添文字也、ねくたれすみてよむ」と記すのに対して、A・B両系とも頭注に「又ソ、ケタル躰、腐」と異説を立てている。これらの事実は、すでに注本文が、A・B両系の祖本の段階においてその注が理解され難くなってきたか、あるいはその不当であることが気付かれてきた証拠といえよう。ことに語注の類にこの傍注が多いのは、注本文の成立の時代と付注の付加された時代との距離の大であることを物語るものではなかろうか。

また、たとえば、一五五段「大納言（中略）随身」の注末に、「巴に随身大臣大将ハ上ヨリ被下、今ハ其外ハ自身カ、ユルト云々」の細字による付注がある。巴が紹巴の説である可能性は濃いであろう。これがA・B両系共通のものとはいえ、明らかに付注であり、注本文の成立を室町末まで引き下げねばならぬ理由とはなり難い。

また、本書には数箇所に「私」の文字がある。すなわち、その一は先に述べた一五八段の注本文に見えるものであるが、他は一四八段「とくある所」の注本文である「頓有所」の付注（松平本は右傍一行書き、内閣本は文末二行書き）に「私とくつきてなと云事あれは其心にも見るへき也」と述べ、また一四八段「あしからしとてこそ」の歌の注本文に前掲の如く、

なき本あり。師本には一行あけてあり。拾遺の返しと上句少かはり心はかはらす。かくあるを集になをし入らるゝ歟。記者は後はいかゝ成にけんしらすと書とめらるゝを、後の人一行あけて書入たる成へし。

とあり、右の「集になをし」の右側に「私、集に返歌を入て作スル歟」と細書し、文末に同じく「私、拾遺に返し歌ある故一行あけて是に書入ノ心可成」と細書付記する。また一四九段「おほくしをつらくしに」の注本文「鬠つらのさしくし」云々の傍注にも「私、男ノカウカイヲモ女ノカンサシニヘウシテ云ト云々」と記す。さらにA系統のみにあるもので、一五九段・一六〇段に各々一箇所ずつある。これらの傍注頭注にいう「私」は、本書の作者とは明らかに別人であろうと思われるが、しかし、誰であるかはもとより知るすべもないのである。

以上、今日まで永く研究者から忘れられていた古注の『大和物語鈔』についてて報告かたがたその概略を述べたのであるが、これによって、それが研究史的にはもちろんのこと、物語本文の内容、注釈的意義、その他において、今日においてもなお十分に顧みらるべき価値をもっていることを明らかにしたつもりである。紙幅の上からなお触

れ得なかった点——主として語彙・語法上の——もあるが、その他と併せて、今後の課題としておきたい。

注

(1) 拙稿「山鹿素行手沢本『大和物語抄』に就いて」語文研究16(昭38・6、本著作集本巻所収)
(2) 阿部俊子「大和物語の伝本に就いて」国語(昭13・1)
(3) 高橋正治『大和物語』塙選書 205P
(4) 加藤氏はこれを他の数冊の書物と共に、大正八年ごろ、山鹿誠之助氏の手を経て借覧されたものであり、その時の文庫よりの書き出しには「右素行子二十五歳の自写、墨付一〇二枚」とあったよしである。またこれが素行の『配所残筆』にいうところの、一七歳から二〇歳までの間に広田坦斎から和学を学び、源氏・伊勢・大和・枕草子・万葉等の相伝を受けたという記述に照応するものかと加藤氏はされている(同書99P、105P)。
(5) 帝国学士院紀要四巻二号(昭21)
(6) (4)に記したように、以前の文庫の書き出しには「自写」とある。文庫目録がその後これを自筆本の部からはずした理由は明らかでない。
(7) (2)参照
(8) 迫徹朗「監の命婦をめぐる人々と大和物語の成立に関する一考察」国語と国文学(昭38・7)
(9) 拙稿「大和物語評釈」二五・二六回 国文学(昭38・5、6)
(10) 大津有一『伊勢物語古注釈の研究』390P以下
(11) 大津右掲書384Pに、この「勢」は公条の著作にかかる伊勢抄かとある。

山鹿素行手沢本『大和物語抄』について

長崎県平戸市の現市長〔昭和三八年現在〕山鹿光世氏は山鹿素行の末裔に当たり、素行の旧蔵書あるいは自筆本の多くが素行文庫としてその邸内に保管されている。同文庫の内容については、昭和一一年に広瀬豊氏が調査を加え、同一三年には『山鹿素行先生著書及旧蔵書目録』が、さらに同一九年にも『素行文庫目録』が刊行されており、その後も阿部隆一氏が整理を加えられたときく。また、素行が青年時代、広田坦斎に就いて神道・和学を修めたことはその『配所残筆』に自ら記すところであり、その間の事情については、既に加藤仁平氏『山鹿素行の教育思想』・堀勇雄氏『山鹿素行』・阿部隆一氏「山鹿素行の青年時代における和学の修養」〔帝国学士院紀事四巻二号〕等に論がある。

素行が生前、延宝二年〔一六七四〕に門弟磯谷義信をして編ましめ、後に自ら加筆した自身の蔵書目録『積徳堂書籍目録』は同文庫に現存するが、その書目の中にも『万葉抄』『八雲御抄聞書』『下紐』『栄花物語系図』『奥儀抄』『土佐日記』『伊勢物語』『源氏物語』『同系図』『十帖源氏抜書』『山路露』『源語秘訣』『一葉抄』『細流抄』『紫明抄』『紹巴抄』『源氏聞書』等の書名が見え、現在、その大半はなくなっているが、素行自筆本の『八雲御抄聞書』『下紐』『源語秘訣』などは現存している。

この現存のものの中に、断簡と化した『大和物語』の注釈書がある。昭和一九年に刊行された『素行文庫目録』には、第四類手沢本の部函架番号カ１１８－７３４９、「大和物語抄一束、断簡」と記されているものである。現形をまず記すと、全一三枚、縦二七・六センチメートル、横一九・三センチメートル、薄手鳥の子の料紙、袋綴だったものが糸が切れてばらばらとなり、もちろん表紙もない。一面一二行、一行およそ二〇～二三字である。

この本について、右の『積徳堂書籍目録』七には「大和物語抄壱冊」とあるが、堀勇雄『山鹿素行』（上冊昭13）に引かれた加藤仁平氏の前掲論文には、「大和物語抄、墨付一〇二枚」とあるとのことであり、阿部隆一氏の前掲論文（昭20）にも同じく「墨付一〇二枚」とある。しかるに、昭和一一年に文庫を調査された広瀬豊氏は、一三年刊行の『山鹿素行先生著書及旧蔵書目録』においては、『積徳堂目録』の本書の書目に注して「ナシ」としており、また平戸素行会の編纂した昭和一九年刊行の前記目録では、「一束、断簡」と注している。思うに、昭和初年においては表紙も失われていながらなお百余枚を存していたものが、昭和一九年頃にはほぼ現形に近いところまで崩れたものであろうか。前記阿部氏の記述によれば、当時なお一〇二枚を算えたというが、それをそれ以前に刊行された目録が「一束、断簡」と注することは不審である。また広瀬氏が「ナシ」とされたのは、表紙が失われ、書名がわからなかったためであろうか。

さて、この断簡一三葉は、「素行文庫目録」において、前述の通り第四類手沢本に分類されていて、素行自筆本ではない。そのことは、自筆である『下紐』『源語秘訣』等と比較しても明らかなようであり、その字体は寛永頃の書写とおぼしい。

またその内容は、『大和物語』一五六段（姥捨山）の末尾から一七一段（実頼と大和）の前半まで一六段にわたるが、その間に脱落はない。また物語本文はなく、単に問題の語彙を掲出して注を付するのみであり、語義注が主である。注本文の行間または天地の余白に本文と同筆で細字の書き入れを加えたり、しばしばルビ、ミセケチを加えている。

今左に全文を翻刻する。

凡例

一、原本に忠実を期し、句読点、清濁等一切附けなかった。

二、印刷の都合上、一丁表の欄外頭注「山の名を」云々のみは本文の後に置きかえた。

三、誤脱個所には（ママ）と傍注し、難読文字には□□を当てた。

四、異体文字は通行文字に改めた。

五、丁末は」を以て示し、オ、ウを以て表裏を示した。

（本　文）

なくさめかねつとよめるならん其を□□し男の歌也とかたりそゆれは世にいふことくかなしと覚えけれはかくよみたりけりと書也と云記者の注也　其よりのちなんおは

をみてよめる哥也哥の心は所のけしき月の明白なるさひしさ哀さ性もしつまらす心をき所なけれは我心なくさ

捨山と云けるとあるもて此歌は後の人の歌とみるへしとそ

めかねつ也記者此哥を世に語そゆるを其まゝに書なくさめかたしとはこれかよしになん有けると也

（頭注）山の名をおは捨と云しは物語のを用歌は後に此物語へ入たると可見歌の心はおもしろくてなくさめかねたると可見

百十一

一　下野国に男女

一　おとこめまうけて　よの女まうけたる也

一　今のめのかり　後の女のもとへはこふ也

一　猶させて見けり　するまゝにさせて也

一　すさ　従座也　者歟

一　まかち　童の名也

身ちかくつかふものを云

一　きんち　近習也　あつまのこと葉也

一　見えしかしなと　なきそかしと也」（1オ）

一　せうそこ　文をも詞をも云也

一　舟もいぬの哥　真梶と云名《舟は馬ふねを含り》を舟の縁《(1)な》になして云り

一　物かきふるひ　ちりはかりも残さす取ていにしを其まゝにはこひかへしたりと也男女の中をもやはらけなり

一　あからめせて　目をはなたすみるを云也あからめは遅視也

百十二

一　大和国男女　たれともなし

一　めをえてけり　よの女をえたる也

一　なをもあらす　直も也

一　我かたには　男ことはと也

一　めをさまして　男也」（1ウ）

一　物もいはてきゝけり　女也男めをさましてきけは女もめをさましたるけはひすれ共物もいはて聞たる也

一　われもしかの哥　我も鹿《私給ひにし心てにはの詞成へし》の如泣て恋られしをよそに声をきくと也
○にしこそといひけれは

百十三

一　もとのことなん　もとのことくに也

一　そめ殿の内侍　染殿ノ内侍典侍藤原因香朝臣也因　寛平九年十一月廿九日従四位下母尼敬信

一　よしありのおとゝ　近院右大臣源能有公也文徳第一御子母伴氏寛平九年六月八日薨五十三贈正一位也　近院は
春日町の北烏丸東号松殿

一　物をよくし給　因香《典侍》事也　私そめ物心下

一　御そともをなん　御匣殿にはあらすたゝ能者《(マヽ)》の」（2オ）あつけさせ給ふと成へし

一　雲鳥のもんのあやを　そめんと云給て何そめよとの給はせねは也

一　雲鳥の哥　雲鳥をもみ分す人にあはて年ふる思ひにと云心也人を逢みてとあるは裩《（ママ）》色に染給へと也
一　となんのたまへりけるに　に文字に心をこめての給へりけるに裩色に染給ふと云に文字也
一前段の並 同し内侍　因《ヨル》香の典侍也
一　右中将　在原業平朝臣也
一　秋萩をの哥　秋風に草木の色うつろへは人の心もうつろはんかと也撰《（ママ）》に此哥のこと書めのもとよりふ《フ》ん月斗に
の給ひをこせ□《（てカ）》侍りけるよみ人しらす」（2ウ）返し在原業平朝臣とあり
一　秋の野の哥　野への色は替とも草葉ならぬ心はかはらしと也此贈答伊勢物語にはなし
一　きぬをなんしにをこせたり　内侍のもとへ衣をしたてにおこせたる也
一　あらはひ　衣あらふ也
一　猶かならすして給へ　衣あらふ事を佗たる也
一　御心もて　そなたの心多きと云心也
一　大ぬさにの哥　内侍也大津幣はみてくら也こなたの手に触後なかす物也流てよる瀬もなきことく歎給ふと也
一　なかるともの哥　人は何ともみしをそなたなれは」（3オ）こそぬさにも喩給へと也此贈答伊物におほぬさの
引手あまたーおほぬさと名にこそたてれーの哥に似て心はかはれり
一百十四段 在中将
此段伊勢物語の第三と七十六段を引合せり六十五段におほやけおほしてつかうたまふ女の色ゆるされたる有け
り男人のみるをもしらすむかひけれは帝聞召てなかしつかはし女をはまかてさせてなとあり此時二条后未女御
にあらす二条后真《貞》観元年十一月五節舞妓と也十八才其より宮仕也八年二月女御宣旨あり廿五才　此段業平の密事
は女御宣旨以前といはん為也《歟》」（3ウ）

一　ひしき　海草也

一　思ひあらはの哥　思ふ人あらは也玉しける家も何せん八重葎はへらん宿にいもとしすまは

一　東宮の女御　陽成院誕生は貞観十年也五才にして東の宮にたけ《立》給ふ二条宮大原野行啓は東宮にたち給以後也
未《タ》《スニ》中宮《ナラ》故に東宮の女御と也中納言長良卿女高子之母紀伊守総継女元慶元年正月陽成院即位日為中宮号
二条后ハ家二条ノ南東ノ洞院ノ東也小二条と云所也或ハ山吹殿とも云也

一　みやしろにて　社頭にて供奉の人々に禄給ふて後なまくらきおりに車のあたりにたてりて御車のしりより哥奉
れり」（4オ）

一　御ひとへの御そ　在中将給ふ禄也后行啓の時御供の公卿に必禄を給也

一　在中将給はるまゝに　禄給はりて後哥奉ると云解尺也

一　大原やの哥　大原の神天児屋根命神代に天照太神の臣としてつかうまつり給を今日后の行啓に業平供奉つかう
まつれはおほし出らんと也天照大神は女神天児屋根命は男神成を以て也をしほの山と云る幽玄也とそ風の哥也
底の心は后たゝ人におはす時まいり通ひしをおほしいつやと也

一　むかしをおほし出て　草地也

一《前段の並》又在中将内に　伊勢物語には後涼殿のはさまを渡」（4ウ）けれはとあり二条の后のうへ局にや女御に御子お
はせは御息所と申陽成院御誕生以後成へし

一　忘れ草の哥　伊勢物語のことし

一　同し草を忍ふ草忘草といへは忘草は萱草忍ふ草は軒なと生ひて檜《ヒノ》葉のうすきやうなる草を今は云也こゝには同
し草を云《と》也萱草を云にや葱を師説に忘るゝも忍ふも同し古郷の軒はの草の名こそつらけれといへは者は檜葉の
うすきやうなる草を忘れ草共忍ふ草ともいふ也

一《ならひ》在中将にきさいゐ《（ママ）》の宮　伊勢物語には人の前栽に菊うへけるにとあり古今の事書には人の前栽に菊に結ひつけてうへける哥と也こゝにはめし」（5オ）けれはと也きさいの宮より菊をめしけれはほりて奉るとて成へし

一うへしうへはの哥　いせ物かたりのことし

一かいつけて　哥書つゐつけて也

一《ならひ》在中将のもとに　此段いせ物かたりにかはる事なしい物にうへしうへはの哥の段とあやめかり君は沼にその哥並あれは其まゝに書すさめる筆法也

百十五
一水尾の帝の御時

一水尾の帝　五十六代清和天皇也文徳第四母藤原明子号染殿后忠仁公女

一左大弁　藤原良近《マサチカ》也いせ物語には左中弁と有後」（5ウ）左大弁也中納言吉野ノ四男神祇伯従四位下也

一弁のみやす所　清和の更衣職子内親王の母也

一帝御くしおろし給て　元慶三年御出家慈覚大師受戒灌頂法号景真丹波国水尾に御隠遁故号水尾帝同四年崩御三十一才

一つれ〳〵との哥　心明也

一いま〳〵と成て　息絶んとて也

古ノハい物より愈也是ハ又古ヨリ愈也い物ニハ心ちしぬへく古今ニハやまひしてよはく成にける時分《（ママ）》アリ

一つゐに行の哥　頃とはおもわさりしを入限《（ママ）》ありとはしり昨日今日とは思はぬ也

一絶果にけり　三代実禄《（ママ）》元慶四年五月廿八日従四位上右衛権中将兼美濃守右原《（ママ）》朝臣業平卒五十六ト云々

百十六
一在中将物見に　此段いせ物かたりにみえたり返し哥」（6オ）かわれり古今にも伊物のことしかはりたる哥を返し哥と云説を書これらは物語にて世に有事とも也と云り記者の詞也

一百十七　おとこ女のきぬを
一　男たれともなし
一　くはへて　加也きぬに雉雁鴨をそへて返したる也
一　人の国にいたつらに　ゐ中にはせんもなく多く有物共也と云心也
一　いなやきじの哥　返す共此衣はきもせし人のうき香の身につくと云て三色をたち入てかこちいへる也
一　深草の帝　五十代仁明天皇也嵯峨第二御子御諱正良御母皇太后橘嘉智子贈太政大臣清友女也治」（6ウ）世十
七年嘉祥三年三月廿一日崩御□（虫喰）清涼殿四十一才廿□□（虫喰）山城国深草山陵葬故号深草帝
一　良少将と　大納言良岑安世右大将延暦廿年（ママ）賜良岑朝臣姓一男宗貞承和十一年正月蔵人廿九十二年正月七日従位（ママ）下十一日任右兵衛佐十三年備
前介同日右少将嘉祥二年正月蔵人頭□年正月七日従五位上卅五
一　いみしき時にてありけり　寵臣也
一　女　誰ともなし
一　けさうして　懸想也
一　時申をと　寅一刻左兵衛夜行官人初奏時絶子四尅丑一刻右近衛宿申至卯一尅内豎亥一尅奏宿簡」（7オ）
一　うしみつと　右近衛の時申也
一　人心の句　うしとみつ頼ましと也
一　夢にみゆやノ句　陣法の心也時の名を書る秀句也拾遺の連哥に入
一　藹ある　優恕也やさしき也
一　つかうまつる帝　仁明帝也

一　御はうふりの夜　嘉祥三年三月廿四日の夜也
一　さうしいもゐ　精進斎也精進は内外六根の正精進也斎は禁足安坐也
一　よろしく思ふ　宜也大方に思ふ也
一　限もなく　深切なる也
一　ともかくもなれ　子供有女の心也遁世の道す志(マヽ)もせひ」（7ウ）をきてはとけしと也
一　なきいられ　哭煎也身心を燋すさま也
一　茛(嚢)一つ　(つ脱カ)する身なる也 何れももたぬ事也
一　たうしに云やう　導師に生死をしらせよ也
一　わかさうそく　装束也袍指貫帯太刀也
一　す経にしけり　誦経の布施也
一　わか上を　思ひかけぬ山寺に修行し古婦来て丹精をなす様也
一　血の涙　紅涙
一　かゝれと猶えきかす　遍昭か居所きこえすと也
一　御はて　一めくりの春也
一　かしはの葉　文章のかさり也」（8オ）
一　皆人はの哥　古今第十六にあり心ふかくあはれつきさるると也
一　五条后宮　仁明后文徳母后左大臣冬嗣公女順子也嘉祥三年四月皇太后宮四十一貞観六年大皇太后十三年九月廿八日崩六十三家五条南東洞院東号東五条故号五条后宮
一　ゆくりもなく　不意也

一　かうみかとも　后宮よりの御せうそこ也
一　御とのゝありし所　宗貞か家也
一　日(ママ)かけにならひて　近習の儀也
一　いきめくらひ　行廻り使への詞
一　わらはへ　宗真《貞》か子也里と有し所にとあるはせう」（8ウ）そこに対して也
一　かきりなきの哥　古今離別部よみ人しらすの哥に人を心にをくらさんやはとあるはをくらさぬ也をくらすはな
いかしろなる心也心を後にとゝめて少もあたに思はぬと也其哥の下の句の四詞(ママ)を□□(虫喰)へ心をかへていつく(2)にあ《ぁ》
りともかしこき御心さしをあたに思ひ奉らぬと云心はへ也
一　けいし給へ　啓し也
一　かなしはても(ママ)　帝崩御をかなしひ行ふとても也
一　かんのくたり　上件也私上に云し件ノ事也
一　啓せさせけり　人して申上たる也
一　いらなく　残りなく也」（9オ）
一　いひつけて　使に皆言伝して也
一　小野ノ小町と云人　出羽郡司良実女仁明の時の人なり
一前段のならひ　清水寺　山城国愛宕郡八坂郷也行叡居士孤菴也□(跡カ)也光仁天皇の朝宝亀十二年に初草□(堂カ)を建立し本尊を造し也千
手観音也延暦十七年七月二日更大きに仏殿を造る此仏殿は中納言坂上田村丸和□を寄附スル也　沙弥延鎮也故田村丸
建立と云也大同二年伽藍首尾法号□観音寺大門定額清水寺也見縁起前後年序廿七年歟
一　おこなひなとして　遍昭のおこなふをきくに也

一　ときやうしたらによみ　読経陀羅尼読也陀羅尼は梵」（9ウ）語の咒也

一　難面や（うカ）□にて　さらぬ顔に也

一　火打笥　行者麁食火湯の外なしと也火打笥のみ成へし

一　いかゝいふとて　□（何カ）といはんと也

一　□御寺になん侍ると　知たる人のやうに又誰共なく云つかはしたる也

一　岩の上にの哥　心明也後撰に此哥のこと書に磯上と云寺にまうてゝ日のくれけれは夜明て罷帰らんとてとゝまりて此寺に真性法師侍りと人のつけけれは物いひこゝろみんとて云侍けるとあり岩の上にとあれは石上寺ならん歟　師説真性法師は」（10オ）僧正遍昭の始の名也後僧正遍昭と云とそ

一　さらに少将成けりと　此哥の風躰を小町聞知て宗貞也と治定したりと也此昨（マヽ）者されたる哥多し我おちにきと人にかたるなはひまつはれよ枝はおるともなと也更に少将成けると有は記者後撰に真性法師とあるは風躰をもてしれとの事也をとける事成とそ

一　一寺もとめ　寺内を尋ぬれと也

一　僧正まて　僧正は准参議僧官也元慶三年権僧正六十五天台宗　仁和元年僧正二年輦車賜封戸十二月於仁寿殿賜七十賀寛平二年正月十九日卒七十二

一　花山と云御寺　元慶寺也花山ハ所の名也東山也」（10ウ）

一　太郎左近将監　素性法師也俗名玄利清和殿上人

一　母もやりけれは　按密（察）使富士丸女

一　おりつれはの哥　おりなは手にけかる也ふさはつさに也たつさに（3）にけかる也其まゝに三世諸仏に奉る也三世の仏は過去荘厳劫出世千仏現在賢劫出世千仏未来宿星劫出世千仏也

一　此こをゝしなし給ひける

一　しありきける　経《へ》ありきける也

一　しそく成ける人のむすめ　藤原敏行の女也

一　山に坊して　叡山也良因院に住也

一　きぬのくひに書付ける　まことに衣のくひに書たるにあらす物思ひとよむ襟の字衣のくひ」（11オ）ともよめはよせて書る也文選かたちよみに旦千トチ、トよむなと同したよりに物思ひ成よしをいひつかはしたる也

一　白雲の哥　雲かゝる峯にをくらされほいならぬを歎たる也遍昭の道心にかはりたる迷乱也

一　此せうとの兵衛督（私伊衡ハ敏行カ子也敏行カムスメノセウトノ事也）　参議伊衡也承平七年任□兵衛督

一　妹見つけて　衣のくひに書たると云首尾也

一　是ハ僧都になりて　記者の詞也僧都ハ准四位ト也

百十九段

一　むかしうとねり　中務省被官也相当位不ㇾ見侍従の下内記の上也従五位下也

一　おほうわ（大和の神也）のみてくらつかひ　年中行事二月撰吉日事」（11ウ）に祈年穀奉幣廿二社の中に大和の神おはす和州にあ□《(りカ)》　大神《ヲホカ》石上《イソノカミ》大和《ヲホワ》皆五位一人勅使也五位内舎人成へしみてくらつかひ《い》二月七月二度也豊年のため廿二社へ奉りたまふ也

一　井手　山城也山吹かはつに故ある所也無抄《(マヽ)》ニ見たり

一　こちゐてこ　こなたへつれこよ也

一　もたりける文にひきゆひて　草子の余情也もたせていにし也

一　此事も六七斗有けり　此事を六つ七つに説をかへ云と也

一　七八年　なゝとせやとせとよむ

一　水くむ女共あなるいふやう　井手にやとりて前」（12オ）に井あるに水くむ女共ありて有し事を云也此事昔よりいひふり伊勢物語にもちきれる事あやまれる也人になそらへ山城の井手の玉水手にむすひたのみしかひもなき世也けりなとあれは末を世の説にゆつる文章也云□《（さカ）》したる筆法也　此段に哥なし有口伝

百廿段
一　これひらの宰相　藤原敏行ノ男也延喜十七年蔵人少将延喜《長》三年四位十月右中将春宮亮八年十一月正四位下兼内蔵頭承平四年参議六年刑部卿七年左兵衛督天慶元年薨中将に物し給ける時は延長三年の比なるへし」（12ウ）

一　故式部卿宮の別当し給ひけれは　敦慶親王大哥所別当也伊衡哥人なれはまいりなれ哥人のこたちもかたらひ給ふと也大歌所は上西門の内図書寮東也新嘗の時供奉あり

一　其君内より　伊衡中将也

一　くすりの酒さかな　薬なと酒肴も也

一　兵衛の命婦　筑前守藤原高経女古今作者也後撰作者兵衛ハ藤原兼茂女後拾遺の兵衛内侍ハ信濃守源隆俊女也命婦ハ中﨟也職員令に内外命婦注曰婦人帯五位以上為内命婦五位以上妻曰外命婦云々

一　いさゝめにの哥　いさゝめはしはし也しはしふく風に」（13オ）はなひき給はし難面人なれはと云心也又当官羽林にて虎賁ともいへはかく云る成へし

百廿一段
一　いまの左のおとゝ少将に　小野宮関白実頼公なり謚号清慎公也延喜十九年四月右少将廿壱年従五位下《上》蔵人延長四年正五位下六年四位左中将廿才八年蔵人頭承平元年参議三年右衛門督別当検非違使号小野宮ハ惟喬親王の家伝領故也大炊御門南烏丸西也

一　式部卿の宮□《（にカ）》　敦慶親王也

一　やまと　父不知後撰にあつよしのみこの家にやまとと云人に左大臣今更に思ひ□《（出カ）》しと」（13ウ）

『大和物語』古注釈書については、従来、承応二年（一六五三）に成った季吟の『拾穂抄』をその最も古いものとするのが常であった。もちろん、たとえば『拾穂抄』の中には、十数項目にわたる長頭丸（松永貞徳）の説、あるいは少数ながら三光院実枝、一条兼良の説も引かれ、また単に「口伝」とのみ記すものもある。しかし、これらは断片的な説であって、著述というべきものではなかったようであり、右のうち、最も数多い貞徳の説なるものも、『拾穂抄』巻末跋文によれば、

いつぞや物のついでに長頭丸に見せ申せしかば、又つまごゑにのたまひし事の人のためなることどもなれば、このたび折々かきまぜける。（下略）

とあって、聞書であったことが明らかである。そして、このような種類の聞書は、近世初期において他にも行われた形跡がある。即ち「一誠堂古書時報」昭和二六年三月号によれば、『大和物語聞書』と題する徳川初期写本二冊があり、寛永一〇年葉雪なる人が、加賀金沢で横山山城守長知に講じて、跋文を書き与えたものの転写本とのことである。この本の行方はわからないが、(4)『葉雪聞書』の如き二冊本の成書が『拾穂抄』以前に存在したことは、一方に『伊勢物語』の尨大な古注群の存在を考え合わせるとき、まことに当然すぎるほど当然だというべきであろう。

本書もまたこれと同様の意味をもつものである。前述の如く、その書写年代はその字体からみて近世初期とおぼしく、少なくとも『拾穂抄』成立以前の書写は確かであり、しかも転写を重ねた末のものであることは、9ウ「男たれともなし」の如き注が誤って標出物語本文化していることや、翻刻本文中「ママ」と傍注した誤脱個所が少なくないことによっても察せられよう。本書の成立はおそらく中世にまでさかのぼるものとみてよかろう。

さて、本書と密接な関係にあると思われる本が他にもあるらしい。南陽堂本店「古書販売目録」第一〇〇号（昭14・1）の中に左の記事がある。

大和物語鈔、二冊、九寸×六寸七分、半葉十行、墨付二百二十七葉、花模様青表紙、「尚舎源忠房」「文庫」印記あり。足利期写本、（下略）

また、この古書目録の口絵写真として本文の写真二枚が掲げられている。

この本は印記からして明らかに肥前島原松平文庫旧蔵本の一であり、戦前、同文庫から相当量の蔵書が流出した際、その中に含まれていたものである。この目録には、他に同文庫の文学書、史書等約三七点に上る書名が挙げられ、印記、書型、ともに現存松平文庫本の多くのものと一致する。それゆえ、この本の書写年代も、目録には足利期とあるが、口絵写真の筆蹟あるいは松平文庫現蔵本との書誌の一致からみて、それらと同じく寛文～文禄頃と見た方が穏当であろう。

ところで、右の口絵写真二枚の本文は、一は巻頭であり、他はいわゆる一六一段末と一六二段とである。左にその後の一葉を行数・字詰とも原本のまま翻刻し、参考までに素行文庫本の異同を附記することとする。」「は丁末を、／は行末を示す。

とやをしほの山と云る幽玄也とそ風の哥也底の／心は后たゝ人におはす時まいり通ひしをおほしいつやと也
むかしをおほし出て　草地也
前段のならひ
○又在中将（イ）内にさ（ロ）ふらふに宮すむ所の御方よりも／わすれ草をなん是は何とか云とて給へりけれは／中将／わすれ草おふるのへとはみるらめとこは忍ふなり後もたのまん／となん有けるおなしくさを忍ふくさわすれ草といへはそれによりなんよみたりける」
〽（ハ）伊物（ニ）には後涼殿のはさまを渡けれはとあり二条の／うへ局にや女御に御子おはせは御息所と申陽／成院御誕生以後成へし

〳〵(ホ)忘れ草の歌　伊勢物語のことし
(ヘ)同し草を忍ふ草忘草といへは　忘草は萱草忍ふ／草は(ト)斬《軒》なと(チ)に生ひて椿(リ)葉のうすきやうなる草／を今は云也
(ヌ)師説に
忘るゝも思ふも同し古郷の斬《軒》(ル)はの草の名こそつらけれ
といへは昔は(ヲ)椿葉のうすきやうなる草を忘れ草と／も(ワ)忍ふ草ともいふと也(カ)。

(素行文庫本校異)

(イ)ならひ―並　(ロ)「さふらふに」以下「よみたりける」マデ一〇三字ナシ　(ハ)〳〵ナシ
(ニ)伊物―伊勢物語　(ホ)〳〵―一　(ヘ)同し―一　同し　(ト)斬(傍記「軒」)―軒
(チ)なとに―なと　(リ)椿―檜《ヒノ》　(ヌ)師説に―こゝに云ほし草を云と也萱草を云にや葱を師説に
(ル)斬(傍記「軒」)―軒　(ヲ)椿―檜　(ワ)とも―共　(カ)いふと也―いふ也

右を以てみれば、素行文庫本、松平文庫本両者相互に出入りはあるものの、語句の末まで一致する点、その同系統の注釈であることは明らかである。素行文庫本も、一冊だったとはいえ一〇二丁以上だったのであるから、松平本と同じくかなりの量を有していたものであろう。

つぎに素行文庫本の内容に立ち戻って検討を加えよう。
第一は標出された物語本文の系統であるが、結論からいえば、概ね二条家本系統のようである。たとえば、7ウ「さうしいもゐ」の語は二条家本系統にのみあり、六条家本系統にはない語であり、一見独自異文の如き9オ「いとなく」、12オ「此事も」、1オ「させてみけり」も、それぞれ二条家本の「いらなく」、「このことも（この子供）」、「まかせてみけり」等の誤写あるいは誤解に由来するものと見られる。しかも、その本文の崩れが初めからのものであったことは、それらに対する注が、崩れた本文を本としてまことしやかに加えられていることによって察せられるのである。これらの崩れた形と一致する現存本文は、阿部俊子氏『校本大和物語とその研究』によっても見出すことはできないが、そうした末流本文が中世末期に既に存在していたことを物語る材料として受け取っておけば済むことであろう。

第二には注の性格である。本書の注はこれを、語義注、勘物考証、文芸論的批評、語法の注の四に分けることができる。第一の語義注は一体にすこぶる簡単であり、かつ、1ウ「あからめは遅視也」、7オ「けさうして懸想也」の如き、古風な漢字注の面影を残しているものもある。またその中には往々他に見られぬ僻説、たとえば1オ「きんち、近習也、あつまのこと葉也」の如き、あるいはまた「此事とも」の注の如き前述の崩れた本文をもとにした滑稽な謬説も見える。第二の勘物考証も、『大和物語』古写本の行間・巻末にある勘物や、『尊卑分脈』『拾芥抄』等の記述にほぼ一致するものが多いけれども、たとえば、5ウ「左大弁」を藤原良近とし、遍昭のもとの名を真性法師とする（10オ）如き、他に見られぬ説である。第三の文芸論的注としては、10オ傍注「記者の注也」、6ウ「記者の詞也」、4ウ「草地也」などと、叙述の主体について述べたり、5ウ「此段いせ物かたりにかはる事なし。い物にうへしうへはの哥の段とあやめかり君は沼にその哥並あれは其まゝに書すさめる筆法也」と、その素材を指摘し、また8オ「文章のかさり也」、12オ「草子の余情也」と文の技巧や効果にも触れ、一六九段々末の中断形式についても「末を世の説にゆつる文章也云さしたる筆法也」（12ウ）と、その意識的技法であることを主張する。さらに、時には11ウ「遍昭の道心にかはりたる迷乱也」と登場人物の行動を評し、業平辞世の歌をめぐって、『古今集』『伊勢物語』『大和物語』の三者の優劣を論じたりする（9オ）のである。第四の語法の注では、「に文字に心をこめての給へりけるに緋(緋)色に染給ふと云に文字也」(2ウ)とか「給ひにし心てにはの詞成へし」(2オ)など、助辞についても述べている。

これらの注の中、今日採るべきものがどれほどあるか否か、検討を要することながら、総じていえば、若干の注目すべき点があることは疑えないであろう。

本書の特質の一として、段章の切り方の特異性を挙げねばならぬ。

前掲本文で見られる如く、本書では、各段章のはじめに本文と同筆でその段序を記し、あるいは「前段の並」とか「ならひ」などと記している。周知の如く、『大和物語』の古写本には段序を記したものはない。それを記した最初のものは近世の『拾穂抄』であるとされてきたのである。即ち季吟は全体を一七三段に分け、それ以後、『直解』は一七八段、『虚静抄』は一七四段、『錦繍抄』は一七一段にそれぞれ分けている。そして、それらの間の段序の数の差はせいぜい数段にすぎない。

ところが、『拾穂抄』以前の本書では、右の如くであって、それらといちじるしい相違がある。今、通説ともいうべき『校本大和物語とその研究』・岩波版日本古典文学大系本・日本古典全書本などの共通の区切り方と対照して、左の表を掲げる。

丁数表裏	内容	本書段序	通行段序	高橋説
1オ	おば捨山(末尾)	(一一〇)	一五六	一
〃	下野の男女	一一一	一五七	〃
1ウ	大和国の男女	一一二	一五八	〃
2オ	染殿内侍と能有	一一三	一五九	〃

2ウ	染殿内侍と業平	前段の並	一六〇	〃
3ウ	業平と二条后（大原や）	一一四	一六一	副
4ウ	業平と御息所（忘れ草）	※前段の並	一六二	〃
5オ	業平と后宮（うゑしうゑば）	並	一六三	〃
5ウ	業平とある人（あやめ刈）	並	一六四	〃
〃	業平と弁御息所（つれづれと）	一一五	一六五	〃
6オ	業平と女（みずもあらず）	一一六	一六六	〃
6ウ	男と女（いなやきじ）	一一七	一六七	一
〃	良少将（前半）	（一一八）	一六八	副
9ウ	〃（清水寺の条以下）	前段の並	〃	〃
11ウ	井手の下帯	一一九	一六九	〃
12ウ	伊衡と兵衛命帰	一二〇	一七〇	〃
13ウ	実頼と大和（前半）	一二一	一七一	〃

（注）段序に（　）を付したのは筆者の推定によるもの、※を付したのは松平文庫旧蔵本にも見えるもの。
「一」「副」とは高橋正治氏説による第一義的段章、副次的段章の意。

右によって注目される点は左の如くである。

一、全体の段数がいちじるしく少ない。

二、「並び」の段を設けてこれを通常の一段と区別している。

三、現在通行本が一段と見なしている一六八段を並びの段を設けて二分している。

この中、第三点は、『拾穂抄』『虚静抄』『直解』『錦繡抄』等では別に一段を立てている個所であって、問題は二に還元できる。また、一も二の事実を理由とするものであることは明らかであるから、要するに、問題は二の近世以降の諸注に見えない「並び」の段を設けていることの意味如何に帰する。

そもそも「並び」という言葉が、とくに作り物語の巻々について論ぜられたのは周知のことであり、『源氏物語』では早く定家の『奥入』に「並の一」「並の二」なる語が見え、以後中世を通じて、縦、横の並びの論として有名である。また、『宇津保物語』についても、早く『紫明抄』巻二空蝉巻頭に「問云並の巻先例ありや」との設問に答えとして、「答云うつほのとしかけといふ物語あり源順作云々、五のならひまつりのつかひ五のならひきくのえんこれら其例也」とあり、現存諸本中にもこれら両巻を並巻と明記するものがあるとのことである。[5]

しかし、それ以外に「並」の語を巻序にではなく、段章に付けて呼ぶ例は今日まで他に見えないのではなかろうか。おそらく『源氏物語』の並びの巻に模してこの本の作者が注したものであろう。

ところで、ではいかなる意味で本書では「並び」の段をとらえているかを考えよう。

(一) 一六〇段を一五九段の並びと考えるのは、両者はともに染殿内侍を共通した登場人物とするからであり、一六〇段の書き出しが前段を受けて「をなし内侍に」と始まるためであろう。

(二) 一六二段と一六三段とが一六一段に続く並びとされるのも、それと同じく業平と二条后との話だからであろうし、一六四段の相手は誰とも知られないが、これに準ずるものと考えたのであろうか。

(三) 同じく業平を主人公としながら、一六五、一六六の両段が独立した段章として扱われているのは、前者では相手が弁御息所という別個の人だからかと思われるが、前出の一六〇段を並びとしたのは扱い方が違うわけで、その差別の理由は明らかでない。一六六段についても同様であり、並びの段の設け方には混乱が見られるようである。

(四) 一六八段の中、後半、重要な人物である小町の登場以後を区別して並びの段とみなすのは、前述の近世注家がそれを独立した一段と見たのと共通する所であって肯ける。

要するに、本書の「並び」の段とは、前段と共通する主人公を有するばあいにそれを設け、業平説話の如く長く続くばあいには必ずしもその原則には従わず、業平の相手が変わるにつれて独立した段とみなした。しかし、業平説話のばあい、その基準は必ずしも十分には明らかではなかった、といえるようである。今、このような方式で、試みに『大和物語』全体の段数を算定し直すと、「並び」の段の数は約五〇に達し、段序は全一二〇段前後となる。正に本書のそれに一致する数字を得ることができる（その詳細は今省略する）。

今日までのところ、『大和物語』の構成に関し、もっとも明快な論を示されているのは高橋正治氏である。(6) 氏は、物語全体を第一義的段章と副次的段章とに分け、話の脇筋である副次的段章の数を三八とされている。一般に「並び」の概念もやはり主題や人物や時間の共通性による物語の展開と考えられるから、高橋氏の捉え方は本書の「並び」の捉え方とある程度共通するものがあると思われる。事実、本書の各段の中、本書が「並び」と見る一六二、一六三、一六四の各段を高橋氏も副次的段章と認められている。右の三八と五〇という数字の近接は両者の基本線における一致を示すもののようであり、高橋氏の論は中世注家の見解によってある程度裏書きされたといえるかもしれない。

ただし、細かく見れば、高橋説は本書のそれとはかなり違うようである。即ち、高橋氏は『大和物語』全体を歌題的な主題による構成をもつと考え、その主題から外れる脇筋を副次的段章とされる――たとえば、本書の内容に即していえば、前掲一覧表の如く、高橋氏は一五七～一六九段をすべて「男が異女する」主題によって統一された部分であって、その中に一六〇段があり、その主人公業平に引かされて現れたのが一六一～一六六段にわたる業平説話という副次的段章であるとされる。さらにまた、氏は一六八段以下巻末まですべてを第一義的段章である一六七段につづく副次的段章とされるのである。

私はいまここで高橋説について正面から論じようとは思わないが、少なくとも、この部分において量的にも質的にも第一義的段章と副次的段章とが主客顛倒するところに、何か問題がありそうには感ずる。それを附加、補入という成立事情の推定でどこまで説明しうるものか、検討を要するのではあるまいか。

それはともかく、高橋説と本書との相違は、高橋氏が第一義的と副次的との相違を歌題的な主題の統一性とそれからの逸脱とに見られるのに対して、本書では歌題的統一性を重んぜず、宮廷説話らしいゴシップ的興味の主軸をなす登場人物の連鎖関係によって「並び」を認めているらしい点である。たとえば、高橋氏が歌題的連続性のゆえに第一義的段章とされた一六〇段を、本書では染殿内侍という人物の連鎖によって「並び」とする如き、その好例である。そのどちらが『大和物語』本来の性質に近いか、それは今後の研究課題であろう。

なお、本書には「師説」「私」などの文字が散見する。その「師」がはたして素行の師であった坦斎であったか否か、「私」がまた、素行かあるいは他の先人であるか。さらに本書には他に所見のない注もあって、その学統を尋ね、作者や成立年代の大体を決定することも重要な課題であるが、今は紙数の関係上、一応、資料の紹介、とくに従来気づかれなかった『拾穂抄』以前の『大和物語』古注の存在ということだけに重点を置いて報告するにとどめておく。

注

(1) はじめ「た」を書き、その上をなぞって「な」に修正した上、右傍に「な」と小書したもの。
(2) 「も」の上に「あ」をなぞり書き、さらに右傍に「あ」を小書したもの。
(3) 「う」の上に「に」をなぞり書き、さらに「に」を続けて書いたもの。
(4) 吉田幸一氏の御教示による。
(5) 桑原博史氏「巻名券序の流伝並びにその成立事情」『宇津保物語新論』。
(6) 高橋正治氏「別本大和物語の成立に就いて」国語と国文学(昭28・2) 同氏『大和物語』塙選書。

附記

本稿を成すについては、『大和物語抄』の閲覧を許された山鹿光世氏、あるいは南陽堂古書目録をわざわざお送り頂いた田中重太郎氏の御好意に対しても、あつく御礼申し上げたい。

『大和物語鈔』のこと

『大和物語』や『枕草子』の中世の注釈書は現存しないというのが、これまでの学界の常識であった。ところが、この両者ともに、それぞれ室町時代に成った古注釈書が無事に今日まで残っていることが近年判明した。見つかった場所は、長崎県平戸市の素行文庫である。

私がこの文庫のことをはじめて耳にしたのは友人の小高敏郎氏からだった。なんでもその勤務先の学習院大学の受講生の中に、文庫の主で素行の末裔である山鹿光世氏の子息高清君がおられる関係から、彼はそれ以前に文庫を訪れていたらしかった。私が研究室の数名の者とともに、はじめて文庫を訪れたのは、たしか昭和三七年一〇月一五日のことである。山鹿家の応接間で文学関係の古書を拝見してゆくうちに、ハトロン紙の袋があり、表に「大和物語抄、一束、断簡」と題して、中に一三枚の断簡があった。これは、素行加筆の『積徳堂書籍目録』に「大和物語抄、壱冊」、また加藤仁平氏の『山鹿素行の教育思想』や阿部隆一氏の『山鹿素行の青年時代における和学の修養』(昭21)などに「大和物語抄、墨付一〇二枚」と記されているものと関係があるにちがいなかった。しかし、一方、別に広瀬豊氏の『山鹿先生著書及旧蔵書目録』(昭13)には、前記『積徳堂書籍目録』に見える「大和物語抄」は「ナシ」と注され、昭和一九年平戸素行会編纂の『素行文庫目録』には「一束、断簡」とある。

察するに、昭和初年ごろまでは丁数一〇二枚の完本であったものが、同一九年ごろには、綴糸が切れるなどして大部分が失われ、わずかに一三枚が残ったものと思われた。内容は『大和物語』一五六段～一七一段の前半までであるが、段序の付けかたが現行のそれと甚だしく異なっていて、一一一段〜一二一段となり、また珍しく「並び」の段があり、注記内容も『拾穂抄』以下の近世の注釈書とは大違いである。

ちょうどそのころ、私は、昭和三五年の秋に発見された島原市の松平文庫の整理におおわらわであったが、その調査の一助にもと、田中重太郎氏がわざわざ『南陽堂本店古書目録第百号』（昭14・1）を送ってくださった。この号にはそのころ巷間に流れ出した松平文庫本三六部が掲載されていたからである。その書目の中にはその後天理図書館に入った『とりかへばや』や『堤中納言物語』の名もあるが、そのほかに「大和物語鈔（中略）足利期写本」があり、添えられた写真は巻頭一枚と、通行の一六一・一六二段であり、その文面は素行文庫の断簡と同系統であること紛れもなかった。しかし、その後の行方は全くわからなかった。ともかくもと、私はこの断簡について調査した上、中世の成立に間違いないと見て、中古文学会の大会で口頭発表、翌三八年六月の『語文研究』に発表した。

その後三年経って、昭和四一年の正月末に私は再度文庫を訪れ、書庫の一隅に残りの『大和物語抄』の巻頭から一五七段までの一〇三枚があるのを発見した。これは、前記の目録類にある「一〇二枚」と同一物で、素行の筆写であることも疑いなかった。これによって、素行文庫『大和物語抄』は再び原形を取り戻したわけである。

また、そのころ前記の松平文庫本の記事が、昭和三二年度弘文荘待賈古書目に掲載されていたことを知った。その行方を知りたくて、私は反町茂雄氏を本郷にお訪ねした。平生は何一つ反町氏と交渉を持てるはずもない貧乏書生がにわかに身勝手な用で訪ねてきたのを、氏は暖かく迎えてくださった上、それとなく購入者についてほのめかしてくださった。それは容易に高橋正治氏と察しがついた。私はそれまでに、内閣文庫本や国会図書館本も素行文庫本と同系統本であることを突き止めていたので、高橋氏には、学生時代からの友人であることに甘えてその旨をうちあけ、校合本として借覧願えないかとの書状をさしあげた。それは、『大和物語』の研究に生涯をかけておられる氏にとっては、さぞかし迷惑なことだったに違いない。しかし氏は何一つ条件も付けずに、快く私の願いを聞き届けてくださった。その松平文庫本には「紅梅文庫」「宝玲文庫」の印記があり、前田善子氏、フランク・ホーレー氏の手を経たものであることもわかった。それによって、私はようやく「古注『大和物語鈔』考」(『九州大学文学部創立四十周年記念論文集』昭41刊。『王朝文学の研究』昭45刊、収載)に、この本の概要を発表することができた。

高橋氏はその後、昭和四八年に『大和物語の研究　古注本影印篇』としてこの松平文庫本を刊行された。さらにその後昭和五四年古典文庫に入った賀茂季鷹本『大和物語抄』や同六二年、玉英堂稀覯本書目一七五号に出た「室町写」の『大和物語抄』上巻一冊もまた同系統本である。

この現存唯一の『大和物語』の古注の呼び名は、学界ではほぼ松平文庫本に従って「大和物語鈔」の名で統一されており、またそのユニークな内容も注目されている。素行文庫の断簡の発見がそのきっかけとなったことに私も喜んでいるが、それにつけても今思うことは、この一事だけでも実に多くの方々の厚いご好意に与ったということである。しかも、そのうち山鹿光世・田中重太郎・小高敏郎・阿部隆一の各氏はすでに故人である。感慨無きを得ない。

『枕草子』の古注釈書——素行書写本について

1

筆者は、先に中世に成った注釈書『大和物語鈔』について、その諸伝本と内容について紹介した[1]が、その調査の動機となったのは平戸市の素行文庫に蔵する素行書写本であった。

ところで、その後も筆者は引き続き素行文庫の蔵書について調査に従っていたのであるが、新しくここに素行の筆写にかかる中世の古注釈『枕草子』について報告したい。

本書は、半紙本（二六・二×一六・二センチ）、三巻二冊（乾坤）、袋綴。表紙は改装されたもので、縹色紙を用い、題簽を左肩に付し、近世末期とおぼしい筆蹟で「枕草子　乾」「枕草子　坤」とそれぞれ記している。原表紙と思われるものは、現在では乾冊では扉の形に変わっているが、その中央に「枕草紙　上」（異筆）と記しており、坤冊には原表紙は失われている。墨付は乾冊六三丁、巻末に白紙一丁。坤冊は墨付五三丁。坤冊の表紙見返しに「山鹿高三手元より借用」の貼り紙（別筆）がある。本文は一面一〇行書きで、語注を主とし、枕草子本文の全文は掲げず、語彙のみを抄出して、簡単に釈義を施す。

また本文の筆蹟は、前述の通り、各表紙と原表紙の外題及び表紙見返しの貼り紙以外は全文一筆である。それは素行文庫の他の素行自筆本と比べて、疑いなく同筆と認められる。

もっとも、この本は『素行文庫目録』（昭19）に漏れている。その理由は、所蔵者山鹿光世氏の御教示によれば、本書は他の素行筆にかかる『後撰集』（慶安元年写）『堀川院百首』『源氏引歌』『中院口伝』『土佐日記』（寛永二一年写）など数冊とともに大正初年以来他に借出され、以後そのまま推移して第二次大戦後に漸く文庫に返還されたとのことであり、文庫の調査とその目録の作成はその間の出来事だったのである。事実、右記の諸書は現在文庫中に収まっていながら、調査登録された形跡がなく、本書にも函架番号は付されていない。加藤仁平氏『山鹿素行の教育思想』（昭9）によれば、同氏は大正八年ごろ素行文庫本の若干を山鹿誠之助氏より借覧調査された旨の記事が見えるのも、右のような事情を裏書きするものであろう。

2

本書は前述の如く二冊本であるが、その内容は左の通りである。段序は『校本枕冊子』によった。

乾冊

巻一　初段（春は曙）〜六七段（草は）

巻二　六八段（集は）〜一二〇段（書きまさりするもの）

坤冊

巻三　一二三段（あはれなるもの）〜一九六段（野は）

この巻分けは、乾冊巻頭に「清少納言枕草子一」、乾冊の三三丁裏「集は」の段の冒頭に「清少納言枕草子二」、坤冊巻頭にも「清少納言枕草子三」とそれぞれ記されていることによって明らかである。また、右の中、三三・三五・七三・七五・一一二・一一八・一一九・一二一・一二二・一九二の各段は記述がないが、すべてきわめて短少な段のみである。また一九七段以下すべて欠けているが、量的にいって、あったとすれば一冊分と思われる。またいうまでもなく、全体を通して段序の数字を記すこともない。

ところで、右の巻分けは古活字本に正確に一致する。古活字本五冊は、第一〜三冊の区分は右に一致し、さらに第四冊〔陀羅尼は（一九七段）〜わろき物は（二六二段）〕・第五冊〔したかさねは（二六三段）〜跋文〕と続くのであるが、本書は終わりの二冊分を欠く形となっている。それが素行の書写当時からかく零本の形であったものか、それとも当時は完本であったものが後にこの部分――おそらく一冊分が脱落したものか、そのいずれかは知ることができない。現表紙には「乾」「坤」と記して、二冊本であることを明らかにしているが、それは近世中期以後の改装後の表紙であって、原形については何ともいえないのである。また、坤冊（三巻）巻末には、素行の識語その他、親本の奥書らしいものも一切ない。素行文庫に蔵する素行書写本の中には、『後撰集』『土佐日記』『下紐』などはその巻末にそれぞれ慶安元年・寛永甲申・寛永一四年等の書写年時の識語を加えているが、それらの無い『詩仙』『中院口伝』（渓雲問答）『源氏引歌』などもあり、これも右の点を示唆する材料とはなりにくいであろう。[2]

さて、右の巻分けが古活字本と一致することから直ちに想像されるように、本書の掲出本文は能因本系統である。それは、次の各条によっても明らかに裏付けできる。

一、章段の配列順は、全体にわたって正確に古活字本・三条西家本に一致している。

二、能因本巻末奥書には、その一節に、清少納言が晩年零落して阿波国へ赴いたことを記しているが、本書にもその巻頭、書名について、

清少納言は東宮にめし遣はれ、東宮かくれ給ひて、四国へ行しと云也。

と記している。（この「東宮」云々は、「宮」とあるのをかく誤解しているのである。）

三、三巻本（以下**三**と略記）・前田家本（以下**前**と略記）に見えない能因本系統独自本文を有すること。

この例文はいちいちあげるに堪えない。たとえば、一一段の「わすれ山」「末の松山」「かつらき山」、六五段の「うたしめの橋」、六六段の「なかゐの里」、六七段の「こたに」「こまあられ」「ならしは」などすべて三巻

本・前田家本には見られないものであるが、本書はそれらを有している。また異文の例では、三段の「とねりの馬（三前弓）」、七段の「ゆくて（三もののて）」、二六段の「つめさんし（三つめたてさうけんし・前つめたて）」、一八二段の「御ふとりつき（三御ふみ・前御文）」なども能因本独自のものである。

しかし、能因本系統の中では、本書は三条西家本よりは古活字本に近い。左に例示しよう。西は三条西家本、活は古活字本。

（三段）　人々いもひして……三西悦、前よろこひ、活いもひ
（三段）　桜のなをし……三前さくら、西梅、活桜
（一〇段）　北の門……西ちん、活門
（二〇段）　程とおさ……西ほと〳〵つきめも、活程とをさ
（二七段）　たた一人かくよひて……西かかよひて、活かくよひて
（三一段）　心ゆく物のいとすくなくみへたる物……三前西心ゆく物、活心ゆく物のいとすくなくみえたる物
（七四段）　やそよろつみなあけなから……西三前やかて、活やそ
（八七段）　うへにかたらは……西三前かさらは、活かたらは
（一六七段）　うけんへり……三前西はし、活へり
（一七六段）　こ木をおほくして……三おほ、活おほく

このことは、前述の巻分けの一致からも想像されるのである。

しかし、それでは本書の掲出本文はことごとく古活字本をもととしているかといえば、実はそうではない。たとえば、一八二段に「うすさこさの歌」の掲出本文があるが、この本文をとるのは三条西家本であって、古活字本では「うすきこそ」なのである。また、その他に左記の如き、三巻本・能因本諸本に見られない独自異文がかなり認

められる。参考までに、特に注本文も併記して、それが単なる素行の誤写によるものでないことを明らかにしておこう。

（三一段）をこりかに　驕躰也……三ナシ、西こほりかに、活ほこりかに

（四七段）むろの木　ひむろ也……三前西活すろ

（五三段）ぼうたち　堋《バウ》アツチ也持てありく也今の楊弓のあつちに似たりと云々……諸本ほそたち

（六二段）こひめきたる　媚也へつらふ心……前西活さふらひめきたる、三ナシ

（九六段）とのぶりづかさ　とのもりつかさと同……三西とのもり、前とのも、活殿もり

（一二四段）だんくうずこそ　壇供スル也仏ニものをまいらせ奉る事……諸本こんくうつ

（一三七段）そへておとろかし……活西おとろかれしか、三おとにかれにしか

（一三八段）やゝもあつまりて　やゝもすれはなと云心也……三やくとあつかりて、西やくとあつまりて

（一四五段）あやまも（注略）きぬのくび（注略）……活かうふりきぬのくひなとつくろひてあやまもなきみもなとうたひて、三かうふりきぬのくひなとてもやますつくろひてあやもなきこまやまなとうたひて

（一四六段）にくきかた　清少か心也あやにくに此処にて不参と申度はありつれ共と也……諸本にくきうた

（一五五段）なる声　書なとよむとよむこゑ也……能八九十はかりなるおのこのこゑ、三やつこゝのつとをはかりなとのをのこゝのこゑ

（一五七段）がざめ　大蟹也……三ナシ、西おほかみうしはさめらうろうのをさ

（一五八段）水ぶき　水中のふき也……西水ふうき、三水ふゝき

（一七二段）采女町の井　内裏也……三ナシ、西千女尺井、活千女尺ゐ

（一七八段）問すれは　トウスレバトヨム也……三西とふなれは、活問なれは、前とふなめれは

（一七八段）　けちかく　ちかく来りて今やとおもふ也……三西このかく、活此くかく、前ナシ
（一七八段）　心あるものは　来ル心なきものは不来也……諸本心なき人は
（一七八段）　筆なと　来ル者ノカヘリニ也……活笛なと、三ふゑなと、西ふえなと
（一八七段）　かりまぜて　がら〳〵と鳴躲也……諸本とりませて

各条については慎重に吟味すべきであるが、少なくともその多くは、その独自異文に即した注が付せられているところからみて、素行自身の誤写によるものではなく、その師であった広田坦斎の使用したテキストに従ったものとみるほかはないであろう。坦斎のテキスト自身がそのような形を有した原因を何に求めるかは難しい問題であり、町の学者であった坦斎のことであるから、もとから誤脱があったり、またあるいは自己流にテキストを変えたこともあるかもしれぬ。しかしその量は、たとえあったとしてもごく僅かであろう。というのは、他の大部分の掲出本文が古活字本と正確に一致しており、また一八八段「島は」の「たこと嶋」の語について「異本無し」と注して、他本の『枕草子』本文も参考していることを示している。古活字本との異同箇所が坦斎の恣意に基づく本文改訂というよりは、やはり彼がそうした先人のテキストに従ったものと見た方がよいのではなかろうか。

この独自異文は、おおむね今日からみて従い難い本文が多いのであるが、しかし中には注目すべきものもある。たとえば一七八段の「けちかく」は、主人の供をして来た従者が、主人の辞去が遅いので庭先で待ちくたびれて、早く部屋から出て来ないかナと部屋をのぞくという箇所であるが、従来は諸本「このかく」を「此の客」と解しているのであるが、主人のことを従者たちが「この客」とよぶのははなはだ不自然である。「けぢかく、今や出ると、たえずさしのぞきて」となれば、意はまことに通じやすい。文意の通ずることのみをもって本文の善悪をいうことができないのは常識であるが、一考を要する本文であることは疑いなく、それが明らかに近世極初期の本文の一つであったことは、重要といわねばならぬ。字形から見ても「けちかく」の「け」が草体の「此」に誤られ、「ち」

が「く」に転じて「此くかく」古となり、「く」が省かれて「このかく」三西と転ずることも考えられるのである。

要するに、本書の掲出『枕草子』本文はおおむね古活字本系統ではあるが、古活字本にそのまま従ったものではなく、部分的には三条西家本などの本文も加わっているし、諸本にない独自異文もかなり認められる。

古活字十行本の刊行は慶長頃といわれるが、本書の用いた『枕草子』のテキストは、それゆえにおそらくは古活字本よりも遡るものではなかろうか。とすれば、同系統ながら、むしろ古活字本の祖本的な位置に関係するものとみた方がよいのではなかろうか。素行が和歌を修めたのは寛永末年から正保へかけてのことであるから、古活字十行本・十二行本などの刊行から一〇～二〇年くらいは経っている。しかし、ことは素行の師であった坦斎のテキストの問題であり、それは古活字本を遡る同系統の写本の一つだったと推定すべきであろう。

3

次に注の性格に移る。本書は前述の如くに、『枕草子』本文は全文を掲げず、その中の語彙のみを抄出して注を施すのであるが、本来そうした難語注釈の書として成立したものかといえば、そうではなく、『枕草子』本文の講義をもとにして成ったものらしい。たとえば、この注の中には、動詞や述語に関して、『枕草子』本文中に記されていないその主語や客語を簡単に指示する例が多いのであって、難語注というべきものとはやや趣が異なり、講義に際して本文の傍に書き入れる傍注を集めたものの如き印象を与えている。もとより、行間傍注としては量の多すぎる注も相当にあって、いちがいにはいえないけれども、たとえば一三八段中「うしに成なば」に注して、「うしの時也、此事一日の注に書入仍略之」とある如き、講義のノートを察せしめるであろう。傍注の抜き書きということとはいえないにしても、実際のノートの如き性格のものであることは明らかであろう。

しかし、とはいえこの筆記は、坦斎の講義を素行がそのまま筆記したものではあるまい。というのは、全体に草稿本の如き乱雑の趣きは乏しく、よく整理されていることがその一証であるが、さらに注本文の行間に細字による付注が五箇所に認められ、その筆蹟も素行のものと認められるからである。各条を列記すれば、一三八段「月秋として」の注本文に「あ□きしか成と云詞をふくめり　古詩也」とあるが、その「古詩」の原典として「右大臣報恩願文菅三品南楼翫月之人（下略）」の文字を付注に掲げるのである。一四〇段には注本文「此君と云詞」の付注として「晋王子猷寄居空宅（下略）」、一六〇段には「うすへのほうし」の付注として、頭傍注に「又正月卯杖ヲ奉ルトキニスアマノ上ニ卯杖ツキタル法師ヲ（下略）」、一六六段は注本文「古詩（ミセケチ）哥也七夕のうた也」の付注に「菅三品七夕詩　露応二別涙一（下略）」、同段「押小路」（複合動詞の「押しこぼち」を誤解したもの）の付注には「鶴ノありしと云説不用也時代相違也」、同段の注本文「昔ノヲ吟する也」の付注に「会稽ノ太守蕭氏（下略）」をそれぞれ記している。

これらの付注は、はたして素行が後日考証の上、加筆したものであるか、あるいは親本自身が有していたものであるかは、その判定がかなり難しい。しかし、あえていえば、後者であろう。若年の素行に独力で右のような漢詩文の詳しい注を考証記述するだけの学力があったかどうか疑わしい上に、素行の書写になる『大和物語抄』(3)の如きも、同様の細字の傍注書き入れを有しているが、それは同書の他の内閣文庫本・松平文庫旧蔵本・国会図書館本にも共通する現象であるから、素行の考証に成るものではなく、同様の事情が本書のばあいにもあろうと思われるからである。

4

では注本文の性格はどうか。はじめに、本書に引用された書目をあげることにする。

源氏物語（四七段・九一段・一八二段）・催馬楽（七九段）・後撰集（一一段・四四段）・琵琶行（九八段）・和漢朗

詠集（八七段）・公事根源（四六段・八三段・一三五段・一六〇段）・本朝文粋（一六五段）・菅三品七夕詩（一六六段）・玉葉集（一一段）・後拾遺集（九四段）

この中、成立年代のもっとも後れるのは、応永二九年（一四二二）に成った『公事根源』である。『枕草子』の近世諸注釈書の名はいうまでもなく、室町初期以降の書目がまったく見出されないのは注目すべきことといわねばならぬ。

さて、本書の注の性格を一言でいえば、はなはだ簡単で、かつ今日からみて誤謬とおぼしきものが非常に多いことである。注が簡単であることを示すために、試みに巻頭初段と二段を示しておく。

春はあけほの　此段序分之一也
すこしあかりて　すこし上る也
山きはいとちかく成たるに　日の山へかたふくこゝろにや
ころは正月三月　序分の二段也二六十月をぬける一の文法也
ひとゝせなからおかし　是まて序分也

簡単な語注の例はいちいち記すことも要るまいが、たとえば、二〇段の「手長足長」に注してただ「竜の事也」といい、二二段の「薬玉」に「しゆず玉ノ事也」という類である。近世諸注が各々長文をもって注しているのと対照的といわねばならぬ。ただ、鎌倉・南北朝の古注に多い漢字注が見当たらないのは、その注の淵源のさほど古くないことを物語るものであろう。

謬説の多いことは、本書のいわばもっとも目につく特色である。第一の誤謬は『枕草子』の歴史的背景についてひどく無知であることである。その主なもののみ本書の注と今日における通説とを対照表示すれば、左の如くである。

〔 〕内は今日の定説。

宮〔中宮定子〕――春宮（小一条院）とするもの（六・八〇・八五・九一・一〇四・一三二各段等）、上東（昭東トモ）門院とするもの（一〇八段）、「后也名は不知」とするもの（二〇段）

関白〔中関白道隆〕――道長（二〇段・四二段）

式部〔式部の内侍〕――紫式部（五七段）

一条左大臣〔小一条左大臣師尹〕――忠時（二〇段）

左大臣〔道長〕――西宮左大臣高明（一四六段）

のぶたか〔宣孝〕――信賢（一二三段）

あきのぶ〔明順〕――顕信（一〇四段）

頭中将〔斉信〕――行成（八六段）

三位中将〔道隆〕――道長（四二段）

山井大納言〔道頼〕――時の人也（一三二段）

大納言〔伊周〕――誰ともなし（八五段）

中納言〔義懐〕――顕元（四二段）

頭弁〔行成〕――誰共なし（七段）

宰相中将〔斉信〕――時の人（八八段）

左中将〔経房〕――時の人（一四六段）

もっとも、頭弁を正しく「此は行成卿也」（五七段）と指摘している例もないわけではないが、官名のみ記された人物のほとんどすべてを誤っているか、あるいは誰であるかを知らないのである。ことに、中宮定子を上東門院あるいは春宮（小一条院）とし、また一方では左大臣を一時代前の高明とする如き、またしたがって清少納言は紫式部とともに上東門院に仕えていたと解する（五七段）如き、まことに滑稽な解釈といわねばならぬ。また、七段「上にさふらふ御猫は」の事件については、「長保二年ノ事也、初段ト同時也」と述べる。初段の年時をかく推す理由は明らかでないが、今日では長保元年八月以前の出来事と推定されている。職の御曹司の段を長保二年とするのは、その前年長保元年に彰子（上東門院）が入内したことを考えてのことであろうか。中関白家の道隆・伊周・隆家・定子らの存在についてまったく思い及ばなかったころの『枕草子』の鑑賞理解のしかたについて、本書は興味ある材料を提供するものというべきであろう。

そしてこの点において、本書は中世における『枕草子』享受あるいは理解の実体に触れるところがあるように思われる。『無名草子』の一節に、清少納言について、

清少納言は、一条院の位の御時、宇治の関白世をしらせ給ひける初め、皇太后宮のときめかせ給ふさかりにさぶらひ給ひて、

と述べている。宇治関白とは頼通であり、皇太后宮は上東門院彰子である。この本文は諸家のいわれる通り、本来「中関白」とあった「中」の字を「うち」と誤ったための誤伝であり、「皇太后宮」もそれに引かれて「皇后宮」とあったのに「太」の一字を挿入したものであろう。以下の文でも『無名草子』の作者が史実を誤ったとは思えない。しかし、問題は、現存『無名草子』諸本すべてこの誤ったテキストを有していることであり、それは中世において、清少納言の経歴について、多くの人々からまさにこの通りに解釈されつづけてきたことを意味するものではないだろうか。『無名草子』のこの文の先には、前述『枕草子』能因本系統諸本のもつ例の清少納言の流浪伝説も記されているのであり、上東門院に仕えたと解する点とあいまって、本書の右のような謬説の背後には、案外、中世人一般の解釈が潜んでいるのではないかと想像される。その意味では、こういう珍説もまた貴重といわねばなら

ない。

誤謬無知の第二点は、引詩引歌の典拠について不明とするものの多いことである。

常に女は（史記刺客伝予譲条「女為説己者容」）——此詞むつかし（五七段）

人間四月（白氏文集一六「大林寺桃花」の一節）——此詩未勘也（一六六段）

おりもてそみる（後拾遺集二、和泉式部「岩つゝじ折りもてぞみるせこが着し紅ぞめの色ににたれば」）——此引歌未勘也（七〇段）

物かたりする事（琵琶行の故事）——此古語未勘（八五段）

これに類したものとしては、歌枕の所在地についても「未勘」がすこぶる多く、たとえば、六五段「橋は」、六六段「里は」を一見すると、橋名六のうち、未勘は三であり、里名三のうち、未勘は二である。近世初期の成立である『傍注』や『盤斎抄』では、『傍注』が橋名一七をあげ、そのうち未勘一、里名一〇をあげ、そのうち未勘二、また『盤斎抄』では橋名一五をあげ、そのうち未勘二、里名一一をあげ、そのうち未勘二である。本書がそれらに比較して、いかにその研究が未熟であるかを思わせるのである。

また、その他の故事風俗等の理解にも珍妙なものがある。その一、二の例をあげると、

しきし　只の紙也（二〇段）

きんの御こと　廿五すちのことなり（二〇段）

職のみさうじ（略）待賢門の内御出所の南也（五七段）

古万葉集　六集之内に一部古歌集アリ其故に如此云なり（六八段）

まゆぬく（注、眉抜）是は不審（八九段）

ひれくだい（注、ひれ裙帯）平座也　俗ノ座ト云ト同（九二段）

そうみやう　素麺也（一三五段）

へいたん　べんたうの事也　籠にしてし入たる物也　孔子へ物を進する入物なり（一三六段）

もっとも、すべてが僻説というわけでもなく、

ちやうだいの夜　五節霜月丑日也　五節所の張座也　ここへ天子御幸也（九六段）

とおおむね正解を加えるところもあり、四八段の「友まとわす」の注に、「夕されはさほの川原の川風に友まとはして千鳥なくなり」を引くが、これは『拾遺集』四・友則の「夕さればさほの川原の川霧に友まどはせる千鳥なくなり」が、少々変わったものであろうし、同段「ゆるきのもり」の注に、「たか嶋やゆるきの森の鷺すらもひとりはねしとよりもこそすれ」をあげるのは、『古今六帖』六の「たか嶋やゆるきの森の鷺すらもひとりはねじと争ふものを」の末句が変わったものである。

また一五五段の「つほね」の注に、

ねたる躰也　又とぐちをうつくしくしたる体両説

とし、四七段の「しはすのつこもりに」に注して、

極月晦日に生臭を祭事昔はありとみへたり　いつれの書にもみへす

と記すなど、諸書を参考したことは明らかで、まったくの無学者の手に成るものとも思えず、むしろ『枕草子』に関する中世の一般的な研究水準を示すものと見るべきではなかろうか。

5

また、本書の注本文の性格の中、注目すべき点は、『枕草子』に関するいわば文芸的批評が若干見受けられることである。たとえば、

このことは　双の地也　此詞はやめんと也（三九段）
なとかは　双地（四〇段）
おかしき事　双地（四三段）
かやうの事　かうやうと可読　双地（一〇六段）
などと、草子地について指摘し、
いとあをくおかしけなるに　是は文章也（七八段）
と文飾について触れ、
まさひろ（略）此あたり狂言躰也（五八段）
と、滑稽の要素を指摘する。また、
七月はかり　同段の弁也　如此類おゝし　其まゝおもひよりたる事をかけり（五一段）
卯月のつこもり　清少の思ふ事を何となくかき付たり（一一六段）
修法は　此段の心一ヶ条に立られす前後のよせはなけれ共たゝ心のまゝに書出せりと可見（一三〇段）
ときやうはふだん経　是より別の事也　たゝ爰ヘソヘテ書し筆法也（一六九段）
女の独すむ　是は其に付て云たる事也（一七七段）
などは、自由な連想によって前後の段が接続構成されることを述べる。また八六段に、
思ひなをり　行成と中なをり也　皆いつわり也
と記すのは、行成と清少納言との仲が再びよくなったという『枕草子』本文の記述が、作者の虚構であるという意味であろうか。とすれば、随筆における文飾や虚構の要素の介在を指摘したものとなるであろう。
そして、こうした点は、筆者が先に紹介した中世の古注『大和物語鈔』にも共通するものであり、それはまた

『源氏物語細流抄』『明星抄』等にもかなり目立つ特色である。本書の成立について考慮すべき一点というべきであろう。

また、その他では、語法の注記もかなり認められる。すなわち「てには」の指摘には、

さそあらん　みるもありみさるもありと云てには也（二一段）

この歌　このもしはてには也（一〇四段）

うちきたる　てにおは也（一四七段）

をこそ　てにおは也（一四七段）

があり、「やすめ字」には、

なんどや　や文字ヤスメ（八八段）

たそやか　かもじやすめ字也（一〇八段）

をといひて　をもしやすめ字（一四〇段）

があり、声点については、濁点を付する語彙がかなり多いが、「両点」と注するものに、

心どきめき　清濁両点（八七段）

つかまつる　ツカフマツル両点（二〇段）

などがあり、これらは広義の発音の注記であるが、

あはれなりしか　か文字清濁両点（七段）

とあるのは、過去の「き」の已然形ととるか、逆接助詞「が」ととるか、二様の解があることをいったのであろう。

また単に、

問すれば　トウスレバトヨム也（一七八段）

と、よみかたを注したものもある。

6

最後に本書の成立年代はいつごろであろうか。前記の如く、本書の引用書目が室町初期以前成立のものばかりであることは一つの材料である。また「うすへ（卯杖）のほうし　しもくずへつく法師也」（一六〇段）の如き「づ」「ず」の四つ仮名の誤りを犯している点からみれば、室町中期以降成立の公算が大であるが、それも早くから鎌倉時代の日蓮の書状にすらすでに四つ仮名の混同が現われているというから、あてにはならない。また語彙についてみると、比較的時代の新しい印象を与えるものは

楊弓（五三段）・りんき（嫉妬の意、九四段）・あぶなき（危、一二四段）・七五三（一六〇段）・素麵（一三五段）・合点（一三八段）・ひいき（一三八段）・すりこぎ（一四四段）・じだらく（自堕落、一四九段）・むさき（汚、一五三段）・にこ〳〵と笑（一四三段）・世間の俗語にかみさまなと云心、人の御かたに成てある人を云（二一段）

などである。しかしたとえば国語大辞典あるいは古語辞典を検すれば、「楊弓」は『蔭戒記』応永三三年条に、「りんき」は『日葡辞書』に、「あぶなき」は古く『古今著聞集』『宇治拾遺物語』に、「七五三」「むさき」は『甲陽軍鑑』に、「ひいき」「素麵」は『庭訓往来』に、「合点」「にこ〳〵と笑ふ」は狂言に、「すりこぎ」はその転義が『犬筑波集』に、「じだらく」は『川中島合戦記』に、「かみさま」は古く『義経記』に、「御かた」は『東鑑』に、それぞれ見える語である。それらがおおむね室町末期以前の語彙であることは明らかである。

また、本書四一段には「菩提寺」に注して、

京のかくら岡と云所に有　今はあとばかりあり

と記す。これにつき延宝二年刊の『盤斎抄』は、

拾芥抄云菩提樹院神楽丘東上東門院御領

といい、天和元年刊の『傍注』は右の『拾芥抄』の文を引いた上、さらに「今は旧趾もなし」と記し加えている。神楽丘の東にあるという点、本書のいうのも『拾芥抄』や『傍注』のいうのと同じ菩提樹院を指すのであり、天和元年には旧趾すらも失われていたが、本書の成ったころにはまだ旧趾だけは残っていたのである。それがいつごろのことであるかは、なお他に証するものを見出し得ない。しかし、前述のことと合わせ考えれば、本書の成立が中世に属し、したがって、現存『枕草子』注釈書の中ではもっとも古いものであることだけは明らかであろう。

注

(1) 拙稿「古注大和物語鈔考」(『創立四十周年記念論文集九州大学文学部』昭41、本著作集本巻所収)

(2) 祐徳神社蔵、古活字十行本を用いた。『国語国文学研究史大成』227Pに、五冊完本は内閣文庫本のみのよし記されているが、この本も同様に五冊完本である。誤って「さころも」と各冊表紙に題されている。

(3) 拙稿(1)では、素行筆ではないように述べたが、その後、他の自筆本と照合した結果、やはり本書も素行筆写とすべきであることがわかった。ここに訂正しておく。
〔本著作集編集者注　このことは注(1)論文が『王朝文学の研究』に収められたさいに訂正されている。〕

最古の『枕草子』注釈書

従来、『大和物語』や『枕草子』には中世の注釈書は残っていないと思われてきた。『大和物語』では北村季吟の『拾穂抄』(一六五三年成る)が、枕草子では加藤盤斎の『万歳抄』(一六七四年刊)が、それぞれ一番古い注釈書とされていた。ところが、このほど三巻二冊、一九六段「野は」までの零本だが、今のところ全国でただ一つ、日本最古の枕草子注釈書と見られる『枕草子』が平戸市の「素行文庫」から見つかった。この文庫からは、『拾穂抄』よりも格段に早く、おそらく室町末期には成立していたらしい『大和物語抄』もさきごろ見つかり、私は昨年、学界に報告している。

山鹿素行(一六二二—八五)といえば、大石内蔵助の兵法の師として名高いが、その蔵書や自筆の著述、あるいは写本など約一千部を素行の子孫に当たる平戸市長の山鹿光世氏の邸内に保存しているのが「素行文庫」である。文庫目録が昭和一九年に刊行されているけれども、世間には案外知られていず、岩波書店の国書総目録にももれている。

私は二、三年来しばしばここを訪れている。この文庫に素行が青年時代に書き写した国文学関係の書物がかなり多く含まれているからだ。文庫目録に出ているものでは、寛永一四年写の『下紐』や正保二年写の『大和物語』のほか、『八雲御抄聞書』『源語秘訣』『奥義抄』などがあり、目録に載っていず近ごろ気づいたものに、寛永二一年写の『土佐日記』や慶安元年写の『後撰集』のほか、『堀川院百首』『源氏引歌』『中院口伝』などがある。何年写という奥書や識語のあるものはいうこともないが、それのない本も書写年代はだいたい寛永末年から慶安（一六四八―五二）ごろと思われる。

新発見の『枕草子』注釈書は簡単な語義注が主である。本文系統は能因本で、巻分けの仕方が古活字十行本や十二行本に一致するから、たぶん慶長以後に成ったものかと思われる。しかし『万歳抄』よりも少なくとも二、三十年は古いらしい。書写年代からみてもそれは明らかである。「菩提寺」の注に天和元年刊の『傍注』には「今は旧趾もなし」といっているのに、本書は「今は趾ばかりあり」と述べていることでもわかる。

総じてこの本の注は一風変わっている。清少納言が仕えた「宮」といえば、定子中宮のことと、今では中学生でも知っていそうだが、本書では道長の娘の上東門院だとか、道長にいじわるをされ、弱気を出して皇太子を下りてしまった小一条院のことだとかいっている。「殿」や「関白」も中関白道隆ではなくて、御堂関白道長となっており、「式部」というのは、式部内侍という女房のこととするのが定説だが、本書では紫式部だという。したがって、紫式部と清少納言は同僚として勤めていたことになっている。とにかく今日から見れば、間違いだらけなのである。しかし、だからかえって、中世の人たちが『枕草子』をどのように理解していたかを知る手がかりとしては、この上ない資料だといえる。

たとえば、鎌倉時代にできた『無名草子』には清少納言は、宇治関白（頼通）の執政時代に皇太后宮（上東門院）に仕えていたと述べている。この本文は、実はもと「中関白」とあったのが、転写を重ねるうちに「中→うち→宇治」と変わり、それに伴って「皇后宮」が「皇太后宮」と改められたものだろうと推定されているのだが、そういう本文が固定してゆく背後には中世人の『枕草子』の理解のしかたが作用しているわけで、その点、素行文庫の『枕草子』の記事と一致するのである。

『枕草子』や『大和物語抄』以外のこの文庫の『土佐日記』『下紐』『八雲御抄聞書』なども、注釈書としては日本最古のものか、それに準ずるものである。国学者による本格的な注釈書が出る数十年前の室町末期に、これらの本の一応の注釈書がこんな風に出ていたという事実は今日までそんなものはないと思われていただけに、極めて興味深い。素行の「配所残筆」によると、彼の和学の師は広田坦斎であった。書陵部蔵の古注『土佐日記抄』には「坦斎」の説がしばしば引かれている。素行文庫本の『土佐日記』の傍注は書陵部本とは別物であるが、多少の関係はあろう。今後の調査次第では興味ある問題に発展する可能性がある。

長い歳月、九州の一角に眠っていた、これらの本を発見できたのは、たまたま素行文庫の虫ぼしを頼まれて学生とともに出張したのが機縁であった。その際の印象では虫害も少なからず、当主の山鹿光世氏もその対策に腐心しておられる様子だった。長崎県などが文化財としてのふさわしい処置を至急に加えられることが切望される。

山鹿素行写　古注「枕草子」乾・坤

本書は、平戸市、山鹿高清氏所蔵、素行文庫所収書の一で、山鹿素行（一六二二―一六八五）の筆写にかかる。能因本初段より一九二段「野は」までの零本二冊であるが、現存する『枕草子』注釈書中ではもっとも古く、明らかに中世の成立である。内容上にも珍奇の説が多く、当時の『枕草子』理解の実態がありありと窺われる。それは、今日の我々の想像を絶した誤謬に満ちてはいるが、『枕草子』研究史・享受史の上では、それだけに興味ぶかく重要な資料とすべきであろう。その詳細については、拙稿『枕草子の古注釈書――素行筆本ついて』（本著作集本巻所収）を参照されたい。以下に全文翻刻する。

凡例

一、原本には、段序は記されていないが、便宜上、『校本枕冊子』に拠り、各段の冒頭に〔　〕を付して段序を示した。本書の掲出『枕草子』本文は能因本であって、段序が『校本枕冊子』の主底本に正確に一致しているからである。

二、原本では段序の区切り目でも必ずしも改行しないばあいがあるが、閲読の便宜上、本翻刻ではそのばあいには特に改行した。

三、その他の本文は、原本に忠実を旨とし、仮名遣いの誤り、誤字、あて字等、訂正を加えなかった。
但し、漢字の異体字は通行の字体（頭・霊など）に改めたものもある。また合字の「ヿ」「ゟ」「𪜈」「ト云」はそれぞれ「事」「より」「トモ」「ト云」とした。

四、難読文字は、□を以て示し、虫損によるものは、右に（ムシ）と注した。また意味の通じ難いばあいは、右傍に（ママ）と注記した。

五、丁末は」を以て示し、その表（オ）・裏（ウ）と合わせて、下欄に記した。たとえば、（24オ）は24丁表の意である。

（第一冊）

枕草子　乾（改装表紙　題簽）」

枕草紙　上（原表紙　中央打付書）」

（本文）

清少納言枕草子　一　清少納言は東宮にめし遣はれ東宮かくれ給ひて四国へ行しと云〻

〔初段〕

春ハあけほの　此段序分之一也

すこしあかりて　すこし上る也

山きわいとちかく成たるに　日の山へかたふくこゝろにや

〔二段〕

ころハ正月三月　序分の二段也　二六十月をぬける一の文法也　ひとゝせ□（ムシ）おかし　是まて序分也

〔三段〕

れいハさしもさる　常ハさもなかりつるとのてには也　けふハおくまてもわか菜を七日なれハもてきたると也

このめちかゝらぬ　此ノ字てにおは也　此目也

中御門　禁中の御門ノ名也」（1オ）

さしくしもおちよぞいりなと　おちんなとゝ云詞也　入かぬる也

左衛門の陣　ハ番所也

とねりの馬　馬取共の事也

おとろかして　轡なと引しろひたる躰也

たてしと□（ムシ）　戸ノ事也

殿もりつかさ　踏（マヽ）取の役人なり

いかはかりなる人　おゝき人と云心也

ならす　いゝはやすこゝろなり

うちにも見るは　禁中の事なり

せばきほとにて　こみ逢たる躰也」（1ウ）

とねりかかほ　田舎人もけはいする也爰ハおしあいなとしてはけたると也

あらはれ　汗にて也

しろき物の　おしろいの事也

引いられてえよくも見やられす　外へえ出すおそろしく也清少納言か心也　是迄七日ノ事ヲ云

八日人々いもひしてはしりさわく　是より八日ノ事也古ハ月に六日つゝ精進日アリ八日も其内ノ一日也子細重々可

考　いもひして　斎日ノ事也

十五日ハ　此間の日数をりやくす　せく　節供也定りて備」（2オ）ゆるものを惣名にせくと云也

かゆの木ひきかくして　子共女を大路にてたゝく木ノ事也かゆを用る比の木故号之

君たち　女共也

ねたしとおもひ　うたれて腹立也

むこのきみ　男にてもはしめて女を持聟をうつ也

うちへまいる　禁中にても又しうとの所にてもと見る両説也

所につけて　聟の行先ノ所也

我わとおもひたる　是ハ男を女たゝくと也たゝき手ノ女共也

御前にいたる人ハ　聟也　おくのかたにたゝすまふハ聟ニかくれて也」（2ウ）

きみゝしらすかほ　むこの君也　おいらか　おとなしき心

おとこきみ　むこのきみ也

まが〳〵しく　おそろしく也

除目　十六日也
申文　官位ノ事なと訴訟の申文也
こえまね　言のまねノ事也
えすなりぬる　訴詔(ママ)を得す成ぬる也
ふさなとしたる　糸なとを付かさる也
桜のなをし　すわう色
いたしうちきして　ひとへにして中にきるきぬ也それをうへゝ」（3オ）見する也男のしやうそく也といへり
御せうと　兄也誰共なし
そこちかく　みすちかくと云心か
とりむしの　鳥虫也　ひたいつき　かしら付と云心
祭の比ハ　四月加茂ノ祭ノ事也酉ノ日也
あほくちは　たてあかくよこ青し常ノクチハハたてアカク横黄也
ふたあい　たてぬきの色ちかいたるを云色ノ変りたるをハふたあいと云なり
ほそひつ　ちいさきひつノ事也
まきそめ　くく(ママ)しそめの事也　なりハみな　衣装ハあしき也」（3ウ）
ちやうざといふ　宿老ノ僧ノ事也
心もとちから(ママ)ん　おやの子共をおもふこゝろを云也
おほやうハ　大形也

〔四段〕

ことことなるもの　言ノコトナルモノト云心也
もじあましたる　重言を云也

〔五段〕

たのもしきわさ　後世のため頼もしき也
さうじのもの　精進物ノ事なり　いと〳〵おし　親ノ心也
をもいふ　如此親ノいふ也
それをもやすからすいふ　女ノある所をものそきてくるしからぬ事なりとおやのいふ也世間よりハわろく云ゆへ
也」(4オ)
こうじて　困　くたひれたる也

〔六段〕

大進なりまさ　一条ノ院ノ東宮ニ付たる大進也
宮の出させ　東宮ノ出させたまふ也
よつあしに　御成ノ門ハ四足に四本に立也
ぢんやのゐねバ　番所ニ陣屋ノ番をする人もおらねはト言心
かしらつき　番所も人もなけれハはれにもあらさるゆへ也
よせて　車をよせて也
ひろうけの車　裶郎毛　大車也
えんたうしき　莚《コモ》也
いとにくゝ　少納言も此とき大進か所へ行也腹立」(4ウ)

けいすれハ　東宮へ啓也　　こゝにて　東宮詞　されと　少詞
よくしたてゝ侍らんしもそ　たれもおとろかしとの返事
見えはわらわん　大進か見へハ也
ほとにしも　如此言折ふし也
いで　少詞　わらひて　大進　　されと　少詞
あなおそろし　大進　　うこうかこと　于公高門ノ事也
しんじ　進士及第也　　この道　学文也　　いて　少詞
御みちも　大進か此道ニまかり入と云へ秀句にかけて大路ヲ云
おち入て　踏こみたる躰也　　雨のふり　大進詞
なに事ぞ　東宮詞　　あらず　何事にてもなきト也」（5オ）
をりぬ　東宮ノ御まへを立也　　おなし局に　少納言也
わかき人々　傍輩共也
東のたいのにしノひさし　東ノ対ノ西より北へつくりつゝけたる也
さふらはんにハ　それへまいらんノ心也
いふなりけり　大進か云也　　家におはしまし《東宮》　大進か家也
かゝる見えぬ　見馴ぬ物と云心也
けせう　佐情也　少詞　　あらす　大進詞
つほねあるし　局ニ居る人をいふ少納言をさす也
かとのこと　少詞　前かとに門の事を云故也

わかき　大進詞　　ひきたてゝ　障子を也」（5ウ）
たれかわいはんとげに　大進にいれとたれもいわぬ也
さること　東宮詞　大進を好色ものとハ也
ことにめてゝ　于公か引事也　あれをはしたなく　大進を也
姫宮の御方の　東宮ノ姫也　仰らるゝに　大進に――
あこめのうはをそひハ　アコメ　フクサもの也色ハかきらすうはをそひとハしびらをうわをそひと云てわらわるゝ
也　褶《シヒラ》ノ事也　常ハかくのことくにハいわねはあこめの上にきたるニよりウハヲソヰト云ニヤ
御前のものハ　御膳ノ事也　れいのやう　御姫へ常ノハ不似合大成也
たかつき　かけはんノ事也　申を　大進か詞
さてこそ　少納言詞　をを　東宮ノ詞」（6オ）
ちうげんなるおり　詞ノ中にと云心東宮ノ言中ニ大進ヲ呼給ふ也
ふたりのつぐる　大進をよふ也　行てきけハ　清少納言か行也
出たれハ　大進へ也　一よの門　大進か詞ヒトヰ也
中納言　誰共なし　一よのこと　少納言詞　いましづか　大進詞
じしていぬれハ　たまる心辞退　大進本ノ居所也
かへり　清少納言也　参り　御前へ也　わざと　東宮詞
おのつから　少納言　をのか　東宮詞大進をさして也
かしこしとおもふ　大進か少納言を思ふ也
人のほめたるを　中納言か少納言をほむる也　うれしとや　少詞

〔七段〕

うへ《禁中》にさふさふ　長保二年ノ事也初段と同時也」(6ウ)

かうふり　官をうくる也　はしに　縁ノ端ニ也

めのと　猫ノ乳母也　むまの命婦　右馬頭か娘なとの類

あなまさなや　如此云也

おどすとて　猫をおどして内へ入らせんとの詞也

おきな丸　犬の名也猫ノ名付しと同　いつら　トレヤト云詞也

おとゝくへといふに　犬来りて也

まことかとて　如上たゝこらしにいふをおきな丸ノ犬言まゝ来りてなり　しれ物　犬也　あさかれい　朝餉清涼殿ノ内

蔵人たゞたか　時の人也　このおきな丸　上の詞也

いぬ嶋に　遠所へ遣わせよと也」(7オ)

かりさわく　犬をかりさわく也　めのと　猫ノめノと也

あはれいみし　清少詞犬ノ事也　頭弁　誰共なし

おもの　膳也　なにその犬　何犬かと云心也

みかわやうとなるもの　常ノヲカハノ事也丸ノ奉行也

しぬへし　死也　心うの　清少詞　たゝたか　蔵人也

さねふさ　蔵人也　せいしにやり　少納言よりゆるせとて両人也(ママ)わふるな(衍カ)也　しにけれハ　本ニ死たるにハあらす

右近そ　翁丸か乳母也　　しもなるを　常ハ下ニおる者也
ゆゝしけ　あしく成たると也　　それハうちころして　翁丸を也
御けつりくしに参り　清少納言此やく也紫ノ御ゾノめしおろしを」（7ウ）着て出る也　　御かゝみもたせて　少
　納言ニ也
さふらふに　如此してさふらふニと云心也　　はしら　庭の柱也
あはれきのふ　上之御詞　　うちけかし　打殺ト云詞　　何ノ身　少詞
御前にも　后の御まへ也　　右近内侍　犬奉行也
わらひのゝしる　かたわらの女房共也
ゆゝて　湯にてむしあらふの心也
いひあらはせ　秀句也湯ゆてに申かけての詞
大はん所　女の居所也　　あな　少詞　　さのみ　蔵人詞
かしこまりかうしゆるされて　かたしけなき也　　常のくしへ行のこゝろ也」（8オ）
あはれなりしか　か文字清濁両点　　いはれて　翁丸といわれて也

〔八段〕

正月一日　七夕　七もしよますゆふへと斗よめり
おほひたる　九日の菊ノ能さくことくにとてあたゝかに錦（ママ）を菊にきせおほふ事もあり　　やみにたれと　雨ノやむ
　也

〔九段〕

よろこひそうするこそ　九日ノよろこひ也天子を拝礼する事也

たてるを　たゝ立てゐての心也　　さはくよ　てには面白

〔一〇段〕

今内裏の　一条院ノ時を云　内裏ハ昔の大内裏也

北の門（ママ）とそいふ　後ニすまいかわりちいさく成故に大内裏の時ハ東と云を今ハ北の方也ト云々　たてるを　北の門

ニ立也

もとより　根也　定證（ママ）僧都　此僧大入道也さるにより戯言ニ此木」（8ウ）も大木なれハ此人の扇にせんと也

えたあふき　払子ノ事也

山階寺　興福寺の事也　近衛つかさ　権中将そのころ近衛つかさ也近衛司ハ僧の取次之役也と云へり

たかきけいし　くつの事也大入道ゆへ長たかきけいし也

なとその　少詞　ものはすれ　中将

〔一一段〕　山は

おくら山　山城　みかさ山　大和　このくれ山　わすれ山

いりたち山　未勘　かせ山　山城　えしの山　同

かたさり山こそ　未勘何として如此名を付たると云心也

いつはた山　越前　後撰ニ　君をのみいつはたと思ふこしなれ　とゆきゝの道ははるけかたら《ヒ》しを（9オ）

のちせの山　若狭　かさ取山　山城　床の山　近江

御門のよませ　天智の御哥也　いふきの山　近江　の□（ムシ）し入ても不入共

あさくら山　越前　たそに見る　たそかれ也朝くらきにいゝかけたる詞

いはだ山　紀州　玉葉　松かねのいはたのみねのゆふすゝみ　君かあれなとおもほゆるなり

おひれ山　未勘　りんしのまつり　かものりんしのまつり也天子より使に女蔵人臨時ノ祭の時帯とひれと云物を
かけて行に付おひれといゝかけたり　飛礼
手向山　大和又近江　三輪の山　大和　音羽山　同　まちかね山　津国
たまさか山　未勘　みゝなし山　大和　末の松山　奥州　かつらき山　和州
みのゝお山　濃州　はゝそ山　山城　位山　飛州 公家の持笏《シャク》ノ木此山より出ルといへり」(9ウ)
きひの中山　備中　嵐山　山城　さらしな山　信州　をはすて山　同
をしほ山　山城　あさまの山　信州　かたゝめ山　未勘　かへる山　越前
いもせ山　紀州

〔一二段〕　峯ハ

つるわの峯　未勘　あみたの峯　山城音羽山の上のうしろノ方ニアリ　いやたかの峯　近江

〔一三段〕　はらハ

たかはら　未勘　なし原　同　うないこか原　同　みかの原　山城　あしたノ―　和
その―　信州　はきはら　大和
あはつの―　江州　あべの―　津国　しの―　加賀也のぢしの原とつゝけハ近江也」(10オ)

〔一四段〕　市は

たつの市　大和　つば市　同　長谷寺　はつせと斗よむへし
おふの市　伊勢　しかまの市　播磨　あすかの市　和

〔一五段〕　渕は

かしこ渕　未知　ないりその―　同　あを色の―　同　蔵人なとの身にしつへく　青き色を着故也　いなぶ

ち　和州

かくれのふち　未知　のそきの―　同　たま―　同

〔一六段〕　うみは

水うみ　湖水也何くにても　よさの海　丹後　かはくちの海　いせ

〔一七段〕　みさゝきは」(10ウ)

かしはらのみさゝき　是不知かしはらと云ハ神武の陵大和也是歟他ノ陵しられす

〔一八段〕　わたりハ

しかすかの渡　三河　みつはしの渡　越中

〔一九段〕　いゑは

近衛御門　一条より五町下　そめ殿ノ宮　一条京こく　せかゐ　一条　みかゐ　同

すか原の院　一条　れん《ぃ》せいノ院　二条　とう院　室町西二町　小野宮　三条

こうばい　大宮　あがたのゐど　一条ノ一町北　とう三条　小六条　六条ノ一町上也

〔二〇段〕

御さうじ　障子ノ事也

手なかあしなか　龍の事也　うへの御局　朝餉ノ間也二《マ》間共云」(11オ)

つねにめに見ゆるを　あらうみノかたよく見ゆる也

にくみなとして　おそろしけ也とていやにおもふ事也

かめ　花かめノ事也あさかれゐの間ニ有之也

桜のなをし　袍也桜色ノ事也　なよらか　きならしたる也

こき紫ノさしぬき　くゝりはかまノ事也
うへにこき　袍ノ下にきたる也　こきとハ紅の事也
いたして　ゑりを出す也袍の下より出すと云心也　こなた　朝餉間也
からきぬ　ひとへのうはき也　くつろかに　ゆるやかに也
藤山吹　藤色山吹色也　おし出たる　女共ノ事也
ひのおましのかたにおもの参る　ひるの御座所夜ノ殿ノ南ニアリ」（11ウ）おものは大床子の御膳也
御はん　御盤　膳ノ事也すみてよむへし　くら人参りて　出いりの膳を取置やく人也
なかどより　ふたまの座敷の中の道あるを云と云々
かゝり　大納言ノ事也　宮の　后也名ハ不知
月日も　神楽のうたひもの也　ゆるゝかに　大納言ノ事
をのこ共めす　蔵人をめす也　つかまつる　ツカフマツル両点
わたらせ給ひぬ　天子二間の所へかへり給ふ事也
めはそらにのみ　天子のそらみして居たまふ也
程とおき　清少納言天子を守りつめて目くたひれて目を離也」（12オ）
しきし　只ノ紙也　ふること　哥ノ事也　とに居　大納言ノ事
これにいかにと申せハ　清少納言勅定ノ返りを大納言へ云也
とりおろし　下座へとりおろす也　せめさせ　天子より
おくせじにか　おくする也　さいふニ　左右也　是にと　清少納言
年ふれハの哥　清少納言か書也

ゐんゆうゐん　天子勅言也　　そうし　常ノ帋也　双子
関白殿　道長ノ事也
しほの水の哥　古哥也
れいのことよく　常ノ事ハよく書共如此事ハかきにくき也
つゝまれて　はつかしむ也　　哥ともの本　上ノ句也」(12ウ)
いかなることそ　不断心かけたれ共風与出ヌト也　　宰相　時ノ人
村上ノ御とき　大納言詞　　一条左大臣　忠時也
きんの御こと　廿五すちのことなり　　御几丁を　村上ノ事
かうなりと　如此〳〵と女御よりの哥ノてには以下ニ答を合給也
みたれぬへし　女御ノ心中を云也　　めし出て　村上よりノ事也
五いしゝてかすをゝかせ　碁石にてかすを取也
御前にさふらふ　二三人ありし人也おほめかしからぬ人と有故也
せめて申させ　村上より女御へ也　すへて　女御ノ事也
ひか事見つけてをやまん　天子ノ思召也をもしやすめ
けさん　文鎮ノ心也　　ことをも　古今ノ本也」(13オ)
うへわたらせ　王ノ双子合せたまふ間の事をこゝに書也前ノ事也
殿に　道長へ申也　　かたり出させ　大納言也
むかしハゐせ物もすき《哥ニ也》　村上の御事ハいふにや及はん小キ者共迄也
こなたゆるされたる　台はん所より禁中ちかき所へと也

くち〳〵　哥の事を也

〔二一段〕

をひさきなく　生先なきと云ハ末のなき心年ばいノ女也

まめやかに　縁なとに付家持ニ□□ニ不付也

いふせく　禁中の事ヲしらぬ者を云　さし　禁中へ也

さること　わきよりノ詞　かしらに　さかしふりノ心

みぬ人　禁中を也　をさめ《下女也》みかはやうた《小便ノ丸奉行》ひしかはら《民共也》」(13ウ)

ちかくれたりし《(ママ)》　ちかくいれたりし也此者をハよせさる也

とのはら　禁中ニおる男共也

さそあらん　見るもあり見さるもありと云てには也

うゑなといひて　世間ノ俗語ニかみさまなと〻云心人ノ御かたに成てある人を云

心にくからす　禁中ノ事をおかたなとハ心にく〻ハおもわし也

内侍のすけ　男を持て内侍ノすけ成人の事也

まつりノ　加茂ノマツリ也　さてこもりゐたる人　爰ハ禁中を知らぬ人も又よからんと也

五節なといたす　守領ノ女五節ノ出る事也」(14オ)

〔二二段〕　すさましき物

火おこさぬ火おけち火爐　火おこさぬすひつと火おこしてけちたると以上二色也

はかせの　陰陽はかせた〻物しり也　せちふんハ　此方違也

文の物なき　すふみ斗の事也　京のおも　京よりノ文也

車やとりさま　車おく所ノ事也　　ぼうど　常ノ俗語也
こすなりぬる　中あしく成て也　　がりやりて　我むすめを也
おもふもいとほいなし　むすめのおやの心也　ひまさらニなく禁中ニおる故也　　返しを　使を也
とこや　独鈷ノ事也　　せみこゑ　経よむこゑ也」（14ウ）
こほうもつかねハ　　よりましにつかぬ心也
すゝを取かへして　すゝを取かへす也よりましニすゝを持する故也
あくひ　よりましノあくひする也
はつる暁　除目ノはつるあかつき也　　ものきゝに　禁中へ様子きゝに遣しゝ者也
外より来る　余所より来る人也
いらへにハ　内ノ者共ノいらへにハ別のせんしも何かあらんと云詞也
ひまなく　大勢ノ心也　　うれたき　たゝの文也
ものゝ折　物ノおり也何ニても晴のときノ事也
おもはす成　好すた（ママ）る絵をハかゝてうはつらノ絵をかきてよこ」（15オ）す也その時ニ成ておこせる也
うふやしなひ　これにも物をやる祝義也　　ろくなと　禄ヲヤル作法也
くすたま　しゆず玉ノ事也　　うづち　小児ノもてあそひきつちやう玉の事也
かならすとらすへし　如此者も使とならハ物をとらすへしと也
けうある　物を取たるをよきと也
おとなゝるこ共　如此の緒《孫》《ヒ》を持へき人ノ夫婦ひるねしたる也
つこもりノなか雨　これハ晦日一日ふりたる雨也

しやうしのけたいとや　九十九日めなとにのかれさる事にておちつなとする事也」（15ウ）

〔二三段〕　たゆまるゝもの　由断する事也

さうしの日　精進をのはす心歟

日遠きいそき　いつにてもせんとおもふ事を也

〔二四段〕　人にあなつらるゝ物

北おもて　せとの事也

〔二五段〕　にくきもの

ものゝけにかうし　此中あなたこなたの加持共ニかうして也

なんてうことなき　なに程のこともなき人と云心也なてうとよむへし　ゐがち　ゐしやくつゐしやうの心

おしすり　手をする也　ひろめきて　しりたまらぬ心也」（16オ）

式部の大夫　式部丞也六位か六《五》《ヒ》位になれハ大夫と云

あめき　からゐつきノ事也　なやみ　酒酔て也

ひきたれ　へし口ノ心也　このとの　関白殿也

ながゐぼし　汝か也　そよろ　なる音也

もかうのすは　みすのもかう也常ノハすゝしのもよきニくろき印にてもかうを付ると云々諒闇ノトキノハ白キ布也

こはき物の　いよすよりこわき物と也

さうし　障子也　ほとめかし　なる音也　こほめく　ごと〱鳴事也

身のほと　ちかき心也　物みゝ　耳也

わかのりたるハ　かり車也　さゐまんくるゝ　先まくる也」（16ウ）

しやうぢう　常住也　宮つかひ《ヘトヨムヘシ》　禁中ニ一也

あはてありなん　いや成人ノ事也　我しる人にて　今の女ノ男ノ心をさして云詞也　はやうみし　死たる女也

されとそれハさしも　もし又□□《（ムシ）》なき事もありと也

誦文　ましないノ事也　まか〳〵しふ　いま〳〵敷の心也

〔一一六段〕

めのとのおとこ　乳母ノ子也乳母ノ子ハ物を自由にする心ゾ

この御ことに　主人の事にたかふとて也　つめさんじ　しかる心也

人にも　はうはいをあなつると云ノ心也　おもゝち　面持也

〔一一七段〕

世をなのめに　世をしりたるがほにかく事也

わかゐたらんハ　我方へノ文を上て書事也」（17オ）

おはするのたまふ　我内ノ者をあまり上過て云事也

こゝもとに　清少納言文章をかきて別ニわきより侍の字を入たきと云のこゝろ也　きくことこそ　色〳〵の事ヲ

清少へひだち《（マヽ）》打心也

殿上人宰相　禁中にて名字を云也我と名乗を云ハ不礼ノ心也

さいわす　さういふ也　つほね成人を　遣ものをこゝにてハ云也

つかさをいふ　官を云也　御前　禁中也

さいはさらん　名字を云ハぬ事也　ひき入こゐ　小こゐノ事也

すみつかぬすゝり　あたらしくのこひたる硯の事也

ものゆかしうする　見物なとを仕たかる女也又ハきゝまほしかるも同
にくげごと　にくざうの心也　すきかけ　車ノ簾《スタレ》也」（17ウ）
たゝ一人かくよびて　如此ノ有さまを見よといひたるがほにて居躰也

〔二八段〕

たゝきもわたし　たゝみをたゝき尋る心也
そよ〳〵と　なる躰也　まかり申したる　暇《イトマ》ノ事也
かたくなと　なンとすむへしつくろわぬ躰ノ心也
とする人ハ　しとけなくすく□（ムシ）人也　いうやうなりかし　結ふ躰
いひいでに　いひなから也　名こりも　時に順名残おもひ出らルゝ也
きはやかに　きわときと云心也　ひろめきたちて　たちひろめく也
なおし　ふ断の袍也　うへのきぬ　東帯ノ時のうわぎ也晴の衣也
よろつさしいれ　引つくろう心也

〔二九段〕　心ときめきするもの」（18オ）

からかゝみ　よきかゝみ也　ふとそおとろかるゝ　さわりにならんかとて心ときめくと云心也

〔三〇段〕　過にし方こひしき物

ひいなあそひ　昔をおもひ出す故也
おりがうし
ふたあい　たてぬきかハりたるおり物也　ゑひそめ　うす紫ぶどうのみの色也　さいでのをしへ　何にてもきぬのたちはつしきれの事也

かれたるあふひ　加茂より中《四》《ヒ》月中ノ酉ノ日ねぎ方へくハるみすにはさみをくト也」（18ウ）

〔三一段〕　心ゆく物のいとすくなく見へたる物よしとおもふ物のまだもあれかしとおもふか不足成物也

女ゑの　女の書たる絵ノ事也　ことは　詞書也　おほかる　多クトハアれ共たらぬ心也

いとほそくかくへく　細筆にて書たると也

てうばみに　如此いゑハ双六を云也　てうおほく　さいのめのてう也

すそのはらへしたる　咒咀也ノロフ也

ほこりかに　驕躰也　神寺《ミヤテラ》とよむへし

もの申さすに　もの申さすると也　ひろうけ　大車也

〔三二段〕

あしろ　小車也　誰ならんと　道とおる車を門内より見たる躰

ゆる〱と　あしろノ事也　むらさきのまだら　蓮銭芦毛也」（19オ）

〔三四段〕

いみしうくろき　是又別馬也　うすこうばい　別段也

〔三六段〕

雑色随身　いつれも中間也布衣也　さるかた成そよき　男やせたるかよきと云心也

〔三七段〕

小舎人　遣ものゝわらわ也

色あるが　あかかしらノ事也　りやう〱しき　あいらしき也

〔三八段〕

うへのかきりくろくて　上ノ分ハくろく下ハしろきと也

〔三九段〕

説経師ハ　僧のたんぎ也　　ほかめ　外目也

忘するゝににくげなるハ　経をわすル、也清少納言か如此をにくゝおもふハつみやうるらんかと也

このことは　双ノ地也此詞ハやめんと也　　さいそに　早キ心最所

いにゐる人　いきておる人也」（19ウ）

さしもあらて見ゆれ　少納言かはしめにくゝ外目するを見るやうの心にてハ最所より行ても説経をきく詮なきと云心也ゆかす共あれの心

〔四〇段〕

むかしハ　蔵人ニならさる前ハ也　　その年はかり　蔵人ニ成ル中ノ事也

かけも見せさりける　寺へかけを見せぬ也　　それをしも　蔵人ノ役

名残つれ〳〵にて　蔵人ノ官を除きての事也　　さやうの所　寺へ也

一たひ二度　説法を也　　まふて　蔵人也

うすふたあひ　何色にてもうすき色のたてよこかわりたるを云

あをにぶの　もよきのこきかくろ色に見ゆるを云也

物いみ付たる　物いみト云字を書てゐほうしニ付也

さるへき　物忌也　　その事する　説経」（20オ）

車たつるを　余ノ者又車ニのり寺へ来るをみる

手まさくり　手もた事也　　すかりお　数取を也

なにかして　何やかや也　　その人　誰共なし
さふらいの者　内ノ者也　　くつろきて　間をあくる躰
すへたれハ　右ノ貴人をすゆる也
その人ハありつや　説経このむ人故毎座ニアラント人云也
なとかハ　双地　　あやしき女　いやしき女也
このさうし　此枕双子ノ事也　　おしくもきかさりし　爰元少納音若きときノ身の上ヲ云
かきいてたる人　手前ニ云し蔵人やうノ人ヲ云」（20ウ）

〔四一段〕

菩提といふ寺　京のかくら岡と云所に有今ハあと斗あり
とくかへり　少納言へとくかへれと云こす也
つねたう　少納言と同代ノ人也
人のもとかしさ　此説法ノ座にて也

〔四二段〕

けちゑん　ほうらく也
なをし　袍ノ事也　　すかし　すきたる躰也
おとなひ　高官などの事か　　やすちか　時人也
なけし　上段の事也　　さだかた　時人小一条大将ノ家来
関白殿　道長ノ事也　　かうのうす物　かう色ノ事也
はへたる　はへやうたる也　　ほそぬりほね　扇子也

うちつかひ　扇つかふ也　　よりちか　時ノ人也」（21オ）
上達部　双地也　見ゐて　よりちかか見居也
しりのかた　車の―也　兵衛佐　時人
けんぞうの人　見所ノ人也よそめにハと云心か
よひかへせハ　又向よりよひかへす也
なをすへき　哥をなをす事歟　　ちかくまゐりつゝ　是ハ帰たる也
あまりあり　久しきと云心也　藤大納言　時人也
これもたゝ　中納言に返事申も同じ事と申也
三位中将　道長ノ事也
いとなをき木をなん　哥をよみてをこせたるをよひかへしなをしそこないたるかと也」（21ウ）
聞えやすらん　使にやりたる方也
よひかへされつる　はしめなをしなき先ノ哥ハと也
よひてなとそ申　はしめの哥ハなしと也たゝ一度也
したすだれ　爰ハうせぬ手前ノ事也　はしめ　新敷也
しりにすりたる　しりにてゐしき先《ヒ》しわよりたる事也
かたほならん　よせたる哥ノ事也
あさゝ　朝座也　　せいはん　法師ノ名也
けふすくすましきを　けふもあすもあらんと少納言おもひアツサニかへらんとおもふ也
ちかくたゝむか　少納言か座をあとより望也」（22オ）

見給て　座敷より見給ふ也　　いひにおい　いひおこす心也
人して　少納言かものをして也　　いらせ　清少かまへ也
たゝ《ヒ》てる車　たれ共なし　　ゑなとのやうにて　絵にかきたるやう也
とひけるを　藤大へ少納言か也　　ゆゝしき　あしき也
中納言　顕元也
老をまつたに　なかゝらぬ命まつまの程斗ノ哥を下をいひかへたり

〔四三段〕

いたのはし　ゑんの事也　　一ひら　一帖ノ事也
三尺の木丁おくのかたにをしやり　木丁ハ口ニ常ハたつるをおくにたつるハあつき故如此あちきなしと云也」（22
ウ）
おくのうしろめたからん　おくハ無心元事もなきに如此するよと也
人ハいてにける　少納言か方へ来たる人いぬる別ノ暁ノ事也
うへハ　かきの廻り也　　すこしかへり　色ノあしく成たる也
ふたあいのさしぬき　又よの男也　　あるかなきか　色ノうすき也
ふみかゝんとて　後朝ノ文也　　道のほと　文ノぶん也
我かたに《へ》行《ヒ》に　男方へよそへ行し男帰ニ清少納言へよる也
かうしの　右の男よそよりよる也少納言
おきていぬらん　男の別ていぬる躰を少納言か見る躰也
まくらかみ　少納言　　ほをる　なけ捨たる躰也

はなくれなひにすこしにほひ　はなかみの也」（23オ）
人のけはい　男をさす　なげしに　しきゐ也
うちとくへきはへ　うちとくへきやう也
露よりさきなる人　初別し男也　おかしき事　双地
をよひてかき　清少納言か扇をかきよする也
くたらるゝ　退躰也　とりて見なと　男ノ少納言へ存分也
きりのたへま　男の帰る躰也　文も　是ハはしめの男ノ後朝ノ文也
出ぬる人　後ノ男　つけてあれと　ふみをつけて也
えさしいでず　しのふふみの躰はや持ハ来れ共也
わかきつる　汝と可見向ノ男をさす　かくやと　道ノ間遠故文もおそきの心
〔四四段〕　木の花ハ」（23ウ）
かれはれ　枯晴也　しなひ　級也　かけに　卯ノ花のかけ也
おとろなる　荆棘ノ類也　橘のこく青き　橘ノ葉也
めにちかく　引哥後撰遠く見ハ桜花にやまかひなんちかくなよりそ山梨の花
はかなきふみ　草木につくる文ノ事也
はなひらのはしにおかしき　花ひらの先ニ少つゝの□め有と也
〔四五段〕　いけは
かつまた　いはれの池　以上大和　にえのゝいけ　未勘但大和とハ見へたり
水なしのいけ　未勘但大和

〔四六段〕　　せちハ　此段ハ畢竟五月五日を云也
たみしがはら　原とよむへし民共と云心也」(24オ)
ことなり　異也　　ぬい殿　縫殿寮よりくす玉こしらへあか《(ママ)》る也
くすたま　薏苡也　　みちやうたてたる　帳台
もや　母屋　本や也何かたにても同それに付たるハ廂又付たるハまこひさしといふ也
左右に付たり　薬玉を糸にてかさりゆひ付ル也
あやとすゝしのきぬに　是ハ菊の根をつゝむ也公事根源に出たり蔵人所より奉ると也　すゝしのとハ是又茱萸を小
　袋に入て典薬寮より上ル是も根源に入也
いとを引取　たれ取共なしに引取也
御せくまいる　折句《セック》トよむ也こゝハちまきノ事也其節句〳〵ニ」(24ウ)　いわふ物を参をせくまいると云也
さうふのさしくし　少クかうかいのことく菖蒲ノ根をして髪ニサス也
物いみつけなとして　五月五日ハ物忌多ト也五月ハ神事多故ニゑほしにも物忌と書ておしつけしと也
なかきね　菖蒲也　　折枝　楞也
むらこのくみして　啄木也啄木ハ木つゝきノ事也はら班成故むらこと云也　こゝハ打物をしろくまたらにくみたる
　緒ノ事也
さて春ことに　此所風与《フト》桜を書出すハ五月五日面白き事此さくらのことくたれも〳〵大方ニハおもはぬとのたとへ
　ニ云出す也
よろしう　大かたにと云心に見へし」(25オ)
人やハある　此ハ何も大かたにハおもわぬと云心也

たもとまもり　袖のぬいめの上に袖まもりとて付ル事也あやめにちいさきまきにうへにおふちの作り花をそへくゝり作ル也

こてねり《（マヽ）》わらは　小田舎人也小童をちやうけんをきせ髪をわけて御前にて召つかわるゝを云也

かみほそふまきて　帋也こより也昔ハ如此帋ニて作り花をする也今ハいとにて作ル也ト云々

けふハ　五月五日をさす也

〔四七段〕　木ハ

かつらこえう　かつらハもくせいノ事也　そはの木ハ□リ也」（25ウ）

こきもみち　橘ノみの色を云也

その物ともなけれと　根もなく物によりて生する也寄生也

神の御前のものと　神ノ御前に茂りあひにけれと云哥故也

こたちおゝかる所　気遠き所にある心也大木のぬけ出たる躰を云

ちるゑにわかれて　しのたの森ノ千枝ノ楠トアリ

ひのき　さき草也　五月に雨のこゑ　此故事不知と云々

もゑ出たり　若楓也　むしなとの　死たる虫ノ皃ノ如と也

かれたる　死テ干たる虫のことくと也

此世ちかく《人遠キ心也》も　是よりあすならふの木ノ事ヲ云也

みたけ　金峯山ノ事也　手ふれにくけ　針なとのことくノ葉故也」（26オ）

あすはひ　アスナラフ也是をこの手かしはと云也葉ニ表裏なし

山たち花　木に入たる事　かへせぬ　かもし清也

しらかし　どくり也　橡ツルバミ
三位二位　何もむらさきを着す紫ノ上をくろむるにとくりを用
人丸よみたる　此事不知　　きら〳〵
しはすのつこもりに　極月晦日に生霊を祭事昔はありと見へたりいつれの書にも見へす
なき人のくひもの　玉まつる年のおはりになりにけりノ哥ノ類也生霊をまつるくい物ノもり物にする也
はかため　正月ノもち也　　いかなるにか　引哥あるへし不知」(26ウ)
兵衛督すけそう　左右兵衛督助せうを皆かな物にハかしわ木といふ也源氏のかしわ木ハ兼官也ト云々
むろの木　ひむろ也　　わろ家　下人の家也

〔四八段〕　鳥ハ

あふむ　いんこ也　　みこ鳥　足の長き鳥也あしへにアル鳥ト云々
河千鳥　河かり共云同事也　　友まとわす　夕されはさほの川原ノ川風に友まとはして千鳥なくなり　　おひこゑ
きゝすかる也
いぎたし　いきたなきノ心也　　十年はかり　禁中に也
六月なと　是より鶯ノ事を云　　音もせぬか　なくかなかぬか也　　春の鳥もたちかへるより　荒引玉のとしたちかへる」(27オ)
猶おもはすなるに　いやとハおもわねと長ク鳴が口おしき也
人けなき人　たとへ也
うくひすふゑ　童なと吹少(ママ)キ笛持あそひの類にあり
心ゆかぬ　鶯のことくならて鶏のひよこのなくことくひよ〳〵となる笛也　　山鳥ハ友をこひて　故事有之

谷へたてたる　尾をへたてゝとあるを谷と云かへたり

かしらあかきすゝめ　にうないすゝめノ事也ゑしきれすゝめハさもなきと也　いかるが　あ鳥ノ事也

たくみ鳥　北国におゝき小鳥也

ゆるきのもり　近江たか嶋やゆるきの森ノ鷺すらもひとりハねしとよりもこそすれ」(27ウ)

いかはかりつゝ　いかほとつゝ也　はこ鳥　小鳥也ひえ鳥ノ類也

〔四九段〕　あてなるもの　けたかくほめたる詞也

けつりひ《桧》のあまづらに入て　新敷桧木ノ入籠はちの類を云あまつらと云ハ入籠ばち也

かなまり　ひさけ也　入たる　何にても入たる也

かりのこわたる　此ハたゝ鴈の事也こゝニ心なし

〔五〇段〕　むしハ

おにのうみけれハ　戯言也　ほとめきたる　ほと〱と鳴也

はへ　蝿也　人の名ニ付たる　人ノ名ニ付たるハ希成心也蝶なと云名あり蝶丸今も世間におゝし」(28オ)

〔五一段〕

七月はかり　同段ノ并也如此類おゝし其まゝおもひよりたる事をかけり

〔五二段〕　にけなき物

しらがみたるかみにあふひ○《つ》けたる　白髪めきたる髪にあふひ付たる見にくし小児なとにハ似合たり白髪にハ不似合也

はらたかくて　はらみたる也　あばき　散也　しゐ　椎也

ゆけひのすけの　六衛府ノせうノ惣名を云靫負ハ人なとをとかめありく役人也さある故ニ忍ふ躰ハあしき也

やがう　夜行也　又人におちらるゝ　ゆけいハよこめのことく人をとかむる故也　けんき　嫌疑也」（28ウ）
六位蔵人うへのはうぐわんと　是も夜行するハあしき也六位蔵人をうへの判官と云也　おもたげに　蔵人のはかま也
さかしら　さかしけ也　わきあけ　常のより袖のつけめのぬいめをたかく上へあくる也
ねすみのおのやうにて　糸をほそくして袖のつけめのわきあけをとちつくるを云也　念して　かんにんして也
〔五三段〕
ぼうたち　堋《バウ》アツチ也持てありく也今ノ楊弓ノあつちに似たりと云々禁中にてハ弓ノ時いつもかくのことし
〔五四段〕
むな車　空車也人ノ不乗車也
物かたりする　小児ノわけもなくう〳〵と云を今も物かたりすると云也」（29オ）
〔五五段〕
とのもり　女官くつとり也　下女のきわハ　下女ノ装束よきハ似合ぬと也
からきぬ　からきぬをハとのもりは不着也
さうざし（ママ）　さう〳〵しきと云詞也
〔五六段〕
下かさね　下襲共裾共かく也
〔五七段〕
職の御さうじ　同段なれ共少心かわれり待賢門ノ内御書所ノ南也
たてじとみ　ひらき戸也　両方よりたてしとむ也

頭弁の人　此ハ行成卿也　此段行成と清少納言との知音似けなき也
大へん見えば　釈文ニあり語ノ内ノ事也則（ママ）弁に云かけし秀句也
それさなせそと　是も釈文ノ語ノ内にて返答也」(29ウ)
たゝあり　つくろわさる也　の給　行成也　御心さま　○行成也
常に女ハ　此詞六かしたゝ常に女ハ己か事ヲよくおもふ人ノ間にハ行末ノ事をも分別せすとの心也さしあたり斗也
あふみのはま柳　引哥あり
をそく参らハ　天子へ出仕さし合ありてをそくまいらハさやうニ申上ヨト也
うけひかす　ひもし清
本上　性ノ字なれ共にこらせんためにに上文字をかく也
うへのきぬ　あつくれたる事ト也　式部　紫式部也　宮　后也
とのいものも　夜ルキル衣也　ふたりなから　少納言も紫式部も也
いらせ給ふて　天子へ《ヒ》也」(30オ)
手のさし出たる　木丁ノ手也上ノ木ノわきてへ《ヒ》両方へ出たる也これを手と云　皿手也
くろみたる　行成也行成ハ色くろみたる也　のりたかゞ　是も色くろみたる人也　頭弁　行成也
もろ共に　清少と紫式と也
こなたに　紫ハ行成ノ方へ顔ハひかさりしと也（ママ）
さべく〳〵　左様〳〵トカコツ詞也　かいばみ　はもし濁かいまみ也

〔五八段〕

殿上のなたいめん　同段心かわれり　滝口清涼殿ノうしろにてたれ〳〵と名をなのる役人也公事ノ有とき斗如此と

也四ツ時にハ必公事過故御用有物も理なしニ四ニなれハ禁中よりかへる也蔵人ハ出仕ノモノヲアラタムル役也」

（30ウ）

みゝをとなへ　耳をすましてと云詞也

滝口の弓ならし　夜四ツ時也弓ノ絃をならす也

かうら　かうらんとよむへし　たかひさ　ひさたて居也

たれ〳〵か侍　出仕ノ者を改ル役也滝口ニ問也

まさひろ　時人也此あたり狂言躰也

みつし所　同段少心かわる　おもたな　面棚也

くつおきてはらへをひ　踏（ママ）を上ましき棚へあくる故ニ笑追払也

〔五九段〕

わかふて　同段心かわれり　かたもし　片文字

〔六〇段〕

ずらふ　守領也　すそど　すそのくろくよこれたる也

〔六一段〕

やれなと　車をやれ也　つかひ人　仕人ノ中ニてノ心」（31オ）

〔六二段〕

こひめきたる　媚也へつらふ心　つちにおる　下ニヲル者也

あばきて　ちらし髪ノ心也散　くみて　わかぬる也

かゝへたる　たきしめたる也

〔六三段〕
すわうのしたすたれ　すたれの下にかくるきぬ也其きぬノはしをすはうにてそむる也
しぢ　車ノ榻也なかるゑをすゆる机ノことく成物也
さく　笏也三位以前ハ象牙也又紫檀をも用四位より下ハ白キ木也飛州ノ位山へ此木きりニつかわす也
つほやなくひ　常ノやなくひ也
くりや女　火所ニてつかわるゝ女也」（31ウ）
〔六四段〕　滝ハ
法皇　寛平也　とゝろきの―　熊野にあり
〔六五段〕　はしハ
あさむつのはし　越前浅生津《アサウヅ》也ウトムト相通也
なからの―　津　あまひこの―　未勘
ひとつはし　何方に有てもひとつはし也
うたしめのはし　未勘　おかはのはし　小川也何方ニても小川也
おのゝうきはし　未勘下同
〔六六段〕　里ハ
夕日のさと　以上未勘　なかゐのさと　難波」（32オ）
つまとりのさと　未勘
〔六七段〕　草ハ
をもたかも　面を持あけ心あかりたる名かと也

ひろむしろ　今のひる莚ノ事也　蛇床子也
こたに　是ハすむ杜丹の類　くだにハ濁同心也又かたにと云もありいつれも一類なり
あやふ草　寓也ねなし草ノ事也　いつまて草　壁生草
いしはハ　白土也　ことなしくさ　忍ふ草ノ事也貫之引哥アリ
しのふくさ　此忍ふくさハことなし草も同事也しかれ共詞ノ面白を用いる故二色ノ如くかけり」（32ウ）
はまちの葉　浜に生ル茅かや也
まろこすけ　すけノ内に有之也　こまあられ　如此名ある草もあり　ならしば　平等《（ママ）》に生たる芝也
物をしつけなとして見るも　物なと書付ル事也
よもにいみし　如何様にしてもよきと也
やまゐ　やまニ生ルゐ也
（以下四行分　空白）」（33オ）

清少納言枕草子　二

〔六八段〕　集は
古万葉集　六集之内に一部古歌集アリ其故ニ如此云なり
〔六九段〕　歌題は　物の名也
みやこ　都也題にハ未見　こま　草名　おもたか　哥題未見

し　山しと古今にハ出たり山にあるハ山しと云しのねなと常にいふ也
〔七〇段〕　草の花は
なてしこからのハさら也　太和《ママ》なてしこハうす色からのとは石竹ノ色ノこき也」(33ウ)
かまつかの花　今のがんらい草の事也
かるび　藤に似たる也　ぬかつき　是ハきぬノ事也
あしのはな　信濃ノみさ山祭ニあしのほニて幣をつくる也七月廿七日　水のつら　葦水辺故也
こひろきたてる　場ひろくたつ心也こもし無心
おりもてそ見る　此引哥未勘　さうひ　薔薇也
くろ木ノはし　皮つきノ木也　はしハ階也
〔七一段〕　おほつかなき物
女おや　山こもりの行人の母おや也
物いはぬちこ　小児ノ躰也　そり　反字」(34オ)
〔七二段〕　たとしへなき物　似ぬ物ノ事也
〔七四段〕
やそよろつみなあけなから　何方をも取はなしたる心也
〔七六段〕
けせう　怯也　打なかめて　こゑなともなかく引心也
ほんなうくなふ　煩悩苦悩也　雨降ぬへし　伴僧ノ詞
〔七七段〕　ありかたきもの

人のずざ　従者也　よきそうし　双子也これハ帋ノ事也但又本ノ事ニ見てもくるしからす
つかひよきずんぎ　云やすき語ノ心也　すんき　吟義也
かいねりうたせたる　かいねりハのしめの事也のしめハぬきを練也すゝしハたてよこ共に不練　うたせたるとハ織
　らする也」(34ウ)

〔七八段〕

ほそとの　小板ノおく也御殿ノ名也　此御殿へハ大かたのものハ入事不成清少ハ此局に居也
かみのこしとみ　うへの小蔀也　のほりゐたる　座敷へ也
わらひなともせて　天子ノ御座へちかき故也ひるなとも不由断也
とまりて　履音絶し也　きぬのけはひ　そよ〳〵とする也
かけなから　○《戸ノ》内より也蔭也　こゝへとしも　し文字やすめ也
いるへきやうもなく　大勢故也
いとあをくおかしけなるに　是ハ文章也少アタラシキハ青心もあるへし
木丁のかたひら　冬ハ二重也二重ニてもかたひらと云也
なをしの　袍うわぎ也常ニ着する也束帯ノトキハかわれり」(35オ)
あを色なとにて　木ノ葉色浅緑也　うけばり　承張也
そはませてえたてらす　蔵人うけはりても少おそれたる也
袖うちあわせ　手を拱する也
またさしぬき　上達部也中納言以上を云
すををし入て　上達部故おそれもせず也

もかうのしもハたゝすこしそある　みすノ事也ほそ殿ノ板敷ひきゝ故也　あたりたる　みすのあたる也
みしかからん　爰は肥たるものに可見

〔七九段〕

でうがく　試楽ト同試楽よりハ少調ル心ありならし也清涼殿ニていたす也　なが松　続松也松ノほそくわりたるをとほす」（35ウ）
ひき入て　手をさしあけかほ引入こしかゝめたる躰也
おかしうあそひ　調楽ノとき也
日のそうそく　束帯ノ事也なふ《ヲ》しハとのいすかた也
しのひやかにみしかく　先おふこゑのみしかき也
つねに似す　細殿ニての事故常よりハおかしき也
あけてかへるをまつに　夜ノアケテ也帰らん時分ト思ふ心也
あらたにおふる　催馬楽ノ詞　このたひ　暁ハ前よりおかしき也
すぐ〳〵と　暁かへりさまノ事也
わらふをしはしなといへハ　女共ノいんきん成躰とて笑也又されたる女共の少留る也」（36オ）

〔八〇段〕

しきの御そうしにおわします　職ノ曹子也東宮ノ也
もやハおにありとて　職ノ母屋也ひろくすさましき也
またひさしに　孫廂也　このゑノ御かと　コントはねてよむへし御門也外がわノ門也
みしかけれハ　先を少おふ心也

おほさきこさと《(ママ)》　追前也　是さあと云心也
きこしめし　東宮ノきこしめす也　　御前　東宮也
うへなる人　殿上ノ人共也　　ゆけハ　少納言行也
あにとずんして　何やらんとの心也
月見給ける　女共少納言へ月なと見るかと云かけし人モアル也」(36ウ)
まかて参り　退出也

〔八一段〕　あちきなき物
人にいはれ　何角と人にいわるゝ也
おやをもうらめし　宮仕に出したる故親をもいらぬ事をして出せるとうらめしくおもふ也
しぶ〳〵　上の宮つかへ人ノ事也

〔八二段〕　いとおしけなき物
人によみてとらせたる　人に代てよめる也
人えんといはすれバ　我かたへ也

〔八三段〕　心ちよげなる物」(37オ)
うつゐのほうし　唯杖をつきたる法師也卯杖と云事ばある故にいゝかけたり
神楽の人ちやう　楽人の内の役人也公事根源に有地下也其時分うけはる躰故也
御りやうゐの馬おさ　祇園会也禁中より馬を出し給ふ也
ふりばた　棒《ボウ》ふり也本ハ旗ヲ付両方ノ人をせいする今ハ棒斗也

〔八四段〕　とりもたる物

くゝつの小鳥　こふちの事也

〔八五段〕

宮　東宮也

ゆゝしき　おそろしき也下同之　此所ハ会を取持心あり」（37ウ）

そうのこと　此《今》《ヒ》のこと也きんと云ハ別也　大和ごとハ　和琴ノ事也

大納言殿　たれ共なし　物かたりする事　此古語未勘

かくれふしたりし　仏名ノとき也　御こゑ　大納言

〔八六段〕

頭中将　行成也　いゝおとし　清少を態と空言ニいひくたす也

くろど宣ひわたる　行成か黒戸ノあたりを何角といゝわたる也

つこもり　晦日也もこり共用之

御物いみにこもりて　天子ノ御とぎに也　さうさしく　さう〳〵しき事也　物やいひに　行成より也

にくゝして　まいりにくき也　夜のおとゝに　天子いらせ給ふ也

へんをそつぐ　へんつぎノ事也韻々ノ字をへんニてもつくり」（38オ）にてもかた〳〵つゝ見せていわする事也

あなうれし　清少へ何もの女共ノ詞也　おわせ　女ノ所へ也

なにしに　下に清少居たるに何とて殿上迄のほりたると云詞なり　すひつ　火鉢ノ事也

殿守司　いふて来ルもの也踏とりノ役女

人つてならて　清少へ直にいふ也　たちかへりて　殿守司也

くいの物かたり　悔しき心いらぬものかたりをしてと也

さまにもあらさり　よのつねの様にも也
らんせいの花のとき　行成手也　御前　東宮也
になく　無二也　せめまとわせハ　主殿司也」（38ウ）
草のいほりを　廬山雨夜草庵中をよめり
つほねに　清少かつほねへおるゝ也
源中将　時の人也これも少納言へれんぼ也
なとてか　少納言詞
人けなき　草の庵ハ禁中にハあらしと也
あなうれし　源中詞　猶この物　少納言を云也
たえはてゝ　行成ノ詞を中将かたる也行成と少納言との間也
さためきりて　今宵納言か心を見切て定んと也
袖をとらゑて　少納言か袖を殿守司かとらゆる也
とうざいをせさせす　いやおふいはせぬ心也」（39オ）
をめけハ　ほむる心也　これかもと《上句》　草の庵りノ哥也上句也
いとわろき　清少詞　修理亮　スリノスケトヨム清少か詞
いみしきよろこび　清少を人ノほめしを修理悦て来也
うへにや　上局也　清少と修理と中絶也修理哥ぶたしなみ故也
いでまことに　修理詞　頭中将　のもし不入行成也
なか〱よかりき　あしき返事よりハなきかましと思ひしと也　修理か心中也　かくぶん　学問也

こと又　異也別に又也　　けにあまた　清少詞
此いもうとせうとゝいふ　姉《アネ》なれ共女はいもふとゝかく也
まづと　先也東宮より也　　参りたる　清少也　　うへ　天子也」（39ウ）
袖木丁　三尺ノ木丁也　　思ひなをり　行成と中なをり也皆いつわり也　　宮は東―也　　御とも　清少

〔八七段〕

かたのふたかれハ　禁中へ也
たかへになん行　主宿より方のあしき故よそへ行也
局に　梅つほ也
みくしけ殿　御櫛笥殿也貞観殿ニアリ此殿ニアル女御也又匣殿共かけり　　おりたれハ　梅壺へ也
夜いみしう　清か内ノモノ清少へかたる語也
うらてね　返事する事をうらでと云也
うへにかたらハ　少納言を内ノモノ、云詞也行成如此来りたりと内」（40オ）者《（ママ）》へ少納言へ云しに也　　心もとなの　少納言
うつゝなん　心ならすみくしけ殿へ行し也
そこにて　梅つぼの東面をさす也　　つほね　梅壺也
心どきめき　清濁両点　　めてたふそ　行成
さくらのなをし　桜色ノ袍也わたハ不入うらハつくる也ひとへといへハひとへのなおし也　　けうら　軽羅也
藤の折枝　八藤ノ丸也藤ノ丸をくさり〳〵する紋と也
おりみたし　織紋也　　紅の色　装束共ノ色也

うちめ　のしめ也　装束ノカサナリタル色々を云
せばきまゝに　東面ノ所也」（40ウ）
かたつかたハ　かた〳〵ハすのこにあしをろしかた〳〵ハ上へいざりのりし躰也　梅ハ　梅壺のむめ也
おちかた　散方也
すの内にまして　少納言すの内に居ルにそばよりわかき女なとあらハ猶おかしかりぬへきと也
いとさだすき　自身少納言か身の上を云也
我にハあらねはや　うへかみ也かづら也
わなゝきちりぼひて　ちゝみぼゞけたる躰也
おほかた色ことなる　うへかみト我かみと也
あるかなきか　そゝとよこれたるきる物ノ躰を云也
あはひも見えぬ　色ノ事也　など　にてのてには也心ニこめたり」（41オ）
おはし　行成御出を云　もゝ　裳も
うちきすがた　不断躰を云少納言也
しきへ　職ノ御そうし　行成詞　あしたはてゝ　夜中ニ来レト也
西の京より　此方へかたたかへせし也
けしきいでの　気色ノよそおひ也　さる物　ねをひれ物也清少詞也　しばし　行成
出給ぬ　職へ此所へハ東宮なとの外ハむさとえ行ぬ也
おくろかた　ろニ心なしおくの方ノ心也
見いだされたらん　内よりみバ少納言かたちあしき故外ニよき人ハあらしと思はんと也」（41ウ）

参りぬ　職へ也少納言　御まへ　東宮一条院ノ也東宮ニてはてたまへり　物かたり　双子也
すこしなかたゞか　古物かたり也此少シハをとりまさりの詞ニかけて可見　まづ　東宮ノ詞
わらはおひ　幼少よりノ生たちを云
せちに仰らるゝそ　そは衆より清少へ云詞也
なにかハ　少納詞　いとわろき　そは衆ノ詞
なかたゞか　清少を指　いふに　少納言を云
このこともと　此物かたりはしめより也　ひるたゝのぶ　東宮の詞時ノ人也宰相　見ましかバ　此物語也
仰らるゝ　東宮　あらまほしうこそ　爰ニたゝのぶをいつ」（42オ）よりもをき度おもふト也
まづそのこと　行成ノ夜中ノ戸をたゝきし事なと東宮へ啓する也　物語　此なかたゝ物語ニ也
ありつる事　行成トノ事ヲかたる也
誰も〳〵見つれど　行成との事たれとみれ（ママ）共少納言かことくハゑ見じと也　いと　糸也　はりめ　針目也
西の京といふ所　行成此所ニ方たかへせし也其所ニテも行成のうつくしき躰を見てうつくしくおもわん也
宰相の君　女房也　宰相も此西京をしりし也
かわらの松　瓦ニおいたる松也朗詠ノ古詩ニもあり」（42ウ）
いみしうめてゝ　清少納言此語をめてゝ也　西のかた　清少又詩ノ語にて返答　おかしかりしが　此迄ニて職
　ノ曹子ノ事ハすむ

〔八八段〕

さとにまかで　清少か里也　是より後ノ事也
殿上人などの　清少方へ殿上人あまたくると名ノ立也

心に引いりたる　自身清少言（ママ）あまり内気物ニてなきほとニと也　さいはん人も　左様ニ云人も道理ト也
くる人　里へ也　なしなど　無也留守トハイハレスト也
かゝやきかへさん　けやけく云てかへさんと也　さこそハ里へ也
げにあれバ　里へ大勢来ル也　此たび　里へ少納言也
つねふさ　時ノ人　なりまさ　同上」（43オ）
左衛門尉　前ニ修理のりみつか事也清少納言弟　左衛門尉ニ修理兼官也　いもうとの　少納言　宰相中将　時ノ人
たいはん　台盤也くひ物をおくすへ物也くい物ヲ入物一色ニ入て又よの物も《ヒ》へ入ル事不成すゝりを箱ノふたと号てハ其ニ入ルト也又帋ニてハ包飯も莚ニつゝむと云也
ちうげん　中言ニ也詞ノ中ニ也　わらひなぎ　つよくわらふ也
めのありし　若め也　さらに　清少か詞也
なきこへ給ひそ　た《ヒ》ひれニも里へ下りたるを云ソト也
ひさしく　ひさしうとよむへし《夜いたく　うとよむへし里へ也》○上ニいたくなとよまゝ（ママ）下はいとうとよむ下ヲイタクトヨマハ又上をうとよむならひ也」（43ウ）
とをからぬ　小家故間のちかき也
たきくち　夜ル左衛門ハたきくちをつかふ也
左衛門のかみ　のりみつ也
みと経　禁中ニアル経ノ行ノ事也　なんどや　や文字ヤスメ
きかせ奉るべき　あり所きかせ申さんかと也

めを一寸はかり　若め也初ノコトクニつゝめと也めをつゝむはないひそと云心也　　のちにきく　のりみつニ宰相かきく也　　さいなむに　宰相のりみつを也

めばしをつゝみて　めのはし也　　とりたかへたる　のりみつか詞

心得さりける　のりみつ也　　ある　あるにと云てには也」（44オ）

かつきするの哥　少納言哥　　つき　いつれも清也

扇かへし　哥をあおぎかへして也　　かたらい　兄弟也

文おこせたり　のりみつか方より也　　びんなき　御気ニあはぬ事有共ト也

よそにてもさそなとハ見給へといひたり　左様成弟有しト見給へト也　　をのれをおぼさん　のりみつを也　をのれをのれとおぼさんと也　　今ハかぎり　中絶　　さること　哥ノ事也

よみて　物かたりニてハよみてを見ともよむ

くつれつるの哥　くつれる也中絶也　　いもせの山ハ　兄弟ニ云也　本哥ハ逢もあわぬもよしと也是ハふつと逢にしノ心也」（44ウ）

誠に見ずや　此哥をみもせまじと也

にくゝしてこそ　元輔か子ニ哥よまぬハ似合ぬ事と也

〔八九段〕

はなたる　なく也　　まゆぬく　是ハ不審

〔九〇段〕

その左衛門ノ陣　此前にある月夜ニあそひしト云事アリそれをかき出たり　　あさほらけ　左衛門陣ノ事ヲ云

いかでさつれなく　職ノ東宮より也　　ふりて　里ニ長居する也

いみしく　里にてよき事有にやと也
かしこ　面ハ□□《（ムシ）》也　わたくしにハ　内証ハ也
いかてかめてたしと　里にてはか《ヒ》た《ヒ》し《ヒ》一たんよきト也
中なるをよめとハ　中絶て里よりこぬを也よしと也」（45オ）
きこゑ　東宮へ也　たちかへり　東宮　いみしくおもふ　腹立也
たかおもてぶせ　中絶ルハたれか為ノ面目ゾト也
よろしから□□《（ムシ）》　大方ノ事ニてたにかたしけなきと也
ましていみじく　是ハいみしくとあり共迷惑ニ存也
あるもし　文字也文の詞也

〔九一段〕

不断の御と経あるに　禁中ニても斎宮ノことく内七言外七言忌也　ほぞ　本尊也
さらさる《（ママ）》こと　いつもの事ト也今さらニハナシトノ心也
ゑんのもと　職ハ外重也たれ人も庭へハ行ト也
御《ヲ》仏供《ブク》　いらへ《ヒ》ふ　法師共也」（45ウ）
かりばかま　つねのはんはかま也　俗ニ着する也　つゝとかや　たゝ竹ノ筒ノ事也　下五寸はかり　みしかき
躰を云也
はなやか　云こゑ也　とり申侍れと　仏ノ御仏供ノ事ヲ云ト云心也
そへこと　たとへ事也　まろハたれと　小哥也
これかすへ　哥ノするゑ也　又男山の　哥也

かしらをまろかし　ころはし也

是に何と　是にハ何もとらせしと也　　きかせ　東宮

しろくて　東宮はしろきをめす也

ならひたる　此度のハ馴て也　　ひたちのすけ　小哥ノ殿ニ異名をひたちと付也」（46オ）

右近の内侍　翁丸ノ犬ノ奉行也如此ノ物ヲ聞度かる物と也

参りたる　職へ也　　かゝる物なん　ひたちのすけを也

こ兵衛といふ□□《（ムシ）》女也　　御とくい　徳意馴ル事ヲ云少納言云詞也　　ふしおがまん　拝みたる也

されとよし　さまよしと也　　見えぬハ　ひたち也

さふらひめして　そこらニ居侍を也

宮つかさ　東宮ノ大夫ノ下司共也　　所ノ衆　蔵人所ノ衆也

とゝめよ　官をやむる也

一つゝとり　二ゆひのきぬを何も一ツつゝ取也

こしにさして　巻物ハはかまノひもなとニはさむ也せんじノ類也」（46ウ）

かたえ　少々也　　いつまて　雪山也

この比のほとを　年内ノ日数をも四日五日六日なと云事也

十五日　もちとよむへし

しら山の観音　越前也　　御使　禁中より東宮へ也

こきでん　女御　京極殿　関白道永也

こゝにのみの哥　東宮　人にを　てにハノおもじ也

いみしくきよく　大方ノ哥ハよましとてかと也
なかやかに　こゑをながやかに引て也
うらやましの哥　かたわ物ゆへ也
まめも見いれす　まむきにも見不入也」(47オ)
つたよひけん　つたひ也　　さふらひのおさ　長也
ゆのはのごと　六位ノ青色衣也青侍も青キ色きる也青女房も同し也
おりに　物をのせたるたいノ事也
斎院よりといふに　賀茂ノ斎院也円融ノ娘也栄花ニ此事あり　　また御とのごもり　東宮也
ごばんなと　碁盤ふまへ物にして也
うずへ《ち》《ヒ》二すぢを　卯槌也ぎつちやうと云小児ノ玉をうつ物也　丅如此　うづえ(ママ)ハしもく杖也　　うつえ　たゝ杖也
山とよむの哥　斎院　卯槌をよめり」(47ウ)
是より　東宮よりのかへしに又斎院よりかへし也
かきけがし　そこなふ心也たしなみかきたる躰也
御使に　東宮ノ　梅なめりかし　紅梅ニ似たるとなり
かづきて　使ノ躰也　　猶いへバ　をの〳〵女房衆也
三日内へ　正月東宮職より禁中へ也
御物はこび　東宮ノ物也禁中へ也　　こもり　こちき也
けすなとにこひて　乞食也　　いらせ給ぬれハ　東宮也
七日　正月七日也　　出ぬ　少納言里へ也

人すまし　住する也番也　おさめなとして　長女也下女也
あくるすなわち　明ル則呼也」（48オ）
にくみはらたゝれて　下女也　いとゝぞ　いとゝくトノ心也
おりひづ　おりうづとよむへし源氏ノよみくせ也
ひともと　雪少斗を一本と云也
うんずれハ　うがる心也　手を打て　口惜禄を取そこないたると也　内より　東宮より也
ほうしのやうニ　づるぼうしとて何ももてこぬ事也
やうちこほたせん　家也　左近のつかさ　左近ノとねり共をいひつかはす也　さはかりの事を　雪を取捨給ふ
故と也
〔九二段〕　めてたき物　愛する事也
かさりだち　こしらへたる太刀也」（48ウ）
もくハ　木也　色あひ　花の色あい也
あやおりもの　地ハあかく紋をもゑきにておる山鳩色と云麹塵ノ事也常ノモノハ不着之
人の子共　良家之子共也　宣旨とて　蔵人
あまぐり　此字日本紀に出大饗ノ時みから《（ママ）》ひの使ニ行也
あまくだり人　天降人也　御むすめ　皇女也
御使にて参り　蔵人右ノかた〳〵へ使ニ参ル也
ゑふなるハ　六位蔵人衛府をかねたり
れしき　礼式　おぼはれ　おもわれと同心也

御文の師　是より別段也　　なおいとめてたき　多クヨムカ猶よきと也」（49オ）

みやはじめ　宮へまいり給にあらす座敷をかさる也俗ニ卅一日めに宮まいりと云ト同　　御へつい　常ト同

姫君なと聞えし　歴々ノひめ君ハめてたきと也

春日まふで　又一ノ人ノ也　　ゑびぞめ　うす紫也

今《コン》上一ノ宮　一条院也　一ノ宮ハ東宮也

御おぢ　祖父也　　との　関白也　　いたかせ　東宮也

〔九三段〕　なまめかしきもの

わらわ女のうへのはかま　つかわるゝ小女也　うへのはかまとハ緋ノはかまの事也貴女ハ白キはかま也

うちかけて　たれぬのゝ下うちかけて也」（49ウ）

むらこのいと　喙木

ひれ　むすひ付たる端也　　五葉の枝につけたる　是もよき也

みへかさねの扇　とちおふぎ也ほねの持所をかみにて三重つゝむ也五重も同也　　くみ　くゝり也

朽木かた　文箱ノふたのゑりたる所を云也　　ひも　文箱ノ―也

もかう　みすの事也

いかりのをゝひつきて　何にてもおもしのことくにいかりニする引つきて也

あやめの蔵人　菖蒲にてはりごしをこしらへ階のもとにならふる蔵人ノやく也　　あかひも　赤紐」（50オ）

ひれくだい　平座也俗ノ座と云ト同

奉るもいみしう　くす玉をくはる也

ひとりのわらは　かこ香炉也

をみのきみ　小忌を着たる君達也うすきすゝし也したてやうあり袍ノ上ニきる也ひとへ也五節ノトキ着之
五節のわらは　舞ひめ也　宮　東宮也

〔九四段〕

かしつき十二人　五節ノまいひめノ事也
みやす所　御息所より出る法はなし
しけいしや《サトヨムヘシ》　淑景舎也　御息所也
やかてはらから　女院ノ舞姫ト御息所ノ舞姫と御兄弟也やかてハ則也」(50ウ)
辰の日　霜月新嘗会ノ事也
青すりのかりきぬ　舞ひめ共にきせ給ふ也
かくして　楽屋にかくす也　やうしたる　善したる也
かたきのかた　敵也あひてのかたハト云心
ゐにかきたり　白キヌニ絵を書
おり物　今一人のかたき也　うへにきたる　からきぬをおり物のうへに着也　わらはゝ　若きハ也
下つかへ　下女共也　をみの女房　二人のまい姫也女院としけいしやと也　をみの君たちハ　是等ハ此役ニつかはるゝ也
五せちのつほねをみなこほち　是ハアクル日也此日より新嘗会也」(51オ) 前は五節ノ日也こほつとハ取はなつと也
あらする　荒かす也　さもまとはさす　さのみ座敷ノ躰をハかへさる也　ほころひ　物見をあくる也
ゆひつゝ　ひろけたる事也　小弁　是ハ五節ノ日ノ事也舞姫也

たゝならず　哥をよむ也

あし引の哥　けさうのうた也　　山井の水　口つから云哥也大かたむかしはかくのことし　後拾遺ニ入

けせう　さわかしき事也

四人はかり　東宮とノ間ニ人四人斗也

つまはじきをして　何とて返歌せぬと皆云也」（51ウ）

うす水《（ママ）》の哥　小弁かへし　む《あ》《ヒ》はにむすへル　うとむする也あはによめる也　　ゆるふはかり　心ノとけたるを云

弁　小弁也　　きえ入つゝ　実方へひそ〳〵いゝつく也

なとか〳〵と　実方也　　おりのほる　内へ小弁か―

いひ入ぬる　小弁へけさうノ人々也

ことにもにず　小弁へ何もりんきする也

舞姫ハすけまさ　舞姫ノ中ニて此両人うつくしと也

〔九五段〕

ほそたちのひらを　是より別段也　太刀也ひらをハ大方ノそへ物なれ共是は別にして前ニ下ルかさり也束帯ノ時下ル也しりかいのこときを三《（ママ）》ニをかする物ト也」（52オ）

〔九六段〕

とのぶりづかさ　とのもりつかさと同殿守司ハきぬかつきハ不成故ニ首を何ニてもつゝむ也

さいで　物ノきれ也手ぬぐひなとの心

そりはし　きざはし也　　もとゆひ　舞姫共ノ也

うへざうし　下仕ノ女房共也雑子也

つかさまされど　うたい物也
ことの蔵人　其日ノ事をおこなふ蔵人也
ちやうだいの夜　五節霜月丑日也五節所ノ張座也こゝへ天子御幸也　あきれて　蔵人
わらわまひ　霜月辰日也　しなんどす　かきならしなんトスル也」（52ウ）
〔九七段〕
ひわの御こと　是もびは也　給はせ　天子也
りうもんに　僧都ノ名也　いなかへし　笛ノ名也イナカヘシト云　僧都ノ君も　いなかへしを名とも不知と也
うちも　のしめ也　はりたる　そめたる也
〔九八段〕
なかはかくし　琵巴行ニかきたる面をなかばかくしたるも如此ハありしと也　心ちもなき　わらふ躰也
つたふる　たれ共なし其人へ少納言也　めのと　天子ノ乳母也
〔九九段〕
けふの日　乳母ノ忌日也　たまはする　天子也
かたつかたにハ　少納言拝領ノ絵扇子也
ゐ中ゐ　田舎居也」（53オ）
あかねさす　扇子ニある天子ノ御哥也
ことはに　哥をことはニ也
えいくましけれ　爰にて少よそへ行かんノ心あり
〔一〇〇段〕　ねたきもの

おもひなをし　後悔して一字二字今ならハ如此かゝんとくゆる也
むすはさりけり　跡を不結也　　との　御堂ノ関白也
しんでん　客殿也　　ふれあそひ　立触遊也
時かはさす　はやくと云心也　　ひらぬき　ねりノ事也
かたみ　片身也　　命婦のめのと　中﨟也
つゞき　次ニ也　　ゆだけ　たゝ身ノたけノ事也」（53ウ）
そむきさま　かへさま也　　御せ　せなかノ事也
聞もいれねハ　清少きゝ入さる也
源少納言新中納言　いつれも女房也
なをし給し　御ぞを也　　よさり　ようさりとよむへし
のほらせ　東宮也
見すましき人　別段也　　はしりもうちつへし　走行て文を取かへし度と也　　なびつ　櫃也なもし心なし
たゝほりにほりて　薄をほる也　　いひ出たり　高慢ノ心也
すのもと　清少也　　しのひて引よすれと　男也
かいくらみて　女也火をけしたる也　　さハよかンなりと　さらハヨキハト也」（54オ）
たゝひとへ　女也　　あやにく　男也　　さすか　女
空ねしたる　男ノ躰　　猶こそ　男ノ語也

〔一〇一段〕　かたはらいたきもの

それハ何はかり　下人なり共《其》人《ヒ》人ノ前ニて不知してそしる也

としう（ママ）　いと〻く也
〔一〇二段〕　あさましきもの
さしくし　かうがい也　うちかへされ　ころへる也
さるおほの　ばかノ類也
てうばみ　てうをつ〻くれハ筒をはなたす其内にもゆたんすれハ相手筒を取也　打ほし　打こほす也」（54ウ）
〔一〇三段〕　くちおしきもの
このもしう　うつくしき也
〔一〇四段〕
御そうし　五月ノ物忌ノ精進也　ぬりこめ　納戸也
七夕のわたり　かさ〻きのはし也
さみたれハとかめなき　五月雨ハ宿直より乗てもくるしからす
四人　皆女也清女も此内と也時鳥き〻に行也
うらやましかり　余の女共也　今一　今一輛也
仰らる〻　東宮より也　き〻もいれす　少納言也
むまばといふ所　馬場也左右近ノ―也
てつかい　馬手つかい五月五日也　ま弓　た〻弓也」（55オ）
車とゞめ　清少也
みなつき給へる　おと〻やと云所へ来り見物也　かけよと　車ヲ也
みくりの　くりや也　御前　東宮也

くるべき　引うすノ事也　　小屋　小家也
かけば　かけばんノ事也　　見いるゝ　清少をふるまふ也いつれもくいものを見入もせぬ也
家あるし　妻ノ事也あきのふか妻也　　いとわろく　妻ノ詞也
せめいだし　客人よりふるまいをこひ出し給はん物をと也
つきなみ　しらぬかほノ心
れいのはいせん　清少　陪膳を《は》《ヒ》禁中ニてまいる膳也」（55ウ）
なかき枝　卯花也　　さゝせ　車にさゝせたる也
こゝまだ　卯花を今少させと也
人もあわなん　歴々ノ人も也　　ちかう　都ちかく也
いはせたる　侍従へ清少より也　　あか君〳〵　清少をさして侍従也
さふらひ　侍所也　　まひろけて　取ひろけて也
道のまゝにゆひて　おびを道々しなから也
しは〳〵と　侍従おふ事也　　ともに　清少か内者也
やれと　車ヲやれと也　　あつ（ママ）ちまとひ　ありきまとふ也
うつゝの人　侍従也　　猶おりて　清少ヲ也
御前に　東宮也　　土御門　やねなし」（56オ）
いかてかへらん　侍従也　　あういかん　かう也如此ト云ト同
いとすさましけれ　帰様ニハ雨をめいわくと也来さま清少を追付て来たる故也
とりにやり　冠ヲ也　　引いれつ　車ヲ引入也

一条より　侍従かやとより也　　参りたれハ　　しきへ也
口おしの　東宮ノ詞　　いかでかおかしき　清少此とき哥不読故也
の給はすれハ　東宮也　　げにと　少納言也
いひあはせ　傍輩へ清少相談也
卯花のうすやう　卯花ヲノリニテ帋ノコトクニツグト也
時鳥の哥　侍従清少か方へ也　　君　清少を云也」（56ウ）
宰相ノ君　清少と同車ニ乗て時鳥きゝに行し人也
そこに　清少ニ也　　たゝおろしに　こうしを也
しとみ　かうしノ上へ又しとみをかくる也
とりかゝるほどに　使かへしをいそく也
神のこと　雷ノ見舞ニ東宮へ也
人はたさして　清少か方へとも右の哥さしてのたまはねハかへしもせぬと也　　とうして　てにはト也
いきたりし　時鳥きゝに行し也
そのきたりし人とも　清少東宮へ郭公きゝに行し事をかくす共其時ノ人々□《（ムシ）》でいわさらんと也」（57オ）
されともさせしと　如此あ□《（ムシ）》うたよむましきとノ心歟トテ東宮ノ腹立也　　物しけに　腹立也　　おほしめし
　東宮
との給　宰相也　　きかせ　東宮也
したわらひの哥　春宮
もといゐと　哥ノ本ノ句をいへと也

時鳥たつねて　清少也
かけつらん　かこつけたる也うそをついて顕信が方へ行しと也
この哥　このもしハてには也
え候まし　ゑよむましき也
は（ママ）ハいへど　哥ノよきハ尤先祖ノよき故と也」（57ウ）
さいそ　最初也　なき人　先祖也
心にまかす　清少也　かうらん　哥を―也講覧也
内大臣　時ノ内大臣也其時の哥ノ奉行也　宮ノ　東宮
物けいし　清少也　ことやうなる事　内大ノ詞
なとかハ　内大東宮へ申上る詞也
きよう　しらすかほしておる也
いさゝかなる　清少へ東宮より也　おとゞ　内大臣也
これよりぞいでまふで　清少か方より也　いでしハ　哥を申上んと也

〔一〇五段〕

ものをなげ　東宮也　思ふへしや　一トおもわんか二ト思はんかと也
第（ママ）ならすハ　第一か第二□（ムシ）心也　とはせ給へり　如此書て問○《ハセ玉》也」（58オ）
あしうせられて　これかましと也　あらじ　不入ト也
一乗の法　無二ノ心也　下品　下品と云共足ぬへしト経ニ有ト也
むげに　東詞　くんし《ツトヨムヘシ》にけり　屈シニケル也

いひそめつる　哥ノ事也よみはしめたらハ後迄とゝきてよめと也
人に　少納言詞　　それか　東詞
〔一〇六段〕
中納言殿　是より別段也　たか家ノ中納言也　　御扇　東宮へ也
たかいへこそ　たか家か詞　　ほね　扇也
さて扇の　清少わきよりの詞也　　くらけ　骨みぬノ秀句也
これはたかいゐが　たか家か骨故よき秀句あり我ニせんと也
かやうの事　かうやうと可読　双地也　　おとしそと　此双子ヲ」（58ウ）東宮よりノ仰也　　御使　天子より宮へ也
〔一〇七段〕
常よりも　使ノ辞義也　　わらひて　使ノ笑也
あしかたつきて　雨故あしぬれたる也
なとけんぞく　清少詞也秀句也けん属ニ足《ソク》ヲ籠たり
これハ　使詞也　　御まへ　清少を云　　ゐの給ハ　清少秀句ヲ也
あまりなる　清少詞　　おほぎさい　円融ノ后也
それはときかに　ゐぬたき詞　　ときか　時々ノ心也
かたきに　敵たゝ相手ノ心也　　えりて　撰也
時かゞといはせたるなり　いぬたきに時かゞ秀句をいわせたるに可見　　題いたし　出し様次第ニ秀句出来ルト也」（59オ）

げにさること　清少詞　　いとよき　使ノ式詞
御だいハ　宮より題を出し給也　　あなおそろし　使式部也
かんなも　はねてよむへし　　かくして　如此にくるト也
つくも所の別当　おりだいの物なとする所　此人ハ不知
物のゐやう　何にてもかた成へし
やうもじ　様文字也　此字ニ付て秀句後ニアリ
これがまゝに　様文字ノマヽ本ノマヽノ心也
殿上に　別当所へ也

〔一〇八段〕

しけいしや　又前ノ事也東宮ノ内也
正月十日参り給て　しけいさノ所へしけいさノ君行給ふ也
宮の御かた　宮よりしけいさへ也　　宮ノ御かたニ　又東宮へわたり給也」（59ウ）
女房　東宮ノ也　殿　御堂関白　　うえひと　関白ノ御内
参り給に　とうくはてん也
しけいしやハ見奉り　清少納言ニ見たる歟と東宮ノトイ給ふ也
尺ぜん寺　ほうじやう寺ノ内ニ有也
こうばいノかたもん　色也綾ノ如おり付ノ文と也
みへぞ　三重也　　こきゝぬ　是ハ緋色ノこき也紅梅ハうすし
いまハ紅梅　時分二月故也　　あはぬ　はへあはぬ也

猶ことよき　こと成よき人も如此ノヲキタラハトノ心
いさりいで　宮　　うへハ　関白ノうへ也内義ノ事也
女房ノもなめり　常ノ女共ノきる心歟　　も　はかま也」（60オ）
はりたる　そめ物也　　御ひもさして　上ひもかたニつくト也
彼御方ハ　しけいさノ道具おく所也
もて参るめり　とうくわでん也宮ノ方也
からびさし　からはふノ類ト云也　　かざみ　女ノ装束也
御おくり　しけいさを也　　とりつぎ　道具共を也
北野ノ三位　不知人　　此御方　しけいさ也
くんたい　まへたれノ類也　　からめいておりし　みなれぬ心也唐也　　蔵人共　女也
まかなひのかみあげて　はたらき手也髪ヲ供《(ママ)》仕ノトキハ巻あくル也
かくれみの　清少納言也　　きぬノすそ　清少が也」（60ウ）
たそやか　かもじやすめ字也　　申させ　東宮也　　あな　関白也
かれハふるきとくい　物馴たる心也　　むすめ　関白ノ也
あなた　関白ノうへなと也　　かたつかた　しけいさ也
さるがうこと　されこと也　　大納言殿三位中将　関白ノ也
松君　是ハ大納言ノ子也　　御使ニ　天子より也
おものやとり　御膳也　　御返し　しけいさより也
このうへ　関白ノ也　　宮　せうとう門院也　　御返しはや　東宮也

なにかし　関白也　宮　上ニ同　もゑきの　使へ引出物也
くるしげに　ちかよりノ少将也　宮ノ御《ミ》子　上東門院ノ王子也
いまゝて　照東門院今迄御子なきと也」（61オ）
ひつしの時はかり　別段也　天子ノ事ヲ云
えんとう　前ニありこもを敷事也　いらせ　天子也
宮　前ニ同　らうめんどう　廊馬道也わき道ノ事也
くた物さかな　取よする也　おきさせ　一条院也
みうちき　天子ノ御かみをゆふ也　殿　関白也　大納言　関白子
のほらせ給ふへき　上東門院天子へ也　申させ　上東へ内侍ニ也　しきりニ　しけいさへ也
女房　照東門院へ也　東宮ノなとも　是ハしけいさ也
まづさハ　照東ノ詞　かの　しけいさ也

〔一〇九段〕

殿上より　別段也　その詩　梅ノ詩也　うへ　天子也」（61ウ）

〔一一〇段〕

かうして　伺候也　公任ノ君宰相―　一人ノ名也
見れハ　清少也
すこし春あるの哥　清少へ公任より也
たれ〳〵かと　清少使ノ殿守司ニとふ殿守司たれ〳〵と答也
御前　東宮也　御とのこもり　上同

これかこと　此上句ノさたを也
猶ないしに　清少ヲ内侍ノ官ニ也
〔一一一段〕　はるかなるもの
はんひのお　はつひとよむへし半臂也装束也おハおゝく入もの也　御誦経　御ときやう也」(62オ)
〔一一三段〕
まさひろ　前ニ有し人也　さゞらん(ママ)　さそあるらん也
ことはづかい　まさひろ也　とのゐ物　番ふくろ也
あなにくの　まさひろか詞　まめやくへき　せはしき心也
いひさけ　飯酒也　御使ニ　まさひろ也
それかれ　まさ広也　ぬる人共　寝ておる人斗前ニハ有ト也
人まニよりきて　人無時ノ事也
わか君　清少をさして正広詞　さしあふら　つき油也
つる　油つきノ也　きゆたれ　消る也
したうへハ　下土器上土器也　つきてゆく　打たをしてかへる躰也　頭　蔵人―也　ひともり　一握也」
(62ウ)
こさうし　小障子也　やおら　そろ〳〵也
〔一一四段〕　せきハ
衣ノ関　くき田ノ関　たゝこへの関　未勘
なこそノ関　いわきニ有之な来そノ心也

〔一一五段〕　森ハ
うつきノ森　きくたノ森　くろつきノ森　立聞ノ森
かたもゐノ森　たれその―　かうたての―　未勘　　かうたてノ森ニハ木一本ありと也
〔一一六段〕
卯月ノつこもり　清少か思ふ事を何となくかき付たり
わたり　わたし舟ニて也　　ちあさき　ちいさき也」（63オ）
〔一一七段〕　湯ハ
たまつくりノ―　未勘
〔一二〇段〕　かきまさりするもの
冬ハいみしうさむき―　夏冬ハくるしきもの也絵ニかきてハ見事也

（五行分　余白）」（63ウ）

（第二冊）

枕草子　　坤（改装表紙　題簽）」

山鹿高三手元より借用（見返し　貼紙）」

（本文）

清少納言枕草子　三

〔一一三段〕　あはれなるもの
みたけ　吉野也　さうじ　精進也
いでゐたらん　精進する所へ出て行也
ぬか　拝する事也　むつましき人　女房なとが也
おもひやる　清少かおもひやる也　まふでつき　みたけへ也
ゐほうしの　ヱホフシノそゝふ成をきて御嶽へ参詣也
いみしき人　貴人ときこゆれと也
あちきなき事　無道ノ心也筋目もなき心也
たゝきよき　信賢か詞也　あしくて　悪衣ヲ着て詣よ」（1オ）と御嶽ハのま《タ》はじと也　たかみつ　とのもの
すけといへり
すりもとろかし　会《（ママ）》をかきたる也　すいかん　うへニきるひとへノ物也
かわりになりにしこそ　筑前守と云もの死したるかわりに信賢なりて行也
げにいひけんにたかわす　好衣きたるとても何ノ悪事もなくふる仕合に成也　子いだきて　ひよこ也
せくかたありて　親が制して自由ならぬ也
くろききぬ　よこれたる衣也　とし打過し　老過たる也

〔一二四段〕

つほねなとする　おる局を調る間待ておる躰也

くればし　坂にて段々にきさはしノやうニしてあかる也」（1ウ）

たてる　車を也　　おびばかり　衣も不着びやくゑノ躰也

いさゝか　坂をあやふみもせすつゝしみもなく也

倶舎じゆ　経ノ論也　　我かの　清少也　　たゞいたじき　法師也

おもひたるもおかし　俗ハ馴かほに自由に歩と也

つほねしたり　内者か局こしらへたりと云テ也　　おろす　車より也

かへさまに　つぶりにきたる衣ヲカヘサマニ也アハツル躰也

ふかくつ　足一盃ふみ込くつ也　　はうくわ　履ノ名也

らう　廊也　　すりいる　はいて行おと也

内外なとの　禁中へもつかわれ又外へもありく也自由ニ番なともせぬ者共と也　　家子　右ノ若男ノつれたるもの也」（2オ）

そこもとハ　いやしき所ぞと家子か若き男へおしゆる詞也

あかりたるなと　たかきなどあし本を教ゆる事也

さいだつ　先へ行者也　　しはし人の　貴人かへり給ふを過してなとそこら行ものゝ詞

局に行　清少堂ノ内ノ局へ也　　うたてあるに　うたてしき也

犬ふせぎ　仏壇ノ前ノ坂を云上にハこうし有也何かたノ寺にも在之　　心もおこさる　貴心ノおこる也

みあかし　火ノ事也　　常灯　不断不絶灯也

おそろしき迄　殊外もゆる也　　ことにふみを　　幾人もと云心也　手ことにふみを持る心別ニと云心也」（2ウ）
らいはんに　高檀（ママ）にのほり仏を礼拝する所也
ひきちかふ　人ノ多躰也　是ハ取はなちて　何れときゝ分へくもあらぬ也僧ノ願文をよむこゑ也
せめてしほりいだし　高くよむ心也　　こゑ〳〵　願文よむ也
さすがに　おゝき中ニても又それ〳〵ノときこゆるもある也
千だん　だんな共と云心也　　何がしノ　何れノ為と僧のよむ事ノきこゆると也　　出火　火打かくる事也
おかみ奉る　僧也　　こゝにかう　たんなの詞又わきより出て也
いとよく　願文ノ様子を也　　火おけ―　僧より局へ如此物をこして馳走する也　　いぬる　かへル也」（3オ）
たらひの　つのだらいノ角ノおちたるなど也
御とものハ　宿坊より供ノ衆ヲちそうする也
す経ノ鐘ノをと　願文ノかねノおと也
かれをかなへばやと　何事ノ願ぞや彼をよひてやり度おもふ也
日比こもり　清少也　　ひるハすこし　いにしへハ昼ハ静成しが今ハひるもさわかしきと也清少切ニ参詣と見へた
り

かいをいとたかく　ほら貝也法事に貝吹と也
たて文　願文也　す経ノ物　布施ノもの也
どう童子　堂《ドウ》法師ノ心　よぶ声ハ　参詣ノものゝ也
かねノこゑ　経なとよむとき打かね也　いづこ　願文ハ誰ノゾト也」（3ウ）
きくほとに　清少也　名打いひて　参詣ノ者也

教化《キャウケ》なと　左様に祈念してたへとおとこノ頼心也
おほつかなく　左様におもわんとの清少がおもひやりノ心也
ねんぜまほしく　能なれかしとおもふ也清少が心中也
物のぞみ　官位なと也　まうづる　初瀬へ也
おこなひもしやられす　清少人おゝき故ニ也
たゝみなと　敷たゝみなと也みすなとかけてそこらをこしらゆる也　局にいでて　局ノ方から出て也
そよ〳〵と　参詣者そこに居て也　おとなだちたる人　帰る人也
その内あやうし　局ノ内ノあふなき也」（4オ）
はゝなど　子ノ云声を云　是ならん　誰ならんと也
おこなひあかす　僧也　後夜　後夜ノつとめはてゝ也
其寺ノ―　是ハ余所ノ坊主ノこもりたる也我寺々ノ仏経也
わざと―　あまり声だかに経よむはたうとくもなしと也
修行者だちたる　所さだめすありくすぎやうしや也
かほしらで　顔ハしられすしてと也　はた　又也
子共なめり　白キヌ著たる某か子共と見ゆる也
そうぞきたる　装束したる也　わらはなとして　わらわなとつれて也　いねうじ　地走する也囲繞也
かりそめに　別人也　さなめり　たれハたれぞと也」（4ウ）
別当なと　初瀬ノ別当也若き者共也
よひていぬる　又たれ共なし呼ていぬる也

ゑせものとハ　平人とハ不見也仏ノ方見やりもせぬもの共ノ事也
桜青柳　衣裳ノ色也　つき〳〵し　内ノ者共也
ゑぶくろ　こゝハ只絵をかきたるふくろ也今ノはさみ箱ノ類ニしてかたがせありく也男も如此する也上ざしと云ふ
　くろ四角也其四ノすみにかさりニ露《（ママ）》をさくると也
すりもとろかし　絵をかきたる也
花なとおらせて　小舎人共ニ也小舎人とハ童子随身を云
だんくうずこそ　壇供スル也仏ニものをまいらせ奉る事」（5オ）
さそかしと　是にてあらんとおもふ人アリト清少心中
うちすぎて　そこをとおりて也
けしきを見せまじ物を　参詣ノ者しのひたる躰也誰共しられじと也　例ならぬ　常にもあらぬ所也
つかう人ノ　余所へ行て内ノものゝ主にさかいすねたる也
かきもじ　もじる心歟　おなしほど　我と同輩也
そのある人　清少が傍輩ノ中にもあれ共也
めなれて　其ハめつらしげく《（ママ）》覚ゆると也
あめれ　男も如此おもわん也
〔一二五段〕　心つきなき　あしき也
ひとり乗て　男斗也　みる人　如此して見ルハ悪也　ひきよせ　同車也」（5ウ）
かくよひて　すき顔ノ心也如此してある物そと也
〔一二六段〕　わひしげに見ゆるもの

えせうじ　六七月ノあつき時分ニ也是ハきたなけなるうしとはかり可見と云々
はりむ《ム》しろ　雨用意したる車也常ノ外ニ雨ノためにござにてつゝみたる也
いとさむき　寒暑共に老人ハ難義也　くろき　すゝけたる也　ぜんぐう　前駈也車先へ乗て行事也
ひとつきあいたり　一つに出たるとノ心也

〔一一七段〕　あつけなる物」（6オ）

ずいじんノおさ　随身ノ長也　随人ノ内にてノ惣を引まわす者也かちにてあゆむ故也
でゐの少将　出居ノ心也禁中にて仏名ノ時松あかす少将也すひつに松をわりくべて夜一夜僧ノわきにてたく也あかりを見んため也　少将　常ノ少将也
す法の　禁裏ノ法事也

〔一一八段〕　はつかしきもの

夜ゐの僧　終夜経よむ也不寝故ニ何事をもきかんと也
誰かわしらん　さやうニしておるハしりかたき也
同し心に　同盗故也　物けしきばみ　何事ヲ云なと、シツケラシク云事也」（6ウ）
ねぬる後もはつかし　夜ゐの僧へはつかしき也
男はうたて　男ハ女をうたてしくおもふさまなれ共左様にもいわす也右ノ男ノ心《ヒ》とノ内とあるをいゝかへしたり
たのむる　たのもしけなる心　しられたる　女が也
をろかなりと　よき人ハ我が女をもおろかにはもてなさぬと也心の中に何とおもふハしらね共それにてさへはつかしきと也
なさずかし　男か女を也　心ノ内に　心中の外上むきまてはつかしきト也打見るより恥かしき也

かく語おバ　我と自分と也　　我ことを　かたる者ノ身ノ上をさして云
こよなき　よき事そとかたる者おもふ心也」（7オ）
あわしと　いやなるもの也　　おもわぬも　人ノ心をさして云
さすがに　右の哀なる事をも何共不思人をさして也
ことに　是は別人也　　たゝにも　懐姙也
きようして　そこらの事を可然男ノ取まかなひたる也是もはつかしき也
〔一二九段〕　むとく成もの　見度もなきと云こゝろ
ずざかんかうる　わろきものゝ内ノ者をかんどうきふめいする事也　もとゝりはなち　髪をときたる也
人のめ　妻也　　ねたげにもてなし　不知かほして尋もせぬと也
え旅ち《た》《ヒ》ち　其まゝにてよそにも不居也」（7ウ）
心と出きたりすまいぬ　帰りてすまふ心也又男の所へかへり心もとけすしてすまふ心也
しゝまふものゝ　しゝまいノ事也ふくろをかふる也
〔一三〇段〕
修法ハ　此段ノ心一ヶ条に立られす前後ノよせはなけれ共たゝ心ノままに書出せりと可見　修―ハ祈祷する事也法を修する也　仏眼　経ノ名也
〔一三一段〕　はしたなきもの
なきかほつくり　哀成顔付をする事也
八幡ノ行幸　一条院ノ行幸也　　女院　御幸ノ見物也一条院の母公也　　御こしを　一条院のみこし也」（8オ）
さはかりの　ゆゝしき御位にてと云心也　　かしこまり　礼義也

こほるれハ　涙ノこほるゝ也　　宰相中将　御使の人也
御さじき　女院のさしき也　　馬そひ　馬の口とり也
ほそうしたてたる　かる〳〵しき躰也
そはのみすの　御前にハあらじわきのみす也
院の別当　女院の別当也　少別当して申たる也
うちわたらせ　一条院ノとおらせ給ふ躰
よろしきゝわの　大方ノ人だに也　　猶此世に　天子故
かうだに　如此おもふもおそれかましきと也

〔一三二段〕

関白殿　一条院ノ関白也　　おきなおバ　関白ノ詞自身翁と云」（8ウ）
色々の袖ぐち　おゝく居並たる躰也　　御くつ取て　大納言かならすくつをなおす也　　山井大納言　時の人也
くは殿　とうくわ殿也　　御はかし　太刀也
やすらわせ　休居也立てやすらふ躰也
宮の太夫　是ハ東宮ノ大夫也宮ノ大夫といへハ三宮職ノ大夫をも東宮職ノ大夫をも云也
それハゐさせ給まじき　下ニ居事也間か遠故関白への礼義也
ふとゐさせ　みやノ大夫也　　昔の　前世ノ宿世ノよきほとおもひやらるゝと也　　中納言ノ君　女ノ名也　　忌の日　中納言ノ君忌故かくれておると也」（9オ）
くすしがり　くすみて也　　たへ　ゑいと云心也され事也
すくし　宿世ノ事也行末也　　ならんとがる　成たかる也

御宮《前》《ヒ》に　宮也　又めてたく　如此宮ノ被仰が関白より又宮ハめてたきと也
大夫殿の　宮ノ大夫也関白を見て下にゐさせ給ひしと右にありし事を宮に清少か物かたり也
わらはせ給ふ　宮也清少かおもひ人故かへす〳〵か□（ムシ）と笑たまふ也　此後の　後々のありさま也大夫か事也
見奉らせ給はましかハ　見せましたらバノ心也

〔一三三段〕

すいかき　すき垣也　らんもん　門なとをすかしにしたる也」（9ウ）
かいたる　かけたる也　こほれ（マヽ）このりて　破残りて也
いとおもげなるつるに　露おもけなる心也
ふとかみざまへ　露か落て枝のおきかへる躰也　いひたる　清少也

〔一三四段〕

七日のわかな　正月七日也　いふと　何と云名ぞ□（ムシ）納言ニとふ也
いさ　不知也　みゝな草　わきより云也　むべ　清少詞
きかぬがほ　童かききかぬがほして有と也
つめとなをの哥　清少　猫ノ耳と云草をいゝならわせり
聞入へくも　此哥を聞入へき也　二月くわんノつかさ　大政官の事也爰にて孔子を祭事ハ無之たゝ如此聞伝て成へし

〔一三五段〕

かうでう　釈典ノ事なれ共定考とかけり大学寮にて行時は」（10オ）釈典と云大政官にて行ときハ定考と云也孔子をまつるハ釈典也公事根源八月ノ所ニ入之定考《カウジャウ》

くし　孔子□（ムシ）是を掛て二月八月に祭也
そうみやう　素麺也定考ノ時ノ事と也　　頭弁　行成也

〔一三六段〕

へいたん　べんたうノ事也籠にしてし入たる物也孔子へ物を進する入物なり　　けもん　ちらしがき也
例によりて　定たる例と也
みきなどのなか　右中弁行成を畧して書たる也
おくに　文のおくに也　　このをのこハ　行成事也
ひるハかたち　戯言也　　御前　宮　　これながが　此人の此事しりたると可見」（10ウ）
左大弁　これなが也　　弁少納言　行成也
くひ侍る　くふ也ひもろき也祭のあかり膳を也
上官の内にて　先が其方を引まわす官かと問也
いかゞハと　いや左様にハあらすと也　　みづから　□（ムシ）か文也　ひるハ形か悪て不来と云をうけて也　　まふてこぬ　先ヲ指也　　いどれいたう　無礼地　　すなわち　行成也
出たるに　清少か出たる也　　さやうのものぞ《文ノ事也返事ノ事也》　清少か出たる也頭弁か詞也　　女すこし　頭弁詞　　まろ　頭弁我身を云
かへりて　頭弁方へ哥よみてこしたら（ママ）ハしらぬかほニて居んと也
むしんならん　弁か事也」（11オ）
のりみつなりや　清少かそなたハのりみつかと頭弁を云也故ハしらずかほつくりて居んといゝし故也のり光ハ清少か弟

殿のまへ　関白□(ムシ)殿といえハ関白ノ事ニカキレリ
かたり申　誰共なし人々ノかたる也　よくいひたる　のりみつと云たる事を也　の給　殿也　人のかたりし
誰共なし清少ニかたる也
これこそ　爰ニかきたる事也

〔一三七段〕

つかさえはじめたる　何にせんとて六位がつかさを得たるぞと也板をする役に付てそゝろごとに云也
しきノ御さうし　上ニ注也東宮ノ物忌なとノ時此所へおはします御殿也外重也建礼門よりハなかノ重也」(11ウ)
ついちの板　人ノ出入しげき所のついぢにハこし板ノことくはたに板をうつと也六位ノもの共わたくしに此板をせ
しかと也六位かする板也はたノ板ノ事也
さらにし東　かた〳〵斗したるとの心也何れをもせい□□(ムシ)と云心也
五位もせよかし　五位もせで六位斗何とてするそと也
すゝろなる　おもひの外成也　かざみ　上ニ着也単衣ニてなかし
からきぬハ　裳をきる時に是をもきる也是もしりより上の物也みしかし
きる物なれバ　唐人がきれバさもこそあらめと也名をからき□(ムシ)云侍り　うへのきぬ―　うへノきぬやはかまノと
云心也袍もしり」(12オ)たけありてみしかき物也是をもみしかき衣《キヌ》と云へしと也　はかま　上はかまみしか
き物也　さいふへし　是等をも如此云□(ムシ)事なれと也束帯ノときハうへのはかまと云也
下かさねもよし　此名も尤よしと云也
くちのひろけれハ句　足をいるゝ口也口ひろけれハ大口と云ハことわり也
はかまいとあちきなし　此袴と云名ハいひかたき名そと也わけのしれさるゆへ也　さしぬきもなぞ　是もその名

義不知と也
あしのきぬ―　足ノキヌトモあしふくろ共云へき事也ト云心也はかまとさしぬきとノ事也　ね給ひねと　女共か
也　いらへ　女ノいらへ也
いとわろからん　かしましからん也　よひ一時　宵と云ニかけて宵一時こそ」(12ウ)よひの僧のいられん也
にくしと　よひノ僧をにくしとおもふさまにて云也
そへておとろかし　如此云たるにそへて夜居ノ僧のおとろかれたる也

〔一三八段〕

故殿の御ため　御堂関白ノ父前関白也東三条入道の事也故殿ノ薨したまふ弔のために也
せいはん　僧の名也　とく事共　談儀《ママ》也　はてゝ　其事果也
頭中将　頭ハ中将より一人弁より一人なるもの也以上弐人有之
(傍注)右大臣報恩願文菅三品南楼翫ㇾ月之人月与秋期シテ而身何ニカ去　旧懐
月秋として　あ□《ムシ》たしか成と云詞をふくめり　古詩也
身今　供養する人はいつくにかの心也　いかてかハ　清少詞
おもひ出　詩をおもひ出也　おはします　宮ノ――也」(13オ)
わけ参ル　清少也　たち出　宮ノ―也
けうの事に　仏供養ノ事也惣名ニけうずると云也
きこへさすれハ　宮へ―也　さおほゆらん　汝ハ別而おもわんと也
わさとよひもいて　清少を中将か呼出して也
なとか　頭中将詞　さすが　頭中将

しりたる　清少をさして中将か知たる也
いとあやしく　頭か清少へ近々共かたらひ給はぬハあやしと也
とくい　馴たる物ノ事也なれて心をうると云心
やむはやし（ママ）　やむ事ハなき程にかたらひ給へと頭中か清少へいふ詞也　なきおりも　余ノ官ニ成て也」（13ウ）
さらなり　清少詞　かたかるへき　高官に成給はんハかたくもなしと也　さもあらん　高官ニなられたる後也
やゝもあつまりて　やゝもすれハなと云心也
いかでか　能合点して思食せと清少か詞　いかてかほめいでハあらんと也乍去ひいきにおもふ方ハ結句えほめぬ事
も有と也
心のおに　清少か心也おもふ人をハえほめぬ也　わらいて　中将
なとさる人　中将詞清少をさして也左様ノ人が必すしらすかほしてほむる物そと也　おほかれと宣　おゝからん
と也
それかにくからず　清少詞それハにくゝもあらぬ事よと也
けぢかき人　我にちかき人也　かたひき　ひいきニおもふ事也」（14オ）
いへバ　脇から云へバ也　頭弁　行成
うしに成なハ　うしノ時也此事一日ノ注ニ書入仍略之

〔一三九段〕

参り給ぬ　帰る也　かや帋　かうや帋ノ事京にてすく帋也蔵人所にて書なりかんやかみと常に云也
後ノ朝ハ　文ノ詞　夜とをして　終夜也
うらうへ　うらおもて也　御かへり　清少が也　たちかへり　又行成より也

相坂の関の　清少へ好色故わざと逢坂とかけり清少ハ行成おもひ人也

よをこめての哥　世にあふ坂　よもと云詞也世ノ字ニあらす夜ノ字をもたせたり　関ハゆるさし　そなたニ逢事ハゆるさしと也」（14ウ）態《（ママ）》行成をおさへてゆるさしとよめり

こゝろかしこき　我事にいゝかけて也　きこゆ　是迄清少

相坂は人こゑの哥　あけてまつとか　鳥も鳴子《子》《ヒ》共明て待と云ほとに清少にか《あ》《ヒ》けてまち《（ママ）》よと也

御前に　宮へとられたると也　よみざれて　戯言ニ取成て也返事もせさる也清少かせぬ也　わろしと　清少を宮ノ―

宣へハ　頭弁か詞　誠に　清少詞　そのふみ　清少か文也

これにて　夜をこめてノ哥ニて也

めでたき事　何事にても能事を人に云伝えぬハかいなき也よをこめての哥を頭弁か人ニかたり給ふかうれしき也」

（15オ）

また見くるし　行成ノ此返哥が不出来ニありたれバと也

ひとしう　清少か哥を人御申有ルと行成哥を清少人ニ云ハヌも志ハ同事と也　かう物おもひしりて　行成詞

にずおもへハ　清少かにず也

おもひくまなく　おもふくまもなく返哥をあしくしたりとて常の女のやうに人にかたらんとおもひつるにと也

こはなそ　清少詞　私によろこひを御申有事そと云たる也

丸がふみを　行成かふみ也行成詞

いかに心うく　右の返哥を清少か人に見せたらバ也

つねふさ　中将か後に頭弁かそなたをほめたりと清少ニかたりたると也」（15ウ）

いみしうほめ給とや　頭弁ノほむるとハいわれたるかと也
一日の　つねふさの詞　文ノついで　合坂ノ哥ノ時ノ文也
ありし事　余ノ事など也逢坂の哥の前の事なともかたりほめらるゝと也　のたまふもおかし　つねふさ也
うれしき　清少か心　ふたつきて　ふためきて也
かの　行成かほめし也　又おもひ人　清少詞頭弁をおもふ人ノ中也おもふ事と清少がつねふさニあいさつの詞也
それは　常房詞

〔一四〇段〕

五月はかり　余ノ事也是も頭弁か事也
女房や―　一両人ノ声して誰ぞおはしますなと云こゑ也
仰らるれハ　宮ノ―　そよろとさし入　そろりと也竹ノ枝を持て入也」（16オ）
くれ竹の枝　呉竹ノ枝にて御簾をさし上たり
をい　やれなどゝ云詞清少をさして也　きゝて　清少
いさや　清少などいざ皆此事殿上に行てかたらんと云たれハ也
をといひて　をもしやすめ字　きつる　女房共也
いぬる　うたよましとて也　たれがをしへを　頭弁詞くれ竹と川竹ノ事を題にしてよみにくきとハ誰かおしへて
かへりたるぞと也川竹呉竹見合にくき故也
竹の名共《トモ》《ヒ》　清少詞　なまめかし　なつかしき也竹ノ名不知旧もなつかしく頭ノ弁ノおもわるゝやと清少戯言也
まめごと　右之言にてハなし是ハ別の事也　いひあわせ　頭弁と清と也」（16ウ）
（傍注）晋王子猷寄居空宅中便令種竹嘯詠云何可三一日無二此君一篤《アツモチ》茂脩竹冬青シ序晋騎兵参軍王子猷栽テ称二此ノ君ト一唐太子賓客白楽天愛シテ為二我友ト一

此君　清少詞竹の詩に此君と云詞あり
あつまり　かへり来女共也　殿上にて　頭弁詞
いひぎしつる　竹の哥をさためし事を也
さること　清少詞　いと中〳〵　中〳〵いわぬがよきと也
いゝのゝしり　竹の事を也　かたる　誰共なし
おなしこと　此君とせうずとある詩を也　とり〳〵　女共也
猶同し事　此君とせうずとある詩也　もろこゑ　女共也
少納言　別ノ人也　御ふみ　宮へ少納言か《ヒ》命ぶが右之事共をかいて文進上する也　此事を　命婦か文ニ竹ノ事
　をけいしたる也　しもなるをめして　清少をめして也」（17オ）
しらずなに共　竹の事や古詩ノ事ヲ也
ゆきなりの朝臣　行成の何事か取なしていわれつらんと也
とりなす　取なすとても左様にハ取なしかたからんと也
たれか事をも　誰か事ニても殿上人なとのほめけると聞給へハいはるゝ人を宮うれしかり給ふ其おかしき也
さいはるゝ　ほめらるゝものを也　よろこはせ　宮の―

〔一四一段〕

御はて　崩御ノ明年ノ一廻也　院の人　円融院ノ也
花の衣に　遍照か哥を引用仁明ノ世ノ也
三位の局　三位のおらるゝ局へ也
木のしろきに　ただ木の枝ノ白なと斗可見」（17ウ）

参らぬ　上ぬと云心也　　かみより　上ハあきて也
かみについさして　上にちよとさして置たる也
巻数　祈祷ノ―也　ふしおかみ　清少也
くるみ色　うすがき色也　　老法師―　老法師ノ如き手と也
これをたにの哥　葉か《スム》へやしつる　服衣をぬく也
椎柴　しい柴ニてそめたる衣也とんくりノ事也服衣ハ椎柴ニてそむる也うす黒色ニ成也にひ色也つるばみ色といへ
　ハこし字ハ同事也
よにかゝル事　よも僧正かゝる事をしてハおこし給はじと也
かの院の別当　エンゾウ院ノ別当坊主也仁和寺ノ住《（ママ）》寺也」（18オ）
心もとなけれと　何とおもわれんもしらね共也
又ノつとめて　又ノあした也
さしおかせたれハ　清少かやりたれハ也
をかせ給へりけり　返しをして持て来りておきし也
つれなく　さやうニハあらしと也　　さまにハあらて　ヒイキノ心也
すき〳〵しき　哥すきの上達部や僧達也
このわたりに　此辺に有ニ似たりとて御厨子ノ中より取いたさるゝ也　　一すち　一ツ也　　いで　清少詞
いかてきこへ　藤大納言ニ也　　せめにせめて　宮を也
仰られて　宮ノ使をつれてこよといわれて也」（18ウ）
おにわらはゝ　鬼わらわ也おそろしけなるの心也

たてま所　禁中の御膳たてする所也産所也所ノ名也
とじ　女也年寄女也　　ともなりける　としか内ノ者也
引ゆるがし　宮を清少か也
ふしおかみ侍しことよ　巻数とおもひて也　　ねたかり　宮ノ心

〔一四二段〕　つれ〳〵なる物

所さりたる物忌　余所へ行て物いみする也我所ニても物忌する也
むまおりぬ　石のおりぬ事也をくれニ成たる心

〔一四三段〕　つれ〳〵なくさむる物

ゐなといふこと　笑フ顔ノ事ト也ゐわらひとて笑事也にこ〳〵」（19オ）と笑事也ゐかほと云心ゐむを略して也
くた物　菓子也　　さるがひ　さるがふごとゝ云てされ事ヲいふ事也
ものいみなれど　物忌なれ共内へ入度とノ心也

〔一四四段〕　とりところなきもの　わろき物ノ事也

みそひめ　すり木也　　ぬりたる　味噌ノ付てぬれたる也
これいみしう　注ノことく成書様也
萬の人にくむなる　むさとしたる事共いふとて人々のにくむとていゝさすへきにもあらすと也
又あとひノ―　あつき火はし也　すりこきノぬれたるや熱火箸なとハ取所なきと云事皆人ノしれる事也　　よにな
き―　アル事ナルト云心」（19ウ）

〔一四五段〕　猶世にめてたきもの

臨時の祭の　先天子の御前にて舞て後神の前へ行て舞又かへりて舞と也　　おまへハ　天子ノ御前也

なにごとに　何より是かおもしろきと也
しがく　試楽　こゝろみの舞也　春ハ　春日祭ノ時ノ事也
つぼも　坪也所の事也場ノ心清涼殿のつほ也
かもりづかさ　掃部司也
つかひハ北面に　勅使也昔ノ大内裏ノ時ハ東向此時ハ南向也
舞人ハ御前かたに　清涼殿の方へむきて昔ハ東向今ハ南向也
ひがごと　如此ハいへど時により相違あらんと也御殿ノつくり様ニて也」（20オ）
所の衆　蔵人所也　つつ《（ママ）》かさね　平おしき也
まへごとに　行もの共ノ事役人ノ前也　へいじ　酒入也
出いる　御前へ也　はてにハ　酒飲たる果也
やくがひ　やくがやと云詞也何やかやと云心也
ぜんだに　食ノ膳也膳さへと云詞　御前に女ぞ　御前ノ庭ニ也六かしき事共故也　人やあらん　何くに人あり
　共不知ニ也
ひたきや　膳立する所を云別にかまへをする事也
おほくとらんと　膳を取也
ふと取出ぬ　早く取て行者ニハガ《（ママ）》ヤとスル者ハおくるゝと也
おさめ殿　御蔵ノ｜也　かんもりつかさ　庭を掃除する也」（20ウ）
官人共　下〻共也
すなごならす　きれいにする事也庭の砂をならし平ニする也

とくいでこなん　はやく来よかしと也　　うとばま　うたひ物
竹のませのもと　竹台と云所ニませをゆひてあり
○《ミ》こと打たる　琴也打たるハそこへ持出て置たる也
おほゆるや　や文字やすめ字　　袖をあわせ　舞合する也
あやまも　うたひ物也　　きぬのくび　えりの事也
おほひれ　舞ノ名也大ひれかへし小ひれかへしとて有之
ひゞき　楽のヒきゝ（ママ）也　またあるへし　二ノ舞ノ事也二ハンメ也
みこと　琴也　かきかくして　取ノケテト云心也是迄ニて」（21オ）初ノ舞ハ過たる也　　此度《コノタヒ》　二舞也コタビ
トモヨム
かいねり　しろき練ノ事也　　いで　発端ノ詞也
さらに　いふハ更に尋常ノことく殊外おもしろき也
此度ハ又も　二ノ舞もはてけれバもはやあるましきとノ心也
はてなんことハ　はてたるか名残おしきと也
上達部　上官ノ衆也
かへりたる御神楽　社頭より帰りて又御前にて舞事也
庭火のけふり―　賀茂ノ祭りノ事也
うちたるきぬ　のしめノ事也　　扇もたる手　役人ノもてる也
さえのをのこ　神楽ノときノアル役人ノ事也　　とび来　そこへ来也」（21ウ）
人長　神楽のときノとうどりノ心也其時ノ神楽をもよほすかいみしきと也　　心よげさ　心よき也

さとなるとき　清少か里ニ居し時也　たゝわたる　通ルを見る也
はしの板　加茂ノはし也
少将といゝける　実方也
上の御社の一ノはし　今くすの木ノ石ニ成たる有其を今一ノはしと云所也　ゆゝしうせちに　余に物をふかくおもひ入じとおもへとも也　八幡の―　祭春也
などてかへりて　やわたハ帰りて不舞也
さらハおかしからまし　帰りてまふ物ならハ也」(22オ)
ろくを―　祭ノ楽人共　うしろより　次第ニうしろからに也
まかづる　御前よりかへる事也
あすかへりたらむ　明日禁中へかへりたらハ也
宮の御まへ　東宮へも如此云也　帰りてまいしハ　其時かへりて舞たる也
さしもやあらざらん　さハあらじとおもひてたゆみしと也
人のまへ　御前也舞人を御前へ召事也
頭も打かづきて　頭ニ物なとかふりて也
〔一四六段〕
故殿など　是ハ後ノ事也　故殿死し給ひて也
猶えかうてハ　里に斗もあらじと也　左中将　時ノ人清少か里」(22ウ)へおわして也　けふハ　左中将詞
おりにあひたゆます　折〻にたゆます其時々ノ小袖共きてあれ共也　黄朽葉　黄色ノくちば也
しおん　表すわううらもゑき　はぎ　紫色

御里居　何とて里に斗居ると左中将清少への詞
かゝる所　宮のかゝる所ニ居させ給ふ也　さふらふへき　宮ノ所ニさふらふへきものと宮ノおほしめす也
あまたいひける　女共にあまた云を左中将か清少ニかたる也
所ノさま　宮ノ事也左中詞共也
ろだいノまへに　御殿ノ名也清涼殿ノ内ニアリ御膳だてする」(23オ)きわ也天子手水つかわせ給ふ所御うしろニ
　内侍ついたちしやうしのやう成をたつる也御身をかくさん為也
いさ人のにくしと　清少詞我を人ノにくしと也
又にくゝ　其人か又にくゝて如此里居する也
おいらかにも　おそろしき事とて左中将笑ふ也
げに　清少詞　御けしき　宮ノ御きけんのあしきにてハなくてと也　さふらふ　宮ノ御まへニ―也
左大殿《ヲヽトノ》のかたの　其よしみノ物が也　左大殿ハ西宮左大臣ノ事延喜ノ子也後ニ冷泉院ノとき流罪に所せらる
しるすぢ　其をあれハしるすぢノもの成也」(23ウ)
しもより　清少か下より参れハ也　はなち　清少をのけものニ也
見ならわず　見つけたる心也又我を如此するぞと也
まいれ　宮から―　宮ノ弁　宮ノ方と云心也弁と云女也
たゝあまた　清少か事をあなた物にして何かと申事也清少と中のあしきもの共かいたす也
れいならす　宮から也清少か弁ニさゝへられたる也
をさめ　いやしき下女の事也　左京の君　此女取次てよこせり宮ノしのひて左京ニ清少か方へノ文を渡されたる
也

ひきしのぶ　さゝやき云事也清少か心　　花ひら　たゝ花也
まづしるさま　涙ノ事也まつしるものハ涙なりけりノ心」（24オ）
おりことの　のもしにノ字ニつくりて見也
こゝなる所に　ちかき所へはやく行てこんと使ノ云也
哥のもと　哥の上ノ句也いはておもふとある哥ノ本也清少か宮よりの哥ノ本を能忘たる也
こゝもと　口ニあるやうなれ共おもひ出されさる也
前にゐたる　清少か前ニ也　　をしへらるゝ　幼少ノ子ニ教られたる也　　おもふもおかし　其をおもふもおかし
　と也
つゝましくて　何と御前かあらんと也清少か心中
にくきかた　清少か心也あやにくに此心にて不参と申度ハありつれ共と也　　このおり　其とき也」（24ウ）
さもいひつへかりけり―　衆にさゝへて不参様子を申上度かりつる也　　みつけてハ　宮ノ詞御殿を見つけてハ暫
　も里にハ我ハ居られましきと宮ノ詞也
さることぞ　左様ノ事有物そと也　　さやうの事　なぞ〳〵ノ事云と也　　らう〳〵しかりける　心得たる者ノ事
をのれいらん　我一番につかわんと也
えりさたむる　如何様ノ事かいわんとてなり
そのことば　何と其方ハいわんきかんと也　　たゝまかせて　たゝまかせておかれよ口惜ハいはしと也　　さ申て
　今ノ者カサウ申シテ也
けにと　定而よくいわんとおもわるゝ也」（25オ）
日いとちかう　なぞあわする日ノ近付事也

猶此事　其事何といわんとの給へとかたふ（ママ）共ノ云也
ひぞうに同しこと　非常　不慮ニ同事もある物そと問也
いさしらず　其ならハ私ハしらぬぞとと（ママ）云也
むつがれハ　腹立也　ゐわけて　居分る也
右の方人　我にまかせよといゝし人ノ方也
いとけうありと　おかしき事を云へる哉如此事ハ彼ハ其まゝとかんとおもふ也　こなた　左也
あさましう　心あさきなぞ故ついとかるへきとおもふて也
にくゝあい行　なそいゝ出したる者をにくゝおもふ也　あい行なき心ニ見へし」(25ウ)
あなたに　左方の者共右方へ寄て何かとまきらかして云也とかせましきかために也　ませ　まけ歟殊更まけさせ
　んの心
しらで　不知と云ともすこしの間にいわんとおもふ也
やゝさらに　如此事たれかしらさらんとおもひなから笑也されとも相手を欺かゆへ此事ハしらさるぞなと云也
かず　左方ノもの右ノ方不知と云ゆへ勝の数をさす也
いとあやしき　右方也
しらすと　しらすといひし間勝にせんと也
この人　天にはり弓と云たるものに次〻のも論しさする也
おほえぬ　宮ノ詞也　なにしかハ　右方の方人共ノ云たるを宮ノ宣也」(26オ)
後にうらみられて　ゐとかぬ者也手前にありし我に任せよと云たる人也方人共ニうらみられたる也
つみさりけることを　清少か忘れし事を宮のかたり給ふ也　わすれし罪を罪にてあらしと宮ノかたらるゝ也

おまへ成　我にまかせよと云人ノ方ハ也　　口おしく　負方也
こなた　右方也　　きこしめし　宮ノ事也
いかにゝくかりけん　彼人を方人共かにくみおもふ也
わすれたる事かハ　わすれましき事と也

〔一四七段〕

正月十日　別也　　家のうしろ　せど也
あらばたけ　荒たる畠也　　なろからぬ　なたらかならぬ也」(26ウ)
しもかたに　若ばへ下より出たる心也
すはうの　茎ノあかく見ゆる也　　わらは　男童也
なげ《(ママ)》やなとして　ぬぎてなけなとして也
のほりたれハ　木へあかる也
ひきはさみ　尻などはさみかゝけたる也
はうくわ　履也　　いてなどこふ　其くれよと也
又かみおかしけなる　又或人也
はかま　男也次にておとこと見ゆ　　うちきたる　てにおハ也
うづち　ぎつちやう也　　をこそ　てにおは也
こゝにめす　切てこせとの御意ぞと也」(27オ)
とりわき　はひ取也　　くろき袴　よこれたるはかま也
まてなといへハ　木の上ノ者也

〔一四八段〕
きよげ成　別の事也　　かたきノ｜　相手ノさいニ悪目出よと也
とみにも　筒ノ内へはやくも不入事也
いとこはからぬ　なへたるゑほうし也　　ふりやりて　かふりふる也
心もとなげに　のろはれてもよき目を打あてそう成と心元なきと也

〔一四九段〕
ひも打とき　じだらく也
すこし遠くて　いんぎん成躰也

〔一五〇段〕　おそろしけなる物
つるはみのかさ　どんぐりにて染也今ノとひ色也　かさは僧ノ袈裟也」(27ウ)
水ふき　水草也ふきの葉ニ似て針ノあるもの也

〔一五一段〕　きよしと見ゆるもの
かなまり　きつたてのことく也　こも　畳ノ中入也

〔一五二段〕　きたなけなるもの
白きつきばな　かすはき也　すゝ鼻　すゝりはな也
ゆゝみぬ　ゆあみぬ也　　ねり色の｜　ふるくよこれたる白キねり又一入見くるしき也

〔一五三段〕　いやしけなる物
式部の丞之さく　笏《シャク》也其時の式部むさき笏を持たると可見なり」(28オ)
きぬの屛風　昔ハ屛風を布にて張たる也但地張ハなし一重也今も大盤所と殿上ノ間ノしやうしハ布ニてはる也一へ

んはり也すきとおり見ゆるやうニ也
桜の花　絵の事也　ごふんざ　たゝごふん也
ゑかきたる　屛風也布屛風ゾ
やり戸づし　家のやり戸のことくにさしたるハあしきと也　ひらき戸にいたせハ物入よき也
車のすそ　雨のふる日むしろにてつゝみたるかあしきと也雨ふる故すそ泥ニぬれてむさき也
けひいしのはかま　其時分ノ検非違使ノはかまむさきかと可見」(28ウ)
ほうし子　妨主の子の事なり
出雲むしろ　昔ハ出雲より出たると見へたり此むしろハたゝみのおもて也あしきむしろ也

〔一五四段〕　むねつぶるゝ物

くらへ馬　きほふ躰のおそろしき也
もとゆひよる　髪結もとゆひノ事也但義理未審
さわかしき　煩のはやる心歟　け所ニて　常ノところ《所》也
又いちしるからぬ—　おもふ人ヲしのひてもてる也
そのうへなといふに　其人の声聞たるは勿論なれ共其人の事をうわさ云もむねつふるゝ也」(29オ)
けさのふみ　後朝ノふみ也　きく人　左様ノ事ありしと人のうへニてきくさへ也　文とりて　おもふ人の文ヲ
内ノモノ、取次也

〔一五五段〕　うつくしき物

うりにかきたる　ひめうりにちこのかほかける也
又へになど　へをなど付たる事也　およひ　小キゆひ也

あまのそきたる　額斗に髪を置うしろハそりたる也

たすきがけに　髪をきの時綿にて髪を作白髪まてと祝てさけさするなりうしろを引ちかへて下たる躰也

こしのかみの　髪置ノ髪をこしに結つくる事也

おほきにハあらぬ―　おさなきわらはの無官を殿上にてつかわル、也」（29ウ）

かひつきて　身にそひ付の心也

あふひのちいさき　祭にかくる葵也

きぬなかくて　うす物のきぬなかき也

たすきあげたる　昔ハ小児たすきかくる事あり今ハ絶

なる声《（ママ）》　書なとよむとよむこゑ也

雁の子の　かもの子也日本雁の子なし

つほね　ねたる躰也又とぐちをうつくしくしたる躰両説

〔一五六段〕　人はへするもの　人のあるを見ておこる心也

ことなる事なき人　させる事なき人也

かなしく　愛しつけられたる也　しはふき　子ノしはふき」（30オ）せすとくるしからぬニわさとする也

まつさきに　人より先に物云事也親にもいわすして先云心也

あやにく　にくげニ成也

つねハひきばわれ　人ニこなたへおこせとて引うはわるゝ也

おやのきたル　おやか其へ来れハ所えがほノ心也

ふとも　母おやノきゝいれさる也　てつから　子ノ引出して也

まさなと斗　さハなしそと斗也　わら《れ》え《ヒ》がほ　家主ノ心也

〔一五七段〕　名おそろしきもの

はたいた　何にてもはた板也　はやち　はやち風也はやてと同

ぶさうぐも　ブス蜘也黒き大成毒ある蛛也　がざめ　大蟹也」（30ウ）

見るおそろし　名斗にあらすみるもおそろ《シ》き也

がうどう　かんどう也　ひぢがさ雨　そとふる雨也

おにところ　大き成野老也　いが　くりのいが也

ぼうたん　牡丹也　うしおに　牛鬼也

〔一五八段〕　見《ル》にこと成事なき―　見てハ無別事して文字にてこと〱しきもの也

水ぶき　水中のふき也　かほつきを　虎ハ杖つかでもあるへき顔つきと也

〔一五九段〕　むつかしき《ヒ》け成もの　いや成物也

ぬい物のうら　縫《（ママ）》をぬいたるうらの事也」（31オ）

かわぎぬ　かわにてしたるキルモノ也

こほとぎ　酒を入る物ノ小キ也

いとふかうしも　いとしくも餘見えぬ女との心也

〔一六〇段〕　ゑせ物の所うるおりノ事　さしてもなき物の時にあたりて威勢する也

おほね　大根也　ひめまうち君　行幸之時女を壱人車のあとにつれらるゝ也三ツ子ノ例とて昔より在之一度ニ三人うまれたる子の内ノ女を一人なす也行幸ノときなくて不叶もの也常ハ人ノ見もやらさる者也此ひめまふち君をハ紀朝臣季重と代々名ニ付まゆを作りのり馬ニのせあと」（31ウ）につるゝ也公事根源ニ出之

よおりの蔵人　節折《ヨヲリ》也女蔵人也是も天子のはらへするとき居でかなわさる役也常ハさしてもなきもの也忌部か卜部
かの女を此役にすると也ぬりごめの前にて御身のたけを竹のわりたるにてとる也公事根源ニあり
季の―　四季に禁中にてヨム経也　威儀師　其時ノ役ノ出家
僧の名共　座ニ付時惣てノ名共を云也
宮のべ　后宮東宮なとの也　まけい（ママ）をども　下家司共也
そうそくの所衆　供物なと用意スル也蔵人所ノモノ共也
とねりども　此祭に内裏より行役人ノ舎人也」（32オ）
大きやう　七五三也　あゆみ　役人いかめしくねり行也
くすりの子　屠蘇白散ノとき役人の童女也
うずへのほうし　しもくずへつく法師也正月ニ有之正月ニつく事ハなし公事根源ニ出之たゝしもくづへ付たる法師
事ありかほ也と可見
（頭注）又正月卯杖ヲ奉ルトキニスアマノ上ニ卯杖ツキタル法師ヲツクリソノ年ノ生気ノ獣ヲツクリテソノ法師ニウタスル体ヲ仕リ奉ル也　是ゐせ
物ノ所うると見てもよし
五節のこゝろみのみくしあけ　五節ノ舞こゝろみの日ノみくしあけ霜月ノ中ノ子より寅迄三日有之中ノうしのひ也
此時髪をさげすに上にわげて結居也幾人も有之
いちめ笠　管（ママ）ニてしたる女の笠也
〔一六一段〕　くるしけ成もの」（32ウ）
あつかりたる　頼まるゝ心也　一ノ所　関白也
〔一六二段〕　うらやましき物

おもひおこして　稲荷ノ社ニ思ふ心をおこして也
わりなくくるしき　坂をあかるとき也
二月むまの日　初むまとて此祭ノ日也
さかのなから　半分也むかしハ山上ニ有之て九折有しと也今ハ麓故坂もなし　か丶らぬ人　如此不二社参一者もあらんニと也
只引はこべ　引はさみつまをかきあけんとする也
丸ハ　卅あまりノ女ノ詞　女も法師も　法師是ハ弟子と可見
さかりば　下りたる躰　まづ取出らる丶　それへ呼出サル丶也」（33オ）
鳥のあとの　何もなみにハか丶んと也
難波わたり　晴かましくもなくてこ丶ろやすき也
又はじめて参らむ　禁中へ宮仕ニ娘を参らせんと云者ノ処也
上よりはしめて　能書ニか丶せてつくろいてやらる丶と也
あつまりて　あれに何とてか丶せてやらる丶くるしからぬ事なと云也
さこそハまだしき　我かまだ覚えぬ時上手ハ浦山しきと也
かれが　上手也　御かた〳〵　うへの女房ノ何方へも召寄らる丶が也　三昧堂　持仏堂立て後世ねかふ者かうらやましき也
かたきのさい―　相手ノ能目出る也
〔一六三段〕　とくゆかしき物　早く見度心也」（33ウ）
まきそめ　竹の子の皮にて巻てそむる也

むらご　是よりこれまてハ白キあかきとむらを分てそむる也

またつとめて　次日也其人かきのふノ除目ニ何に成つらんとゆかし

しる人のさるへきなとが―　知人を何にそ位もあからせ度ニおりふしさるへき官位ノかけもある故其人ハ其跡へハ

入らさるかときかまほしき也

〔一六四段〕　心もとなき物

ゐはりつゝ　ゐはつて居事也　あなた　来ル方を守り居也

事なりにけり　事か成てはやかとおもふ心也

しもと　棒也　ちかくや　車をはやくやれなと云心也

前成人に　知られしと思ふ人のとく知て結句人ニおしへて物なといわする也」（34オ）

いつしか　いつか子をほしきとおもふニ出来て行末をおもふ也

行末　五十日百日なとに成て行末ノ事がおもわるゝ也

いとすくる　糸通す也　さる物にて　上手にて也

とらへて　糸をとおす心也　なすげそ　縫手かまちかねて―ト云也

さすかに　さすか是へとおきてハあらしと也

ざゝへ　邪魔さへ也　まつわが　余ノ者が也

おほち　大路也待かねて也　外さま　余ノ車成也

なりぬらん　見物ノ事ハはや初ぬらんなと云也

後の事　包衣おりさる也　もろともに―　同車仕るへき人也

いりずみ　火の内へすみをさしそへたる也」（34ウ）

けさう人　好色ノ文なとハさして急て相手も返事をまたじと也
をのつから　又はやくとおもふときもある也　たゞに　常ニ也
ときのみ　疾也　あひなくひか事　早くよめハひか事出来ル也
まつばぐろめ　松の葉を煎して帋ニ引事也物をかゝん為也

〔一六五段〕

故殿の御ぶく　東宮ノ祖父先ノ関白也　御はらへ　六月ばらへ也
出させ　東宮ノ出させ給ふなるへし　三条院まだ東宮ノとき也
方あしとて　方がふたかりたる也　官ー　大政官ノつかさニあきたる所也
何こともせばく　職より大政官ハせばき也
かうしなともなく　常に格子あるがこゝにハなき也
めくりてみす斗　まはりにみすかけたる也」(35オ)
ふさなりて　ふさ〳〵として也
時つかさ　時の太鼓うつ者ノ事也　かたはら　近所ノ心也
たかきやに　二階へのほりたる也こゝへ廿余人の女房共上りたる也
見あくれハ　清少也　をしあけられたる　能人ノ姫ノ事也
うらやましけ　女共ノあそふをうらやむ也
すくしたる人　老人共也　右近の陣へ　あそひて此あたりを見ニありく心也　かうハせぬ事　誰共なし
女房共の　上達部の被居所へ女共が上りて也
屋のいとふるくて　右近ノ陣ノ家也　みすのとに　外也

つきあつまり　はちノあつまる也　物いふ　清少聞て也」（35ウ）
秋はかりにや　本朝文粋ニ有之　大政官後　官ノウシロ也
いまやか　新屋也かもしてにハ也
ゐにならん　秋にも成なハこゝが居所ニならんと也涼しさ故也居にならん也　所からなめり　せはき故也
かへらせ給ふ　宮のかへらせ給ふ也
七夕まつりなど　常ハひろき故とをく見たるか所ノせはき故庭に祭かちかく見ゆる也

〔一六六段〕

つゐでもなく　与風いゝ出せる也　とゝこほりもなく　宰相中也
人間四月　此詩未勘也　過たる事　古詩也
誠におかし　宰中ノよく覚え給ふと―」（36オ）
内成人　女共也　心得ずと　此詩の心を何事にかあらんと心得ずおもひたるがことわり也　ほそどの　廊
一の口　一番ノ戸口ノ心　やう〳〵と　そろ〳〵とかへりたる也
六位　たゝ六位也　あけはてぬ　夜ノ明ル也
露ハはかれの　古詩《哥》《ヒ》也七夕のうた也菅三品七夕ノ詩露応ニ別ノ涙ナル一珠空ク落雲是残粧ノ髻未レタ成
いそぎたる　清少詞三月故いそきたると云也　七夕哉　古哥也
いみしく　頭中将也　暁の別の　別の事に付てかく云たること也
わびしくも　非をうたれて也
すへてこのわたり　爰にてハ能物をあんしずニいわん事にてハなしと也　あかく　日のたけ行也」（36ウ）
かつら木のかみ　あけハ人目あしからんと也　七夕ノおり　清心

宰相になり給ひしかハ　三月迄ハ頭中将なりしが七夕ノときハ宰相のくわんに成たまふ也　いかてかハ　おもふ
まゝニも不謂也
ふみかきて　清少かかけり　とのもつかさ　主殿司ニ持せて也
七日まいり給へしかハ　七夕ノ事七夕ノ日宰相ノ来りたる也
心もそ　其時ノ事云たらハ心得あるへき程に風といわんと也
あやしなどや　何事にやとおもひて也
さらバそれ　もとありし事をさらバいわんとおもひて与風云也
月頃　清少か心　三月ノ事いつか七夕ノときニなれかしいわんと也
おもひまふけたる　頭中将かおもひまふけたるやうニはやくいへル也」（37オ）
中将ハ　源中将也　ありし暁　頭中詞
今しめらるゝハ　今云出てはぢかゝせらるゝ也　げに　源中詞
さしつ　戸ありし也　おとこハ　清少詞
てうげん　人をあざけりて詞をつくり云事也　嘲言か
人にハしらせず　清少か人にハしらせで二人して心得て云也
此君　頭中也　かの君　頭中　うらみられて　頭を恨也
いとあへなく　俄ニそこへ人ノ来ルニハ也　ちかう成ぬる　何ニてもちかく成事也調言かちかくなる也
をし小路　押小路　二条ノ一町下也通リ小路ノ名ハありてとおりの無所也口かなきと云心小路ノ名ハあれ共とおる
道なし　鶴ノありしと云説不用之時代相違也」（37ウ）
われも　源中将が心　いつしか　はやく清少ニしらせんとて

よび出　清少を也
ごばん侍るや　　碁盤也こゝにてハ碁ニてハなしてうげん也其方のあい手にならんと云心也
手ハゆるし　我をもゆるしてあい手にめされんかと也
頭中将　源中将か詞　　さのミあらバ　清少詞其方斗ニてはよくしられしと也　　かの君　清少詞頭中将ニ也
うれしくいひたる　頭中将詞其方ハ能云たると也
所（ママ）こひ給ひし　さのミハ定なくやといらへし事をよく云たるそと也　　猶過たる　清少詞もとありし事也てうげん
也」（38オ）
ずんじ　昔ノヲ吟する也
会稽ノ太守蕭氏憶ニ其賢一遊ニ呉ノ季札古廟ニ一後ノ江ノ相公交友ノ序ニ蕭――之過ニ古廟一託シテ締《ムスフ》ニ異代之交ヲ一張僕射之重ニ新才一推為ニ忘年之友一
蕭会稽の古廟　古詩也　　たれか　頭中ならてハいわし也
しち《ば》し　中将ノ官にていつ迄も殿上にあれかしと也
口お《ヒ》しきに　宰相ニ成給ふを口おしき也宰相ニなれハ殿上ニおらぬ故也　　さなん　左様ニ詩を能云とて宰相ニな
　さじかしと也
を《ヲ》とらす　頭中将ニおとらす也　　いまた　清詞
丗《ヒ》の期《ゴ》を　頭中将か詩也　　などか　源中将詞
さらにわろくも　清少詞　　わひしの事　源中詞
あれかやうニ　頭中将をさして也頭中かことくハいわれぬ也
丗ノごと　清少詞　　ねたかり　源中詞」（38ウ）
陣につき　宰相か陣につきたる也　　よび出て　源中が頭中を也

かうなんいふ　清少か如此云也　　わらひて　宰相也
しらぬに　清少かしらぬ也又云宰相かしらぬ也
あやしくて　清少が―　　ゐみこゑ　源中将
いみしき　源中将詞　　とひきて　頭中将ニ問也とひ来て立居也
たれぞと　其方ノ聞ちかへて也　　わざと　清少詞
これだに　其方の如此云かおもしろきニ出て物なと云と也
宰相ノ―　清少詞　　とく見る　古詩也
うへになど　清少ニ宰相かいはする也　　うちいづれハ　此詩也
ありなといふ　如此宰相かいはする也　　わらわせ　宮也」（39オ）
内の御ものいみ　禁中也
かうゑん　物忌ノあくル日也後宴ニ云習日ノ事一日ハ何もなし二日いわい事よろつもあり　上官　上卿也みつな
　か《ニ》此役也
たゝうかみ　鼻帋也　　宮ノまいらせんと　宮へ也
かへし　みつなにが返事也
その期ハすぎぬらん　卌期ニたらずとありしもはや過ぬらん也
ばいしがめ　卌期ニたらすノ詩ノ作者也はいしが妻におしへたる時女ノとし卌三也と也　こゝにしも　みつなか（ママ）
　也
又ねたかりて　清心《少》也　　わたらせ　禁中ノわたらせ也
いかてかゝル事　上ノ詞　四十九ニはいしかなりシ時いさめたる也妻卅三」（39ウ）

宣賢ハ　昔ノ人也此はいしか四十九ニなりけるを覚えたかいてい〻そこなわれたる事あり宣賢はいしか事つくれる
　物ありと也
物くるおし　おかしき人ノ心　　こき殿　大政大臣ノ女也
その御かた　こき殿也　　うちふし　人ノ名也
参りて　源中将也
さるへきさまに　女房がぶあいしらいゆへまいらぬと也
とのい所をたに　居所ヲタマワラハ侍らん也戯言也
まことに　清少詞　　さしいらへ　左様ニ返事をしたれハ也
すへて　如此清少云たる故源中将腹立て物もいわぬ也
かた人と　源中詞　　うらみ　清少ヲ也　　あな　清少詞」(40オ)
かたはら成人　若何事ぞ悪キ事ヲや云たると傍人ノ云也
さるへきこと　そば人ノ詞　お《ほ》《ヒ》とおり　乍去何そ腹立ノ事こそありつらめと云也　　これも　源中将詞是も其方の
　いわせて笑わせ給ふと也　　物しと　曲もなく也
さやうニ　清少詞其様ニさやうノわる口をいふをバ也
いひ侍ぬ人の　わろ口をいわぬ人か若云さへ我だににくきとて也　　花やかにい〻たる女をさしての詞也　　後に
　も　源中心
いひつけ　い〻付られたる也　　殿上人　殿上人たちも我を笑とて源中将かたり給ふ也　　宣へハ　源中詞
独をうらみ　我ひとりを也　　たえてやみし　うちふしか女ノ所へ也」(40ウ)
〔一六七段〕　むかしおほえてふようなる物　むかしハよくて今ハ用られぬ物共也

うけんへり　白キへりのかた有物也　　ふし出来たる　破也
地ずり　月草にて絵かきたる物
はなかへりたる　あを花の色のかへりたる也
ゑしの目くらき　絵書の目のあしく成たる也
もかうのなく成ぬる　御簾ノへりのなく成たる心也
かづら　女のかもじ也　　あかくなりたる　久しくなれば色あせるト也　　ゑびぞめの　うす紫ぶどう色也
色このみのおひくづ　好色者也」（41オ）
池なとハさながら　焼家ノ池ノ躰也
〔一六八段〕　たのもしげなきもの
夜かれたる　しうとの方へ不来を云也
六位のかしらしろき　白髪迄此位ニておる也
人のこと　人の事をきゝも入がほにするを云　　日ころになりぬる　煩にほとをふる事也
〔一六九段〕
と経ハふだんきやう　是より別の事也たゝ爰へソヘテ書し筆法也　読経ハ不断よみたるよきと也
〔一七〇段〕　ちかくてとをきもの
宮の辺のまつり　宮ノ祭ノ事也五日三日ニ一度つゝありて遠」（41ウ）き様ニおもわるゝ也何ニても宮毎の祭也
　遠くてちかきも心ハおなじ待つけれハちかしとおきやうにて又ちかし
しんぞくの中　親類中也　おゝらおり（ママ）　直にハちかし九折有也
しわすの晦日　晦日と朔日との間を云一夜なれ共来春と云故也

〔二七一段〕　遠くてちかきもの

男女の中　男女の好色之事

〔二七二段〕　井は

ほりかねの井　武蔵　はしり井　逢坂ノ関の清水をはしり井と云て哥によむ也はしりて逢之心ニておもしろき也

山の井　奥州也　あすか井　京也」（42オ）

みもひもさむしと　秣もよしノ引哥也

玉の井　未勘　少将井　京也　桜井　上同

后町の井　内裏也　采女町の井　内裏也

〔二七三段〕　受領ハ

紀伊守　和泉　此名がよき也

〔二七四段〕

やとりつかさの権のかみハ　他官ニうつらんとて先権の守に成と也

下野―　何れも此権守かよき也

〔二七五段〕　大夫《スム》ハ

式部大夫　式部丞大小共ニ六位也

〔二七六段〕

六位蔵人　此大丞を持ときは」（42ウ）五位に成也　左衛門大夫　是ハ左衛門尉也相当六位也

史ノ大夫　八史ノ内五位ニなれハ如此云也

おもひかくへき事　おもひよらさる官に成たる也

権の守なといふ人　○蔵人が《六位蔵人か事也》是に成て也　いたやせはき　我家也

またく　全也　ひかき　桧の木也

こ木をおほくして　とつなぎの事也牛つなぎ也

いよすかけわたして　紫草ニてすたれの手をしてかくる也

いみしくをひさきなく　あれが何ほどノ事可有おもわるゝ也

おやの家　蔵人ノ親也　しうなどハ　しうとなどゝ有本もあり是ハ別《ベツノ》事もなしと也　すまぬ家　人のおらぬ家

也」（43オ）

そのさるへき人　其おる人のおらぬハと云心也

打しりたる　親類の内へ我かそこへ行ておるとなり

受領又国へ行て　国の守に成て行たる留守之事

いたつらなる　あき家になれる也

女院《宮》女《ヒ》ばらなとのやー　人のある屋しきへ行ておらんよりハ宮はらなとのあき屋敷へ行ておるハよしと也

〔一七七段〕

女の独すむ　是ハ其に付て云たる事也

すりして　修理也　きは〴〵しき　りはつめきたる心あり

〔一七八段〕

宮づかへ　爰ハ家ノ事ニつゞけて書たる也

おやともふたり　二親ノ事也」（43ウ）

とがなし　二親あれハ如此有ても人が目にもたてす能と也

しのひてもあらわれても　里へ見舞ニ来るものゝ忍ひてもあらわれても也　おのつから　見舞のものゝ詞
しらでとも　いつ里へ御出も不存也
又いつか　いつか禁中へハかへり給わんといひニ来ル也
心がけ　里にあるもの也　いかゞは　里へ人か来て居れは門をもあけて置と也
夜なかまて　女の内ノ者共か長居するものを左様ニおもひたるかにくしと也　大御門　只門也
さしつや―　内ノ者共か云詞也　問すれハ　トウスレバトヨム也」（44オ）
まだ人の　是も内者也
なまふせがしげに　不入人か来てなどおもふ心也
打きく人たにあり　打聞人だにかと〳〵しう思るゝ也
この人の―　来りたる人ノ供ノ者共也
けちかく　ちかく来りて今やとおもふ也　物ともをは《ワ》らふ　さやうにする共を笑也
まねうちすま(ママ)もきゝてハ　のそくまねをするながら也
いかにいとゞ　そこへのそくをもきひしくハいわれぬと也
いと色にいでゝ　のそく物の主ノ心也清少か察て云也　心あるものハ　来ル心なきものハ不来也　すくよか
じちめノ人ハ居度ても不居也」（44ウ）
やらわるれハ　はや帰り給へなとゝ云也
あけぬべきけしきを　来ル者ノ心ニ暁のけしきを面白くおもふて也
いみじき御門を　是より内ノ者ノ心　らいさう　門ヲハラリトアケヲク也
にくきおやそひぬる　此にくきノ詞何れを云共不知　おやそ―とハおやノアル里なれハまだくるしからぬと也里ニ

ヲルモノ、事也
まことならぬ　後の親などハましてきの毒におもわんと也
つゝましくて　後父をつゝましくはつかしくおもふ也
せうとの家　兄の家にあると聞ものなとも有が其ハ笑止成也
心かしこくもなく　門もさゝてとの心也
何の宮　如此ノ人々か来て也　冬ノ夜と　冬ノ夜も也」（45オ）
見いだし　打詠て也　筆など　来ル者ノかへりニ也
〔一七九段〕
はしちかく　縁也
かやうの折　如此時来ルともおもわさりし人不慮ニよく来れる也
けふの雪　来る者の詞　なんでうことに　なんでも無心也
其所に　雪の事いわんとて来りつれはなんても無ことにたゝわひて也　いふらんかし　来りたる者の詞
ひるより　来るものゝ詞　わらうだ　ヱンサノ事也内より出す也
かねのをとの　夜中時分ニ成たる也
うちにも外にも　来りたるものも女共も也
明くれ　夜ノあくる比くらく成事也　雪ノ何ノ山　歌ニても古詩にても也」（45ウ）
たゝなるよりハ　常のときよりハ也　いひあはせたる　帰りたるあとにて也
〔一八〇段〕
やうき　あさきごきの事也　兵衛の蔵人　村上ノ時ノ女ノ名

月雪花のとき　たゝ如此詞にて云たる也梅を月雪にも似たるとの心おもしろき折そと也
よの常なり　それハたれもあらん事と也　同し人　兵衛蔵人也
たゝすませ　村上也
わたつうみの歌　兵衛蔵人也　かへるをこめてよめり

〔一八一段〕

みあれのせんじ　かものみあれハ五月五日なり禁中よりの使命婦の役也神へノ呉服あか《明》るた《妙》へと云を持行也」（46オ）
五寸はかり成　つくり物也
みつら結　両へ髪をわけてゆふ事也　名かきて　みあれのせんしか禁中へ也　いみしくせさせ　御祕蔵し給ふ也

〔一八二段〕

宮にはしめて　清少が也　手もえさし出ましく　はつかしくて手もえさし出ぬ也　これはと―　絵に付ての給ふ也
たかつき　高たうだいノ事也　かみのすち　清少か髪也
けせう　けんさいとノ心　顕照也
うす紅梅成　寒気故手ノあかく成也
暁にハとく　夜明にハ早く局へ帰りたるとの心
すぢかひても　すねるやうニおほしめさん也　ふしたバ（ママ）　ソコニヲリタレバ也」（46ウ）
参らす　あげすと云心也　はなたせ　あげよ也

まなと仰らるれハ　先まてと云心也　　わらいて　女房也
のたまはするに　清少ニ也　　おりなまほしく　宮ノ詞
さはや　さらバゆけと云心也　　いさりかくるゝや　いさり退事
あけちらし　あけたればと云心　　いとあえなき　局あるし詞
御前ゆるされたる　ゆるさるへき事にもあらぬにゆるさるゝ也
おもふにたがふハ　宮の心を察して也　　火焼や　産所ノ事也
御前ちかくハ　御前ちかふハ也　　わざと人もゐす　火ニあたりもせぬ也　　ぢんの―　結構成といわんため也
なしえしたるに　梨地や絵を書たる事也」（47オ）
御まかない　御用聞とてちかくおる也　　まなくいたる　大勢也
御ふとりつぎ　ふもし付字也御といへハ何か取つぎと云心也天子故御字を付たり調度ノ事也
あふよりて　あいよりて也又云あなたへよりて也
さきたかく　先おふ声也　　おくに引入　清少也
道もなしと　雪故也　　あはれともや　此雪を凌ひてまいりたるをあわれとおほしめすかと也
物語にいみしく　源氏物かたりにも人ノ事を結構に云て有是にもおとらしと也　　おとらざめる　けつかう成事ヲ
いゝ置たるにちかわす也　　物いひ―　大納言也」（47ウ）
む《あ》かむや　清少か顔もあかむやと也　　御くたもの　大納言也
御《ヒ》木丁の―　清少也　　さぞと　清少にて有と云たるものニてこそあらめ也
またまいらさりし　清少かまだ宮つかへせぬ先より知たるなとゝ大納言ノの給ふ也
まことにや　清少か事をさやうにきゝたるがさもあるかと問たまふ也　　行幸なと　参らぬ時ノ事也此つゝきい

かゝ不審
見おこせ　大納言をさして也　　何事をか　何とかいわん也
扇をさへ　清少か扇也　　ふりかくへき髪の　顔かくさん髪もすくなき也　　さるけしきや　いやとおもふけしき
か見えんと也」（48オ）
からきぬ　清少かきる物也
これ見給へ　宮ノ詞清少がくるしとおもわんとて大納言をよはれたる也
給て見侍らん　是へ下されよ也　　猶こゝへと　宮詞
人をとらへて　清少かとらへてたつ事のならぬとされ事ヲ云ル也
いと今めかし　宮の詞清少に宮の宣也戯言也清少か大納言をとらへてたゝせぬハと也　　誰がにか　宮ノ詞たれの
手跡そと也
かれに見せさせ給へ　宮ノ詞大納言へ清少ニ見せたまへと也
それぞ　清少をさして也　　いでさせん　清少を出させんと也
われも　来夕人也　　なをいと　清少詞
かく見る人々　女共ノ事ヲ清少がかれも初ハはつかしからんと也」（48ウ）
いかにかハ　左様ニ存ぜで（ママ）ハと宮へ申也　　あはせて　折ニ合也
空事するなり　清少かおらもふとあるハうそ也人か鼻をひたるほとにと也　　よろしくだに　清少詞大かたと云心
わかさるおりも　清少かはなひさう成折も也
ましてにくし　其鼻ひたる者を也　　けいしなをさて　何共いわで也
御けしきハ　宮也　　めてたくも　此哥をおもしろくも也

夜への人　はなひたる人也
うすさこさの哥　清少　花ゆへ　はなひたるをもたせたり俗ニ紕スノ神を信仰せねハはなをひると云也
かしこしとて　恐字也まことをたゝしたまわぬがおそろしき也」(49オ)
後も　返事せしめて後也　折しも　折あしき也
〔一八三段〕　したりかほ成物
さいそ　最初也　人きしろふたひノ蔵人　誰かならんなと度々きしろふ也　一ノ国　五六ケ国もある内ノ上国ノ欠を持たる也　いとことやう　わろき国ニてあるなと云詞也
てうじたる　祈祷する也
ゐふたぎの明どうしたる　詩の韵をかくしてつがする也明どうハ善悪をさたむる人也判者ノ名ゾ
小弓　揚弓也　たばかり　負て也　ふくつけさ　むくつけき也
かゝくりありく　あなたこなたへかゝる事　こと方　勝て也」(49ウ)
ありありて　度々可成時のありつるにもれてと《た》《ヒ》ゝ今成也
中将に成たる　家ノわろきハ受領して後中将ニ成也もと公達の成あかりたるよりしたりかほ也
〔一八四段〕
むげに　いかふと云心也　おほえ給こと　おもふ事也我とおもわるゝ也
すりやうも　受領にもあなつらるゝ也しかるニあなつられぬ也
上達部に　大弐か也三位ニあたれり
程すぐる　方にすぐる心それに過タと云心也　三位ヲ無上おもふ也
おほくやハ　四五年斗也大宰と也

幸にて　大かたよき事そといふ心女をさして也
たゝ人の上達部　清花にあたれり摂家の女ハ云ニ不及大納言中」（50オ）納言大将也
猶男ハ　出身すれバしたりがほ也
なにがし供奉　本僧正禁中へ参れハ供ニ行伴僧也出家の官ニ在之と云也　なりかゝり　あなつられこそすれ也
〔一八五段〕　風は
すゝしのひとへ　八月時分也　わたきぬ　きる物也
むくの葉　むくの木ノ葉也
〔一八六段〕
ふしなみ　ころひたる也
せんざいとも　秋ノ草花共也　よろぼひ　前栽へ上へころひかゝり也
いとおもわす　如此あらんとハ不思也
きはをことさらに　きハをまきたる風ニ木ノ葉を吹入たる也」（50ウ）
おほえね　うつくしきとおもふ心也　うへのきぬ　上よこれしたる衣也
薄物なとのこうちき　常のこうちきの上へシヤヲきせて縫たる也小うちきハ袖くちゑりをバ六重にするもの也
久しく　風のさわぎにて夜をねず朝ねしたる也
打すこし　そこへ出過たる心也　ふくみ　そゝけたる躰
おとなゝとハ　おとなとハ見えぬがと也　花もかへりぬれ　衣ノ色也
とのいもの　ねまきノ心　たけばかり　髪の長さ斗ハ也
はかまの　袴斗きて上に何もきぬ也《ヒ》也　そはより　十七八ノ者也

わらはへの　別ノ者也　　ねごめに　草ノ根也　　は《お》《ヒ》しはかりて　はかまきたる者が也あれがことくにしたきとお
もふ心」（51オ）
〔一八七段〕　こゝろにくき物　うらやましき心也
参るけはい　上へまいる也　はしがい　食クフ箸也
かりまぜて　がら〳〵と鳴躰也
ひさけのゐの　下に置ときひさげノつるノあたる音也なべつるなと同
うちたる　のしめ也　さうがし　さわがしき也
かみのふりやられたる　是ハ見ゆる躰　あふらハ　油火也
御木丁のひも　上に結付てをく紐ノ事也
あけたる　戸の明てあるを見やりたる躰　この　詞也
ゐの見えたる　火桶ノ内ノ絵也　はしの　火箸也
けにいるゝ　碁笥也　すのこ　縁通り也」（51ウ）
夜中なと　忍ひて来ルがねさめて寝物かたりなとノきこゆル事也
〔一八八段〕　嶋ハ
うきしま　所ならす《ナシ》《ヒヒヒ》　やそ嶋　上同　たはれ―　肥後
みつ―　越中　松かうら―　相模　又ハ奥ニも有之　まかきの―　奥
とよらの―　大和ニとよらの寺と云あり嶋とハなし不審
たこと嶋　異本無之
〔一八九段〕　はまハ
うとの―　奥　吹上の―　紀　なか―　紀いせ両所　うちての―　大津近江

もみよせの― 未勘　千里《リ》の― 紀
〔一九〇段〕　うら八」(52オ)
おふのうら いせ　しほかまの― 奥　しがの― 近　なたかの― 筑前
こりすまのうら 摂州　わかのうら 紀伊
〔一九一段〕　寺八
つほさか 住吉　かさき 山城イハヤと有寺とハなし　ほうりん 山城
〔一九二段〕　文八
高野ハ 紀　石山 近江　こ河 河内　志賀 近江
文集 白氏―　はかせの申文 たれ共なし左大臣へ見する官位望ノふみ也
〔一九四段〕　仏八
女意輪　手六あり
〔一九五段〕便面也　物かたり八」(52ウ)
ふるきかはほりさし出ても　如此事こまし〳〵《ヒ》物かたりありしと也
〔一九六段〕　野八
嵯峨野 山城　いなひ野 播磨　かた野 河内　こまの 大和
あはつの 近江　飛火野 大和　しめちの 下野　そうげの 未勘
あへの 津　みや木の 奥　かすかの 大和　むらさきの 山城」(53オ)

(白紙)(53ウ)

九州大学附属図書館文庫報告

1　細川文庫

九州大学の細川文庫といえば、現在では国文学者の間ではかなり有名だけれど、一般にはご存知ない方が多かろう。

この文庫は、九州大学附属図書館が昭和二四年三月に熊本市の古書店天野屋を介して、宇土細川家の蔵書七一三冊を一括購入したものである。例の敗戦直後の混乱期で、貴重な古書群が巷間に溢れ出したころである。総価格は三〇万円、今日なら三〇〇〇万円というところか。内容のすばらしいこともあって、当時ほかに熊本大学、大阪大学からも購入の希望が出たが、旧蔵者の、なるべく九州の地元にという希望があって、結局九大に入った。古書展などで鎌倉時代の古写なら一冊一〇〇〇万円以上のものも珍しくない今日からすれば、一括三〇万円とは驚くべき安価であるが、九大では一度には払えず、二年に分けてようやく支払ったという。

宇土の細川家とは、幽斎を祖とする肥後細川家の支藩である。幽斎の子の三斎忠興が八代に移封されたのが寛永一〇年（一六三三）、その子の忠利が熊本五四万石の主となったのが慶安二年（一六四九）で、その子孫が細川本藩の流れである。これに対して、忠利の弟の立孝の子で当時一〇歳の宮松を正保三年（一六四六）、宇土の地に三万石を与えて分封した。これが後の行孝で、宇土細川家の祖である。

以後明治に至るまで、宇土細川家は一二代続いた。

幽斎が武人としてはもとより、古今伝授を受けたほどの歌人、学者であったことは周知のことだが、子の忠興も文事に志篤く、行孝また然りである。かれは若くから歌道を烏丸資慶に学び、文庫には一八歳の時に写した『詠歌大概』がある。また彼の編んだ細川家歴代の歌の集『葵花集』、あるいは光広と幽斎の間に成った歌論書『耳底記』に倣った『続耳底記』もある。現存する行孝の自詠には、霊元院、後水尾院などの勅点を仰いだものも見えて、辺土の小藩にあって並々ならぬ斯道への熱意をうかがわせる。師の資慶もかれを高く買い、その臨終に際しては、烏丸家に伝わる幽斎・通勝共筆になる『詠歌大概聞書抄』を自分の形見として行孝に贈り、かつ一子光雄の将来を遺託した。その遺書は右の書物と共に現存する。

行孝のほかに、文庫には「栄昌院様御譲物」と箱書などあるものが多い。栄昌院とは八代目の天明期の藩主立之の室、福子である。彼女は土井利厚の女であるが、当時知名の学者であった屋代弘賢に和学、書道を学んでいた。その手もとに数多くの名品が集まったのは、弘賢の助力に依るとは中村幸彦教授の説である。室町中頃の人中御門宣秀写『金葉和歌集』の珍しい初度本、飛鳥井雅綱写『詞花和歌集』、十市遠忠写『詠歌大概』など、いずれも栄昌院の所有したものであり、慶長六年写の『和歌六部抄』は弘賢が進上した旨包み紙に記されている。

なお、熊本細川本家の永青文庫には、当然ながら幽斎筆の数多くの古書が伝えられるが、当文庫にはその忠実な写本は多いが、正真の幽斎筆本は右の『詠歌大概』のほかは謡本くらいで、極めて少ない。分封の際に分かち与えられたものは少なかったとみえる。蔵書の多くは伝来不分明ながら、おそらくはその多くは、右の弘賢の力による収集の結果かと察せられる。

以上に挙げたもの以外、目ぼしいものを若干拾い出してみよう。書写の古いものから順に記せば、第一に伝為家筆『伊勢物語』がある。為家の筆跡ではないが、鎌倉末期を下らず、内容はいわゆる根源本系統で、その最善本とされる。複製本も刊行されて、学界では周知の本である。南北朝に入ると、康応元年（一三八一）の書写の『代々勅撰部立』があり、覚源筆と伝える『義孝集』も小さい歌書だが、南北朝期写の最善本として『私家集大成』の底本に用いられた。室町期に下ると、文人として高名の三条西実隆写の『古今和歌集』と『伊勢物語』がある。前者は、奥書に『徒然草』の作者兼好法師が二条家の師匠に就いて受講した事実を伝える珍しい資料でもある。室町初期写の『建礼門院右京大夫集』も諸本中の最善本として、複製も出、近年刊行の活字本はすべてこの本文を用いている。また頓阿の門人兼空法師写と伝える『古今和歌集』や、これも飛鳥井雅綱写と伝える『後拾遺和歌集』があり、同じ『後拾遺集』の巻第一九釈教だけを写した本の奥書に幽斎が古今伝授で名のある東常縁の筆と極めをつけたものもある。さらに、著者の牡丹花肖柏が自ら連歌師宗全に書写させた旨奥書を加える『春夢草』は、原本に準ずるものといえるだろう。室町中期写の『孝範集』も小粒ながら、装釘も粋な諸本中の最善本である。ほかに伝雅綱写『詞花和歌集』、伝猪苗代兼載写『雅経卿百首』もある。室町末期写になると、烏丸光広が慶長八年に写した西行の『山家集』は清雅な佳品であり、天文一一年写の『勅撰名所和歌抄』（宗碩著）も大ぶりのりっぱな本である。散文では、伝本の少ない『宝物集』が近世初期写にかかり、異本として注目される。『宇津保物語絵巻』は、俊蔭巻だけであるが、寛永ごろのもので、絵の古雅な点も天理図書館本と双璧と称される。その他触れたいものも少なくないが、今は省く。

ところで、九大図書館では、これらの貴重書について、その保管に平常からなみなみならず心を砕いている模様であり、また最近、新しい中央図書館が建設されたこともあってその保管の設備はまずまずといえる。しかし肝腎の書物そのものについていえば、筆者が赴任して以来一八年間に、その破損は目に見えて進行している。虫害はさすがにないが、表紙がすれ、綴糸が切れ、函が壊れ、紐が失せる。函が壊れれば添えられた極札、折紙の行方があやしくなりがちである。絵巻などは展げて見るたびに、継ぎ目は離れ、剥落した絵具がいやでも目につく。その主因は、近年、たび重なる公開や調査、あるいは写真撮影等の要請に対して、能う限り好意的に対応してきたことにある。かく言う筆者自身すらも、そうした要請を重ねた責任者の一人であることを免れないのであるが、とにかく問題は、世上に喧しい古墳の保存などのこととは多少趣を異にしながらも、文化財の保全と公開要求という二律背反をいかに調和させるかにある点は同じである。所有者が個人や財団のばあいには、厳しい閲覧資格の制限や、かなり高額の閲覧料、撮影料の設定によって、事実上それを制限することができようが、現状では公共機関ではそれも難しいらしい。従って、数百年間にわたって無事に生き残り、大切に伝えられてきた古書群は、今日に至って俄に損滅の危機にさらされている。当文庫に限らず、この問題について、局に当たる人々が早急に策を立て、国が然るべき費用の支出に勇断を以て臨むことを切望してやまない。

2　支子文庫

名誉教授の田村専一郎先生が一昨年の八月一二日に逝去されてから早くも満二年が経った。あのように俄かな出来事で、一部の新聞にはセンセーショナルに報道されたこともあって、今なお記憶になまなましい方々も多いであろう。ことに先生は、本務は教養部にあったが、長らく文学部にも出講していただいていたこともあり、九大国語国文学会にとっては、文字通り創成期以来の恩人であられた。二周忌を前にして、痛恨哀悼の思いのひときわ深まるのをいかんともしがたいのである。

先生は備前岡山の旧家に生まれられ、旧制一高を経て、大正一二年東京大学国文学科を卒業され、間もなく旧制福岡高等学校に御来任、以来五十余年間博多の地を愛して離れず、その間に父君の遺産と大学の俸給の大半を書籍と美術品の購入に投じ尽くされたのであった。

田村先生の文庫の名は「支子文庫《くちなし》」である。先生の用いられた蔵書印は、他に「遙青秘符」「遙山麓舍」「遙山房」もあるが、最も愛用されたのは「支子」「支子文庫」「支子舍」である。夏六・七月のころ、艶やかな濃緑の間に純白の花弁を五六枚、その中央にほんのりと黄色い雌しべがのぞいて、しめやかな芳香をあたりいっぱいにただよわせる、その清雅の風情を愛されたのだが、そこには軽々しい思いつきの類を次々と活字に移して恥じぬ輩への激しい嫌悪も秘められていたように思われる。俗を忌み、読書と芸術とを愛することにおいて、先生は文字通り、索漠たる昭和五〇年代最後の文人であられた。

「支子文庫」約一万冊は、先生御生前からの御希望に添って散佚することなく、御不幸後間もなく九州大学図書館に寄託され、次いで購入登録の手続も終わっている。その中、平安文学関係の主要書目について概略を述べることとする。

大和物語　升（一五・五×一四・二糎）一帖。特に先生御生前の御寄贈にかかるもの。鎌倉時代写。勝命本正治二年光阿弥陀仏奥本転写。通行一三四段より一七二段までの零本。この本については、次ぎの拙稿を参照されたい。「支子文庫本『大和物語』のことなど」天理善本叢書月報（昭51・7）、「支子文庫本『大和物語』について（上）（中）（下）」文学研究第七四・七五・七六各輯（昭52・3、53・3、54・3、本著作集本巻所収）、在九州国文資料影印叢書第二期『支子文庫本大和物語』解題（昭56）。

伊勢物語　四部をかぞえる。その一は、大（二二・五×一六・七糎）二帖。袋綴。近世初期写。表紙は紺布地小紋ちらし文様、料紙は楮紙。墨付、上三五丁、下四三丁。天福本か。後述する「自讃歌」の函書に「光広卿伊勢物語　蜷川新右衛門自讃　歌書二　可児家珍蔵」と記しており、元来はその函に収められていた。しかし、光広の筆ではない。内外題、奥書ナシ。

その二は、升（一六・七×一八・〇糎）一帖。近世初期写、綴帖。料紙鳥の子。表紙原装、茶色緞子唐草花文様、墨付六二丁。奥書、勘物なし。本文は定家本系。古筆（琴山）は山本勝忠（一六五四年歿）の筆とする。

その三は、升（一六・五×一六・七糎）一帖、近世中期写、綴帖。料紙鳥の子。表紙原装、縹色金襴緞子菊唐草文様。墨付六九丁。巻末に写者の識語「依或人所望染筆訖。藤原喬任」とある。本文は定家本系。勘物なし。箱書「広橋殿　伊勢物語」。田村氏の印記の他に、「矢野蔵書」（朱・角）の印記がある。

その四は、奈良絵本、大（二四・三×一七・八糎）二巻二帖、綴帖、近世中期写。鳥の子料紙。表紙原装、紺地遠山雲霞描、下部に金砂子遠山海辺文様、墨付上四八丁、下六三丁。絵は上二五面、下二四面。すこぶる美麗な本である。奥書には、「伊勢物語新刊、世酷多矣」云々と、いわゆる嵯峨本伊勢物語の識語を写しており、本文はそれの転写本である。在九州国文資料影印叢書、第一期（昭54）所収。

〔伊勢物語聞書〕　内外題ともになく、仮題である。大（二四・〇×一九・五糎）一帖。綴帖。料紙鳥の子。墨付八三丁。内容は巻頭より六三段「つくも髪」までの注釈で、いわゆる当流抄の一であろうか。巻頭は、

伊勢物語と云事　就題号云所

一、男女物語と云説をは不用　伊勢か筆作をもて此物語の題号と定らるゝよし見えたり　されは当流は此儀也

一、伊勢か筆作に置《ママ》てある説宇田《ママ》の御門へ奉るよしをいへり　当流には是を不用

一、当流にたつる所は伊勢と云女七条の后の宮へ業平一期の事をかたりたてまつるをしるせりと云　さるによりて伊勢物語と定めたり　しかあれは此間に業平か自筆の記も有へし　只物語なからと見侍へき也　されと源氏物語のやうにはあらすと云　業平一期の事をかけり　中にせう〳〵古き歌なともよせて書たり　皆作物語のさほうなり

なお、表紙や巻末余白に「はしもと町　紐屋市松」「森下町一日市屋イチサフロウ」など、同筆の署名や和歌、あるいはいたづら書きがある。旧蔵者の手蹟であろう。

竹とり物語　大（二四・二×一八・〇糎）二巻二帖。奈良絵本。近世中期写。綴帖。料紙鳥の子。表紙金襴緞子、花鳥文様。墨付、上巻二四丁、下巻二三丁。絵は上巻七面、下巻六面。本文は流布本系。奥書なし。在九州国文資料影印叢書、第一期所収。

源氏物語　横（一五・五×二一・七糎）二九巻二九帖、零本。近世中期写。表紙は原装。薄茶無地紙。綴帖。料紙は楮紙（匂宮は斐紙）。内容は、夕顔・末摘花・花の宴・賢木・須磨・明石・絵合・松風・薄雲・少女・玉鬘・初音・胡蝶・螢・野分・御幸・真木柱・梅枝・若菜下・夕霧・御法・匂宮・橋姫・椎本・宿木・東屋・浮舟・竹河・柏木の各巻である。大部分同筆だが、花の宴・東屋などは別筆らしい。また「紹巴以本句切朱点一校了」（玉鬘巻末）などの識語がある。底本は肖柏本系統らしいが、それを大島本系統本で訂正したところが多い。朱による句読点は、紹巴本によったもの。田村氏の印記の外、「河合氏蔵書」印がある。

哢花抄　大（二四・〇×一七・〇糎）七巻七帖。綴帖、近世中期写。表紙原装、藍紙に金砂子散らし野山草花文様、鳥の子。丁数は巻一以下、一〇一・八七・八五・一一四・一一二・一〇〇・六一。第七巻々末に、永正七年実隆の「右肖柏老人聞書借請之」云々の奥書、永正七年八月十七日実隆の「此抄去六月下旬立筆今日終書功」云々、永正十六年冬実隆「此抄為愚見卒尓写置処（下略）」云々等の奥書をすべて具え、それで終わる。概ね「翻刻平安文学資料稿」本に同じだが、講釈日数の記述はすべて省いている。

保元物語　大（二四・二×一七・五糎）三巻三帖。近世初期写。綴帖。料紙鳥の子。表紙は改装されており、藍地紙に雲霞描沢辺文様の嫁入本の態裁である。墨付、上七六丁、中九八丁、下七二丁。上・中巻々頭に各系図あり。本文は異本系甲類本。中でも金刀比羅神宮本に近いが、それに比べて、漢字が少なく、仮名書きが多い。最善本の一とするに足るか。在九州国文資料影印叢書第一期所収（笠栄治解題）。

つれづれ草　大（二四・九×一七・七糎）一帖。巻頭より一三四段の途中までで、以下は逸。室町末期写。内・外題ともにない。表紙は原装で、鶯茶の布に丸に三巴文様。料紙鳥の子。墨付一一一丁。一面七行。書入、ミセケチ等なし。各段頭に朱の合点。本文の系統は王堂本・陽明本に近いらしい。末尾の欠は惜しいが、注目すべき一本といえよう。参考、橋口晋作「支子文庫所蔵本『つれづれ草』に就いて」(「人文」創刊号、二号、昭52・12、53・6)。

万葉聞書　大(二四・四×一八・二糎)二〇巻上中下三帖。綴帖。近世中期写。いわゆる堯以著の「万葉目安」である。崎村弘文氏の調査によれば、竹柏園本(慶長二年写)などに比して、誤脱がやや多い。

古今和歌集　大(二三・五×一六・二糎)二〇巻一帖。室町期写。綴帖装。表紙は原装。柴と緑・黄の竪縞文様緞子。見返しは金砂子散らし。料紙薄様、墨付一六七丁、白紙は巻首一丁巻尾二丁。一面九行書き。本文と同筆書入少々あり。巻末一五八丁裏面に、

此古今奉附属良守上人了

文和二年三月十八日

西方行者頓阿

と記され、宮内庁書陵部蔵頓阿本と同系統本である。西下経一氏『古今集の伝本の研究』八三ページに掲げる頓阿本の独自異文「しろき鳥のはしとあしとのあかき」「恋ひずしもあらぬ」「又のあした(にナシ)人やる」「まかり通ひて」は本書にも一致する。

なお、函蓋の裏に、「此帖頓阿法師之筆後定家抄貞応本百三十年両距今実六百年　殊法師筆蹟中兼備年号署名者蓋稀　誠足為珍/昭和甲申(十九年)春日荒陵山人/いみしくも遠き昔を忍ふかな四つのひしりの水茎のあと/八十二寿(生カ)老(「荒陵文庫」印アリ)」とあるが、本書の筆跡は、署名などは頓阿のそれに似た所もあるが、全体としては、別人の筆であって、時代も下るようである。書陵部本は室町中期写で貞応本の最有力資料とされるが、

本書もそれに匹敵する重要資料である。

別に**古今和歌集**一冊があるが、これは第一一巻〜二〇巻の零本である。袋綴、近世中期写、本文は貞応本系か。墨付一三一丁。朱注・勘物・校異の書入が多く、第一五巻々末には、「阿の定三本・清一本・九内本・壬生一本・俊本」など、校合本の名称が記されている。奥書はない。

金葉和歌集　大（二二・七×一六・七糎）　○巻二帖。綴帖、表紙は薄茶布地金襴緞子、牡丹唐草文様。料紙鳥の子、墨付、上五二丁・下六二丁。一面一〇行書。本文は二度本系の流布本。奥書は、「右金葉和歌集依所望染禿毫令書写畢／元禄戊寅（一一年、一六九八）仲春日　従三位源博」とあり、筆写者のものであろう。「源博」は、東久世博高である。

千載和歌集　大（二六・〇×一八・二糎）巻一一〜二〇のみ、一冊の零本。綴帖。近世初期写。表紙は藍紙。料紙は鳥の子。一面一〇行。奥書、書入等はない。

新古今和歌集　巻一―六、大（二九・四×一九・〇糎）一帖。零本。室町中期写（伝細川持之筆）。綴帖。表紙は原装、黒地金襴緞子、小紋散らし文様。見返し金泥。墨付七五丁。一面一一行。付点、書入などなし。本文系統は未詳だが、切出し歌の、春下「ふるさとに花はちり……」「いかにせんよにふる……」は見えない。扉の白紙に、古筆家の朝倉茂入の極札が貼付され、「細河殿持之、新古今上巻端本序より第六まで」とある。持之は嘉吉二年（一四四二）に歿しているが、書写年代はほぼその頃とおぼしく筆蹟雄勁、大ぶりの古雅な一本である。

新古今和歌集聞書　升（二〇・五×一六・三糎）一帖。内題はかく記すが、表紙打付書の外題は「新古今聞書」とある。表紙は改装されて、金茶無地の粗末な紙表紙。墨付一三八丁。近世中期写。東常縁の聞書である。書入・朱注多く、「文政十年ニテ五百九十九年」云々ともある。玄旨（幽斎）の「右一冊東野州抄出之歌いづれもかたはし有之」云々に続き、中院通勝の「此注養遲所持之ヲ於城抄　山科の郷之普請場一覧之次写之／文禄五年六月上句／也足子素然判」の奥書、さらに最末遊紙の左隅に「飽睡軒三心」（別筆）と旧蔵者らしい名がある。

八代集部類第十九　升（一七・〇×一六・五糎）一帖。鎌倉末期写。古筆（了任・了仲・了観のいずれかであろう）の極札には、二条為明筆とする。綴帖。鳥の子料紙、表紙は改装され、藍地緞子、小紋文様。金銀泥見返し。墨付一二六丁・一面一〇行、和歌二行書き。全体に亘って裏打補修されている。八代集の哀傷歌を部類したもの。巻頭に目録がある。初めの「寄四季哀傷」は春九題（子日・霞・鶯・若菜・梅・花・帰雁・藤・欵）、夏四題（歌題略、以下同）・秋一五題・冬五題である。以下、天台（五題）・地儀（七題）・植物（四題）・動物（三題）・人倫（一題）・人躰（二題）・人事（二題）・雑物（一〇題）で、全歌数三八二首。巻頭は公任の「たれにかとまつをもひかむ」、巻末は慶暹の「なき人のあとをたにとて」で終わる。旁注・校異（墨）・朱による集付・合点・ミセケチあり。

なお弘文荘待賈古書目第廿号（昭26・6）に、「八代集部類抄巻第六」が掲出されている。伝冷泉為相筆、鎌倉末期古写本で、半紙本。代価四万円。その巻頭一葉の写真には、「八代集部類抄第六、冬／初冬／拾遺」と始まり清原元輔の歌を掲げている。筆蹟は本書とやや異なる。反町氏の解説を抄出すれば、

> 八代集部類抄は従来全く知られざりし書、此の一帖の外世に伝はらざる稀覯本なり。（中略）加藤正治博士蔵の「佚名抄」の内に、鎌倉中期頃迄に成立せし各種の私撰集の名称を上げたるが、内に
>
> 八代抄　中務卿親王撰
>
> とあるは、或は此の書に当るべき歟。中務卿親王は即ち宗尊親王の御事なれば、時代はまさに相当とすべし。さてこの書は（略）全巻はおそらく古今集の部類に従い二十巻たりしものなるべく、冊数は一巻一冊として二十冊に及ぶ大部のものならん。内容記載の方法は更に細かく部類分けして、初冬・時雨・霜・霰・雪・寒草・千鳥・氷・水鳥・冬月・五節・網代・神楽・鷹狩・炭竈・炉火の十六種の標目を掲げ、各標目毎に一々勅撰集の名をあげて類歌を纂む。所収の歌数は約五百、墨付紙数は百九枚に及ぶ。諸所にイ本との校合書入

あり。（下略）

この本は現在穂久邇文庫に収まっている。この穂久邇本と支子文庫本とが、同一部に属するか否かは内題の記しかた・筆蹟・書型の相違もあって問題であるが、もし、同系統本であると認めてよいなら、田村本の出現によって、この反町氏の推察は「八代集部類」の原本の部立てや巻数など、ほぼ的を射たものであったことが立証されたといえよう。在九州国文資料影印叢書第一期（昭54）所収（工藤重矩解題）。

拾玉集　大（二四・〇×一七・六糎）二帖。巻分けせず、内題はない。綴帖。料紙鳥の子。近世中期写。金茶地行成表紙。筑土鈴寛氏の、文学昭和九年一月号に紹介されたものと同じく異本系の一本。上冊は百首和歌、花〳〵山たかみ峯の桜の」から祝〳〵君か代にちとせくらへを」まで、下冊は「序品六首、如是我聞〳〵いはしみつ今いふ人の」から〳〵とにかくに見てもなつさふ」まで。そのあとの奥書は、「右慈鎮和尚御詠等採摭舊仰《(ママ)》慶運／令類聚之、斯言若堕将来可悲云々　今任先賢之金言令集祖師玉章、偏／存真俗一致也、肯莫貽内外異端之嘲、于時嘉暦三年五月廿一日難波津末流我立杣不才～記之」、この奥書に続けて、慶運の歌二首「あひてあひて」「もしほ草むかしの跡に」と、その返歌「いにしへの玉もひかりを」「しるへする友そ嬉しき」が付載されて終る。参考、西丸妙子「支子文庫本拾玉集について」（語文研究51号、昭56・5）・在九州国文資料影印叢書第二期（昭56）所収（西丸妙子解題）。

宮内卿家集　半（二二・〇×一六・七糎）一冊。近世中期写、袋綴。表紙は原装、黒無地紙。料紙は楮紙。墨付二一四丁。歌数一九五首。内容は「二条大皇太后宮大弐集」である。奥書はなく、書入が少々ある。続大観本と同系で、最末の一首「頼めしを」を欠く。末尾二葉は、錯簡本を写したと見えて、逆順である。

新勅撰和歌集　大（二四・四×一七・六糎）五巻一冊。袋綴。巻一一～一五のみの零本。近世中期写。料紙薄様。表紙は逸失。墨付八六丁。流布本系か。

和歌三部抄　升（一八・五×一八・〇糎）三巻一帖。綴帖。表紙は原装、藍紙、水流文様。墨付三七丁。一首二行書。内容は、詠歌大概・未来記・雨中吟一七首・百人一首を収む。巻末識語は、

此三部抄者依防州山口数松所望染悪筆者也

慶長十九暦林鐘上旬　法橋玄仲（花押）

これは書写者の識語と認めてよい。外題（題簽）にも、「法橋玄仲」と注している。

自讃歌　大（二四・〇×一六・九糎）一帖。東常縁の自讃歌抄である。室町末期写。綴帖、料紙楮紙。表紙は原装、金茶地、金欄緞子、鳳凰牡丹花文様、墨付四一丁、一面九行。歌数一七〇首。一首一行書。序文も奥書もない。巻頭に「自讃歌作者等注」として、後鳥羽院以下一七名の出自を簡単に記す。巻頭「桜さく」の歌の注は「後鳥羽院の御製女房ともあり帝王の御歌をは是非をさためぬ事也遠花はあかぬ物なり　俊成卿の九十の賀の御歌とも」。巻末「山里に」の歌の注は「いまはうれしきによりよき事をは他にあたへたきのこゝろなり」とある。包紙には「外題　菊亭内大臣御筆／自讃歌蜷川新右衛門尉親当筆」とあり、扉に貼られた畠山牛庵の極札にも蜷川親当とする。親当は、号知蘊、正徹の門弟で知名の人である。また函蓋の表に「可児家珍襲」とあり、蓋の裏には「大正七年極月於亀城山下／斗霞居士簽」とある。参考、福井迪子「支子文庫本『自讃歌』について─翻刻と解説─」（鹿児島県立短期大学紀要、第三〇号〔昭54〕）在九州国文資料影印叢書第二期所収。（福井迪子解題）。

〔自讃歌抄〕　半（二一・二×一五・九糎）一冊。永正九年写。料紙は楮。表紙は失われて、大和綴じである。奥書は、「右之歌書事任本書之／色々御審心多かるへく候／少も筆者之無裁度候／（署名塗り潰す）／永正九年霜月十八日書之」とある。写者の識語と思われる。内容は、東常縁の自讃歌抄であるが、前項とは大違あり、巻頭「桜さく」の歌の注は、「永日なれともみしかくおもひてあかぬ色なり、遠山鳥のしたり尾とはなか〳〵しといはぬ《ママ》ため也　これをはんひ（五字難読）山鳥の尾のしたり尾とは／（二字不明）てなかきを也　本歌に人丸あし

ひきの山鳥の尾の（下略）」とあり、巻末「山里に」の歌の注は、「山庵に引籠て昔をおもへは色々うき香にめて花鳥風月のみを友とせし事くやしきとなり　我ことく世をいとはん友もかなくやしかりし昔をかたりなくさまんとなり／一、うき世いとはんとは思心は詩人かんいなき人となり、我はいやしき山賊となり　さてこそうき世いとはん友もかなとなり」とある。

さらにこれに続く巻末附載発句他は注目されよう。「正月廿五日梅は世のにこりにしまぬ匂哉　政資（私注・細川政資か、明応頃の人）」以下、「花と見て雪やにほはん冬梅（友祐）」まで十二句。作者名はこの二人のみ。さらにこれと前記の「右之歌書」云々の識語を距てて、その裏面に「佐州にての連歌」と記して短連歌一首と短歌三首を書き留める。後者は「三条西殿（実隆カ）」として「池上春風／浦ちかくよりて帰らんしら波のこやのあし垣夕かほのはな／三月三日御歌／仙人の折しとそ思ふ一枝の分て色こき桃のくれなゐ／御返歌宗綱／言の葉の花よ色かふみ□ねの詠めはつきし春毎に見む」。「宗綱」は松木宗綱か。参考、福井迪子「支子文庫本〈自讃歌抄〉翻刻」鹿児島県立短期大学人文学会論集（人文、第四号、昭55・6）。在九州国文資料影印叢書第二期所収（福井迪子解題）。

神祇和歌　半（二〇・〇×一五・五糎）一帖。零本（後半逸）。室町末期写。綴帖。表紙・裏表紙とも失われている。墨付一七丁。白紙ナシ。天地を改装に際しやや切り詰めたらしく、下端の文字が読めない箇所が多い。一面一一～一二行。和歌一行書。諸神社毎にそれにまつわる和歌を集めたもの。伊勢・宇佐宮・男山・石清水・賀茂・斎宮・貴船・春日・日吉・山王・北野・稲荷・熊野・那智・香椎宮・諏訪・三輪明神・葛城神・玉津嶋・出雲大社・鹿嶋の二一社。内題の「神祇和歌」は巻頭に位置するが、第一くくり三枚の中の、第一丁は破れて失われているので、これが原本の巻頭か、否かは正確には分かりにくい。しかし、単なる部立てならば、「神祇和歌」という改まった標出のしかたは不自然と思われ、やはり、破れ去った第一丁は、表紙か、扉の類であったと見たい。

歌数は全一四四首。巻頭の和歌は、伊勢で、「跡たれて幾万代の宮柱八十年は過ぬ□なみ」巻末は、破損のため読み難いが、鹿嶋で、四首中の初めの歌は、「色かへぬ桧原松むら霜置て神のかしまは代々の□」。この「松」の右に「杉」、「置」の右に「ヲヘ」と校異を記している。国書総目録によれば、「神祇和歌」なる書名は他に見当たらない。参考、福井迪子「九州大学図書館蔵、支子文庫『神祇和歌』翻刻」（人文、第三号、昭54・6）、在九州国文資料影印叢書第二期所収（福井迪子解題）。

宝治歌合　大（二六・七×一九・二糎）二巻二帖。綴帖。近世初期写。内題にかくあるが、いわゆる「後嵯峨院歌合」である。表紙打曇料紙。本文料紙は楮紙、色替り。墨付、上巻二八丁、下巻四〇丁。本文は類従本を補正すべき箇所が若干あるようである。末尾に続けて、勝負の目録を掲げる。さらに巻末に蓮性陳状を附載するが、末尾は「御披露の後はひき破らるへく候あなかしこ」で終わり、以下はない。田村氏の印記以外に「北畠文庫」（朱方印）印がある。

弘長百首　大（二五・五×一八・〇糎）一帖。綴帖。近世初期写。表紙緑布地、雷文繋牡丹花文様。鳥の子料紙、墨付四二丁。外題はない。

歌枕名寄　大（二二・七×一六・二糎）八巻二帖。但し巻二一～二四、二九～三二のみの零本。近世中期写、綴帖。料紙薄様。墨付、上一三二丁、下一二八丁。表紙脱。扉（現在の表紙）に紙片を貼り、目録を記す（田村氏の筆蹟である）。内容は、上冊巻二一は武蔵から常陸まで東海部、二三～二四は近江、下冊巻二九は北陸部、巻三〇は山陰部、巻三一～三二は山陽部。本文中、校異・左注・傍注等あり、欄外に頭注集付あり。上冊末尾に識語、「従白雲以下至益原里者写本落之　他本校合之時書入之　仍次第不同皆一所載之了」。

〔歌枕名寄〕　大（二二・五×一六・二糎）一帖。零本。近世中期写。綴帖。墨付一五四丁。料紙楮紙。表紙・裏表紙ともに逸。歌枕をいろは順に配列、「石蔵」から、「し」の途中「白菅湊」までで、以下は佚している。

肥前島原松平文庫報告

本稿は「肥前島原松平文庫報告」（中村幸彦氏・島津忠夫氏と共筆。「文学」昭36・11）の中、私が分担した古代文学関係の部分である。以来すでに長い年月を経ており、内容は今日としては甚しく不十分なものであるが、なお若干は参考とするには足るかと思う。

松平文庫中、古代文学関係は約二四〇部であり、その中、奈良時代以前は万葉集の研究書四種と懐風藻とに過ぎず、他はすべて平安朝文学作品およびその研究書である。以下、ジャンル別に大要を記すことにする。

1　物語

総点数六四部、そのうち刊本八部、他は写本であり、その大部分は忠房文庫本である。刊本は除いて、写本のみについて述べる。

テキストには、左のものがある。

宇津保物語　一冊、俊蔭のみ。寛文元禄期間の写。（以下、とくに断らないかぎりは、忠房文庫本はすべてこの年代の書写本である。）

大和物語　一冊、勘物あり。秋成本に同系。

花山院作物語　一冊、表紙左肩題簽にかく記す。巻頭は「花山院作物語の御つくり物語となりてとある本にあり是はまたこと本に書たり」とあり、以下秋成本大和物語巻末附載平中説話に同じである。奥書なし。

源氏物語　五四冊、慶長七年写。淡褐色紙表紙。本文は青表紙本系統。

山路露　一冊、奥書なし。流布本に同。

夜寝覚　五冊、野口元大氏によれば、天理図書館本（竹柏園旧蔵）の親本で、由清か「窓の燈火」にいう「島原侯本」である。

さころも　四冊、春夏秋冬の各巻に分かれる。各巻とも流布本にもっとも近いようである。奥書はない。

松浦物語　一冊、本文は流布本と変わらない。奥書なし。

海士の苅藻　四冊、流布本にあまり変わらない。

住吉物語　一冊、横山重氏「住吉物語集」所収の藤井乙男博士蔵本とほとんど同じである。

苔衣　二冊、上巻は第一巻、下巻は第四巻である。本文は穂久邇文庫、神宮文庫本系統。奥書なし。

宇治物語　一冊、内容は苔衣第三巻。本文系統は右に同じく、東大国文学研究室本「宇治大納言物語」の類である。

なるとの中将　一冊、本文は新校類従本のイ本、岸本由豆流校注本に同系。奥書なし。

次に注釈書はかなり多い。伊勢物語では、

知顕集　三冊、類従本では大半を欠いている長文の序文がある。

愚見抄　二冊、奥書に、

長禄三来年（略）文明六年小春仲幹日　沙門螢

愚見抄二帖大内左京兆政弘朝臣令所望之間所令附属者也　老筆狼藉定可招後嘲者歟　文明八年七月下澣老比丘螢

此愚見上下二帖一条禅閤之所作也奥書等巨細見右借請政弘朝臣以彼自筆之本於周防国勝音寺書写之再三令校合而

已

文明十二年仲秋天　従一位御判（旁注、「春秋四十二才」）

とあり、桃園文庫の一本と略同じである。

惟清抄　一冊、奥書に、

右加一見老懶僻案之臆説不漏一事載而抄之恰如破竹如瀉水却雖有恥来者儻同志者須潤色之名曰惟清抄不可出窓外而已　大永壬午暦重陽前一日　槐陰賢苾芻堯空誌六十八歳

とあり、桃園文庫本と同系である。

肖聞抄　二冊、奥書はない。七五段の末尾に附して、「今年文明十二庚子にいたり六百年也」とあって、文明十二年本である。

忍摺　一冊、奥書に、

此一帖者一条禅閤伝説并紹巴法眼聞書以両本令書写畢当流証本可秘之也　慶長九暦甲辰仲秋日

とあり、九大本と同系か。

闕疑抄　三冊、下巻の奥書に、

此闕疑抄上下幽斎老新作之処也。旨趣見奥書予亦被草之時侍几下仍被免許書写深秘函底莫出窓外耳　慶長第二孟冬十五日　也足叟素然　御判

とある。

伊勢物語鈔　模本一冊、奥書に、

元亀三迄六百九十年ニ成リ文禄四年迄七百十六年歟　慶長九七月六日終功了

とあり、慶長九年の書写本である。内容は公条の注である。

伊勢物語聞書　半紙本一冊、室町末期写。内容は大庭宗分の伊勢物語口伝抄である。

伊勢物語聞書抄　一冊、「天文廿年辛亥五月廿五日書之畢」と奥書。内容は山口抄と同じく、和歌のみの注である。

巻頭および巻末の一部を記しておく。

（「かすがのの若紫の」ノ歌ノ注）このうたのこゝろはしのふをすりたるかみたれたるかやうにわか心のおもひにみたれたるよしをいはんとてかりきぬのすそをきりてこのうたをかきてやりたりなりひらのうたなりこの女ありつねむすめなり。

（「つゐにゆくみちとは」ノ歌ノ注）このうたはなりひらしせひのうたなりしせいとはしぬるときのうたなりつひにゆく道とは人のしぬるみちなりそのしぬるひとをはかねてきゝしかともきのふけふならんとはしらさりけりとなりとし月ほとなくゆきてかくとよめり。

次に源氏物語の研究書は奥入以下源注拾遺まで三八種に及ぶ。

源氏物語奥入　一冊、京大本・神宮文庫元禄十年本・九大本などと同じく別本系である。

弘安源氏論義　一冊、「源氏論義」と外題。奥書なし。

賦源氏物語詩　一冊、「右一冊自金沢文庫出」と奥書あり、類従本と同じく、金沢文庫本系統である。

源氏供養表白　**源氏供養草子**（「源氏不審抄」と題）各一冊。奥書なし。共にそれぞれ流布本に変らない。

紫明抄　一〇冊、第十巻巻末に、

此抄十巻之内第五第七第九以上三帖雖或人之手不慮雖感得之所残猶依不尋得借請四辻一品本具書写校合了為証本文子細載右奥書歟可秘之　于時至徳第四弐則上旬終功了　園城非人　白河瓦礫沙門判

書本奥書ニ此抄一部十巻悉素寂自筆本書写了而此巻紛失之間後日書加之奥一段作者素寂自筆也書中撰出之間故続加巻中者也

時貞治四耳季春十七日　特進判

とあり、跋文末の「君をのみ」の歌がない。内閣文庫十冊本と同系本である。

仙源抄　二部あり、ともに一冊本。その一は応永三年耕雲自筆本を写す旨の奥書のあるものであり、他は「源氏物語色葉聞書之事」と内題、「源語類聚」と外題するもので、弘和三年の跋文があるが、奥書はない。新校類従本の片仮名本と同系である。

河海抄　五冊、奥書は、第二十巻巻末に、

此抄一部廿巻畢(ママ)自令校合加覆勘畢可為治定之証本焉　儀同三司源判　例式両本校合朱了本云寛正六年孟夏下旬之候終一部之写功畢洞院大納言公数卿家本並室町殿春日局本彼是見合畢春本者中書之本洞本者覆勘之本也仍彼是不同事等有之料紙左道右筆比興也堅(ママ)之禁外見穴賢々々　権大納言源判　文明四年三月廿二日未下刻立筆翌日申刻書写之功了　右此抄借請中院亜相通秀卿本染愚翰畢惣而一部書写之望雖有之当時宇治一覧之間先此四帖詐至自十七至廿卒写留之雖卑紙多憚悪筆有恥愸依数奇深切屢励生涯懇志如形終書木之功烏焉之訛謬須繁多一部書写之次早可令清書深蔵函底勿許外見者也矣　于時文明壬辰沽洗下旬候　左少将藤

とあり、学習院大学本その他と同系である。

河海抄出　二冊、河海抄の抄出本。奥書なし。

千鳥抄　一冊、「源氏物語聞書抄」と内題。巻末に「昔四辻儀同三司光源氏物語講読の席をひらかれて（略）又難波の海をか此道にのこさんや　于時応永廿六年春下澣記之」との跋文があって終わっている。松田修氏の説によれば、類従本と書陵部本との中間的性格のものかとされる。

水原　一冊、山頂湖面抄である。巻頭に、「水原、定家作光源氏巻名謌五十四首在之序并注」とあり、序文末に、末代ノ連哥之付合ノタメアラアラシルス他見アルヘカラス　文安六年正月吉日　比丘尼祐倫　定家作六種

きりつほのうちゑみかほのおりやせておかしはつかし花鳥のこゑ

と記す。奥に肖柏の名がある。

源氏一郎之歌　外題「光源氏一部謌」一〇冊、序文の次に、全巻の梗概を述べ、処々に注を付す。奥書に「享徳二年林鐘後十月　祐倫／此本書写于時　天正十四年九月廿三日也」とある。

源氏和秘抄　一冊、奥書「二条大閤兼良公製作也可謂初学入門珍重云々」

源氏小鏡　三冊。

源氏物語年立　一冊、奥書は、

源氏物語年立一冊者故禅定閣下所製作也件正本応仁大乱於桃坊文庫為白波被奪取畢爰経数十年不慮感得之悦憚無物于取喩此一帖以彼真本加書写者也未流布世間雖無出窓外感数奇之志付嘱左金吾基春卿訖秘箱底莫令他見

永正七載季夏中吉

右一冊之年立者一条禅閤覚恵俗名兼良公賢作也奥書者御息妙華寺殿冬良公証判也不慮令感得及累年爰吉見正頼依道執心少々伝付事在之以事次此一帖奉付属正頼訖於証本可為無二而已　永禄七年六月六日在判（貼紙）

本云　右一冊以一条桃花坊兼良公御真跡之本書写焉了

源注　一冊、宗祇「源氏物語不審条々」と宗碩「源氏物語男女装束抄」を合綴したもの。

浅聞抄　三巻三冊、上巻（桐壺〜花散里）、中巻（須磨〜藤裏葉）、下巻（若菜〜夢浮橋）。奥書なし。

源氏長謌　一冊、全巻梗概を長歌に詠んだもの。

無外題源氏鈔　一冊、はじめに「光源氏物語のおこりは大斎院選子内親王より云々」の序文あり、桐壺巻より花散里巻までの梗概。処々に語釈を割注する。奥書はない。墨付八五丁。一面一〇行。

源氏物語不審抄出　一冊、奥書に、

此一冊宗祇法師抄出之所也命可一覧由其後下向関東於相模国卒去尤可歎而已　かたみともその世にいはぬ心まてふかくかなしき筆のあとかな　冨小路俊通　在判

とある。

光源氏系図　一冊、古系図系統本。太上天皇・朱雀院・今上に始まり兵部君に終わる。源氏物語大成所収為氏本に近いが、「不入系図輩等」以下はなく、奥書もない。本文も、為氏本とかなり相違する。

源氏物語男女装束抄　一冊、宗碩。奥書なし。

弄花　七冊、天理本・竜門文庫本と同じく、奥書に、

此抄去六月下旬立筆今日終書功而為可七冊不可他見　永正第七八月十七日

と実隆の識語があり、ついで、

然ニ此物語大部ノツクリヤウ類ヒナク面白ケレハ此巻ニ至リカヤウノ事モ書ト丶ムヘキ事ナルヲサモ非ス猶行末色々ノ事アルヘキ様ニウハノ空ニテハテタル所タ丶人間ノアリサマハ皆以テ節木ノアリナシ夢ノ浮橋ナルコトハリナルソト聞人ミル人心シリニ此物語巻ノ軸ニ此名ヲ付タル作者ノ心甚深ナルヲヤ

と記して終わっている。

休聞抄　十五冊、「源氏物語聞書」と内題。第十五巻々末奥書に、

此源氏抄者河海廿巻花鳥卅巻弄花七冊用捨之篇并宗祇以来至于宗牧今案之説々等悉一所書載之一部連々終其功不可許外見者也

雪隠説　一冊、湖月抄附載のものと同文。

紫塵残幽　四巻二冊、表紙左肩の小型の題簽に「紫塵残幽一二」「紫塵残幽三四」と記す。内題はない。第一巻は桐壺より乙女まで、第二巻は玉鬘より藤裏葉まで、第三巻は若菜上より幻まで、第四巻は匂宮より夢浮橋までの

簡単な注釈である。はじめに序があり、

この物かたり家々の注尺有といへとも四辻の宮の河海抄十巻に過たるやはあるへきとなり紫明水源なといふあり花鳥余情はちかき代一条禅閣後成恩寺殿御作廿巻そのはしめの詞にあつまをもろもろのうつは物のうへにをきむらさきをよろつの色の中にたとふるかことし（下略）

と言っている。吉田一穂氏蔵「源氏物語抄」三冊あるいは天理図書館本「源氏注」（零本一冊、内・外題なし）と同じく、宗長の注である。「紫塵残幽」の書名は、松平本のみの有するもので、外題の文字は本文と同筆であり、宗長には別に源氏物語梗概本として「紫塵残抄」の著があり、宗祇に同じく「紫塵愚抄」があることを考えると、この書名が元来の正しい名かと思われる。

岷江入楚　五四冊、序文の次に六項目の語釈があり、時代の条の傍注に「大正十八庚寅迄ハ五百七十五年也」と記している。跋文奥書は「此光源氏物語者本朝ノ風俗（略）、時慶長第三蔵在戊戌星夕之日誌焉　幽斎叟玄旨判」とある。

なおここでついでに記しておきたいのは、**「歌書集」**と題する六冊の本のうち、風の巻の一章をなす**「光源氏物語本事」**と題する七丁の一文のことである。その内容等については、前述88P以下を参照されたい。

［編集者注　88P以下とは『国文学やぶにらみ』所収の「「光源氏物語本事」の発見」をさすが、「光源氏物語本事」については本著作集第4巻に関連論文が収められている。］

次に伊勢・源氏以外の注釈書を挙げる。

狭衣下紐　二冊、奥書に「此抄上下者昌琢法橋之以本令書写校合又以玄仲法橋自筆校合畢」とある。

狭衣系図　一冊、流布本にある各項末尾の「私……」の私案の条（切臨か）がなく、承応板本以前の原型である。

栄花物語系図　一冊、国史大系本、史籍集覧本の何れとも異なる。

栄花物語考　一冊、安藤為章の著。写本。

翁鑑　一冊、今鏡巻一～九の和歌の部分を中心にした抜書。

なお刊本の中に紹巴抄（一一行二一字詰）と栄花物語（一一行二一字詰）の二つの古活字本の揃っていることを附記する。

2　随筆、日記、紀行

土佐日記　二部あり、各一冊、その一は簡単な傍注本。他の一部はいわゆる妙寿院本であり、片仮名、貫之自筆本を写す旨の奥書をもつ。

蜻蛉日記　三冊、巻末に道綱母集を附す。西丸妙子君の調査によれば本文は古本系第二類の中の善本といえよう。各巻別筆。一面一〇行、一行一五～一七字。本文と同筆のミセケチ、書入れがあり、また不審紙を多く貼付。巻末の道綱の経歴の記述は、

傅大納言道綱　大入道殿（「兼家」ト傍注）二男母陸奥守藤倫寧女

とあって、桂宮本よりも詳しい。

紫式部日記　二冊、全巻一筆。上下巻とも、題簽に「紫日記上」「紫日記下」と記すのみで、本文には書名や上下巻の明記はない。各巻末にそれぞれ人物経歴を記しているが、「邦高親王云々」の奥書はない。本文は、古典文学大系本に校本として用いられている桃園文庫本に近いようであるが、誤脱がかなり多い。

紫式部日記歌　一冊、後半の勅撰入集歌の部分に錯簡があり、巻末に「世中を何なけかまし山さくら」の歌がある。また途中、「何かこのほとなきそてを」の歌の次に「慶長三暦十二月十七日書之」とあり、また右の「世中を」の歌の次には、

としくれてわかよふけゆくかねのをとにこゝろのうちのすさましきかなといふかたまては此本（「初より写本也」ト傍注）と同し事也其内も少の替りは注付也その歌の以後一円なくてとしくれてわか世ふけ行のうたのつきに源氏物語お前にあるを殿御らんしてとかけりさて此五首をかきて是（「今写本也」と傍注）にておはりぬ彼本（「今写本也」ト傍注）日記わつかに十六首也是もめつらしきゆへに今かくのことくこまかに書付る也

慶安四年五月廿九日　右之奥書之本にて令写之畢　承応二年孟春十九日

とある。学宛（昭28・10）誌上に池田亀鑑氏の紹介された反町茂雄氏蔵本と同系本であり、書陵部本に同じ流布本文を、山口たけ子氏の紹介された原型本によって校合した本である。

3　勅撰集、私撰集

勅撰集の本文は写本としては一部も残っていない。東常緑自筆後撰集の存在が戦時中に確かめられており、それは東京の松平邸において戦災のため焼亡したと思われるが、それと事情を同じくしたものが他にあったと思われる。三十六人集・万葉集などのテキストの見出されないことも、あるいは同様の事情によるかと察せられる。注釈書には、

古今和歌集目録　二部あり、一は「古今顕名抄」と題する二冊本で、本文は新校類従本と同系であり、奥書はない。他の一は、一冊本、「古今和歌集目録」と題し、巻頭から「源宗于」の条まであるが、それにつづく「庶人」の部、安倍清行の条以下が闕けている。奥書はない。

古今和歌集相伝血脈次第　一冊、巻頭に、古今集貫之自筆本は清書本二、中書本一の計三本あり、中書本は友則に伝わり、清書一本は、延喜帝に上り、朱点を付した、と述べる。以下伝授を記し、鎌倉末で終わるが、為相の系統に重きをおき、関東の武士・僧侶の名が多い。静嘉堂文庫にも一本があると聞く。

古今和歌集題名釈　一冊、古今集の題名についての問答を記したもの。奥書はない。巻頭を引いておく。

問云この集を古今和歌集と名付事いか成ゆへそや　答云いにしへいまの哥をあつめたる故なり　難云そのいにしへいまのうたをあつめたると云事は何となく文字にて見えたる事なり内典外典はかはるといへともその書の大意は序にてあらはし序のこゝろをは題名にてあらはすにやされはなをゆへのあるへきかいかゝ

書陵部本「古今問答」五冊、岡山大学蔵「古今注」五冊、などの第一、二冊に相当するもの。

顕注密勘抄　三冊、巻末に承久三年三月廿八日八庄沈老、承久三年後十月十二日藤原、弘安三年八月四日慶融の各奥書が並んでいる。

僻案抄　一冊、万葉集草木異名・知蓮集と合綴。「大意抄」と外題。奥書はない。室町時代末の書写。前半は類従本とほとんど違わないが、一葉錯簡があり、後半「ふる雪のみのしろ衣」の歌以下の大半が脱落し、わずかに「伊勢の海の」と「みこしおか」の二条のみあって、その注も類従本に比し、すこぶる簡略である。

古今和歌集之註　三冊、北畠親房のもの。下巻奥書には続類従本イ本の媧雲子釈笠源恵梵の「此注則後村上院正平年中仰中院入道准后親房公而被注云々」と、笠源の「応永三十二年臘月廿八日於燈下終写功畢云々」の二文を有つ。上巻は序注。序文はなく、直ちに「古今集二十巻延喜五年大内記紀友則云々」の文に入る。中下巻はそれぞれ巻一～一〇、巻一一～二〇の和歌を抄出し、注を加える。範長・顕昭・範兼・定家・俊頼・西行・伏見修理朝臣・良暹・懐円・清輔・宣方・俊恵など多くの説を引く。

古今和歌集両度聞書　一冊、墨付二一一枚。奥書に「伝受之後宗祇庵主書此一帖以被見常縁所存少々加筆加詞者也門弟随一思尤在之仍為後証又加此詞畢　文明四年五月三日　平常縁判」とある。巻頭に「初度は文明三年云々」の文に続いて、題名釈があるが、序の注はなく、直ちに本文の注に入っている。

古今序注　一冊、奥書に、

読進作趣無相違　常縁判／此一冊者以宗祇法師聞書之一巻写之最可為証本者也　明応六年霜月廿三日　前関白御判　原本巻物一紙数四十枚、表紙紫緒ハアヲクミ緒（中略）　永正七年八月五日左衛門督藤原御判（中略）　本文二冊序ハ別ニ一冊（下略）

とあり、書陵部本「古今序抄」と同系本である。東山御文庫にも一本があるよし。

古今後撰作者伝　一冊、「古今集作者目録」と「後撰作者伝」とを合綴したもの。前者は、流布の古今和歌集目録とは全く別の異本であり、本文は春上在原元方から始まり猿丸大夫に終わる。続いて、為家から常縁に至る伝授系譜を記し、最後に左の奥書がある。

為備将来証本不顧不堪手跡以相伝本令書写之進上集数多旧本校合畢居此家輩莫失幽志猶将尋貞応証本者可加勘校而已　下野守平常縁

本云此古今奉附属尋守上人畢　文和二年三月十八日　西方行者頓阿／此集端一両枚染筆奥誂釈円雅新続古今所隠名作者令終功也以相伝之本加校合畢可為証本者歟　喜（ママ）吉三年十二月廿七日　和歌所老拙法印判

此集東下野前司常縁法名素伝真跡无疑可為道至宝也　槐陰桑門逍遙叟

これと同系本は内閣文庫、静嘉堂に各一本あるよし。また「後撰作者伝」は左大臣小野宮以下玄上朝臣まで九四名の簡単な略伝を記す。「サ子アキラ」「トキフル」など人名によみがなを付し、校異を加える。また「非作者在詞書」と頭注して、藤原助信・師氏・長明親王など七人を加えている。

古今集序注　一冊、了誉の「古今序注」十巻一冊（書陵部本）の中、第九巻の途中以下を欠くもの。

温故抄　一冊、後撰集・拾遺集の抜書。奥書、

写本曰此本従弐方借用相写了文字多損之間引見諸集少々直了雖猶以誤多之　中大夫平朝臣

新古今抜書抄　室町末期写、兼載の注で、小島吉雄博士が紹介せられている後藤重郎氏蔵本（大阪大学文学部創立

十周年記念論叢）に近いが、ただ仮名の識語だけで真名の識語はない。

次に私撰集に入る。

青葉丹花抄　一冊、「応安七年云々」の由阿の跋文の次に、「康暦二年初冬廿六日」の奥書があり、万葉集叢書本の底本となった彰考館本と同系であろう。

万葉和歌難儀草木名　一冊、歌書綜覧にいう「万葉和歌難儀」と同じく、「なみまがしは」「おぼろ舟」など数十の難詞の注釈書。奥書はない。

奈良之葉　一冊、肖柏の手に成る万葉和歌の抜き書であるが、中世の訓を知るに便であろう。奥書「本云以愚之所抄出之本被書写者也　夢老判」

新撰和歌集　一冊、奥書なし。

古今和歌六帖　六冊、第一巻奥書に、

以民部卿本書写畢此本有僻事之由被申之間又以他本手自校合畢　嘉禄二暦仲春下旬之候両人能々校合畢　前和歌所開闔従四位上源朝臣（「家長也」ト傍注）在判／すへて此六帖いかにやらむいつれも〳〵みなかくのみしとけなきものにて侍れは本のまゝにしるしをく後に見む人心得させ給へし　八百二拾五首　此六帖禁裏御本并一品式部卿宮以御本書写校合畢

とあり、巻三の奥書は、

本云嘉禄三年七月日以戸部（「京極入道中納言」ト傍注）御本書写畢　校合畢　源朝臣在判寛喜二年十二月十九日以入道右大弁本書写校合畢　件本家長朝臣本云々

巻四奥書に、

嘉禄三年三月廿日借請民部卿御本以所之本書写畢能々校合畢本之僻事於当書定事也仍不能正直撰者或説六条

宮又貫之女子等云々　前和歌所開闔源朝臣在判

第五巻にも禁裏御本を書写する旨の奥書がある。

以上すべて書陵部本に一致するが、書陵部本には第三巻巻末に「此内四百八十三首一校了」、第四巻末に「五百五十首一校了」とあるが、松平本にはない。松平本にいう「禁裏御本」は、万治四年の御所焼亡以前のものであろうか。現書陵部本・永青文庫本と松平本とは兄弟本であろう。本文は流布本に比し多少相違し、作者名も貫之を忠岑とすることなどがある。

金玉和歌集　一冊、類従本と大きく異なり、恋のうち「わが恋は」「恋せじと」「人しれず」の三首、雑の「ふぢごろも」「あまくだる」「世の中は」「流れてと」の四首計七首を欠き、巻末に「或本に入し歌」として、右のうちの五首のほか、さらに「我せこに」「恋せじと」の二首を添える。配列順序も若干異なる。奥書なし。

三十六人撰　一冊、行成自筆本を写す旨の奥書があり、類従本と同系。

4　私家集

全一四三部におよぶ私家集の群は、当文庫の華であるが、平安朝関係はその内約六〇部である。主として群書類従本あるいは国歌大観本・桂宮本などとの比較を中心として、述べていきたい。冊数はとくに断らない限りは一冊である。

(A)　群書類従本にほぼ一致するもの。

海人手子良集・藤原義孝集・賀茂保憲女集・恵慶集・曾禰好忠集・閑院大将朝光集・中将実方集・藤原長能集・輔親集・清少納言集・公任集・赤染衛門集・伊勢大輔集・讃岐入道顕綱集・菅在良集・橘為仲集・一宮紀伊集・三家集（本院侍従集・弁乳母集・侍賢門院堀川集を合綴、中大夫平朝臣の奥書あり）・清輔集・基俊集・頼政

集・二条院讃岐集・二条太皇太后宮大弐集・資賢集・按納言集・登蓮集

（B）続類従本にほぼ一致するもの。

平忠盛集・法印珍誉集

（C）国歌大観本にほぼ一致するもの。

大江千里集・清慎集・御堂関白集

（D）類従本とやや異なるもの。

西宮左大臣集。類従本・続国歌大観本と同じく建長五年四月十三日真観房本書写の奥書をもつが、類従本は村井敬義本に拠るに対して、松平本は「弘長十一年八月二日以真観房本書写之了　正応四年三月十八日書写了同十九日校合了」と奥書が続く。本文も類従本の「おもひこかれし夏むしの」の下句の欠文を補い得るなど、僅かながら、訂正もできる。

相如集　類従本は奥書がないが、松平本は「本云応永廿七年六月日　前上総介」とあり、さらに「藤原相如　出雲守　内蔵頭肋俊男　詞花二新勅撰一続後撰一風雅一新千載二」と、相如の略伝等を記す。

六条修理大央集　類従本と同じく治承四年・建長五年・文明二年の各奥書を有するが、類従本は萩原宗固本に拠ったのに対して、松平本は「此本自弐方尋出令書出令書写雖然殊外荒本也以他本遂校合者也　中大夫平朝臣」と、最後の奥書に記している。

小馬命婦集　類従本と同じく建長五年七月十四日書写の語のある定家本系であるが、松平本は巻末に、

馬右曾《古歟》　堀河《忠義公女》中宮女房　女二所

弾□《琴歟》今

小馬命婦　□《如歟》此名入新古今

已上三名如本
堀河中宮□《媓歟》子　堀河関白兼通女
円融后
後拾遺作者小馬命婦列《別》人《ヒ》也　釣已下髦《(ママ)》注之
建長五年七月十四日書写之校了　戸部本也
這一冊以古本書写之　奥書已下不審□《多歟》　承応三年十月三日　同十六日一校畢

真作（参議巨勢麿二男）―三守（山科大臣）―有貞（従五下　近江守）―経邦（武蔵守　皇后宮大進）―保方（従五下　伊賀守）―棟世（右中弁正四下　筑前山城摂津等守）（母船木氏）
棟世―重通（朱雀院判官代　従五下　周防守）
棟世―女子号小馬命婦（上東門院女房）

榊原本・神宮文庫乙本、写字台文庫本などと同系か。

待賢門院堀川集　松平本三家集所収一本は類従本と同じく、文禄二年飛鳥井雅教の奥書のある二条為定自筆本系統の本であるが、この本の奥書には「此本以大納言為氏卿墨痕令書写即座校合了不審繁多重可考訂而已」とあり、為氏本系統である。

源太府集　類従本は浜田候秘本を用いるが、松平本では「景長、右一冊者申請式部卿宮御本令謄写訖件御本者六半官本也写之同日遂校合則返献了　承応第三暦三伏也」と奥書する。本文はあまり違わない。

発心和歌集　巻末に類従本に見られない左の奥書がある。

本云以藤大納言本書写　寛元三年十二月　日／本云此発心和歌集現在書目録云発心集赤染法文哥有序匡衡作云々　京極中

納言定家入道本人斎院御哥云々　今載藤大納言者為家卿也／私云大斎院者村上天皇之皇女選子内親王也　此内
入撰集歌悉選子内親王之哥也

本文もやや異なり、書陵部本と同系統である。

長方集　按納言集二部の中の一。かく題しているが、本文は他の一部と共に定家本系統（類従本も然り）であって、按納言集の冬と恋以外の上半を欠くもの。

俊成女集　類従本の巻末六八首を欠く。

実国集　いったい類従本実国集は、巻頭より48番「さよ衣きてかさねよと」の歌に続く詞書「上東門院にて恋宮仕妨と云こころを」までが実国集本文であって、それ以下49番「五月雨の日をふるまゝに」から最後の59番「夕ま暮旅空ゆく」までは師光集の49番より59番までの混入したものである。ところが松平本は神宮文庫本一本に同じく、これに続いて60番「たのめをく人ありかほに」以下、秋・冬・恋・釈教・祝と続き、94番「我君のみ世のなかれの久しさはいつ貫河の鶴の千代まて」で終わり、巻末に勅撰入集歌三首を挙げている。そして、この60番〜94番までの歌の中には少なくとも数首にのぼる師光の和歌と、一首の実国の和歌（93）とが見出される。49〜59と60以下の接続は極めて自然であり、その大部分は師光の歌かと察せられ、末尾に至って僅かに実国の歌が増補されたものであろうか。（編集注1）

和泉式部集　正集二冊、続集一冊、正集上巻奥書には「以定家卿筆跡写之」、同じく下巻には「以民部卿局筆跡写」とあり、彰考館本・榊原本と同じく最善本の一であろう。正続が揃っているのは珍しいのではあるまいか。

紫式部集　二部あり、うち一つは「大弐三位集」と外題する。共に定家本系統天文八年本であって、奥書に、

表書書本初侍者書窓裏村円　くれ〳〵可然か様御伝言頼入候申ても〳〵重宝奇特之物までもいつくにか候つらん驚目之事定而御同心候哉かた〳〵非面談者難連意候　彼一冊あまりに執心候まゝ一両日と申て令滞留候

事返々無覚束おほえ候それの媒介の御迷惑候つらん御心いたきやうにこそ候へ任冥昭所全御心うつくしく他見しあたわす候一字たかへす字賦双紙の勢分如本まて写留候まめやかに人に物たかりさへ申候はぬ一筆に沙汰し候て深秘筐底候かまへて〳〵よく御伝候へく候拙老はあやにくとて借用候で就其かきやうにたのみ入候又それの御用様におほせ事候て又其通にて御言伝候へく候右書様者青蓮院尊円親王御自筆之故書付之此一冊者定家卿自筆之本也草子之寸法書様以下似字形不違一字如本写置加校合者也　此草子如之一丁面又三丁目之面又草子之始面裏押付候一丁以上四面者透写書之者也透写之分朱駿在之以上十一面也天文第八暮穐下旬廿九日

長サ五寸三分也
写本寸法内之分
横三寸七分也

（コノ図「大弐三位集」ト外題スル一本ノミアリ）

次に、「ゆきめくりあふをまつらのかたみには」「みをの海にあみひく民の」「いそかくれおなし心に」「かきくもりゆふたつ浪の」の四首を、詞書とともに挙げ、続いて「しをつやまといふ道のいとしけきを」と、詞書の途中で切れ、さらに「右之分以他本校合之時書入あひみんとおもふ心は（略）のつきしつのをのあやしきさまともしてなをからき道なりやと云を聞てのかみニアリ」以下巻末まで、益田勝実氏が「日本文学史研究」九号に紹介された神宮文庫本と同様である。益田氏が神宮本の仮説と推定された部分が、右の四首に当たるわけであるが、これらはすべて類従本に見える歌である。（編集注2）

相模集　二本ある。うち一本は「さかみしゆ」と内題し、桂宮本と同系本。他の「女房相模集」は、本文は類従本と同じであるが、奥書に「定家卿自筆本之奥書　家本承久三年失之以大宮三位本令書写嘉禄三年五月廿日」とあり、つぎに勅撰入集歌「見わたせば」の歌以下五〇首をあげ、入集歌数を示す。また、巻頭にも相模の略伝を記し、終わりに「後拾遺目録了」と記す。

師光集　新校類従本に校合本として用いる神宮文庫本に同系。（編集注3）

兼澄集　桂宮甲本と本文は略同じであるが、第一部末尾の「治承四年二月十一日丹州書之」云々の奥書がなく、かつ巻頭に兼澄の略伝を掲げる点も、桂宮本と異なる。

（E）類従本・国歌大観本にないもの。

師輔集　「思ひきや君か衣をぬきかへてこき紫の色をきむとは」の歌に始まり、「限りそと思ふにつきぬ泪哉をそふる袖の朽ぬはかりに」まで八六首、次に勅撰入集歌一四首を附記する。和歌に集付けあり、間々校異を記す。

道信朝臣集　桂宮本の甲本にもっとも近いが、それよりも歌数が多く、一一一首を算える。甲本乙本丙本の何れにも見えない松平本独自の歌は一三首。和歌の配列は概ね甲本に同じであるが、巻末九五首目より一〇七首までが甲本になく（このうち三首は乙本にあり）、以下に勅撰入集歌四首を補記、終わりに道信の略伝を記している。本文中の官名表記等にも、桂宮甲本に比し小異がある。（編集注4）

桂宮本叢書所収九条右丞相集解題にいう内閣文庫本と同系であろう。

四条大納言隆房集　桂宮本と同じく、定家自筆本の奥書をもっているが、巻首に大きな脱落がある。

能因集　本文は桂宮本にほとんど変わらないが、奥書は異なり、「文亀二年小春日　如本これをうつす者也　愛王丸」とある。榊原本にも同様の奥書がある。

（F）未翻刻家集

田上集　書陵部その他数本を算えるもの。散木奇歌集より田上に関係ある和歌の抄出。

親盛業・季通朝臣集　共に彰考館一本のみが知られていたもの。有力な校合本の得られたことは喜ばしい。但し本文の異同はあまりないようである。

（Ｇ）その他

松平文庫本中には題名と内容の一致しないものがしばしばある。前述の「大弐三位集」もその例であるが、「道経集」と外題するものは、内容の前半は恵慶集の前半、後半は顕綱集の前半で、奥書は顕綱集のそれであり、本文は類従本と等しい。「顕輔集」は永久四年鳥羽院歌合、「小侍従集別本」は正治二年院御百首であるが、四季・恋・祝・山家・旅・鳥の順に配列されている点がそれとやや異なっている。

5　歌合

計一二〇点のうち、平安朝関係は約三〇点である。

（Ａ）奥書等類従本と大差なきもの。

寛平菊合・昌泰元年女郎花合・陽成院歌合・亭子院有心無心歌合（二部）・天徳内裏歌合・近江御息所歌合・東三条院瞿麦合・弘徽殿女御十番歌合・賀陽院水閣歌合（二部）・若狭守通宗朝臣女子達歌合・後冷泉院根合・東塔東谷歌合・国信卿家歌合・六条宰相家歌合・保安二年忠通公家歌合・住吉歌合・中宮亮重家朝臣和歌合・平経盛家歌合・実国家歌合・建春門院北面歌合・広田社歌合・右大臣家歌合

（Ｂ）注目すべきもの。

寛平御時后宮歌合　現存十巻本類従歌合本文において失われている冬歌の「かきくもり」「あまのかは」「ささのはに」の三首（平安朝歌合大成一では118・119・120に補入されている）があり、原型にやや近い点貴重であろう。

前十五番歌合後十五番歌合　彰考館本等と同じく幽斎奥書本の転写本。

堀河院艶書合　類従本本文の末尾に続いて、

堀川院艶書合　大納言公実は康資王母につかはしけるか又周防内侍にもつかはすと聞てそねみたる哥をつかはしけれは　　大納言公実

みつしほのするゑはをあらふ流れ芦の君をそ思ふ浮しつみつゝ　この哥不見如何

をとこはしめて女のもとにやる文のてい風をたよりはかりにたのみてもあとなきなみのうへはゆくゑしりかたきをあまのつりなはうちはへてくるしきそこのこゝろふかさをかつはをしはかりつゝあさかのうらのあさからぬことゝもはをもひしらせたまへり

住吉のあさかの浦のあさりてもかひ有程の行衛しらせよ

それに対して女の返事があり、以下同様にして男女の恋文の贈答を並べ和歌二二首を算える。末尾は「桐の葉もふみ分かたく成にけり必人をまつとなけれと」の歌で終わる。

摂政左大臣家歌合　奥書に「右哥合以古筆写之、此歌合摂政左大臣者法性寺忠通公也」とあり、また本文も桂宮本に比べると、誤脱少なく多少すぐれているようである。他に彰考館本・刈谷図書館本があるのみ。

治承三十六人歌合　「十首十八番歌合」と外題。古典文庫に翻刻された三手文庫本と同系である。

西国受領歌合并無名寄合　その内容は、（1）西国受領歌合（2）無名歌合春夏秋冬恋（3）無名歌合不合恋（4）無名歌合冬七番（5）有所歌合紅葉（6）無名歌合など〳〵（7）天喜四年四月九日或所歌合（8）庚申夜歌合承暦三年四月廿二日郭公・加祝・恋の八篇を含み、巻末に、

此歌合一巻端受領歌者冷泉家門忠卿筆跡也中者同俊忠筆也至畢亦忠家助筆也末世之人為知其筆跡加奥書者也

于時元永第孟夏下旬　海住山下忠

の奥書がある。この内容を廿巻本類聚歌合巻廿雑下目録と比べると、両者に密接な関係のあることが疑えず、本

書は廿巻本からこれらが一まとめに切り出されたものの転写本であろうと思われる。現在、これらの原本断簡は一葉も発見されず夙に煙滅してしまっているのであり、とくに（3）無名歌合不合恋（五番）と（7）天喜四年四月九日或所歌合（更衣・卯花・時鳥・夏夜・昌蒲・瞿麦・月・五月雨・花橘・螢・早苗・蟬・恋・祝の十四番、判者式部大夫、一番ごとに和歌による判を加える）との二篇は他にその転写本すらもない。貴重な新資料である。奥書の「元永」は、その点、誤写の可能性が強く、また「海住山下忠」が誰か問題が残る。

歌合色々　天地二巻二冊本であるが、平安朝関係は地巻に入っている。奥書はない。内容は、（1）寛平御時中宮歌合（2）歌絵合（3）無名歌合春夏秋冬恋（4）無名歌合不逢恋（5）無名歌合題七冬（6）有所歌合紅葉（7）歌合奈曽奈曽物語（8）天喜四年四月九日或所歌合（9）庚申夜哥合承暦三年四月廿二日（10）歌合建暦三年七月一三日の一〇篇である。このうち、3～9は右の西国受領歌合の2～8に一致し、廿巻本類聚歌合との同様の関係が想像されるけれども、1・2・10が首尾に附属している点、なお検討を要しよう。

6　漢詩文

作文大体　一冊、「作文大体」と「第一諷誦願文表白筆躰」「物書次第」の二書を合綴したもの。一面一〇行一七字詰。「作文大体」の本文は類従本と異ならない。「第一諷誦願文表白筆躰」は二〇丁、内容は諷誦願文の韻、作法を記し、巻末に、

嘉承三年初秋七夕閑居暇染筆抄出之是少僧都某是時学問之道頗有骨法仍為知文章所書出也雑句之躰其数甚多然而僧侶所用大略不可過斯次有愧外見無及披露努々唯願以狂言綺語之業長為滅非生善之計耳

その裏面に、

中御門内大臣宗忠公御作也右大臣従一位保延七年八十才号杜木　最可秘蔵者也

文禄弐癸已暦仲秋廿二日

と記して終わる。次の「物書次第」は、一一丁、願文諷誦文の作法、一二ヵ月の異名を記す。はじめに「印融ノ作少々」とあるが、終わりに近く「印融御入滅詩歌」ともあって、印融死後に成ったものである。川口久雄氏の紹介された彰考館本と同系統のものであろう。(『平安朝日本漢文学史の研究下』八七八頁)

懐風藻　奥書も流布本に同じく、また巻頭に近く「烏」を「鳥」に誤るところなど、静嘉堂文庫蔵脇坂八雲軒本にもっとも近い。

凌雲集　類従本にほとんど変わらない。一面一〇行。

雑言奉和　類従本にほとんど変わらない。一面一〇行一九字詰。

資実長兼詩合　奥書に類従本と同じく「建長八年林鐘中旬以古槐法印御本書之了(略)御自筆也」とあり、次に「参議藤原為長卿真翰也貞治二年八月　日　菅為綱」とある。類従本には「参議……真翰也」の一〇字がない。本文は変わらない。

文華秀麗集　類従本に比し少々異文がある。

本朝無題詩　天地人三冊。「無題集」と表紙に打付書きする。朱点、朱線を施し、九行二〇字詰。十巻本、巻七巻末の「過備前藤戸浦有興」以下四首なし。奥書なし。

菅家後集　巻末に道真の表二首と、為時作贈太政大臣の詔勅とを附載、奥書に「天承元年八月八日進納北野聖廟以宮寺権上座勝暹会触留守政所　円真大法師矣　朝散大夫藤原〇〇〇(「下不見」と傍注)」とある。新校類従本と同系であろう。

田氏家集　二巻一冊。奥書「嶋田忠臣集也即是田達音也此集猶有数巻」。一面、六行詰。

江吏部集　三冊、類従本に同。一面一〇行。

玉造小町子壮表書　類従本に同。一面八行。

千載佳句　二冊。本文には点を付し、巻末には「正安第二年大呂十一日云々」の奥書の次に、

千載佳句二巻者以後二条院宸翰本写之訖奥書曰江納言維時撰之而正安二年以藤原春範之本校合之云々故維時之伝春範之系図考之以附左　時寛文四年如月下浣

次に維時の伝記と春範の系図とを掲げる。国会図書館本にはこれらがなく、代わりに寛文四年孟夏林学士の長文の識語がある。松平本は国会図書館本より二カ月前に写されたもの、あるいはその転写本である。

元久詩歌合　本文中、山路水行26番～38番の各左は漢詩なく、同じく29番～32番は漢詩の作者名を欠く。奥は「自廿六番以下写本詩闕畢相尋他本可補之」とあり、内閣文庫本と同系である。

蒙求和歌　三冊、続群書類従本の奥書に「右蒙求和歌旧本奥書云右蒙求和歌一巻以島原侯秘本書写（下略）」とあり、松平本は続類従本底本の祖父本に当たるものである。

補注

その後、昭和四八年に至り、新たに左記の歌書が島原市内から発見され、松平文庫に寄贈された。文庫目録昭和四七年改訂版の附録に既に附載されている。他の文庫本と同じく、装釘はすべて、藍表紙押型雷文繫花文様の大本、寛文～元録の写、「尚舎」「源恵房」の印記も大部分は有している。

特に巻冊を記さないものは、一巻一冊。

摘題和歌集六巻六冊・名題和歌集（外題「纂題和歌集」）九巻九冊・古今和歌集聞書一九巻一〇冊・奥義抄三巻三冊・赤人集・小大君集・友則集・高光集・素性集・忠岑集・兼盛集・敦忠集・重之集・公忠集

右のうち、素性集は建長三年の奥書をもつが、他は赤人集以下正保板本系の本文である。しかし、三十六人集中

十部があることは、文庫にはもともとそれが、三十六部とはいえないまでも、かなりの数が揃っていたことを思わせるものである

（編集注）

著者には『平安私家集』（西日本国語国文学会翻刻双書、昭38）なる著書がある。これは松平文庫の藤原道信朝臣集・師光集・紫式部集および祐徳稲荷神社蔵の前大納言実国集の翻刻に解題を付したものである。道信集・師光集・紫式部集の解題は「肥前島原松平文庫報告」のそれを補うところがあり、実国集は同報告にも簡略ながらその書名が見える。それ故、編集者の判断により、『平安私家集』の解題を（編集注）の形でここに付した。なお、各解題の末尾の歌人略歴と『平安私家集』巻末に付された校異一覧はこれを割愛した。

（1）前大納言実国集　祐徳神社所蔵、一冊。近世中期写。縦二七・六cm、横一九・八cm、表紙薄茶色横縞文様、左肩に題簽を附し「前大納言実国集」と書く。袋綴、墨付一八枚。巻頭下部に鍋島直郷（？―一七五七）の「直郷之印」の印記があり、本文は一面九行、和歌は上下句別行書き、詞書は和歌の肩から二字下り。

実国集の流布本には類従本・神宮文庫一本があり、それは巻頭から四八首めの次の詞書「上東門院にてこひ官（宮カ）仕妨といふ心を」までが実国集の歌で、それ以後「五月雨の日をふるままに」の歌から巻末まで一二首は源師光の歌が混入したものである。祐徳本はそれにつづけて、さらに「虫、たのめをく人ありがほに」以下三二首の師光の歌と、「薬草喩品」云々以下三首の実国の歌、さらに勅撰入集の実国の歌三首を附載する計九八首の広本である。

同系統の本には、他に松平文庫本および神宮文庫一本がある。前者は寛文～元禄頃の書写本であるが、誤脱

がやや多く、祐徳本とはやや遠い関係にあると思われる。また後者は近世中期の書写本であるが、祐徳本により近く位置する。今は西日本所在資料という意味で、松平文庫本の異同のみを巻末に掲げておいた。なお詳しくは、森本元子氏の論文「実国集と師光集―原型および成立の推定」(『和歌文学研究』第十四輯)を参照されたい。

(2) 紫式部集　松平文庫蔵甲本(仮称)、函架番号一三五―一二一、一冊。縦二八・七㎝、横二一・五㎝、藍表紙、雷文繫牡丹唐草文様押型。左肩に題簽あり、「大弐三位集」と記す。袋綴、墨付二一枚。巻末に「尚舎源忠房」「文庫」の印記あり。本文は一面一〇行。和歌は一行書き、詞書は和歌の肩から一字下りで、偏癖の強い字体である。

本書は、池田亀鑑氏のいわれる第一類定家自筆本系統の中の、第二種「古文書の附載並びに天文第八暮秋下旬の識語あるもの」(『紫式部日記』七六頁)とされたものに属し、池田氏がその中の最善本とされた神徳神社中川文庫本と同系統本である。しかし仔細に両本を検討すると、左のような諸点において松平本の優位は疑えず、中川文庫本(以下中本とよぶ)は、むしろ松平文庫中の乙本(以下乙本とよぶ)に近いようである。

一、3ウの注記「此本ノ奥ニかへしまたのとし」云々は本書では細字書入の原型を保っているが、中・乙では本文と同大の文字となっている。

二、4ウ「いやつもり」の「り」が中・乙では一字空白となっているが、本書では完全である。

三、18ウ「表書云々」奥書末尾割注は、松平本では、本文二行に亘ってBA／DCとあり、ABCDの順に読めばよく意が通ずるに反して、中・乙では、これをACBDの順に読み「透写之分(A)・以上十一(C)朱駮在之(B)面也(D)」と誤った形になっている。この点松平本は少なくともこの部分においては、天文八年本の原本に極めて忠実な字配りを以て転写されているといえる。

四、20オ「本ニやれ候てかたなしと」の次に位置する一行分の空白は中・乙両本にはない。甲本の優位を示すものである。

五、20ウ末行「雪の下くさ」の「下くさ」は中・乙両本にはなく、中は「本」と注し、その親本の欠損を明らかにしている。

六、21オ全巻末「下中将少将」以下「アリ」まで十六字は中本にはない。

七、その他の異同のうち、本書が中本にまさると思われる個所は二七、逆に中本のまさると思われるもの二〇である。前者の中には「みゝ（へ）はさみ」（2ウ。（　）内は中本）、「し（ナシ）なしたる」（4オ）、「三十講（請）」（9オ）、「御（さ）いか」（12オ）、「いけらし（池うし）」（13ウ）、「あれ（け）まさり」（14ウ）、「かなしき（嬉しき）は」（14ウ）、「かは（へ）りぬる」（14ウ）、「すまゐうし（須磨の浦）」（16オ）、「候へく候（候へし）」（18ウ）、「不違（逢）」（18ウ）、「四（西）面」（18ウ）、「かへ（うつ）し」（19ウ）、「さまとも（ナシ）して」（20オ）などがあり、後者には「あひか（ナシ）たる」（1オ）、「空おほひ（れ）」（1ウ）、「風さはき（風のさはき）」（5ウ）、「むつか（ま）しか」（7ウ）、「すめく（上すめく）」（8ウ）、「十（千）世」（9オ）、「まさ（き）らはす」（9ウ）、「そらのさ（け）しき」（9ウ）、「めなくも（なくを）」（10オ）、「谷風（水）」（12オ）、「とりけ（て）ん」（12ウ）、「あかれぬ（あくかれぬ）」（13オ）、「如（始）」（18ウ）などがある。

概していえば、甲本が中本よりはいっそう原型に近く、同系統本中、天理図書館一本につぐ最善本といえよう。なお比較対照のため松平文庫乙本、中川文庫本の校異を巻末に附した。

（3）師光集　松平文庫蔵、函架番号二三五―五五、一冊。縦二八・九cm、横二一・四cm、表紙藍、雷文繋牡丹唐草文様押型。左肩に題簽を附し、「師光集」と書き、本文巻頭にも「師光集」と題する。袋綴、墨付一四丁。

巻末に「尚舎源忠房」「文庫」の印記あり。本文は実国集と同筆、一面一〇行。和歌は一行書き、詞書は和歌の肩から三字下り。

師光集は類従本が流布しているが、本書は新校類従本に校本として用いられた神宮文庫本あるいは三手文庫本などと同系本である。即ち巻頭から23「郭公こゐなおしみそ」までは類従本と同じであるが、次の三丁裏の空白の後文、24の詞書「ひとひとよみはへりしに」（4オ）以下「昔より誰かへしけむさよ衣物思ふときはいやはねらるゝ」（8オ）まで二九首は実国集の混入したものであり、元来実国集の49以下に位置すべきものである。またそれにつづく「重家卿家歌合恋」以下本文末「松の戸を一たひさして」（13オ）の歌まで四七首は類従本師光集と同じであるが、巻末には「乍入撰集漏此集哥」として六首を掲げている。計一〇五首。詳しくは前掲森本氏論文を参照されたい。

（4）藤原道信朝臣集　松平文庫蔵、函架番号一三五―一二、一冊。縦二七・六cm、横二〇・〇cm、表紙は藍色、雷文繋牡丹唐草文様押型。左肩に題簽を附し「道信集」と記す。袋綴、墨付二二丁。巻末に「尚舎源忠房」「文庫」の印記がある。本文は一面一〇行、和歌は二行書き。詞書は歌詞の肩から二字下りである。

総歌数は一一一首。そのうち本文一〇七首、巻末の勅撰集入集歌附載四首である。道信集は宮内庁書陵部蔵の甲・乙・丙三本のみが存在を知られていたが、この本はそのうち甲本にもっとも近く、甲本九五首のうち九一首（一首重出）まで一致し、配列順もほぼ等しい。甲・乙・丙三本にない松平本独自の歌は、巻末に近い95～97 99～102 104 105及び附載歌四首である。このうち95「つゆよりも」は続後撰集十三恋三に、99「秋はつる」は新古今集五秋に、102「はなの水に」は風雅集十七雑下に、108「人なしゝ」は拾遺集二十哀傷に、110「ふる事は」は続拾遺集十六雑に、それぞれ見える。また本文末に「本云合点者三位入道本歌也」とあり、数ケ所に見える校合書入は三位入道（誰か不明）所持の本に基づくものであることが知られるが、その書入れは勅撰集本文に一致するものが多い。

松平本は首尾完備していることや、甲本に「右少将のふかた」とあるのを「右近中将信賢」（2ウ）とし、甲本に「左大将」とあるのを「左大臣殿」（9ウ）と記すこと、さらに安藤太郎氏が『未定稿』第一一号で指摘されたように、「くものうへのつるはみころも」（9オ）の歌は甲本では短歌であるが、本書では連歌となっており、「これかいろにころもゝそめす」（11ウ）の歌は、甲本では短歌であるものが旋頭歌となっていることなど、重要な特徴を具えており、概して甲本に比し誤脱が少なく、最善本であることは疑いない。ただし、松平本が単純に甲本の原型とのみも決し難く、本文の精粗の差、あるいは右のような官名の相違などを見れば、松平本は甲本よりも後出の精撰本の系統に立つものであり、甲本はいわば草稿本を祖本としたものの崩れた形なのではあるまいか。

平安時代前期の私家集

1

「私家集ってやつは、まったくおかしなものです」という前置きの下に、その複雑で厄介な性格のいろいろについて阿部秋生氏・俊子氏御夫妻から御話を伺ったのは、もう十数年も以前のことのように記憶する。戦前すでに三十六人集諸本の校本を作製しておられた（これを戦災で焼失されたよし）という御夫妻の御話は、今思い出すと実に貴重な内容であったのだが、その当時、私は、ボンヤリしていて、そんなものかな、くらいで拝聴していたようであった。ところが、その後、そのことをいやというほど思い知らされる破目になった。

島原松平文庫が発見されて、その整理に従ったが、そこに平安朝以下の私家集一四〇部ばかりがあり、これが難物であった。その間の数多くの失敗は、今思い出しても冷汗が出るが、書名と内容が一致しない『道経集』（内容は恵慶集と顕綱集とが半分ずつ占める）、『大弐三位集』（内容は紫式部集）、『二条為氏集』（内容は為家集）などそのことがわかるまでマゴマゴし、また、『光俊集』とか『少侍従集』など、新資料かと思ったところ、光俊の私撰集や正治百首であったりした。『実国集』や『師光集』の内容が相互に混入したものであることも、森本元子氏に御教示を受けてはじめて知った。それ以前に、池田亀鑑先生のような碩学が、「紫式部日記歌」の一七首目以降の『赤染衛門集』の大幅な混入に、はじめは気付かれずに立論されたようなことも耳にしていたし、以前に少し『義孝集』を調べていたので、松田武夫氏の画期的な『私家集の研究』（岩波講座日本文学、昭6）にも、『清慎公集』後半部を引かれながら、それを『義孝集』の混入とは注記されていないことにも気が付いていた。しかし、新しく自分でこういう目に遭うと、恐ろしさが身に泌みた。

しかし、こんなことは、先人の夙に承知されているところのようで、少し気を付けていれば、たとえば三十六人集では、内容がてんであてにならない『猿丸集』、三十数首も他人の歌を取り入れた『素性集』(歌仙家集本)、万葉時代の歌人から平安歌人まで十数人の歌を集めた『家持集』、『人麿集』の入った『赤人集』、輔相の物名歌が入った『人麿集』、『小大君集』が入った『小町集』巻末、『頼宗集』(?)が巻末に加わった『兼盛集』(西本願寺本他)、内容は『大江匡衡集』である『高光集』(書陵部本)などがあり、三十六人集以外でも、書陵部本『大弐高遠集』には『和泉式部集』が入り、『清慎公集』諸本は例外なく後半に『義孝集』を混じている。こういう現象は、他のジャンルでもたとえば、御巫本『大和物語』や、拾穂抄系『大和物語』に、『平中物語』が大幅に混入している例もあるけれども、その例は比較的に少なく、私家集ほど極端ではないように思われるのである。

2

このような事情を生んだ原因の一つは、たしかに、私家集がどこまでも「私」のものであって、公のものでないという事情に基づくかと思われる。それは本質的に勅撰集の如き純公的な所産そのものではないのであり、その枠附けがあることによって、内容や取り扱いの上に一つ格の下ったものとするところが生じて、右のような成立上のみならず、伝本上のいろいろな過ちを生ずる理由となっている。

しかし、同時に断っておかねばならないのは、この公的でない、ということの内容が実に多種多様であるということである。その中には、朝廷や国家の直接の手を煩わさないまでも、成立上の動機としては、たとえば、『拾遺集』編纂の材料として用いられたものか、花山院の命によって撰進された『能宣集』の如きものや、関白頼通に献上したという『赤染衛門集』の如きは、実質的にはやや公的成立とまでいいうるものである。そういう撰上の証はないけれども、『祭主輔親集』の序文には、

それ人の才学をみがき文章をおれる、家の集と名づけて世につたへたり。これを見しれる人は少くして、知らざるは多かり。かるが故に、褒貶の輩は其の数いくばくにあらず。和歌の心知れるものは知りてそしる。知らざるは知らずして又そしる。たとへば和らかなる人のこはきそねみに逢へるが如し。然れども、素盞男尊の出雲のみちに別れ、婆羅門僧正の難波津にむかひしより、三十一字は詠むことにはじまれり。其の後さまざまの体これにくはしからず。但し媛艶のなかだち、花鳥のつかひ、契接の暁、産生の夜、或は離別餞送のをしみ、或は哀泣恋慕のなぐさめ、山川野望の所、煙霞の夕を見て友を尋ね、興にのりて酔によるついでにいひあつめたる言葉なれば、はかばかしくもおもほえず。此外屛風障子の歌、歌合、草合、方分きの挑みほど過ぎぬれば、心ばせ顕れて、ことのはふかくすべし。是によりて書きもとどめざるに、両三の児女祖師のふにうけて、家々の旧草をひろふ。今あひつぐ心に催されて、はづらくは、あれたる言葉をもてなまじひにあざやかなる紙をけがさむ事を。ゆめゆめ、人の子たるこれをいやしき身からいだして、かたくななる親の為に、いよいよあざけりを残すことなかれ。

これは、特別に貴人に奉ったということではないらしいが、輔親の遺児三人が父の遺草を編集して家集を作ったものであり、そこに見える編纂意識というものは単に亡父追慕というには留まらないようで、「家集」を「人の才学をみがき文章をおれる」ものとみなし、家門の学問・風流の証左として世に知らせたいという意図が窺われるのである。平安前期私家集の背後にひそむこのような家門意識の重要性については、すでに橋本不美男氏の指摘(「微視的な私家集観」日本古典文学大系月報、昭39・9)があるが、今後さらに発展させるべき問題であろう。整然たる部立をもったものと、雑纂的で統一のないものとの区別も、一つには、こういう対社会的要因の有無にもかか

わってくるのではなかろうか。

また、そのことは私家集の内容にも関係がふかい。たとえば、屛風歌は周知の通り、『貫之集』『能宣集』『源順集』『忠見集』『兼盛集』『中務集』『伊勢集』『頼基集』などに数多く見られるが、それらはほとんどすべて宮廷や権門のための献詠歌であり、その家門や歌人にとっての光栄ある歴史を語る材料なのである。歌集としてバランスを失するほどのそのけた外れの量は、彼らの官人としての名誉心を把えないかぎり理解できない。それに従ってまた、彼らと宮廷女房らとの贈答歌の顆しい記述もまた単に恋愛交渉のおもしろさにのみ主眼があるわけではなく、そういう人間関係を誇示し、ひけらかそうという意もあったであろう。それらの歌の詞書は比較的長く、歌そのものとしてのおもしろさ、うまさよりは、詞書が描き出す世界の興味が主となっている。純粋抒情というよりは、宮廷の風流韻事なのである。それらの材料は、勅撰集では分散配置されざるを得ず、それを自己に即して集中的に効果的に集積保存しようとする積極的な意図が、各歌人の家で私家集編纂という形で生まれるのは、洵に当然であろう。

しかし、私家集の興味のある点は、この反面にやはり、私の、つまり個人の、あるいはその家門の立場からの、求心的方向をめざした歌があるという点であろう。右にのべた恋愛歌や哀傷歌が、内向的に深まって、述懐独詠が連続する形をとる例も多い（たとえば和泉式部集にその好例を見る）し、有名な曽丹の百首歌や、『源順集』や『能宣集』に見える「世の中」十首あるいは十二首、『相模集』の「いかにせん」九首の如き、そういう個人的述懐の発展とみるべきであり、遊戯的な碁盤歌（源順集）、「天地の歌」（源順集・相模集）あるいは干支の歌（曽丹集）なども、その類であろう。折句（業平集・躬恒集・素性集など）や、短連歌（躬恒集・斎宮女御集・公忠集・重之集・仲文集・小大君集・実方集・公任集・相模集・定頼集・朝光集・安法法師集・馬内侍集など）や釈教歌などは勅撰集などにも採り入れられていて、公私の区別などつけ難いものであるが、その発生的な本質からいえば、やはり私的な要素の強いものであったろう。それらが、家の集に至極自由な形で大量に保存されているのは、本来の場所を得ているからである。

3

また、こうした点から注意されるのは、その他のジャンルとの微妙複雑な関係である。とくに平安前期私家集に限っていえば、大切なのは歌物語あるいは日記類とのそれであろう。

戦後に、益田勝実氏や難波喜造氏あたりの提唱に始まって、一〇・一一世紀の歌物語の母胎として宮廷の口承説話である「歌語り」を想定することが一般的常識となったが、私家集のばあいにもそれは重大な意味をもつ。たとえば、『大和物語』を調べてゆくと、その説話の多くのものには、『古今集』以下の勅撰集の外、『元良親王御集』『檜垣嫗集』『遍照集』『伊勢集』『公忠集』『朝忠集』『兼輔集』『三条右大臣集』『敦忠集』『信明集』『猿丸集』『業平集』など多くの私家集と共通の材料があり、しかもその中には異伝が頗る多く、文献の筋を辿るだけでは『大和物語』との前後関係は決定し難いことが多くて、そこに両者の母胎としての流動的な「歌語り」を考えざるを得ないことがしばしばある。逆にいえば、歌語りを母胎として『大和物語』と私家集群とは派生してきたとも、大げさにいえばいえるのである。ただ、その際一般的にいえば、『大和物語』の方が、私家集よりは構成及び表現上、より物語的であるとはいえるようであり、私家集が比較的にそうではない事情を細かく明らかにするのが、当面重要なことになるのであろう。

しかし、私はこういう歌語りの場ということの外にも、編者個人あるいは作者の意識の問題として、この物語的要素を考慮すべき点があるようにも考える。私家集の内容をよむと、しばしば撰者の明白な虚構や仮託意識を前提としないでは理解され難い箇所に出逢うのである。その例を若干引くと、『相模集』(一九六・一九七)に、なにごとにかあらむ、物思ふ女の集とて、おぼえなき事どもを書き出して、これ見しりたらむ、残り書きそへて必ず見せよとて、人のおこせたりしかば

しほたれてよそふるあまもこれはまたかきけんかたもしらぬ物をば

とて返しやりたれば、立ちかへり

よさの浦に藻塩草をばかきつめて物あらがひは拾はざらなむ

これでみると、他人の生活についてわざわざ家集めいたものを作って、後から本人に加筆を求めるようなことがあり、その内容も、本人にとっては身に覚えのないものがあったことが察せられる。その内容に物語的虚構が介在することは自明の理である。『人麿集』の一節(三三六)には、

柿本の人丸あからさまに京ちかき所に下りけるを、とく上らんと思ひけれど、いささかにさはる事ありて、え上らぬに、正月さへ二つありける年にて、いと春長き心地して、慰めがてらに、この世にある国々の名をよみける、これなん田舎にまかり下りたりつるとて、あるやんごとなきところに奉りけるをなん

とあり、以下に、全国にわたって六六首の名所和歌を列ねている。要するに、『能因歌枕』にも似た歌学書の一面さえ具えているのであり、人麿に仮託するものであることは、当時も万人が明白に承知していたであろう。

こういう点から、私家集が実録としての権威に乏しいものと考えられ、したがって社会的には、粗末に取り扱われる傾きがあったことも止むを得なかったと思われる。そして、そのことがまた逆に、今日我々にとって大きな魅力の源泉となっていることもたしかなのである。

さらにまた、『伊勢集』『本院侍従集』などの巻頭の物語形式や、作者が自らを「女」と記して、三人称扱いする叙述は有名であるが、やや下れば、『重之集』にも自ら「翁」と称し(伊勢物語に似る)、あるいはまた自ら「帯刀の長源の重之卅日の日をたまはりて、歌百よみて奉らんときは」云々といった詞書も見える。また内容からいって

も、たとえば第一類本『貫之集』(九〇二)には、貫之の重態の時の「手に結ぶ水に宿れる月影のあるかなきかのよにこそ有けれ」の歌があるが、その後に続いて、貫之死後の逸話が、後人の追記の形で併記されている。

> 後に人の言ふを聞けば、(源公忠が)この歌は返しせんと思へど、いそぎもせぬほどに失せにければ、驚き哀れがりて、かの歌に返しよみて、愛宕《おたぎ》に誦経して、河原にてなむ焼かせける。

これによく似た話は、『義孝集』巻末にもあり、義孝が死後、母やせいみん僧都の夢枕に立って、生前の約束を破ったことを責めたという話など、数首の歌をあげている。これらも、説話的、物語的興味によって附加されたものであろう。業平像の成長が『伊勢物語』諸本や『業平集』諸本の展開によって論ぜられているが、このことは、他の私家集にもないことではなかった。

またそれに伴って、文体の上でも、たとえば『貫之集』にしばしば見える長大な詞書など、明らかに単なる詞書の機能を逸脱するものもあり、『業平集』の詞書と同様、散文の発達史からみても、充分に注意すべきもののように思われるのである。

仲文集試論

平安中期の歌人藤原仲文については、先人によってすでに若干の考察が加えられている。三十六人集の考察に付説して歌人論を試みられるほか、契沖の『河社』、あるいは最近では北村杏子氏の「仲文集覚え書」(「言語と文芸」昭40・11)の如き、詳しい研究も現われている。以下の拙論は、それらの先人の説に導かれながら、仲文の歌風の特質について、一つの試みの論を述べたものにすぎない。

なお、『仲文集』の諸伝本の系統については、すでに久曾神昇氏、島田良二氏らに論があるが、北村氏が、歌仙家集本の巻末に近い二三首は仲文とは別人の藤原国用の家集の混入であることを指摘されたことは重要であり、筆者も北村氏の説に従って、この二三首は拙論の対象からはずすことにした。またテキストは西本願寺本を底本に用い、他本によってそれを補った。「仙」は歌仙家集本、「桂」は桂宮本、「類」は群書類従本のそれぞれ略号である。

1

仲文の歌を「誹諧」すなわち滑稽歌とみるのは、契沖の指摘以来常識といってよいであろうし、筆者も異論はない。たとえば、奇抜な俗語を詠み込んだものには、

売りける鼎《かなへ》をこよなく言ひおとしたりければ、売る人

(一七) 地獄《ちうごく》の鼎にもこそ煮え給へ多くの銭な落したまひそ

かへし　（仲文）

（一八）　買ふよりも売る（粳〈ウルシネ〉に掛ける。以下掛詞は語彙のみを記す）こそ罪は重げなれむべこそ釜のそこ（あなた・底）にありけれ

○

雪の降りたるつとめて、院（冷泉）の御粥のおろし賜て、歌よめと仰せらるれば

（二一）　白雪の降れるあしたの白粥はいとよくに（似・煮）たるものにざりける

また仲文の誹諧歌に多いのは、地名を詠み込んだものである。

旅の道行人、美濃の国土岐の郡といふ所にやどりて

（二）　結びおきし人や解くらん下紐のとき（土岐・解き）の郡に旅寝しつるは

○

人、紀伊国の郡《こほり》をよめる、伊都《いと》・那賀《なか》・名草《なぐさ》・海部《あま》・在田《ありた》・日高《ひたか》・牟婁《むろ》

（二〇）　いと長き夜はなぐさまずあまりあり絶えず日高くむろに入らばや

○

上野の守にて下りけるに、美濃の国のうるまの渡りにて

（三四）　往き通ひ定めがたきは旅人の心う（憂）るまの渡りなりけり

○

筑紫に四《し》王寺《わうじ》山《やま》といふ題を、いとよみがたき題なりといひけるを

（四九）　老いぬともさしも隠して入るべきを皺憂しやまづ顔に溜《たま》れば

○

殿にさぶらひて、輔昭《すけあきら》と舟逍遙せむとさだめて、従者の見るに「ぬしはふなはいかに」と言ひたれば、「今買ひにこそは遣はさめ」といひたるにやる

（五〇）　目に近く我をばおきて近江ふな（鮒・舟）かひ（買ひ・甲斐）へやりつといふはまことか

返し、輔昭

（五一）　筑摩江《つくまえ》の恋（鯉）は見ゆると命をぞかひへやりつる鶴の郡《こほり》に

〔注〕「近江鮒」はゲンゴロウブナのこと。筑摩江は滋賀県米原町朝妻琵琶湖岸。その筑摩神社の祭りには、女性は関係した男の数だけ鍋をかぶって参詣する習わしであった。また、『和歌童蒙抄』四によれば、鶴の郡は甲斐国にあり、菊の生えた霊山があって、その流れの水を飲めば、鶴の如く長寿を得るという。

二や三四は比較的単純な言葉の洒落にすぎないが、四九はその着想が奇抜であり、二〇もまた物名歌としては高度の技巧・遊戯性をもつ。また五〇・五一の如き、かなり長文の詞書とあい俟って、さながら一篇の笑話を成す。舟を鮒と勘違いした従者の言を材料として、鮒――近江鮒――買ひ――甲斐、近江鮒――筑摩の祭――恋(鯉)――命――鶴の郡と次々に発展する連想の糸もおもしろい。

おなじ人（仲文）上野に、元輔周防に下る道に、えとまりといふ所より言ひおこせたる

（二二）　えとまりに我きたりとは知らねばや今まで君が追ひて来ざらん

かへし、元輔

（二三）　かぎりなくよりこを好む君なれば帰りはみしにまさるなるらん

〔注〕江泊は周防国の地名。「よりこ」は筒綿の方言。「寄り来」にかける。「上野に」の文字は歌仙本・桂宮本にはなく、歌意にも合わない。後人の書入が本文化したものか。また仙・桂では詞書末尾も「……所にていひやる　仲文」とする。

この贈答は、歌意にわかりにくいところがあるが、「江泊」の「泊」の意を利かせた仲文の贈歌に対して、元輔が地方官の常で、仲文が土地の産物で懐を肥やして帰京するのを待とうとひやかしたものであろうか。二首あい俟って、地名と共に卑俗な趣を取り入れたものとなっている。

地名を歌に詠み込むことは、もとより古いことで、『古今集』巻一〇物名歌に六首、『拾遺集』巻七には八首が数えられ、作者には輔相の如き物名歌専門の者はいうまでもないが、その他に貫之・伊勢・忠岑・重之・兼盛・元方ら一流の歌人が顔を揃えている。仲文の歌もその流れにそったものと一口にいえるが、しかし、たとえば『古今集』の、

紙屋川　　　　　　貫之

むば玉のわがくろかみやかはるらむ鏡の影にふれる白雪

〇

交野　　　　　　　忠岑

夏草の上は茂れる沼水のゆくかたのなきわが心かな

などと比べて、その卑俗な散文性は格段に濃厚であることが明らかであり、また『拾遺集』巻七の物名歌の中もっとも卑俗と見るべき

あらふねのみやしろ　　　　輔相

茎も葉もみなみどりなる深芹はあらふ根のみや白くみゆらん

なとりの郡　　　　重之

あだなりな鳥の氷におりゐるは下よりとくる事はしらぬか

などと比べても、その素材、表現共にやはり仲文の歌のほうがより卑俗であり、ある意味で現実的であることは疑

えないであろう。

またそれと関連してやや別の趣を示すのが、故事、古歌を用いた歌である。すなわち故事を素材としたものでは、『拾遺集』五三五・五三六に、

能宣に車のかもを乞ひに遣はして侍りけるに、侍らずといひて侍りければ　藤原仲文

鹿《か》を指して馬《むま》といふ人ありければ鴨をも惜し（鴛鴦）と思ふなるべし

返し　能宣

なしといへば惜むかも（鴨）とや思ふらん鹿《しか》（然）や馬（今）とぞいふべかりける

これは、例の『史記』秦始皇本紀にある趙高の故事である。『源氏物語』須磨巻にも引かれていて、当時有名な故事であった。この歌は『俊秘抄』にも引かれていて、仲文がこの種の歌人とみなされていたことが察せられるが、それはともかくも、仲文も蔵人だった男だから、『史記』ぐらいは読んでいたものか。また、

（一九）　古へは舎人のねやの物語り語りあやまつ人ぞあるらし

舎人《とねり》の園に男ありて、舎人のうれへまさんといふと聞きて

「舎人のねやの物語」については、すでに石川徹氏に詳しい考証がある（『古代小説史稿』）通り、『拾遺集』および『宇津保物語』にも旁証がある。仲文も、女子の弄び物といわれた物語も読んでいたのである。

また古歌を用いた例では、

中宮御前より石を包みて、これは何ぞとて投げ出させ給へり

（六四）　苔むしていはほとならんさゞれ石をわがひとり見る心あたらし

これはいうまでもなく、『古今集』巻七、よみ人しらず、「我が君は千代に八千代にさざれ石のいはほとなりて苔のむすまで」によるもの。相手が中宮なので、とっさに慶祝の意をこめて、卑下した歌を詠んだのであろうか、そ

の古歌の採り用いかたが、いかにも軽く気楽な感じなのである。

ところで、仲文のこのような歌材の種は必ずしも古歌や故事などには限らない。

東三条の院にて、粟田の右の大臣（仙・桂「大将」）中春夜人々（仙・桂ナシ）花雪之如しといふ題をよませたまひけるに　　仲文

（三一）　降りまがふ花か雪かとたどるまにわが世のいたく更《ふ》けもゆくかな

この歌の制作年代は、歌仙本等にいう「大将」の詞書本文に従えば、道兼がこの職にあったのは正暦元（九九〇）―二年の間であり、そのころの作と見てよかろう。ところが、この歌によく似た歌が歌仙本に見えていて、

春宮の蔵人所にて月待つ頃

有明の月の光を待つ程にわが世のいたくふけにけるかな

とあり、『拾遺集』四三六には、詞書に「冷泉院の東宮におはしましける時、月をまつ心のうた、をのこどものよみ侍りけるに」とあって、歌仙本『仲文集』と同じく「有明の」の歌詞で出ている。また、この「有明の」の歌は、『拾遺抄』『金玉集』『深窓秘抄』『三十六人撰』『三十人撰』『前十五番歌合』等にも見えて、当時、世人から好評を博したものだったらしい。この「有明の」の歌の詠作年代は、『拾遺集』の詞書に従えば、仲文が東宮（冷泉院）の蔵人であった天暦四年（九五〇）から天徳二年（九五八）の間である。仲文は、青年時代の作がかつて好評を得たので、それ以後三、四〇年も経って、彼は道兼主催の宴に臨み、その上句を改作して再び出したものであることは、すでに先学に説がある。老年で歌想も枯渇していたと弁解できる点もあろうけれど、謹直な人物ではなし得ないことだ。そこに歌に対する仲文の態度や、さらにいえば、彼の人がらがかいま見えるであろう。

また、『仲文集』には他人の歌を臨機にそのまま仲文の作として流用する例が少なくない。

2

三条の大殿にて、越後に物いひてあくるまであるに、撫子に露など置きたる扇を、かれ見たまへとてさし出でたれば

(一六) 思ひ知る人に見せばや夜もすがらわがとこなつにおきゐたる露

これとまったく同じ歌が、『拾遺集』八三一には、詞書に「廉義公の家の障子の絵に撫子生ひたる家の心細げなるを」、作者は清原元輔として見えている。またこの歌は歌仙本『仲文集』にはなく、一方、『元輔集』にも見えない。詞書にある「三条の大殿」は頼忠で、『拾遺集』のいう廉義公もまたしかりである。仲文と元輔とは親交があり、共に頼忠邸に出入りしていた。このばあいどちらが先かといえば、一般に勅撰集の、特に八代集の詞書には史実としての信憑性が高いということ以外に、ここではやはり『拾遺集』の詞書と歌意との密着度の方が高く、『仲文集』ではそのままでは落ち着きが悪い。女が、男の薄情なのを怨む気持ちを、撫子(子供の比喩か)に露(涙の比喩か)が置いた絵をさし出して示したのに対して、「人の気持ちをよくわかってくれる人に見せたい、夜通し床に起きたままで、流していた私の涙を」と切り返したのだろうが、それでは女に拒まれたことになって、「物いひてあくるまであるに」云々とぴったりしないようだ。詞書は全体としては、女に逢っていると解される文である。これはやはり『拾遺集』に見える頼忠邸の屏風の歌を、仲文がとっさにそのまま用いたのであろう。相手はその屏風歌もよく知っている当家の女房であり、相手にも通ずる機智と手腕に、この一首の興味はかかっている。歌を創作することは問題ではなく、既存の和歌をとっさの間にいかにうまく他の場合にあてはめて用いるかにその関心はある。島田良二氏が「仲文集の歌物語的編集態度の明確に出ている一例」(『平安前期私家集の研究』)とされる所以であろう。さらに、

もとの妻《め》をやむごとなきものに思ひながらに、又しる人おほかりけるに、もとをばはしのかたにて物語などして、〔此処に居たまへれ、今参らむとていにければ、まこと（か）とて、筵《むしろ》のかぎりに居明かして〕、暁に帰りきたるに、板の上に冴《さ》ゆばかり置かれてひえにけりとて、怨じければ、仲文

（二一九）　ことわりや下はげにこそ冷えつらん君にしくべき思ひなければ(1)

この歌も『能宣集』に所出のものである。ただし、西本願寺本・桂宮本にあって、歌仙本にはない。すなわち、西本願寺本『能宣集』三五四では、

冬の夜、物など言ひ明して侍る女の、あしたに、冷えたるにや心ちあしくなんと申したるに、げにさぞ

ことはりや下はげにさぞ冷えつらん君にしくべき物しなければ

また、桂宮本『能宣集』では、

女ものなど言ひて、冬の夜明してあしたに、風にや心ちのあしきといひたるに

ことはりやさはうしたにはひえぬらんきみにしく人あらじと思へば

とある。桂宮本『能宣集』では歌詞・本文共にいちじるしく崩れていることが察せられるが、それはともかくも、『能宣集』と『仲文集』を比較すると、前者に比べて後者がいちじるしく物語的となっていることは一目瞭然であろう。訪れてきた先妻を階の間の筵に坐らせて待たせておいたままますっぽかして、他の女のところへ出かけて、夜明けに帰ってきてみると——というのは、話がまことにうまくできすぎているが、一方では、女が向こうから夜訪れてくる（もちろんその例が当時ないわけではないが）のも少しおかしいし、「やむごとなきものに思ひながら」、女を板敷に坐らせたままさっそく逃げ出してよその女の許へ行くというのもつじつまが合わぬ。先妻もいくら尊い生まれだからとて、夜明けまでそのまま寒い思いをして待っていたというのもおっとりしすぎている。また、はじめに「やむごとなきものに思ひながら」と書くのも、歌詞の「君にしくべき思ひなければ」に強いて合わせようとし

たためと推察される。これはどうみても、男をひとかどのすきものに仕立て上げるための滑稽を旨とした作り話である。その種に同時代歌人の能宣の歌が用いられたのであろう。

また巻頭の、

懸想しける女の死にければ、いと悲しうて、女のはらからの許にいひやる

流れてと契り（仙「たのめ」）しことは行末の涙の上をいふにざりける

の歌は、『小町集』に、歌仙本『仲文集』と同じく、第二句「たのめしことは」の形で見えている。『小町集』の成立に関しては何次かにわたる形成過程が推定され、現形の成立は平安末期まで下るかといわれてもいるが、しかし、右の諸例からみれば、当時すでに流布していた『小町集』にあったものを『仲文集』が流用し、まことしやかな詞書を書き加えたとみるのが適当なのではなかろうか。他人の歌を材料としてこれを潤色し、物語化するのは、『仲文集』の特色の一つであったことは明らかである。

ところで、物語化には材料が他人の歌であるか否かはさしたる問題ではない。次の例には、詞書自身に物語的要素が濃厚に認められる。

宮仕へ人、また異男《こと》通ふと聞きて、久しくいかぬを思ひ出でて、里にて来たれば、月あかきに中島・水などいとをかしければ、とみにものぼらでながめゐたるに、女、などかさてはといへば

（四二）　くらべばやこの中島の沖つ波こすとは誰か恨みます（仙・類「ざる」）べき

詞書中、「月あかきに」以下は歌詞に直接関係は薄い。この女の邸内の情景描写の中で歌詞に必要なのは「中島」だけであり、それ以外の、月影も、また男がしばし月影の映る池の面を眺めていたことも、女が「どうしていつまでも、そうしていらっしゃるの」と話しかけたのも、要するに物語的な肉付けにすぎない。そしてこれは、たとえば『平中物語』第一七段や、あるいは『源氏物語』帚木巻の雨夜品定めに登場する浮気の女の邸の情景に、まこと

によく似ている。それらは共通して、男が女の許に通いはじめてしばらく経ったあと、女の邸を訪れ風流な前栽を窺う中、そこに女が他の男を迎え入れているのを見るという趣向である。全文を引用するのは憚られるが、『仲文集』のこの条は、『平中物語』と『源氏物語』とを繋ぐ趣さえ感じられるのである。

また、

蔵人にてやんごとなき人の局を立ち聞くに、とのもんづかさして、「ただ今参りて」と言はせたる人ありし。しばしありて、いとなれ顔にうち叩けば、それかとてあけたるに、入りて臥しぬ。(女ハ)いとあさましげなれど、いふかひなくて、暁に出でて、さらにえ言はぬに、からうじて局の人を見つけて

(四〇) 雲かかるみ山に生ふる松なれやね(根・寝)さして人に逢ひがたき身は

蔵人時代のこと、貴い女性の許に、その人の恋人のふりをして、そっと入り込み望みを達した話である。これもまたできすぎている感が深い。それに、すぐ行くからと女の恋人がいってよこしたことを知っていながら、入り臥したまま暁を迎えるというのも、冒険がすぎるというものであろう。潤色の跡は十分といえるのではなかろうか。もっとも、女の恋人の声色を使って、他人がうまく入り臥すことは、『源氏物語』浮舟巻の匂宮が浮舟を盗む条に名高いが、私家集にもその例はある。『義孝集』に、

左衛門督の命婦のもとに、権中将と名のりて宮のおはしたり、とききてやる

あやしくもわが濡衣を着たるかな三笠の山を人にかられて

また『実方集』にも、

十月、ある女に、実方の兵衛佐と名のりて、異人《こと》のきたりけるをききて、女に

誰ならむいか(は)での森にことはむしめの外にてわが名借りけむ

『定頼集』にも、

同じ所に早うやすらひとてさぶらひける童のもとに、この御名のりして人入りぬときき給ひて

あやしくも我名のりそを伊勢の海のあまたの人にかかる（「からる」の誤か）めるかな

この種の行為が事実上貴族の間に行なわれていたことは疑いないらしいのだが、これらの家集と『仲文集』とを比べて、目に立つのはやはり詞書に窺えるいちじるしい物語への志向性である。『仲文集』がおおむね他撰に成るものらしいこと、また、その詞書中に、「仲文」「同じ人」などとあることで、物語的要素が認められることはすでに定説となっている。一般に私家集の性格として認められがちな日々の生活の記録という面よりも、『仲文集』にはもっと遊びに、あるいは虚構の世界に近い要素が多いといえるのである。

3

あらためていうまでもないが、『仲文集』にも女性との交渉を歌ったものがかなり多い。その中には通常の恋歌と変わりのない、しおらしいものもあるにはある。

忍びて通ふ人のもとに、大方のまらうどにていきたるに、雪のいたう降りければ、しのびていひはべる

(三)　はるかにて（仙・桂「かけて」）しのぶる事（仙・桂「中」）もある物をいかなるまよりゆき（往・雪）通ふらん

しかし、この種のものはきわめて少数であって、他はすべて、一癖も二癖もある、ひねくれたものばかりである。

女の許に来むとての夜は来で、後の夜来るに、ふすべて逢はねば

(四)　ことわりや今宵はつみのそこにはや入れよふしなむさり所なし

行くと約束した夜は行かず、後になって訪れると、女は腹を立てて逢おうとしない。「お前が怒るのももっともだよ、今夜は私が悪かった。そこに早く入れておくれ、いっしょに寝よう。他にゆく所もないのだもの、それにしても、まったく申しわけがないよ」――歌のしらべの、いかにも軽快に楽しげであることとあいまって、内容もまた何とも気楽にノホホンとしたものである。これでは男が本気で悪いと思っているはずがない。女としてみれば、アタマに来るか、そうでなければあきらめて笑い出してしまうほかないだろう。

ある女、臨時の祭に車借るに、乗りながら来て、ただ入りに入りければ、小家にてえ隠れあへず、夕日のさしていとあらはなれば

（一二）　思ひきやかけてもかくは木綿《ゆふ》（言ふ）だすき今日のひかげにまばゆからむと

かへし　（仲文）

（一三）　ゆふだすき神にかけても誓ひけむ夕日にあてて見てはあらじと

車を借りるのは女で、それを口実に、男は車に乗ってやってきて、女の家にドンドン入り込んでゆく。女は隠れ場所がない。「まあ、ひどい。こんなことをおっしゃって、私を恥ずかしい目にお遭わせになるなんて」「なあに、神様にだって誓ったらしいですよ、夕日の下であなたに会おうなんて、失礼なことは絶対にしませんとね――いやいやどうしたって、今夜はただでは帰らぬ覚悟でおりますぞ。（「見ては」と「見では」と表裏に両様の意を含ませてからかったものであろう）」

この何ともいえぬ横着で、図々しい、そのくせ憎めないところのあるのが、仲文の歌の本領であろう。

同じ仲文、堀川の中宮のおはしまさで後、人々尼になると聞きて、少将の内侍のもとに[2]

（一四）　かまへつつさてもすき（仙・桂「あり」）つる世を背《そむ》くうしろでどもぞ思ひやらるる

返し　（少将内侍）

（二一五）　背きぬるうしろでよりも極楽《ごくらく》に向はん君が顔をこそ思へ

又返し　　　　　　　　　　　　　　　（仲文）

（二一六）　あがほとけ顔くらべせば極楽のおもておこしはわれのみぞせむ

相手は主人の媓子中宮を失って悲嘆の中に出家した女房である。それに向かって、「ずいぶん今までは身持大事にして来なすったが、これからはどうなることやら、あの方面が思いやられますなア」、女「つまらないおせっかいをなさることね。いつもいつもそんな悪ふざけをなさっていて、死に際のあわてたお顔を拝見したいわ」、仲文「さすがは貴女さま、おそれ入りましたな。だけどね、顔くらべとなれば、死んだ後も、正真正銘、極楽の名誉ともなろうッてのは、残念ながらこちらだけさね」――この時、仲文五八歳。これはまた何と朗らかな不良老年であろう。北村杏子氏は、同じ時に元輔が故中宮の女房に贈った歌の悼意に溢れて真面目であるのと比べて、仲文の歌の冷たい皮肉な性格を指摘されている。たしかに、そうした心の冷たさも感じられる。けれども、他面ではそうした日常的な悲傷の中に、みじめったらしくのめり込むことを拒むしたたかな笑い、あるいは乾いた道化の精神ともいうべきものが、ここには認められるのではなかろうか。それはあの「人咲ハスルヲ役トスル翁」といわれた禿あたまの清原元輔の面影にも通うもののようである。

正月七日、宰相の内侍に

（二一七）　老いらくも子《ね》の日の松にひかれてやけふより若きな（菜・名）をばつむらん

○

仲文、蔵人になりし時、衛門の内侍に櫛をかりて返すとて

（二一八）　ねぎごとにかくし（櫛）かなはば寝くたれのおどろのかみ（髪・神）もなごめてむかし

かへし

（三七）　ねぐとてもよからぬ事はきくものか世にうるはしき神（髪）の心は

二七は、不老除厄のために若菜をつむ老女に向かって、「今日から若返ってひと花咲かせようというおつもりですか」とひやかしたもの。三六は、櫛を返しがてら、「願いごとが、こんなぐあいに（めでたく蔵人に任官したことを指す）叶うのだったら、あなたのいつもの寝乱れ髪も、そのうちきっと私がこの櫛でとかせてあげられよう」と、内侍の平素の浮気をあてこすってからかったもので、それに対する内侍の返歌は「いくらお祈りしたところで、曲がったことのおきらいな神様が、そんなけしからんことをお聞き届けになるはずはありませんわ。あなたにくどかれるなんて、とんでもない」と、いなしたもの。この仲文の毒舌にはあくどい感がなくもないが、当時としてはやはり罪のないいたずら、冗談の範囲内で笑ってすませられるものであろう。

ところで、仲文には、自分の妻あるいは恋人との関係を材料にしたものが、前述のもの以外にもなお若干ある。

〇

おなし人（仲文ノコト）、古き妻《め》の榑《くれ》こひたるに

（一四）　花咲かぬ朽木《くちき》の杣《そま》の杣人《そまびと》のいかなるくれ（榑・暮）に思ひ出づらん

〇

かよひし女、尼に成りにけるに

（六二）　今はなほふところ広き衣手に人をはぐくむ心あらなん

承香殿に侍ひける人を語らひけるが、みそか人を持たりとて、まかりたりしかば、惑《まど》ひ隠してけるに、沓《くつ》のありけるを見て、前の遣水《やり》に生ひたる根芹《ねぜり》をとりて、

（九）　沢水（さは見ず）にあらはれにけるしのびね（根・寝）をかく（斯・隠）せり（芹）けるはうき（浮・憂）心かな

一四の「花咲かぬ」は『新古今集』一三九八にも出ていて、詞書に「年ごろ絶え侍りける女の、榑といふもの尋ねたりける、遣はすとて」とあり、詞書の「古き妻」云々の意は明らかだ。これだけ見れば、まさに冷たいからかいとも受けとれる。また六二「今はなほ」になると、こういう際には通常の、女への同情を微塵も示さず、「これからは、もっともっと大勢の男をかわいがってほしい」と、どこまでも茶化してしまうところ、誹諧に徹したもので、事実上のからかいとすれば度を越えている。先に述べた、出家する女房に贈った「かまへつつ」の歌と同じ趣向であるが、この場合は相手は他人ではなく、妻の一人であり、この冷笑と共に突き放した態度は、もし実生活上の体験だったとすれば、特徴的だ。そこには、こうした誹諧歌を支える倫理の問題が浮かび上がってくるかもしれない。九「沢水に」も、詞書が充実していて物語的な性格が強いが、女に裏切られた男の苦しみや怒りの感情はほとんど見られず、そうした屈辱をしもひたすら誹諧の種に転化しおおせる冷たく乾いた目と、言葉の技術を思わせられるばかりである。

妻《め》なくなりて嘆くころ、懸想せし人、五月五日をこせたる

(五三)　思ひやるよもぎの宿は淋《さび》しくて涙のつまに何をかくらん

かへし　仲文

(五四)　今日しもあれよもぎの宿をとふ人はもしあやめ（妻）にもならんとや思ふ

かへし

(五五)　あやめとは誰かかけても思ふべき白き根ながら（類「なかみ」）ふき（吹・葺）ことなせそ

又かへし　（仲文）

(五六)　昔よりけふのあやめはうたたね（根・寝）と（類「を」）いかにひかるるものとかは知る

女

（五七）　ひきつれてねはうきにこそみがくれめけふばかり（以下脱。桂「なるぬまのあやめは」）

五三「思ひやる」はたぶん亡妻の女友だちからのものであろう。詞書の「懸想せし」の主語はおそらくは女であり、それは仲文（あるいは編集者）の解釈であろう。歌そのものは、折に叶った真情が溢れている。それに対する仲文の返歌の五四「今日しもあれ」は、「五月五日の端午の節句に見舞いを下さるとは、さては私の女房になろうという魂胆ですね」というので、素直に亡妻の思い出にひたるどころか、たちまちに相手を茶化して出る。となれば相手も勢い「あなたの奥さんになぞ誰が望むものですか、でたらめもほどほどになさい」（西「なから」の「ら」は、類「なかみ」の「み」の誤字であろう）と言い返さざるを得ないので、仲文はまた、「昔から、五月五日はうたた寝（浮気）をするに決まったものさ」（西「ねと」は、類「ねを」の誤りか）と、図々しく居直ってみせる。すると女もまた……。

このかけ合いを支えるものは何なのだろうか。この場合、われわれは仲文が女からの一通の見舞いの文に、たちまち亡妻の思い出もうち忘れて、心うきうきと新たな情事に熱を入れたのだと解すべきだろうか。私は、ここではその必然性は乏しいと思う。このかけ合いはあくまで遊びだからである。あるいはまた、こういうことも考えられる。仲文は、案外の恥ずかしがりの、てれ屋で、まともに慰められると、かえって素直にそれに応じられず、露悪的にふざけかかるたちだったのだろうか。そういう類の心のはたらきは、必ずしも近代人特有のものでもなく、平安貴族たちのデリケートな心情には、けっして無縁ではなかったと、私は思っている。前記の女へのからかいなどにしきりに見せる、仲文の乾いた笑いと冷たい目というものも、その類のものであったかもしれない。しかし、それを結論としてよいかどうかには、なお他に検討すべき問題が残っているようである。

4

『仲文集』には彼の社交界での姿を推察させるに足る材料が散見する。頼忠邸に出入りし、道兼にも仕え、元輔や能宣・輔昭らとの交際があったことは前記の通りであるが、その他にも公任・壱岐守・志摩守・兼家・中宮媓子・冷泉院などの名が見え、その中、貴顕の許に出入りする折のものでは、東三条院での歌会の折の「降りまがふ」とか、三条殿での中秋明月の夜の「常よりも」の如く、ごく通常の体の奉献歌もある。また、

ある本に、内裏（西「大王」桂「たいわう」類「大り」仙ナシ）の宮焼けておはしまし所なしとて、一宮に渡らせたまひて、又外《ほか》へ帰らせたまふに、銀《しろがね》の蓮《はちす》に金《こがね》のす箔を露におきてめししに

（三三）　思ひおける蓮の露のたまさかにかたみにかよふ光ともみよ

この内裏焼失はたぶん貞元元年五月一一日の折のことであろう（またあるいは天禄元年四月一日冷泉院焼亡の折かもしれない）。冷泉院が宮中から皇太子師貞親王（花山）の許へ避難して来たものか。そこからさらに他へ移ろうというので、金銀の造り物を一宮に下賜され、それに添える歌を仲文に命じて作らせたものであろう。歌詞がいかめしいのは御製の代作だからである。冷泉院の近侍として、よほど仲文は重用されていたものらしい。また「志摩守と伊岐守少将になり給ふに参りあひて、かはらけとりてさすに」と詞書した「播磨潟こなたかなたにこぐ舟のかたほなりともおしむ我かな」の歌もあり、また、

大入道殿つかさをとられて、又の年なりかへり給ひたりしに

（五九）　こぞは思ふ今年はみれば神無月しぐれかはれる心ちこそすれ

これは、兼家が兄兼通のために貞元二年一〇月一一日治部卿に降ろされ、兼通死後、翌年一〇月二日に右大臣に任じられた、その折の賀歌であろう。これらはまず尋常な賀歌の形というべきである。また、公任は父頼忠との関係からしても特に関係が深かったようだが、仲文は常に主君筋として鄭重な態度を失わない。

三条殿にて、公任の宰相の、八月ばかりの月のあかき夜、前栽の花見たまふに、おなじ人

（三二）常よりも今宵の月はさやかなれ秋の夕べもたどるばかりに

また、

大風の又の日、家の他《ほか》よりもいたくこぼれたれば、近き所なる四条の大納言殿にきこえたる

（六）わが宿は野分はえはも（桂「のほかも」）隣より荒れまさりたる心ちこそすれ

御返し

（七）隣より荒れまされりといふなるはいかなる風か身をばふくらん

村瀬敏夫氏が「藤原公任伝の研究」（「東海大学文学部紀要」第2輯、昭35・3）にも指摘されている通り、この贈答歌は『公任集』にも見えていて、仲文の歌の詞書には、

野分したるつとめて、なかふが家の北には故入道殿（兼家）、南には故三条殿（頼忠）住ませ給ひけるに、大風《おほかぜ》の吹きければ奉れる

とあり、歌詞も第二句「野分はふかむ」である。仲文は公任の北隣に住んでいたので、交際も深かったのである。それはともかく、仲文の歌の意は、「わが家は野分に限らずその他の万事につけて、隣のお宅よりもひどく荒れているようです」というので、野分にかこつけて暗に公任らに愁訴し、その庇護を求めたものであり、公任の返歌は、それに対しさりげなくとぼけてみせたものと思われる。こうした貴顕との交わりの場では、仲文とてもやはり平素の毒舌や諧謔を慎んでいたものと見える。

といっても、彼が終始貴顕には平身低頭していたわけでもなく、正面ではともかくも、陰では失敬なことも考えているのである。

冷泉院の御心ちのさかりに、舞ひよくせよと、蔵人なりしかば、さいなめば、いとたへがたし、知

らぬ事なればなほいとたへがたしとて、衛門の内侍に

（三八）　おいおいはいかがはすべき新羅《しらぎ》舞《まひ》立ち舞ふべくも思ほえぬよに

返し

（三九）　あなさがなかかる事をや駿河《するが》舞《まひ》君がしるべにたがへてを経《へ》よ

狂気の冷泉院の無理な注文に音をあげて、泣きごとを知り合いの女房に言ってやったものだ。また、

仁和寺の御はての日、物忌みにさし籠《こも》りてゐたるに、竪《たて》文にて、法しとう（ママ）子、けふすくすまじき御文なりとてさしおきたるを見れば、くるみ色の色紙にあやしき手して

（六〇）　これをだに形見と思ふに都にはかへやしつらん椎芝《しひしば》の袖

後にきけば、とう（ママ）わたりよりあるなりけりと聞きて、いみじうあやしがりけり。同じ事なれど、かくこそはと思ふ

（六一）　惜しまれば衣のうちにかけて見ん玉のきずとやならんとすらん

この話は、枕草子「円融院の御果ての年」の段にも所出のものである。参考までにその大意を記すと、円融院の一周忌が終わった年、喪服を人々が脱いだころ、ある雨の日、藤三位（一条天皇御乳母繁子）の局に童が来て、白木に立文をつけて、送り主の名も告げずにそのまま手渡して去った。翌朝その文を開けてみると、くるみ色の厚ぼったい色紙に、法師らしい風変わりな筆跡で「これをだに形見と思ふに都には葉がへやしつる椎芝の袖」（藤三位が四位から昇進したことにかけていう）とあった。しゃくな文面だが、がまんして翌日中宮の御前に持参報告する。その中、一条天皇が「この辺の色紙によく似たものがある」と笑いながらいわれるので、中宮のしわざらしいと、ようやく真相がわかって、笑い話になる――。『枕草子』では、宮中風雅の一こまとして楽しい回想の種となっているのである。また、この『枕草子』の取り扱いはそのまま『後拾遺集』に採り入れられたらしく、歌詞も同一で

あるが、『後拾遺集』では作者を「一条院御製」と明記するところが『枕草子』と異なる点であり、『後拾遺集』の撰者はかく解することによって宮中の風流という趣をより徹底したと考えてよかろう。

ところが、『仲文集』では右の通りであって、かなり趣が違う。はじめに、文の送り主だが、『枕草子』では中宮関係者であり、『後拾遺集』はそれを天皇としているのに対して、『仲文集』は「とう　わたり」とする。北村氏は「とう」を「東宮」と校訂されるが、正暦三年ごろの東宮は三条天皇（居貞親王、当時一七歳）である。この事件は『枕草子』の中では、清少納言が人伝てに聞いた話と推定される部分で、史実としての信憑性には多少の問題がある箇所であるが、さりとてまた、東宮時代の三条天皇が関係のうすい一条院乳母にこのような消息を送るとも考えにくい。それにつづく『仲文集』の「惜しまれば」の歌は、もとより清少納言の知るはずもない仲文だけの心中に属する事情であり、そこで彼は、右の歌が一条天皇からのものと聞いていぶかしがり、同じことならば、「喪服を脱ぐのが心残りと思し召すのならば、平服の下に召されればよろしい。こうあらわにおっしゃっては、帝のお噂にきずがつく」と思ったというのであろう。清少納言のような、宮中の風雅《みやび》の遊びとしてひたすら讃美し、楽しんでいるのとはちょっと異なった感じではなかろうか。当年一条天皇一三歳、仲文の心配も一面ではもっともだった。詞書にいう「あやしき手して」とは、『枕草子』や『後拾遺集』のいう「老い法師の手のまねを」したというところをさしているのではなくて、単に悪筆であることに重点を置くのかもしれない。

貴顕の邸に出入りして、事ある折には通常の態の祝賀の歌を献じ、時には主上の代作も勤める。そして型の如くに、その間には好機と見れば、うまく取り入って余瀝に与ろうとするぬけめなさもある。一方、やんごとない方々の困った姿や子供じみたやりかたには、陰で一人で笑ったり、袖引き合ったりしているのだ。要するにこれは当時の平均的な貴族の生態そのものなのである。

そして、このような態度は、あの恋の英雄とすらいわれる『伊勢物語』の主人公にも、あるいは平中にも、それぞれニュアンスの相違は示しながらも共通するものであった。権門の庇護によって辛うじて生きている仲文の如き官人が、とにかく要領よく俗世間を泳いでゆくことに努める以外には、はたしてどんな生き方がありえただろうか。仲文の生き方は、むしろ当然でしかなかった。この集が他撰であることは、その仲文の面影をさほど修正するものではなかっただろう。

5

とすれば、前に述べた、仲文の歌の大多数を占める女との戯れの贈答歌の性格は、どのようなものとして理解すべきだろうか。冗談は冗談にすぎないので、もともとナンセンスであって、それ以上のものでもなければ、それ以下のものでもなく、それによって他のどのような推論もなし得ないものとする考え方もあるかもしれない。しかし、仲文の女性とのかけあいの歌には、単に一口にナンセンスといって片づけきれないものが、その背後に潜んでいるのではなかろうか。それは同じく誹諧歌・物名歌で有名な『藤六（藤原輔相）集』と比較しても明らかである。藤六の歌は、すべていわばナンセンス歌であり、『万葉集』のいう「無心所著」の歌の系列に位置する。そのほとんどは単純な言葉のシャレ・語呂合わせのおもしろさを多く出るものではないし、材料も自然物を詠ずるものが多く、人事を採り入れることは少ない。ことに、女性関係を主題として相手をからかいひやかす類のものはほとんど見当たらない。

仲文の歌は、その点ではむしろその内容において『平中物語』の歌に近い。『平中物語』では語戯を主題とする物名歌式の誹諧は少ないが、主人公はいつも女性の前に気の小さい弱者として現われ、泣き笑いの道化者的被虐性を帯びており、そこに一種のユーモアを生じている。女性関係におけるユーモアを主題とする点では、『仲文集』と『平中物語』とは共通する。しかし、一面、『仲文集』には『平中物語』の如き被虐性は縁遠く、主人公は女をからかい、ひやかし、加虐的・攻撃的である。

また、仲文は積極的ではあるが、しかし、そこには業平のように、神の斎垣をふみ越え、帝の威をも怖れず、相手の女性と一体になろうとして激しく燃えさかるような生命の輝きはない。前に知的に冷たく乾燥した目といったのはそれだ。戯れの歌といっても、やはり『仲文集』独特の様式があるといわねばならない。そして、その様式を、はたして仲文の時代、冷泉—一条朝の時代様式として把えるか、はたまた仲文の個性として把えるか、さらにまた『仲文集』編者の問題がどの程度までその上に加わっているかなど、すべて難しい問題であろう。ただ私は、漠然とではあるが、それが時代様式にかかわるところがかなりありそうには思う。

『蜻蛉日記』の作者は、夫兼家の「さるがふ事」をしばしば書き記しているが、この時代多くの妻を持つことによって、必然的にそのすべての妻を満足させることができない夫にとっては、妻たちからいかに図々しく不誠実と思われようとも、彼女たちの真剣な訴えに対して、その時々に茶化し、ふざけ、はぐらかすことによってしか対処することができなかったはずだ。「さるがふ事」は兼家の自己防策の術であったかもしれないのだ。彼が、鳴滝籠りから連れ戻した後、その妻を「雨蛙(尼帰る)」と呼んでからかう時、その攻撃的な発想にはまさしく仲文の歌に近いものがある。しかし加虐的な言辞の裡に、逆にそのような形で自己を守ることを習慣づけられてきた当代の貴族の男たちの姿が潜んでいるともいえるのだろう。

以上、当代の男の和歌の一面について、『仲文集』を例としていささか考えてみたのである。

注

(1) 詞書中〔 〕の部分は、桂宮本・歌仙家集本にのみあって、西本願寺本・類従本にはない。文意からみて、あるのが原型と思われる。

（2）　詞書中「おはしまさて」以後の部分は文意によって類従本によったが、諸本左の如く異同がある。
西本願寺本「おなしなか文ほりかはの中宮のおはしまして」以下、掲出本文に同じ。

歌仙本「ほりかはの中宮うせ給ひて中宮の内侍のすけせしなとあまになりたるもとに仲文」

桂宮本は歌仙本にほぼ同じ。

平兼盛

たよりあらばいかで都へ告げやらむ今日白河の関は越えぬと

『拾遺集』『拾遺抄』『兼盛集』『和漢朗詠集』『三十六人撰』などに所出。何かの便宜があったならば、どうかして都へ知らせてやりたい、今日東国の白河の関を越えたと、の意。上三句、下二句が倒置法によって、「いかで……告げやらむ」という強い願望がいっそう強調されている。しかしそれが事実上実現不可能であることは明らかで、その願望が強ければ強いだけ、「たよりあらば」は、はかない幻想であり、仮想にすぎないことが、逆に印象づけられ、都を遠く隔たり、さらに今日一段と遠く奥地に越えていこうとする旅人の心細い心情を、浮かび上がらせるのである。三句から四句へ移る間の、間髪を容れない緊密な呼吸も一首にひきしまった効果を与えている。この歌にややおくれてできた、能因の「都をば霞と共に立ちしかど秋風ぞ吹く白河の関」の歌と材料は似ているが、こうした風流ぶった臭みはない。むしろ『伊勢物語』の東下りの諸段に似た旅の歌である。

望月の駒ひき渡す音すなり瀬田の中道橋もとどろに

『三十六人撰』『深窓秘抄』『和歌九品』などに所出。望月の馬をひき連れて渡ってゆく音が聞こえてくる、瀬田の中道を橋も轟音を立てるほどに、の意。駒は、東国の諸国から貢納する馬匹であろう。「望月」は信濃の牧場の名だというが、それとともに、ここでは満月の夜をも思い浮かべるべきであろう。「音すなり」の聴覚印象による判断が、昼間では生きてこない。静かな中秋の満月の夜を京へ急ぐ数多くの若駒のいななき交わす声々と、かつかつたるひづめの音が響く。やがて長橋にさしかかると、一段とその轟音は高まるのである。「音すなり」と「とどろに」とが呼応し、一首、動的で力強い中にも高雅の気品を失わない佳作といえよう。

忍ぶれど色に出でにけりわが恋は物や思ふと人の問ふまで

『拾遺集』『拾遺抄』『兼盛集』その他に所出。『百人一首』に入り有名である。私の恋は人に隠していたけれども、顔色に出てしまった、物思いをしているのかと人が尋ねるほどまでに、の意。元来は、天徳四年内裏歌合の歌であり、その時、「忍ぶる恋」の題で、壬生忠見の「恋すてふわが名はまだき立ちにけり人知れずこそ思ひそめしか」と合わせられて、勝敗容易に決せず、村上天皇の勅裁を仰いでようやく兼盛の勝ちと決まったという。全体にわたって、何一つ特別の用語もなく、技巧らしい形もない。にもかかわらず、一語一語のぬきさしならない配置と組み合わせ、またその各々の効果の大きさには驚くほかない。声調もまた上三句はことに濁音と字余りとによって、胸中悶々の情を盛るにふさわしい。情と理とのバランスのとれた内容にも万人向きの名歌とされるゆえんがあろう。

藤原兼輔

青柳のまゆにこもれる糸なれば春のくるにぞ色まさりける

『兼輔集』『和漢朗詠集』『新千載集』『三十六人撰』その他に所出。青柳のまゆにこもっている新芽の糸だから、春が来るにつれて色が濃くなってくるのだった、の意。柳の新芽を歌語で柳の糸と呼ぶところから、その蕾が銀色の柔毛《にこげ》に覆われて丸くふくらんでいるのを、蚕のまゆに見立てたもの。「来る」に「繰る」をかけ、春が来る（繰る）につれて、まゆから糸が出るように、柳の新芽が次第に伸びて青く色づいてゆく。その微妙、繊細な季節の姿を、まことにおもしろく優雅に把えたものだと感心させられる。糸を繰る手には、春の女神の佐保姫の連想もあろうか。簡単に技巧、見立てといっただけでは済まされない深い直観がある。声調もまた、あくまで春らしく、明るくのどやかである。

年毎に鳴きつる雁と聞きし間《ま》に我はひたすら老いぞしにける

『兼輔集』所出。「嵯峨殿の大御酒《みき》のついでに」の詞書がある三首の中の一。来る年ごとに、「ああ雁が鳴いたな」と、初雁の声に感興を催しながら年を重ねているうちに、自分は年とって、すっかり老人になってしまった、の意。上三句が、秋に入って初雁の声を耳にした新鮮な感慨を直叙して、声調もそれにふさわしい緊張した爽やかな響きを帯びているのに対して、下二句は、いつの間にか過ぎ去っていった人生への感慨が、重厚で老熟したしらべとなって吐露されている。一年ごとの新鮮な喜び・驚きと、わが人生全体への沈潜した回顧とが、上下にあい応じあって、いかにも老境の作らしい味わいのふかいものとなっている。

人の親の心は闇にあらねども子を思ふ道にまどひぬるかな

『後撰集』『兼輔集』『大和物語』などに所出。この詠作事情には異伝があり、『後撰集』巻一五や『兼輔集』では、宴会の席で子供のいとしいという話が出た時の作とするが、『大和物語』では、兼輔が娘の桑子（醍醐天皇女御）の寵を天皇に願っての献詠だという。『源氏物語』その他多くの作品に引歌として採られていて有名である。

子を持つ親の心は、闇——盲目というわけではないが、子への恩愛のために、うろうろと心配ばかりしていることだ、の意。全体に何の飾り気もなく、素直な感懐を一気によみ下している。「闇」「道」「まどひ」は縁語であるが、それを技巧と感ぜしめない自然な情感の流れがある。濁音やオ列音がくり返されて、荘重な声調を成しながら、結句ではその重苦しさを脱し、さらりと全体をまとめているところ、やはり平安貴族の詠みくちである。

藤原実方

忘れずよまた変らずよ瓦屋《かはらや》の下たく煙したむせびつつ

『実方集』『後拾遺集』(二句「忘れずよ」)『後六々撰』(同前)その他に所出。詞書によれば、実方が恋愛関係にあった清少納言に贈ったもの。あなたのことは忘れられないよ、また心変わりもしないよ、瓦焼きの小屋の煙のように心の中で恋にむせび泣きながら、の意。上句に「忘れずよ……変らずよ」と同語を重ね、下句にも「下たく煙下むせび」と、同語を重ねて、音楽的な快いリズムを生んでいる。ことに上句の「ずよ……ずよ」の反復は他に例が少なく、大胆奇抜であり、変わらぬ愛を幾度も念を入れて誓うという内容に即した卒直な表現といえる。また恋心を瓦を焼く煙にたとえるのも、斬新である。実方の自由な歌風の好例である。

はぶきつつ今やみ山を出でつらむ杉かけて鳴く山時鳥《ほととぎす》

『実方集』所出。詞書には「杉村の森にて郭公《ほととぎす》を聞きて」とある。異本には二句以下「今や都へ時鳥過ぎがてになく杉村の森」。底本(群書類従本)の歌意は、羽ばたきをしながら今山を出たのだろうか、杉の梢をかすめて鳴く時鳥は。「はぶきつつ」あるいは「杉かけて」(「すぎがてに」の誤の可能性もあるが)と、鋭く強いイメージを描き出して、血を吐くといわれる時鳥の鳴き声を生かしている。この時代には、時鳥といえば、ただその声を珍しと聞き入る類の歌想が多いのであるが、この歌ではそれを一段と深めて、対象の実体に肉迫する態度が認められる。平安中期には稀な作風である。

かくとだにえやはいぶきのさしも草さしも知らじな燃ゆる思ひを

『後拾遺集』『実方集』その他所出。『百人一首』にも採られて有名。せめてこうとだけでもうち明けたいが、とてもできない。あなたは私のこの燃える思いを、そうともご存知ないのでしょうね、の意。詞書によると、はじめて女におくる歌とある。「伊吹」(山名)に「言ふ」をかけ、「さしも草」は次の「さしも」以下の序であり、「さしも草」(モグサのこと)、「燃ゆる」「思ひ(火)」が縁語となっていて、かなり技巧の目に立つ歌であるが、それが上滑りせず、しっかりと組み合っている。全体の文構造は否定語と反語が重なって、屈折内攻しており、鬱屈した恋情を盛るにふさわしい。右の技巧も、一つにはリズムの上でその内容を整った形に移すための工夫であったと思われる。

著書論文目録

今井源衛　略歴

大正　八年二月一六日　三重県四日市市に今井源一郎の三男（母　なみ）として生まれる。
昭和　六年　三月　四日市市立第一尋常高等小学校卒業
　一一年　三月　三重県立富田中学校卒業
　一八年　九月　第一高等学校文科甲類卒業
　一八年一〇月　東京大学文学部入学
　二二年　三月　東京大学文学部国文学科卒業
　二四年　三月　東京大学大学院修業
　二六年　四月　私立日本学園高校教諭
　二七年　四月　都立広尾高校教諭
　二八年　四月　清泉女子大学助教授
　三一年一〇月　九州大学文学部助教授
　四六年　四月　『王朝文学の研究』により文学博士（九州大学）
　四六年　七月　九州大学文学部教授
　四六年一〇月　　学生部参与（四八年一一月まで）
　五一年　七月　　評議員（五五年六月まで）
　五三年　七月　　文学部長・文学研究科長（五五年六月まで）
　五七年　三月　九州大学を定年退官

五七年　四月　　梅光女学院大学教授
五七年　五月　　九州大学名誉教授
五八年一一月三日　紫綬褒章を受章
六三年　七月　　日本学術会議会員（平成三年まで）
六三年一一月三日　西日本新聞社より西日本文化賞を受賞
平成　元年四月二九日　生存者叙勲　勳二等瑞宝章
三年　四月　　梅光女学院大学客員教授
一一年　四月　　梅光女学院大学名誉教授
一六年八月一二日　逝去　八五歳

＊「私の履歴書」（本著作集12巻所収）「今井源衛教授略歴」（『今井源衛教授退官記念文学論叢』）等による。
＊「私の履歴書」には平成元年四月までの履歴・業績につき本人の詳しいコメントが付されている。

今井源衛著書論文目録

（1）論文等は、発表年ごとに、題目、掲載誌、巻号、発行月、収録論文集、本著作集収録巻の順に記載した。

（2）論文集（単著）その他に収録された論文は、次の一覧に付したA～Iの記号を用いて　↓A　のように示した。それぞれの刊行年と出版社は次のとおりである。

A	『源氏物語の研究』	昭和三八年	未来社
B	『王朝文学の研究』	昭和四五年	角川書店
C	『紫林照経　源氏物語の新研究』	昭和五五年	角川書店
D	『王朝末期物語論』	昭和六一年	桜楓社
E	『源氏物語の思念』	昭和六二年	笠間書院
F	『王朝の物語と漢詩文』	平成　二年	笠間書院
G	『国文学やぶにらみ』	昭和五六年	和泉書院
H	『源氏物語への招待』	平成　四年	小学館
I	『紫林残照　続国文学やぶにらみ』	平成　五年	笠間書院

（3）本著作集に収録された論文等には、その巻序を□数字で付した。

（←題目）
例：古代小説創作上の一手法——垣間見について
国語と国文学　25巻3号　3月　↓B [1]　（←『王朝文学の研究』及び本著作集第一巻所収）
（→掲載誌）　（→巻号）　（→発行月）

昭和二三年（一九四八）
古代小説創作上の一手法――垣間見に就いて
国語と国文学　25巻3号　3月　↓B[1]
和泉式部と伝説
望郷（婦人文化社）　7号　11月
昭和二四年（一九四九）
明石上に就いて――源氏物語人物試評
国語と国文学　26巻6号　6月　↓A[2]
昭和二五年（一九五〇）
源氏物語に於ける親と子
日本文学史研究　3号　1月　↓E[1]
道綱母の気質に就いて
日本文学史研究　8号　12月　↓[9]
右大将道綱母
『日本文学講座2　古代の文学』　河出書房　10月
↓[9]
昭和二七年（一九五二）
狭衣物語／成尋阿闍梨母集
『原典による日本文学史』　河出書房　8月

昭和二八年（一九五三）
書評『日本文学思潮』『国民の文学　古典篇』
日本文学　2巻6号　8月
昭和二九年（一九五四）
戦後に於ける源氏物語研究の動向
文学　22巻2号　2月　↓A[6]
王朝物語の終焉
国語と国文学　31巻10号　10月　↓D[11]
苔の衣について――物語の解体
日本文学　3巻10号　10月　↓D[11]
伊勢物語
『日本文学講座4』　東大出版会　12月　↓B[7]
昭和三〇年（一九五五）
源氏物語研究の手引
日本文学　4巻2号　2月
女三宮の降嫁
文学　23巻6号　6月　↓A[2]
平安文学の作者と読者
解釈と鑑賞　20巻7号　7月　↓F[6]

（座談会）日本古典をめぐって　源氏物語を中心に（上）（下）
近代文学　10巻7号・8号　7・8月
末摘花の問題
日本文学　4巻9号　9月　↓2

昭和三一年（一九五六）
清少納言の生きた時代
解釈と鑑賞　21巻1号　1月　↓B9
書評　松尾聰著『平安時代物語の研究』
国語と国文学　33巻2号　2月　↓12
平安朝末期物語
『日本文学研究入門』　東大出版会　2月
環境と時代背景（日本文学研究のための基礎知識）
解釈と鑑賞　21巻4号　4月　↓1
光源氏
日本文学　5巻9号　9月　↓A2
源氏物語の作者――その研究史の概観
国語と国文学　33巻10号　10月　↓E6

昭和三二年（一九五七）
源氏物語
朝日新聞「名作手帳」　1月20日
霊前に愧づ（池田亀鑑博士追悼）
国語と国文学　34巻2号　2月　↓12
『源氏物語　上』（日本文学新書）
創元社　3月　↓5
摂関制と漢文学／歴史物語と説話文学／末期の漢文学／歌謡と演芸
『図説日本文化史大系5　平安時代（下）』　小学館
7月　↓10（摂関制と漢文学8）
業平――その1　三代実録の記述に就いて
日本文学　6巻6号　7月　↓B7
業平――その二
日本文学　6巻10号　11月　↓B7
蜻蛉日記を研究する人のために
国文学（学燈社）　2巻10号　9月
『竹取物語・伊勢物語・大和物語』（日本古典文学大系
大和物語担当　阿部俊子と共著）
岩波書店　10月

源氏物語の歴史（共著）（昭和11年以降「現代まで」の研究史を担当）

解釈と鑑賞　22巻10号　10月　↓6

正安本「義孝集」翻刻と校異

語文研究　6・7合併号　12月

兵部卿宮のこと

『日本古典鑑賞講座4源氏物語』角川書店　11月

↓A2

昭和三三年（一九五八）

源氏物語における先行文学の影響

国文学（学燈社）　3巻5号　4月　↓6

花山院研究（その一）

文学研究（九州大学）　57輯　3月

『高等漢文』（共著）

実教出版社　3月

源氏物語

『岩波講座日本文学史第一巻古代』岩波書店　8月

↓A1

昭和三四年（一九五九）

The Tales of Genji

九州大学英文紀要　5号　1月

摂関制の進展（源氏物語の母胎と環境）

解釈と鑑賞　24巻5号　4月　↓A1

漢文伝の世界

国語と国文学　36巻4号　4月　↓B8

花山院研究（その二）

文学研究（九州大学）　58輯　7月

源氏物語／日記文学

『日本文学必携　古典篇』岩波書店　8月

柏木と女三宮

国文学（学燈社）　4巻11号　9月　↓C2

物語文学論

日本文学　8巻9号　9月　↓B1

文学研究者の立場から

日本歴史　136　10月　↓I12

伊勢物語の史実をめぐって

国文学（学燈社）　4巻13号　11月　↓F7

源氏物語の登場人物の性格と役割

解釈と鑑賞（秋の臨時増刊号） 10月 ↓E[2]
源氏物語における漢詩文の位置
『平安文学 研究と資料』（慶応大学国文学論叢第三輯） 11月 ↓A[8]
昭和三五年（一九六〇）
蜻蛉日記／苔の衣
『世界名著大事典1』 平凡社 2月
「八重律」に就いて
文学研究（九州大学） 59輯 3月 ↓[11]
論文は公器であること（カレント・トピックス）（無署名）
解釈と鑑賞 25巻5号 4月 ↓G[12]
源氏物語の注釈書――『河海抄』のこと
『世界名著大事典2』月報 平凡社 2月 ↓I[4]
「老閑行」のこと
言語と文芸 10号 5月 ↓F[8]
『源氏物語事典 上巻』（共著）
東京堂出版 3月
蜻蛉日記研究史概説
『国語国文学研究史大成 平安日記』 三省堂 6月
大日本古記録『小右記』の刊行
歴史地理 89巻4号 8月 ↓[12]
源氏物語奥入の成立について――待井説に賛成する
語文研究 11号 9月 ↓A[4]
書評 井出恒雄著『日本文芸史における無常観の克服』
語文研究 11号 9月 ↓[12]
昭和三六年（一九六一）
似非学者の弁（カレント・トピックス）（無署名）
解釈と鑑賞 26巻1号 1月
猪八戒の弁
日本古典文学大系月報45 1月 ↓[12]
讃岐典侍日記
解釈と鑑賞 26巻2号 2月 ↓D[11]
大和物語評釈（一回～三回）
国文学（学燈社） 6巻11号（8月）、12号（9月）、13号（12月）
源氏物語奥入

『群書解題12』　2月　↓[4]
文献学と私
　古典と現代　15号　9月　↓G[12]
書評　川口久雄著『平安朝漢文学史の研究』
　言語と文芸　18号　9月　↓[12]
源氏物語執筆の動機
　解釈と鑑賞　26巻12号　10月　↓[3]
了悟「光源氏物語本事」について
　国語と国文学　38巻11号　11月　↓A[4]
花山院のこと
　日本文学　10巻10号　11月　↓B[9]
（新資料紹介）肥前島原松平文庫（共著）
　文学　29巻11号　11月　↓G[14]
明石上について（部分再録）
『国語国文学研究史大成4　源氏物語下』三省堂
　11月　↓A[2]
奈良から平安へ
　文学・語学　22号　12月　↓F[1]
『やへむぐら』
　古典文庫　173　12月　解題↓D[11]

昭和三七年（一九六二）
　大和物語評釈（四回～一二回）
　国文学（学燈社）　7巻1号（1月）、3号（2月）、
5号（4月）、7号（6月）、9号（7月）、10号（8月）、
11号（9月）、12号（10月）、14号（12月）
（新資料紹介）肥前島原松平文庫（二）（共著）
　文学　30巻1号　1月
源氏物語の研究書
『潤一郎訳源氏物語』愛蔵版4　月報　2月　↓[12]
（アンケート）国文学の運命
　国文学（学燈社）　7巻7号　6月
『源氏物語の研究』
　未来社　7月
『日本の文学』（文学案内8）（共著）
　新潮社　11月
再び伊勢物語百一段について――松尾聰・片桐洋一両
氏に答える
　香椎潟8　12月　↓B[7]

昭和三八年（一九六三）

大和物語評釈（一三回～二〇回）

国文学（学燈社）　8巻1号(1月)、4号(3月)、5号(4月)、8号(6月)、9号(7月)、10号(8月)、13号(10月)、14号(11月)

『平安私家集』(西日本国語国文学会翻刻双書)

1月　(解題)→14

書評　山中裕著『歴史物語成立序説』『平安時代の女流作家』

国語と国文学　40巻2号　2月　→12

花山院研究(その三)

文学研究（九州大学）61輯　3月

書評　中村真一郎著『王朝文学の世界』

東京新聞　4月3日　→12

榎寺――菅原道真の配所　西日本新聞　4月7日　→I 12

山鹿素行手沢本「大和物語抄」について

語文研究　16号　6月　→14

松平文庫本「光源氏一部謌」翻刻（上）

文学研究（九州大学）62輯　9月

昭和三九年（一九六四）

大和物語評釈（二一回～三一回）　国文学（学燈社）9巻1号(1)、3号(2月)、4号(3月)、5号(4月)、6号(5月)、7号(6月)、9号(7月)、10号(8月)、12号(10月)、14号(11月)、15号(12月)

やぶにらみの注文

日本歴史　188号　1月　→G 12

書評　鷹津義彦著『日本文学史』

国語国文研究　27号　2月　→12

とりかへばや（増補改訂）

『日本文学史2　中古』(改訂新版)　至文堂　6月

栄花物語

『新訂増補国史大系　栄花物語』月報　9月　→10

桜島忠信の落書

国語展望3　10月　→8

夜の寝覚

日本古典文学大系75（栄花物語上）月報　11月　→10

枕草子の本質
解釈と鑑賞　29巻13号　11月　→B[9]
昭和四〇年（一九六五）
大和物語評釈（三二回～四二回）
国文学（学燈社）　10巻1号（1月）、3号（2月）、5号（4月）、6号（7月）、7号（6月）、9号（7月）、10号（8月）、11号（9月）、12号（10月）、13号（11月）、14号（12月）
紫式部本名香子説を疑う
国語国文　34巻1号　1月　→B[3]
紫式部集の復元とその恋愛歌
文学　33巻2号　2月　→B[3]
書評　目加田さくを著『物語作家圏の研究』
語文研究　19号　2月　→[12]
源氏物語（三）
『平安朝文学史』　明治書院　4月　→E[1]
「幻中類林」と「光源氏物語本事」
ビブリア（天理図書館）　30号　3月　→B[4]
平安朝文学――物語・日記・随筆・漢詩文
国語と国文学　42巻4号　4月　→[6]
晩年の紫式部
日本文学　14巻6号　6月　→B[3]
後期の物語
『日本文学研究入門』（新版）　東大出版会　6月　→[11]
為信集と源氏物語
語文研究　20号　6月　→B[1]
清少納言の美意識と体験
国文学（学燈社）　10巻9号　7月　→B[9]
書評　秋山虔著『源氏物語の世界』
国語と国文学　42巻7号　7月　→[12]
平安時代前期の私家集
国文学（学燈社）　10巻12号　10月　→[14]
紫式部日記における作者の自我
国文学（学燈社）　10巻14号　12月　→[3]
昭和四一年（一九六六）
大和物語評釈（四三回～五二回）
国文学（学燈社）　11巻1号（1月）、3号（3月）、

4号(4月)、5号(5月)、7号(7月)、9号(8月)、
10号(9月)、11号(10月)、13号(11月)、14号(12月)

古注「大和物語鈔」考
『九州大学文学部創立四十周年記念論文集』 1月
→B[14]

『紫式部』(人物叢書)
吉川弘文館 3月 (昭和60年改訂新装版) →[3]

紫式部の出生年度
文学研究(九州大学) 63輯 3月 →B[3]

源氏物語の構想 第二部
国文学(学燈社) 11巻6号 6月 →C[1]

書評 藤岡忠美著『平安和歌史論』
国語国文研究 34号 6月 →[12]

源氏物語の研究
解釈と鑑賞 31巻10号 8月

昭和四二年(一九六七)

大和物語評釈(五三回～六一回)
国文学(学燈社) 12巻1号(1月)、3号(2月)、
4号(3月)、5号(4月)、7号(6月)、10号(8月)、
11号(9月)、12号(10月)、14号(11月)

紫式部(評伝平安女流歌人)
国文学(学燈社) 12巻1号 1月

享受の問題(隣接諸学を総合した新しいアプローチ
源氏物語桐壺)
解釈と鑑賞 32巻1号 1月 →B[6]

松平文庫本『光源氏一部謌』翻刻(中)
文学研究(九州大学) 64輯 3月

物語
『古典文学研究必携』(学燈社) 2月

享受の問題
『源氏物語必携』(学燈社) 4月 →[6]

源氏物語と紫式部集
文学 35巻5号 5月 →B[3]

最古の枕草子注釈書
朝日新聞 5月6日

紫式部と清少納言
国文学(学燈社) 12巻7号 6月 →C[9]

『日本文学の歴史 三』第一二章女の世界の到来・第

一三章女房文学の開花・第一六章清少納言と中関白家
角川書店　7月　→10
『日本文学の歴史　四』第四章追憶の手記・第五章ほろびゆく時代のロマン・第一四章物語のゆくえ
角川書店　8月　→10
源氏物語の現代語訳
西日本新聞　8月21日
花山院と公任
国文学（学燈社）　12巻10号　8月　→9
王朝文学への招待
朝日新聞　9月25日
享受の問題
『枕草子必携』（学燈社）　10月　→B9
物語文学の展開
国文学（学燈社）　12巻15号　12月　→1
昭和四三年（一九六八）
大和物語評釈（六二回〜六七回）
国文学（学燈社）　13巻1号（1月）、3号（2月）、6号（5月）、7号（6月）、9号（7月）、11号（9月）

物語文学／花山院
『日本文学小辞典』　新潮社　1月
『宮内庁書陵部蔵青表紙本源氏物語解題』（共著）
新典社　2月
『宮内庁書陵部蔵青表紙本源氏物語　真木柱』校注
新典社　4月
枕草子の古注釈書――素行筆本について
文学研究（九州大学）　65輯　3月　→B14
「源氏のゆふだすき」と「源氏六十三首之哥」
語文研究　25号　3月　→B4
書評　三谷栄一著『物語史の研究』
国語と国文学　45巻5号　5月　→12
山鹿素行写古注「枕草子」乾・坤（翻刻）
平安文学研究　40号　6月　→F14
『花山院の生涯』
桜楓社　7月　→改訂版（昭46・12）9
（無題）
麗泉会会報（清泉女子大学）　5号　10月　→I12
平安初頭の文学

『講座日本文学3　中古編1』三省堂　12月　↓8

昭和四四年（一九六九）

源氏物語をめぐって
佐賀県高校教研国語部会・会報7　3月　↓I 6

古典教育の課題
国語大分　13号　3月　↓12

『源氏物語　須磨』（玉里文庫本）（影印）
桜楓社　3月

書評　岡一男著『古典の再評価』
国文学研究　40号　6月　↓12

実方／兼輔／兼盛
『和歌文学講座　第10巻　秀歌鑑賞I』桜楓社　8月　↓14

女流作家の系譜
『日本文化の歴史6王朝のみやび』学習研究社　9月

戒仙について――業平から貫之へ
文学研究（九州大学）66輯　9月　↓B 7

「仲文集」試論
『福田良輔教授退官記念論文集』同刊行会　10月
↓B 14

晩年の紫式部補説
むらさき　8輯　12月　↓3

昭和四五年（一九七〇）

松平文庫本『光源氏一部謌』翻刻（下）
文学研究（九州大学）67輯　3月

源氏物語と紫式部集（再録）
『日本文学研究資料叢書　源氏物語II』有精堂　5月　↓B 3

『山路の露・雲隠六帖』（共著）
新典社　8月

『王朝文学の研究』角川書店　10月

書評　本位田重美著『源氏物語山路の露』
解釈と鑑賞　35巻12号　10月　↓12

『源氏物語　一』（日本古典文学全集）（共著）
小学館　11月

（無題）
麗泉（清泉女子大学）11月　↓I 12

大江以言　他
『学研百科事典』　12月
九州歌書目録（1）
和歌史研究会会報　40号　12月
昭和四六年（一九七一）
天理図書館蔵「幻中類林」（付）松平文庫蔵「光源氏本事」解説・翻刻
『源氏物語とその周辺』（古代文学論叢第2輯）　武蔵野書院　6月
政治と人間（源氏物語における人間）
国文学（学燈社）　16巻7号　6月　↓C[2]
紫上
『源氏物語講座　第三巻』　有精堂　7月　↓C[2]
『とりかへばや物語一～四』（新典社原典シリーズ）
新典社　8・9月　解題　↓[11]
いわゆるアカデミズムについて
日本文学　20巻10号　10月　↓G[12]
菅公と源氏物語
語文研究　31・32合併号　10月　↓C[8]

紫式部の父系
『源氏物語講座　第六巻』　有精堂　12月　↓C[3]
昭和四七年（一九七二）
『源氏物語　二』（日本古典文学全集）（共著）
小学館　1月
思いつくままに
『風巻景次郎研究―人と学問』　桜楓社　3月　↓G[12]
島原松平文庫本『源氏長歌』翻刻と解題
『中世文学の研究』　東大出版会　5月　↓C[4]
在原業平
『ブリタニカ』　日本語版　7月
『校本馬内侍集総索引』（監修）
笠間書院　7月
（回想・この一冊）万葉集
国文学（学燈社）　17巻13号　10月　↓[12]
紫式部非作者説など
円地文子訳『源氏物語巻二』月報　10月　↓[3]
『源氏物語　三』（日本古典文学全集）（共著）

小学館　11月
伏せられた引歌――刈萱の場合
日本古典文学全集14（源氏物語三）月報22　11月
→C2
七月二十八日の記
麗泉会会報　11月
昭和四八年（一九七三）
『今はむかし物語』――翻刻と解題
『近世文芸　作家と作品』中央公論社　1月　→C4
花山天皇／とりかへばや物語／藤原道長／物語文学
『万有百科大事典1文学』小学館　8月
紫式部集／惟信集／大弐三位集／義孝集／馬内侍集
『私家集大成一　中古』明治書院　11月
書評　清水好子著『紫式部』
文学　41巻10号　10月　→12
昭和四九年（一九七四）
『源氏物語　四』（日本古典文学全集）（共著）
小学館　2月
勘解由相公藤原有国伝――一家司層文人の生涯
文学研究（九州大学）71輯　3月　→F8
「源氏物語の世界」他2項目
『日本思想史の基礎知識』有斐閣　7月
悲惨だった才女の晩年と死
『文藝春秋デラックス』7月　→C9
島原松平文庫本『十番艶書合付立聞』と同『女房艶書合』翻刻と解題
『倉野憲司先生古稀記念　古代文学論集』桜楓社
8月　→C4
平安朝文学における僧侶の恋
語文研究　37号　8月　→E1
女子教訓書および艶書文学と源氏物語
『源氏物語の研究』東大出版会　9月　→C4
源氏物語と現代
新風土　7号　11月　→I6
昭和五〇年（一九七五）
九州大学図書館蔵細川文庫
学士会月報　1月　→G14

兵部卿宮（再録）
『鑑賞日本古典文学9源氏物語』 角川書店 2月

菅公の故事と源氏物語古注
『菅原道真と太宰府天満宮 上巻』 吉川弘文館 3月 →C[8]

竹河巻は紫式部原作であろう（上）
文学研究（九州大学） 72輯 3月 →C[1]

竹河巻は紫式部原作であろう（下）
語文研究 39・40合併号 6月 →C[1]

『源氏物語 五』（日本古典文学全集）（共著）
小学館 5月

（対談・武者小路辰子）宇治十帖の世界
日本古典文学全集（源氏物語5） 月報43 5月

一条朝（日本文学史の構想）
国文学（学燈社） 20巻7号 6月 →E[1]

（古写本発掘）光源氏物語本事
日本古典文学会会報28 7月 →G

とりかへばや
『増訂新版日本文学史2 中古』 至文堂 11月 →[11]

書評 山中裕著『平安人物志』
国文学（学燈社） 20巻16号 12月 →[12]

昭和五一年（一九七六）

『源氏物語 六』（日本古典文学全集）（共著）
小学館 2月

紫式部日記に見える「才」
『鑑賞日本古典文学 栄花物語・紫式部日記』 角川書店 4月 →[3]

「前渡り」について——源氏物語まで
中古文学 17号 5月 →C[1]

人妻を盗む話——浮舟巻補注
国語と国文学 53巻6号 6月 →C[1]

支子文庫本大和物語のことなど
『天理図書館善本叢書』月報29 7月

（近況御報告）
麗泉会会報 10月 →I[12]

『堤中納言物語・とりかへばや物語』（鑑賞日本古典文学）（とりかへばや物語を担当）

角川書店　12月　→D（総説・あらすじ）11
秋月郷土館蔵「黒田文庫」報告（共著）
語文研究　42号　12月

昭和五二年（一九七七）

田村専一郎氏旧蔵支子文庫本『大和物語』について（上）
文学研究（九州大学）74輯　3月　→F14
「とりかへばや」醜穢論をめぐって
日本文学　26巻4号　4月　→D11
故田村専一郎先生旧蔵「支子文庫」報告（共著）
語文研究　43号　6月　→G14
資料と私
文献探求　1号　8月　→G12

昭和五三年（一九七八）

田村専一郎氏旧蔵支子文庫本『大和物語』について（中）
文学研究（九州大学）75輯　3月　→F14
文庫訪問の心得（一）
文献探求2号　3月　→G12

一条朝と源氏物語
「講座日本文学　源氏物語上」（解釈と鑑賞別冊）
5月　→C1
（第一章唐風謳歌）1勅撰三集の時代／2僧団の文学／3菅家三代とその周辺
『日本文学全史2　中古』学燈社　5月
支子文庫と大和物語
朝日新聞　6月3日
書評　秋山虔・池田利夫編『尾州家河内本源氏物語』
国文学（学燈社）23巻9号　7月　→12
男女の愛と憎しみ（蜻蛉日記）
解釈と鑑賞　43巻9号　9月　→E9
文庫訪問の心得（二）
文献探求　3号　9月　→G12
「宇治橋」の贈答歌について―宇治十帖の主題――
『春日和男教授退官記念　語文論叢』桜楓社　11月
→C1
王朝文学を支えるもの
西日本新聞　11月28日　→1

王朝の「そらごと」
『論叢王朝文学』　笠間書院　12月　↓E[1]

昭和五四年（一九七九）

田村専一郎氏旧蔵支子文庫本『大和物語』について（下）
文学研究（九州大学）　76輯　3月　↓F[14]

二年半の思い出
『清泉女子大学三〇周年の歩み』　4月　↓I[12]

文庫訪問の心得（三）
文献探求　4号　6月　↓G[12]

『源氏物語　三』（陽明叢書国書篇）
思文閣出版　9月

光源氏の人間像
西日本新聞　9月11日夕刊

『紫林照径　源氏物語の新研究』
角川書店　11月

『祐倫　光源氏一部歌』（源氏物語古注集成3）
桜楓社　11月　↓[4]（解題のみ）

文庫訪問の心得（四）
文献探求　5号　12月　↓G[12]

昭和五五年（一九八〇）

光源氏像
『九州大学公開講座　文学のなかの人間像』　九州大学出版会　4月　↓I[2]

『枕草子・大鏡』（鑑賞日本の古典）（大鏡を担当）
尚学図書　5月　↓[10]

古系図をめぐって
『専修大学図書館蔵古典籍影印叢刊』月報4　5月
↓E[4]

文庫訪問の心得（五）
文献探求　6号　6月　↓G[12]

ちかごろのはやりもの
西日本国語国文学会会報昭和54年度　7月　↓G[12]

書評　川口久雄著『花の宴』
週刊読書人　6月16日号　↓[12]

大江朝綱／大江維時
『国史大辞典2』　吉川弘文館　7月

文庫訪問の心得（六）

文献探求　7号　12月　→G[12]

昭和五六年（一九八一）

二月の歌　風寒き袖

短歌（角川書店）　2月号　→[12]

色好みの特質と変容

国文学（学燈社）　26巻5号　3月　→E[2]

古典文学における人間造形の方法

九州地区高校国語教育研究大会集録　2月　→[2]

『国文学やぶにらみ』

和泉書院　5月

『文子文庫本大和物語』（在九州国文資料影印叢書第二期）

刊行会　5月

書評　伊井春樹著『源氏物語注釈史の研究　室町前期』

日本文学　30巻5号　5月　→[12]

研究室あれこれの事（一）

文献探求　8号　6月　→I[12]

日本文学と年中行事

『年中行事の文芸学』　弘文堂　7月　→F[2]

源氏物語（文芸様式と年中行事）

『年中行事の文芸学』　弘文堂　7月　→E[2]

夕霧巻「とにかくに人目づつみをせきかねて」の歌について

むらさき　18輯　7月　→E[2]

『源氏物語の研究』（改訂版）

未来社　8月

王朝文学の特質　その広さ

国文学（学燈社）　26巻12号　9月　→[1]

夕顔の性格

『平安時代の歴史と文学　文学編』　吉川弘文館　11月　→E[2]

紫上——朝顔巻における（再録）

文芸読本源氏物語　河出書房新社　12月

研究室あれこれの事（二）

文献探求　9号　12月　→I[12]

昭和五七年（一九八二）

光源氏——その自己愛をめぐって

「源氏物語必携II」（別冊国文学） 2月 →E[2]
『古筆手鑑 芦屋釜』（共編）
文献探求の会 2月
『国文学研究書目解題』（共著）
東大出版会 2月
「我身にたどる姫君」の性愛描写について
文学 50巻2号 2月 →D[11]
「我身にたどる姫君」本文の再建
文学研究（九州大学） 79輯 3月 →D[11]
『秋月郷土館蔵書分類総目録』（共編）
文献出版 3月
中国訪問あれこれ
九州大学文学部同窓会会報25 3月 →I[12]
研究室から
九大学報1188号 3月
退官の辞
大学広報（九州大学）433号 3月 →I[12]
女三宮の降嫁（再録）
解釈と鑑賞別冊（源氏物語I） 3月

四日市のこと
朝日新聞 4月3日 →I[12]
紫式部「道長妾」の伝承について
『和歌文学新論』 明治書院 5月 →E[3]
『我身にたどる姫君』人物索引
『今井源衛教授退官記念 文学論叢』 6月
「我身にたどる姫君」のユーモア
語文研究 52・53合併号 6月 →D[11]
平安朝女流文学私見
文学・語学 93号 6月 →E[1]
浮舟の造型——夕顔・かぐや姫の面影をめぐって
文学 50巻7号 7月 →E[2]
源氏物語五十四条（1〜5）
解釈 28巻7号（7月）、8号（8月）、10号（10月）、
11号（11月）、12号（12月） →[6]
『我身にたどる姫君』巻六の成立について
『南波浩教授古希記念 王朝物語とその周辺』 笠間書
院 9月 →D[11]
小右記寛仁三年正月五日の記事をめぐって——紫式部

生存説に賛成する
国文学（学燈社）27巻14号　10月
紫式部の晩年再考
日本文学研究（梅光女学院大学）18号　11月　→E③
昭和五八年（一九八三）
『源氏物語一』（完訳日本の古典）（共著）
小学館　1月
解説　→H⑤
（巻末評論）延喜天暦准拠説をめぐって　→H⑤
源氏物語五十四条（6〜11）
解釈　29巻2号（2月）、4号（4月）、7号（7月）、8号（8月）、11号（11月）、12号（12月）　→⑥
伊勢物語の史実
『一冊の講座　伊勢物語』有精堂　3月　→⑦
『我身にたどる姫君（1〜7）』（共著）
桜楓社　4月〜10月　梗概・解題　→D⑪
宇治の山里
『講座源氏物語の世界8』有斐閣　6月　→E①
とりかへばや物語
『体系物語文学史　第三巻』有精堂　7月　→⑪
『源氏物語二』（完訳日本の古典）（共著）
小学館　10月
（巻末評論）『源氏物語』のユーモア　→H⑤
女心で解読　王朝恋物語　日本経済新聞　11月10日　→⑫
昭和五九年（一九八四）
日本古典文学の特質――その表現をめぐって
（韓国）日本学報　12号　2月　→I①
源氏物語五十四条（12〜15）
解釈　30巻4号（4月）、6号（6月）、9号（9月）、11号（11月）　→⑥
日本語・日本文学いま韓国で盛況
朝日新聞　4月28日夕刊
『源氏物語三』（完訳日本の古典）（共著）
小学館　5月
（巻末評論）『源氏物語』の引歌・引詩　→H⑤
ソウルでの源氏物語講読

完訳日本の古典（源氏物語3）月報18　5月　↓I[12]

敗戦前後
　東京大学国語国文学会会報　23号　10月　↓I[12]

依田学海の漢文体日記——韓国国立中央図書館蔵『墨水別墅雑録』『墨水雑録』について
　日本文学研究（梅光女学院大学）20号　11月　↓[13]

源氏物語の続編「釣殿の后」
　『源氏物語大成』新装版2月報　11月　↓E[4]

和書訪問の意味
　Baiko Muse　1号　3月　↓I[12]

昭和六〇年（一九八五）

依田学海の妾宅日記
　朝日新聞西部版　2月6日夕刊　↓[13]

『源氏物語四』（完訳日本の古典）（共著）
　小学館　2月
（巻末評論）『源氏物語』における行事の役割——行幸について　↓H[5]

依田学海の愛妾瑞香とその家族——韓国国立中央図書館蔵『墨水別墅雑録』『墨水雑録』より
　文学　53巻3号　3月　↓[13]

『在原業平』（王朝の歌人3）
　集英社　5月　↓[7]

菅公伝説と源氏物語
　『太宰府の歴史4』西日本新聞社　6月　↓[8]

徳富蘇峰と依田学海
　成簣堂文庫刊行会月報　7月　↓[13]

『源氏物語五』（完訳日本の古典）（共著）
　小学館　7月
（巻末評論）螢巻の物語論——「まこと」と「そらごと」　↓H[5]

『紫式部』（人物叢書　改訂新装版）
　吉川弘文館　9月　↓[3]

在原業平の弟と子供たち——守平・棟梁・清貫母のこと
　日本文学研究（梅光女学院大学）21号　12月　↓F[7]

書評　秋山虔著『王朝の文学空間』秋山虔編『王朝文学史』

国語と国文学　62巻12号　12月　↓12

昭和六一年（一九八六）

大江音人阿保親王子息説をめぐって

国語国文学研究（熊本大学）21号　2月　↓F7

（座談会）「源氏物語」をどう読むか

解釈と鑑賞別冊「源氏物語をどう読むか」（至文堂）

4月　↓6

業平伝雑考

文学・語学　109号　5月　↓I

書評　南條範夫著『有明の別れ』

週刊文春　5月8日号　↓12

『源氏物語六』（完訳日本の古典）（共著）

小学館　7月

（巻末評論）女三の宮物語の発端　↓H5

依田学海と源氏物語

『完訳日本の古典源氏物語六』月報42　7月　↓13

紫式部

国文学臨時増刊号（作家の謎事典）31巻11号　9月　↓I

「かぐや姫」他

『日本架空伝承人名事典』平凡社　9月

『王朝末期物語論』

桜楓社　11月

『紫式部』を書いたころ

別冊日本歴史（伝記の魅力）11月　↓I3

手鑑調査の思い出

徳川黎明会叢書4月報　8月　↓I12

昭和六二年（一九八七）

平安文学研究の現状

61年度私立短期大学国語国文担当教員研修会報告書

3月　↓I6

『依田学海　墨水別野雑録』

吉川弘文館　4月　解題　↓13

『源氏物語七』（完訳日本の古典）（共著）

小学館　5月

（巻末評論）雲隠巻のこと　↓H5

平安朝の物語と漢詩文
『中古文学と漢文学Ⅱ』（和漢比較文学叢書4）汲古書院　2月　↓F8
漢文伝についての一問題——類聚国史「人部」の薨卒伝
『日本文学講座4』大修館書店　5月　↓F8
源氏物語／夜の寝覚／浜松中納言物語／狭衣物語／堤中納言物語／とりかへばや物語
『新編国歌大観第五巻』角川書店　4月
『平安朝漢文学総合索引』（共編）
吉川弘文館　6月　跋文↓8
（ミニ日記）大学者が遺した妾宅日記
新潮45　6月　↓13
記録と史伝
吉川弘文館の新刊（新刊案内）25　7月　↓12
『源氏物語の思念』
笠間書院　9月
『纂題和歌集』（共編）
明治書院　9月

『源氏物語八』（完訳日本の古典）（共著）
小学館　10月
（巻末評論）大君の死　↓H5
「まことは」考
『東アジアと日本　宗教・文学篇』吉川弘文館　11月　↓F2
かぐや姫の面影——「恒娥」と「少女」と
日本文学研究（梅光女学院大学）23号　11月　↓F8
母の思い出
『追憶なみ』12月　↓I12
昭和六三年（一九八八）
書評　福井貞助著『歌物語の研究』
静大国文　32・33合併号　3月　↓12
『源氏物語九』（完訳日本の古典）（共著）
小学館　4月
（巻末評論）従者たち　↓H5
明石上について（再録）
『日本文学研究大成　源氏物語Ⅰ』国書刊行会　4

月

石田忠彦氏の〈紹介〉『依田学海墨水別墅雑録』を読む
　語文研究　65号　6月

紫式部と藤原道長
　大学広報（九州大学）638号　4月

『源氏物語一〇』（完訳日本の古典）（共著）
　小学館　10月
（巻末評論）「夢浮橋」の結末　→H5

『露団々』序と「梵雲庵記」
　日本文学研究（梅光女学院大学）24号　11月　→13

王朝文学を支えるもの
　西日本新聞　11月28日

日本古典文学叢書のあれこれ
　図書（岩波書店）12月　→I12

平成元年（一九八九）

光源氏本事
　『訪書の旅・集書の旅』貴重本刊行会　4月

平安宮廷の裸踊り
　季刊ぐんしょ（群書類従刊行会）4号　4月　→F8

「おのがいとめでたしと」考
　『源氏物語とその周縁』（今井源衛編）和泉書院　6月　→2

私の履歴書――昭和六三年末まで
　『源氏物語とその周縁』和泉書院　6月　→12

依田学海の漢詩の推敲――『墨水別墅雑録』に見る
　『奥村三雄教授退官記念　国語学論叢』6月　→13

女の書く物語の発端
　『源氏物語の思想と表現　研究と資料』（古代文学論叢11輯）武蔵野書院　7月　→F1

書評　石川徹校注『大鏡』
　週刊読書人　9月25日　→12

「もののまぎれ」の内容
　『源氏物語を読む』笠間書院　9月　→H5

人文科学の危機（1）（2）
　日本文学　38巻9号（9月）、10号（10月）→I12

大和物語評釈（六八）
日本文学研究（梅光女学院大学）　25号　11月
平成二年（一九九〇）
書評　阿部秋生著『光源氏論　発心と出家』
国文学（学燈社）　35巻1号　1月　→[12]
『大和物語鈔』のこと
日本古典文学会会報　117　1月　→Ⅰ[14]
『王朝の物語と漢詩文』
笠間書院　2月
平安朝漢詩文と白楽天
（中華民国輔仁大学）日本語日本文学　16輯　4月
→[8]
往事茫々
『弥生道』昭和15年一高会　4月　→[6]解説
ソウルの日本古典文学書
日本古典文学会会報　118号　7月　→Ⅰ[12]
白楽天の自嘲詩と平安朝文学
新釈漢文大系季報79　11月　→Ⅰ[8]
（座談会）学海日録の魅力
図書（岩波書店）　498　12月
平成三年（一九九一）
『学海日録』（8・9・10・11・1・2）（共同校訂）
岩波書店　1月〜11月
橘直幹略伝
『山岸徳平先生記念論文集　日本文学の視点と諸相』
汲古書院　5月　→[8]
発生期の漢文伝小考
『王朝歴史物語の世界』　吉川弘文館　6月　→[8]
「幻の大和物語」
日本古典文学会会報　119号　1月
倉野憲司氏を悼む
西日本新聞　3月5日　→[12]
学海の「売文」
学海日録11月報　7月　→[13]
（日記さまざま）『学海日録』の面白さ
文学（季刊）　2巻3号　7月
本は目玉商品ではない？
朝日新聞西部版　3月28日夕刊（「つれづれ草紙」

欄）　→12

男の物語と女の物語
　西日本新聞　7月26・27日
「あるやうあらむとおぼゆかし」（常夏巻）の意味
　むらさき　28輯　12月　→Ⅰ2

平成四年（一九九二）
『学海日録』（3・4・5・6・7）（共同校訂）
　岩波書店　1月〜11月
流出した島原松平文庫旧蔵本
　日本古典文学会会報　121号　1月　→Ⅰ12
『源氏物語への招待』
　小学館　4月　→5
『本朝文粋』とのつきあい
　新日本古典文学大系月報36　5月　→Ⅰ8
著者にインタビュー
　総合教育技術（小学館）　6月号

平成五年（一九九三）
書評　石川徹著『王朝小説論』
　国語と国文学　70巻2号　2月　→12

文献・資料との対応
『国文学研究――資料と情報』（国文学研究資料館講演集14）　3月　→Ⅰ12
源氏物語との五十年〔4年9月講演の抄約〕
　九州大学文学部同窓会会報36　3月〔講演記録〕
→Ⅰ6
愛妾瑞香の本名
　文学（季刊）　4巻2号　4月　→13
『学海日録』別巻（共著）
　岩波書店　6月
ホッと一息の弁
　学海日録別巻月報12　6月　→13
痴情は人の免れざるところ
　新潮45　6月　→13
依田学海の妾瑞香の年齢と『学海記蹤』
　国文学（学燈社）　38巻7号　6月号　→13
『紫林残照　続国文学やぶにらみ』
　笠間書院　10月
依田学海の家族と妾瑞香

国語と国文学　70巻12号　12月　↓13

瑞香の詩歌
語文研究　76号　12月　↓13

平成六年（一九九四）

学海の日記に見える尾崎紅葉
紅葉全集月報4　1月　↓13

『光源氏一部歌』の「口伝」と「秘説」について
『源氏物語古注釈の世界』　汲古書院　4月　↓4

『源氏物語1』（新編日本古典文学全集）（共著）
小学館　3月

『源氏物語』の形成――帚木巻頭をめぐって
解釈と鑑賞　59巻3号　3月　↓8

学海日録
日本日記総覧（歴史読本事典シリーズ）　新人物往来社　3月　↓13

「さるは、罪もなしや」（若菜下）
高等教育展望　3月　↓2

平成七年（一九九五）

『源氏物語2』（新編日本古典文学全集）（共著）
小学館　1月

『王朝文学の研究』（改訂版）
パルトス社　4月

伊勢物語六十三段と漢文学
『伊勢物語――諸相と新見』　風間書房　5月　↓7

『源氏物語』若菜巻末の意味するもの
『論集平安文学2　東アジアの中の平安文学』　勉誠社　5月　↓1

平成八年（一九九六）

『源氏物語3』（新編日本古典文学全集）（共著）
小学館　1月

柏木巻の「ためらひて」の語義
礫　100号　2月　↓2

源氏物語と漢文学
文学・語学　151号　6月　↓8

会則改正のころ（会員だより）
西日本国語国文学会会報　8月

『苔の衣』（中世王朝物語全集7）
笠間書院　12月　梗概・解題　↓11

書評　金順姫著『源氏物語研究　明石一族をめぐって』
解釈と鑑賞　61巻8号　8月　↓12

『源氏物語4』（新編日本古典文学全集）（共著）
小学館　11月

平成九年（一九九七）

『源氏物語への招待』（ライブラリー版）
小学館　2月　↓5

『源氏物語5』（新編日本古典文学全集）（共著）
小学館　7月

霊気に満ちた樹海の奥には人間性が息づく
AERA MOOK　27号（源氏物語がわかる）　7月
↓12

（古筆つれづれ草）文庫めぐりの思い出
水茎　23号　10月　↓12

松尾聰先生の思い出
礫　134号　12月　↓12

（座談会）変貌する中世王朝物語群像
リポート笠間　38号　10月

書評　山中裕著『源氏物語の史的研究』
解釈と鑑賞　62巻12号　12月　↓12

平成一〇年（一九九八）

『源氏物語6』（新編日本古典文学全集）（共著）
小学館　4月

『源氏物語』（古典セレクション　全一六冊）（共著）
小学館　4～11月

中村幸彦先生を憶う
朝日新聞　6月15日　↓12

中村幸彦先生の思い出
西日本国語国文学会会報　8月　↓12

『自他平等』翻刻・略注
新樹（梅光女学院大学）13輯　10月　↓13

別格の光源氏
別冊歴史読本（源氏一族のすべて）10月　↓12

菅公の故事と源氏物語古注（再録）
源氏物語の鑑賞と基礎知識2須磨（解釈と鑑賞別冊）11月

平成一一年（一九九九）

宇治の山里（再録）
源氏物語の鑑賞と基礎知識4橋姫（解釈と鑑賞別冊） 1月
『大和物語評釈 上』
笠間書院 3月
源氏物語と私 半世紀のつきあい
源氏研究（翰林書房） 5号 4月 →12
『祐倫著源語梗概注釈書 山頂湖面抄諸本集成』（共著）
笠間書院 7月 解題→4
阿部秋生先生御夫婦と私
国語と国文学 76巻10号 10月 →12

平成一二年（二〇〇〇）

『大和物語評釈 下』
笠間書院 3月
中村先生語録など
かがみ（大東急記念文庫） 34号 3月 →12
広津先生のご健勝を祈る
『信と奉仕の人として 広津信二郎先生を語る』 梅光女学院大学 3月 →12
須磨巻の三月上巳の異変について――「王範妾」と「太学鄭生」
解釈と鑑賞 65巻12号 12月 →8
漢文教育ということ
礫 170 12月 →12

平成一三年（二〇〇一）

「ただ言ひに言ふ」などのこと
『源氏物語の世界 方法と構造の諸相』 風間書房 9月 →2
稲賀敬二君を悼む
古代中世国文学 17号 9月 →12

平成一四年（二〇〇二）

私の源氏物語研究
湘南文学（湘南短期大学） 15号 1月 →6
伊勢物語の「行き行きて」と文選「古詩十九首」
『論叢 伊勢物語2』 新典社 11月 →7

平成一六年（二〇〇四） 八月一二日歿 八五歳

初出一覧――論文集等に既収の論文については、次頁の論文集一覧に付したB～Iの記号を用いて、「B所収」のように注記した。

九州大学附属図書館蔵支子文庫本『大和物語』について　文学研究74、75、76（昭52、53、54各3月、原題「田村専一郎氏旧蔵支子文庫本『大和物語』について（上）（中）（下）」）F所収

古注『大和物語鈔』考　『九州大学文学部創立四十周年記念論文集』（昭41・1）B所収

山鹿素行手沢本『大和物語抄』について　語文研究16（昭38・6）

『大和物語鈔』のこと　日本古典文学会会報117（平2・1）I所収

『枕草子』の古注釈書――素行書写本について　文学研究65（昭43・3）B所収

最古の『枕草子』注釈書　朝日新聞（昭42・5・6）G所収

山鹿素行写　古注「枕草子」乾・坤　平安文学研究40（昭43・3）F所収

九州大学附属図書館文庫報告

1細川文庫　学士会月報（昭50・1、原題「九州大学図書館細川文庫」）G所収

2支子文庫　語文研究43（昭52・6、原題「故田村専一郎先生旧蔵支子文庫報告」）G所収

肥前島原松平文庫報告　文学（昭36・11、原題「肥前島原松平文庫」）G所収

平安時代前期の私家集　国文学（昭40・10）

仲文集試論　『福田良輔教授退官記念論文集』（昭44・10）B所収

秀歌鑑賞　『和歌文学講座第10巻　秀歌鑑賞I』（桜楓社　昭44・8）

論文集一覧

B『王朝文学の研究』（昭45　角川書店）

F『王朝の物語と漢詩文』（平2　笠間書院）

G『国文学やぶにらみ』（昭56　和泉書院）

I『紫林残照　続国文学やぶにらみ』（平5　笠間書院）

解説

工藤　重矩

本巻には、大和物語・枕草子関係の文献学的論文と翻刻、九州大学附属図書館蔵細川文庫・支子文庫および島原松平文庫の紹介を収め、他巻に収めきれなかった私家集関係論文を加えた。最終巻として今井源衛先生の略歴と著書論文目録とを付した。

「九州大学附属図書館蔵支子文庫本『大和物語』について」　故田村専一郎氏（九州大学名誉教授、昭和五〇年歿）の支子文庫本『大和物語』は、早くから注目されながらもその実態は明らかにされることなく、いわば幻の伝本だったのだが、田村氏の歿後にその蔵書が九州大学に収められ（現在、附属図書館ホームページで画像が公開されている）、本論文によって詳細が報告された。この論文は、支子文庫本の大和物語本文としての意義はもとより、勘注からは引用諸書の伝本の系統の推定や引用本文による本文校訂の可能性などの具体的な指摘を行い、伊勢物語・古今集の引用本文からはその享受の様相を論じ、さらには史実考証をとおしての施注者の学問的態度までも析出する。勘注を単なる資料として見るのではなく、物語本文を含めた総体として享受の様相を読み解こうとしている。大和物語の本文それ自体の研究とともに、古注釈を扱う場合の手本ともなる論文である。

支子文庫本大和物語はその後、『在九州国文資料影印叢書第二期』に収められた（以下『影印叢書』と略称）。その解題（今井源衛執筆）は基本的に「文学研究」掲載論文に拠っているが、原論文にない新しい記述も加えられた。同時に勘注に関する二〇頁分（5・6節）がそっくり削除された。それ故か、『平安朝の物語と漢詩文』（笠間書院、平4）には「文学研究」の方が収載された。本来ならその際に『影印叢書』解題による調整がなされるべきであった。だが、今井源衛先生亡き今となってはそのような大幅な改修は断念せざるを得ない。それ故、本著作集においては『平安朝の物語と漢詩文』に収載されたものをそのまま底本とした。ただ、便宜の措置として、本論文に無く『影印叢書』解題にのみ見られる箇所を左に抜粋することとした。なお、「田本」は田村本即ち支子文庫本（「解題」では「田村本」を用いている）。「久」「巫」等、伝本の略称は本書所収論文を参照されたい。

①一三頁「以上、……知られるであろう。」の次、「また、久本が」の前に、次の一段が付加されている。

また付け加えていえば、久本巻頭から、一三三段まで一四九頁の範囲では、補入と覚しきものは一三箇所に過ぎず、これを、一三四段以降まで一一〇頁の範囲での七〇箇処に及ぶそれと比較するとき、久本底本の性格が、一三四段を境にして、前後が如何に異質であるかを明らかに物語るものである。しかしそれについてはあらためて述べたい。

（『影印叢書』解題九～一〇頁）

②一九頁6行「勝命本の本文が」から15行「示唆するところが大であろう。」まで、次のように改訂増補。これは①で「あらためて述べたい」とあったのに対応する増補である。

久本後半の本文が六条家本系統であることは、すでに久曾神氏が、一四七段・一五四段・一五六段・一六九段を袖中抄や顕秘抄の引用本文と比較することによって立証されている。

その事は、久本に田本を置きかえても、いささかも変るまい。しかし、補っていえば、袖中抄所引大和物語でも、たとえば、一五六段の如きは、勝命本との一致度はやや低く、袖中抄では、「いと高き山の上にてあしやすめければ、其山につか〳〵と入て」とあるが、田本では「いとたかき山のふもとにすみければその山につる〳〵といりて」であり、巫本では「高き山のふもとにすみければ、その山につかつかとのほりて」とある。二五五段にしても、二条家本の「物求めにいてにけるまゝに三四日こさりければ」の「三四日」が、巫本では

「四五日」、田本では「三四日」、童蒙抄や和歌色葉では「二三日」となっている。こうした細部は、もともと歌語りや伝承にとっては語りの自由領域ともいうべき部分であろうし、特に平安末から鎌倉初期へかけて、物語本文の流動的であった時期であった事を考え合せると、たとえば、六条家本といっても、必ずしも例外的ではなかったとも考えられよう。又、袖中抄の著者顕昭と勝命との間は、後述の如く、論敵の関係にもあり、大和本文についても、袖中抄所引大和物語と勝命本とが、完全に一致すべき理由はむしろ稀薄といえるのではなかろうか。

久曾神、阿部、高橋正治各氏の手によって、勝命本一三四段以降の六条家本である事はほぼ明らかではあるが、すでに高橋氏も指摘される如く、それは巫・鈴の両本とかなり違ったものである。その点は、さらに本文以外の勘注について後に検討を加えることとする。

またこれと関連して、久本の本文の性格について、あらためて検討してみよう。久本の前半、一三三段まで七〇頁分と、後半一三四段から巻末までの四六頁分の物語本文を、それぞれ二条家本の為家本と比較し、それに参考として巫・鈴の両本を用いることにしよう。幸い阿部俊子氏の手に成る古典文学大系本（底本為家本）の巻末校異欄を利用し、その一項目を一件

	一三三段以前		一三四段以降	
	異文数	一頁当り異文数	異文数	一頁当り異文数
勝ノ独自異文	20	0.28	355	7.7
勝・巫・鈴ノ共通異文（勝・巫又ハ勝・鈴ノ各二本共通異文モ含ム）	9	0.13	217	4.7
巫・鈴ノ共通異文	323	4.5	194	4.2

としてかぞえる事にする。結果は前頁の表の如くである。
これによって知られることは、
一、巫・鈴の両本は、前半後半ともに為家本に対してほぼ一定の異同率、一頁当り4.5と4.2を保っている。
二、勝の巫・鈴との共通異文率は、前半はわずか一頁につき0.13と僅少であるが、後半では4.7と断然高くなる。
三、勝の独白異文も二と同じく前半では僅か20個所、一頁当り0.23であるが、後半は355個所にわたり、一頁当り7.7と断然高くなる。

同じく六条家本といいながら、この巫・鈴と勝との驚くべき相違は、かかって前半の勝本文の性格に拠る。前半の異文数に見るかぎり、もはや勝は、二条家本そのものといわざるを得ないのである。久本を勝命本と称する事は、その一三四段以降に限って使用すべき呼称であり、一三三段以前については、別に二条家本系統の中で道をつけねばなるまい。又、この事は逆に、久本の書写者が田本又はその子本を書写した時点において、すでに田本は現形の零本と化していた事を物語っている。それが久本奥書にいう天文七年であるか、さらに遡って、延応二年であるかは、そのいずれとも決し難いであろう。（『影印叢書』解題一七～一八頁）

③四三頁10行「……ほぼ同文なのである。」の次、「しかし」から四四頁1行「思われる。」まで、「日本紀・国史」に関して、次のように増補修正が加えられている。

（……ほぼ同文なのである。）その上前引の「万葉集時代難事」に「日本後紀云、天排国高原天皇、大同二年幸神泉苑、琴歌間奏四位以上共挿蘭花、皇太弟頌歌云、ミナ人ノソノカニ（略）」とあって、これが日本後紀逸文である事は確実である。

この「国史にいはく」以下の記事については、顕昭の「万葉集時代難事」の中に、その冒頭「平城天子事」の中に、勝命の「難云」の言葉の中に、ほぼこのままの形で見えている。すなわち、

一、平城天子事、勝命難云、（中略）国史云、大同御時オホシマニオハシマシテ、御ミアソビシ給シトキニ、四ノ位ヨリ上ツカタ、皆フヂバカマヲカザス、其時歌ヨミテイハク
皆人ノソノカニメヅルフヂバカマ君ノミタメニタヲリタリケフ
天皇御答歌
ヲルヒトノココロノマニマフジバカマムベ色深クニホヒタリケリ
此贈答　大和物語ニハ、奈良帝ハ泊瀬ニオハシマシケル時、嵯峨帝ハ坊ニオハシマシケル頃、読テ奉リタマヘリケルトアリ、以之案之、嵯峨帝御時マデハ大同帝ト申ケルト見エタリ。

「万葉集時代難事」は、万葉集成立の時点をめぐって、顕昭がこれを平城天皇の御代とするのに対して、勝命がこれを奈良時代聖武天皇朝とする論争であり、ここも、勝命はその論拠の一としてこの記事を出し、大和物語一五三殿との関連から論じているのである。注目すべき第一点は、多少の異文がありながら、おおむね内容は田本勘注と一致していることであり、第二点は、「奈良帝は泊瀬に」とあるのは、田本本文に符合していること、また「ならの帝」を聖武天皇のこととするのも、田本一五一段末勘注、一五二段末勘注と一致することである。第一点について、細かくいえば、この記事の概要は類聚国史三十一、日本紀略大同二年九月二十一日条に見えるものではあるが、ただ類聚国史には「おほしまにおはして」に当たる語がなく、歌詞も類聚国史では「みやひとのそのかにめづる」「おりひとのこゝろのまにま」で、右の「万葉集時代難事」所引文にほぼ一致するが、田本の勘注「国史」の「みな人のそのかにゝほふ」「おり人の心のまゝに」とは多少異なっていることが注目される。「おほしま」が神泉苑を意味する事は、後文の「大同三年九月戊戌幸神泉苑」の折の和歌の第三、四句に「おほしまのをはなかするゝを」とあって、明らかであるが、この歌詞の異同や、また、田本勘注と同歌詞の歌が古今六帖に見えることなどから、この「国史」はあるいは類聚国史や日本後紀以外のもの

ではないかとの疑いも残りそうに思う。
それはともかくも、本条に見える勘注の主張と「万葉集時代難事」との微妙な一致は、本書の勘注が奥書通り勝命自身の手によって加えられたものである事を有力に物語るものといえるであろう。

（『影印叢書』解題二四〜二五頁）

④六一頁12行「それは今後の課題とすべきであろう。」が削除され、左の一段落が加筆されている。

勝命が、その姻籍関係から二条家、六条家の双方に親しかったことはすでに久曾神氏が指摘されており、又、彼が万葉集の成立年時をめぐって、顕昭と議論をたたかわせた事も前述の通りである。さらに又、かれは八雲御抄によれば「難千載」なる著述があるというから、俊成ら御子左家にも論争を挑んだものと見える。長明の無名抄にも度々その名が出て、「晴の歌を人にみせあはすべき事」の条には、勝命が彼に適切な忠告を与えてくれた為に、危く難を免れた事を伝え、また、女から歌をよみかけられた時の要領を長明に教えたりもしている。しかし、博識の論争好きばかりでもない事は、勝命が清輔を尊敬し、その博学ぶりを讃えると共に、しかも彼が常に万葉集に読み耽っていた事を伝え（無名抄「清輔宏才事」）、あるいは、彼が仮名で文を草するに卓越していた事、ことに「柿本人麿影供」は仮名文の模範とすべき事を云っている（無名抄）。勝命は、そういう尊敬すべき先達には、心からの敬愛を捧げるというところもあった人である。一党一派に偏したり、特定の権威に固執する事のない、是々非々を貫きながら、大人の智恵を具えた人だったのではないか。巨視的にみれば、文献学的実証主義という点で、勝命は六条家歌学圏の一人であったのだろうが、そこには悠揚として自由な態度があった様に考えたい。右のような勘注の態度はもちろん、あるいは物語本文ですらも、その様な事情を匂わせているように思われるのである。

（『影印叢書』解題四一〜四二頁）

「古注『大和物語鈔』考」　本論文は、素行文庫本を中心に島原松平文庫本・内閣文庫本・国会図書館本につき、その伝本の系統をはじめ注の内容の享受史的意義を明らかにしたものである。なお、素行文庫本は現在は国文学研究資料館の所蔵である（このことに関連して今西祐一郎氏入口敦志氏に種々御教示御助力をいただいた）。『大和物語鈔』が「研究史的にはもちろんのこと、物語本文の内容、注釈的意義、その他において、今日においてもなお十分に顧みらるべき価値をもっている」という指摘はいまも生きている。注釈書を享受史の拡がり中に置いて分析する仕方は支子文庫本大和物語の場合と同じ。この論文では伊勢物語注との関連にも言及し、この大和物語注釈書が中世的注釈のあり方――語注・草子地指摘・教訓的批評等々――を継承していることを指摘している。大和物語享受史・注釈史を考えるうえでは、「九州大学附属図書館蔵支子文庫本『大和物語』について」とともに必ず参照すべき論文である。

なお、第1節末尾に『大和物語鈔』の注は三条西実隆の伊勢物語直解に近いとしているが、青木賜鶴子「伊勢物語直解の成立」（『中古文学』28号、昭56・11）によれば、伊勢物語直解は実隆の自著ではなく伊勢物語惟清抄等を用いて増補改竄した偽書であろうという。その点で、本論文の「『鈔』は実隆の門弟の手に成ったものと考えておきたい」（第9節）という一文には保留を付さなければならない。ただし、惟清抄は実隆の講義を清原宣賢が筆録したものであり、本論文に引かれる「大原や小塩の山も」（大和物語一六一段、伊勢物語七六段）の注は惟清抄にもほぼ同文で見えているから、『鈔』が三条西実隆（三条西家）の影響下にあることは疑いないであろう。

「山鹿素行手沢本『大和物語抄』について」　ここにいう『大和物語抄』は「古注『大和物語鈔』考」の『大和物語鈔』と同じもの。素行文庫目録に「大和物語抄一束　断簡」と記される、一三枚の翻刻とその注釈内容についての考察である。その後、一〇三枚が発見され、あらためて前記の「古注『大和物語鈔』考」が執筆された。その点で該書のもつ意義については「古注『大和物語鈔』考」をもって著者の考察とすべきだが、本論文には素行文庫における保存の経緯等が記されていること、一三葉の翻刻があることもあり、本著作集に収録した。

「『大和物語鈔』のこと」　素行文庫の「大和物語抄断簡」との出合い、その後の一〇三枚の発見、『大和物語鈔』の調査考察から「古注『大和物語鈔』考」の執筆にかかわるエピソードが語られている。文献学的研究が人と人との繋がりの中で展開されていく、その綾の絶妙さゆえに、エッセイではあるが、あえて此処に収めた。

今井源衛先生の大和物語関係の業績で、注釈書の故に著作集に収めなかったものとして、『竹取物語伊勢物語大和物語』（日本古典文学大系、岩波書店、昭32）と『大和物語評釈』（笠間書院、上巻平11、下巻平12）とがある。特に『大和物語評釈』は詳細な注に加え、大和物語に限らず文学史上の様々な問題点が「余説」に論じられており、今井源衛先生の業績を論ずるさいには逸することのできない著作である。下巻に収められた「解題」の「諸本」の項には支子文庫本にも言及されており、本書所収論文と関連する記述も見られる。


「『枕草子』の古注釈書―素行書写本について」「最古の『枕草子』注釈書」　素行文庫の素行筆写の枕草子注の内容紹介（素行文庫本は現在、国文学研究資料館の所蔵である。「最古の『枕草子』注釈書」に述べられていた希望がこのような形で実現したとも言えよう）。前者の論文では、本文が古活字本系統であること、注は講義ノートの性格を有し、清少納言が上東門院彰子に仕え晩年は零落したという中世の清少納言理解を継承していること等、現存枕草子注釈書の中では最も古いものであるとする。後者は「枕草子の古注釈書」よりも早く、新聞に書かれた速報的紹介。それだけにこの注釈書のもつ特徴と意義とが簡明に述べられている。なお、枕草子・清少納言については、関連論文が本著作集第9巻に収められている。

この古注釈書につき、加言すれば、音読という面から留意すべき指摘が多く見られる。例えば、連用形「―く」が複数近接する場合は一方を「う」と音便に読む（43ウ）、「かやう」は「かうやう」と読む（58ウ）など。「読み癖」については遠藤邦基『読み癖注記の国語史』に詳しいが、これらのことは源氏物語の本文異同にも影響しているように思う。また「コト」を合字の形にすることは漢学系の注釈書に頻繁に見られるものであり、本書も「こと」はほぼみな合字の形だが、また本書には「トモ」の合字の他にも、やや珍しい「ト云」の合字である「伝」(45オ)が一例ながら見られる。「髪ニサス」を「七」の形に表記する(25オ)のも珍しい。親本からの継承であるなら、有職故実に関する注が詳しいことと併せて、この注釈の著者の学問的位相を示唆するかもしれない。

「山鹿素行写　古注「枕草子」乾・坤」　古注「枕草子」の翻刻である。

この古注の翻刻を校正しながらつくづく感じたのは、拠るべき先行注の乏しい最初期の注釈の困難と、一伝本の本文による注解の危うさである。注釈の蓄積の乏しさは、今井論文に指摘するように登場人物の比定の誤り――それは歴史的知識を必要とする作品の扱いの難しさだが――に顕著に表れている。本文の問題としては、今から見れば明らかに誤写であるにもかかわらず、底本の本文のかたちで解釈を試みている所も少なくない。例えば、他本「かしこき御前」を本書は「かしらに」の本文で「さかしふりの心」と注し(13ウ)、他本「かうしん(庚申)」を「かうらん」として「講覧」と注する(58オ)など、この注釈者(講義者)が本文校訂に資すべき伝本を見ることができなかったのであろう事情を示しているようである。現在の我々は、枕草子に限らないが、諸伝本の蒐集、校本の作成、注釈の蓄積という先学の営みによって既に多くの作品は読解の基盤を与えられている。それがいかに有難いことか、一本に拠って読むのがいかに危ういことか、しみじみと感じさせられる。源氏物語では、最初期の注釈書である紫明抄などを読んでもこれほどの感慨は涌かない。青表紙本であれ河内本であれ、注釈という形になる以前の蓄積が、伊勢物語・古今集を除けば、他とは桁違いに厚かったということであろう。「解説」には不要の記述であるが、いま殊更にこの轍を踏もうとするの愚を危ぶむゆえに、この感慨を書きとめておくものである。

「九州大学附属図書館蔵文庫報告」「肥前島原松平文庫報告」　九州大学附属図書館の細川文庫・支子文庫および島原松平文庫（島原市立図書館蔵）の所収典籍についての報告である。初出は、松平文庫報告が昭和三六年、細川文庫・支子文庫が昭和五〇・五二年である。その後に影印本・翻刻が出版されたものもあり、特に松平文庫は『松平文庫影印叢刊』（新典社）により多くの作品が影印で学界に提供された。古典籍の閲覧に関しては国文学研究資料館をはじめ近年急速に進みつつある各大学附属図書館のウエッブによる公開はほんとうに有難いことであるが、また同時に活字による一覧的紹介の有用性はあらためて言うまでもないであろう。個別の作品ではより詳細な解説論文が有ることを承知のうえで、本著作集にこれら文庫の報告を収める所以である。

　今井源衛先生の学問的経歴という観点からいえば、中村幸彦先生統括のもとに松平文庫の整理に携わったことが今井先生の研究に大きな影響を及ぼしたことは、御自身が度々言及されているが（本著作集12）、「松平文庫報告」を見るとそのことがよくわかる。松平文庫の調査は昭和三五年八月に田中道雄氏が中村幸彦先生にその存在を報告したことから始まるが、雑誌『文学』の「肥前島原松平文庫」の掲載は翌三六年一一月号であった。ほとんど一年足らずで物語・和歌・注釈書・漢詩文にわたる百十余点の本文系統等を調査したのである。講義等々の平常の勤務を考えると、その調査はよほどの集中的作業だったであろうと想像する。先生にとってこの「報告」作成を含む松平文庫の整理・本文調査はたしかに研究生活上の画期であったこと、しみじみと納得できる。

「平安時代前期の私家集」「仲文集試論」「秀歌鑑賞」　この『今井源衛著作集』には和歌関係論文を単独に集めた巻はなく、それぞれ関連の深い巻に収められているのだが、この三編はどの巻にも収められなかったものである。今井先生には和歌そのものを対象とした論文が意外に少ない。先生の関心の中心は、和歌そのものというよりは、それを通して物語や文学史や歌人その人を見ることにあったのだろうかと思う。

「今井源衛略歴」「今井源衛著書論文目録」　略歴と著書・論文・エッセイ等の年次別目録である。著書・論文等、本著作集に収めたものは、その巻を指示した。この目録は今井源衛先生の自作目録原稿を基としている。可能な限り漏れを補い、初出を確認したが、なお幾点か確認できなかったものがある。

思えば、本著作集の第一回配本は平成一五年三月。今井源衛先生が亡くなられたのが平成一六年八月。それからでも既に一五年余を経過した。最終配本となるべき本巻の編集担当者としてはいまここに至ったことに感慨なきをえない。しかし、それはそれとして、この遅延には編集委員の一人として深くお詫びしなければならない。

本著作集は、全体の構成から各巻に収めるべき論文の選定等々まですべて先生御自身が起案され、巻によっては新たに原稿を書き起こされる予定もあった。それで編集委員とはいっても校正のお手伝い程度に私は思っていた。先生御入院の報にも、そのような事はこれまでにも幾度かあったので、そのうちいつものようにお元気に退院されるであろうと初めはのんきに構えていた。それが長引きそのまま亡くなられる事態となってしまったのである。私は第三巻（「紫式部の生涯」平15・7）をも担当した。その作業の初めの頃は質問の手紙なども出していたのだが、終わりの頃には独自に判断したところもある。その判断は所収論文の巻間の移し変え等はともかく、論文の取捨判断にも及ぶことがあった。本巻の追加担当が決まったのは著作集のパンフレットが出た頃、何かで御自宅に伺った折のことだったと記憶するが、その時は第三巻を編集準備中だったこともあり、担当引受けだけを決めて、本巻は最終巻なのでまだ時間はあると思っていて、先生も私も収載論文の具体的な詰めも原稿の所在なども確認しないままであった。当初のパンフレットに本巻収載が予告されていた「文芸ノート八篇」「（翻刻）諸書内抜書十二条」等は、おそらく草稿のまま筐底に在ったものかと思うが、その所在がわからなかった。そのような経緯のゆえに、本巻では編集者の判断による処置はいっそう大きい。内容に及ぶ場合は、そのことが分かるように注記したり（例、松平文庫報告)、解説に補ったりした(例、支子文庫本大和物語)。はたして先生の本意に反していないかとの危惧はあるが、やむをえない。

『今井源衛著作集』全一四巻の最終巻の編集を終わるにあたって、あらためて関係各位に感謝申しあげるとともに、ここに集成された今井源衛先生の諸業績が後進の研究者に読み継がれ、糧となり、新たな稔りをもたらすであろうことを、編集に携わった者として信じ願っている。

最後に、編集委員の作業遅延にも粘り強く督励し完遂してくださった池田圭子社長をはじめ笠間書院の方々に感謝申し上げる。編集担当の大久保康雄氏あとを引き継がれた柴田真希都氏、また終始丁寧な校閲をしてくださった鈴木重親氏にも心からお礼申し上げる。

今井源衛著作集 第14巻　平安朝文学文献考

2019年5月31日　初版第1刷発行

著者　今井源衛 ©
編集　工藤重矩
発行者　池田圭子
装幀　右澤康之
発行所　有限会社 笠間書院
〒101-0064　東京都千代田区神田猿楽町2－2－3
電話03-3295-1331(代)　FAX03-3294-0996

ISBN 978-4-305-60093-6　C3395　藤原印刷